LE MONDE CODÉ

LES HORIZONS LOINTAINS
TOME 3

A.R. KNIGHT

UN

SAISON DE CHASSE

La souris métallique filait, son corps arrondi scintillant d'un violet néon. Elle parcourait le petit palier en carrelage noir, dispersant des grains de sable sous ses minuscules pattes. Plusieurs petites tiges sortaient de son front, chacune se terminant par une pointe duveteuse. Autrefois, dans les premiers jours du Jardin, un pollinisateur ne se serait pas aventuré ici, dans un endroit sans plantes, à la recherche de...

Moi ?

— Attrape-la, murmurai-je au chien de ferraille à mes côtés.

Alvie resta silencieux, bondissant avec un léger crissement depuis la marche striée et atterrissant sur le pollinisateur. Les mâchoires d'acier dentelées du chien fendirent la cible, ses fils et ses circuits crépitant tandis qu'Alvie secouait le méca mort d'avant en arrière.

— Bon chien, dis-je en rejoignant Alvie sur le palier, son mur arrière vierge nous indiquant que nous étions arrivés au bout.

À ma gauche se trouvait une porte à double scellé

menant à l'extérieur. Des rivets et de l'acier brillant bloquaient une sortie vers une échelle descendante, menant au loin et finalement à l'abri de fortune des derniers humains vivants sur le Vaisseau.

Enfin, l'abri de certains.

Maintenant, Val, Leo et la cinquantaine de survivants combattants se terraient bien au-dessus, là où le Jardin offrait plus que du sable et des cactus à manger. Ils avaient transformé le grenier de notre immense vaisseau en leur forteresse, où ils prévoyaient d'attendre la fin du voyage.

Un coup lâche, un mouvement aveugle.

Et déconcertant. Les humains ne cessaient de me surprendre. L'un serait rempli de colère, prêt à affronter tous les dangers pour gagner. D'autres s'envelopperaient dans leurs retranchements, la peur de la perte les enchaînant à l'échec.

Kaydee dirait que j'étais mélodramatique. Delta me dirait de m'y mettre.

Alvie se contentait de me regarder avec ses petits yeux jaunes.

Le désert qui nous attendait n'était pas grand. Des murs noirs et violets divisaient les petites dunes en sections, chacune parsemée de plantes autrefois soigneusement entretenues et qui poussaient maintenant au gré de la nature. De petits cactus et des fleurs fragiles ponctuaient le paysage, interrompus de temps à autre par un autre pollinisateur.

Mon objectif se trouvait au centre du niveau. Alvie et moi avancions lentement, le chien croquant tout pollinisateur osant croiser notre chemin. Dans mes mains, je tenais une arme au sommet arrondi, un canon s'étendant sur un demi-mètre à partir de sa gâchette, et une ligne orange vif sur sa crosse. Je gardais mon doigt prêt, tendu : l'énergie serait rare, le fusil difficile à recharger ici-bas.

Les cactus s'entassaient au milieu du niveau, un réservoir biologique. Leurs tiges épineuses formaient une forêt piquante pour plusieurs mécas errants. Plus grands que les pollinisateurs, plus grands que moi, chacun de leurs pas festonnés soulevait du sable sous leurs pieds. J'observais depuis derrière un mur, jugeant leur intention et la trouvant aléatoire : les mécas se déplaçaient sans se soucier les uns des autres, retraçant souvent leurs propres pas. Leurs bras, avec des pinces maladroites ou des poignées soudées à des couteaux de fortune ou des blocs contondants, pendaient à leurs côtés.

En patrouille, très probablement. Abandonnés à leur sort par leur chef.

Leurs routes encerclaient le centre du niveau, un trou ombragé bloqué par les dunes. L'eau trahissait sa localisation, un goutte-à-goutte régulier, bien que faible, venant des niveaux supérieurs. Le léger rétrécissement niveau par niveau assurait que quelques gouttes seraient captées par le désert, réparties parmi sa vie. Les gouttes d'eau se mêlaient au grondement du Vaisseau et au sable remué par les mécas pour créer un doux paysage sonore.

— Deux contre trois, chuchotai-je à Alvie. Tu vas à droite, je vais à gauche. Vise les jambes.

Quand je baissai un doigt, donnant le signal, Alvie s'élança. Le chien contourna le mur derrière lequel j'observais, ses pattes métalliques utilisant le sable pour rester discret. Je m'accroupis et partis vers la gauche, utilisant un groupe de cactus comme couverture pour approcher un méca par derrière. Mon fusil de retour dans sa sangle de fortune — empruntée à un Forgeron qui n'en aurait plus jamais besoin —, j'avais les deux mains libres. Tel un félin de la jungle, je me faufilai vers le méca.

Celui-ci avait un corps cylindrique trapu, menant à une base à chenilles. Un tuyau et deux bras préhensiles, chacun avec ses pinces limées en pointes, sortaient du cylindre, donnant des indices sur sa vie antérieure. Je l'aurais ramené à cette vie si je le pouvais, un souhait abandonné alors que j'exécutais mon embuscade.

Arrivant par derrière, je courus, plongeai les mains vers le bas et saisis le dessous du méca. Le cylindre de la machine pivota, amenant une caméra minuscule et plusieurs lumières clignotantes face à moi. Je soulevai, projetant du sable partout alors que le méca de plusieurs centaines de kilos se retrouvait renversé. Ses chenilles tournaient dans le vide, les bras du méca balayant l'air vers moi. Son ventre exposé, je plongeai la main dans le cœur brûlant, agrippai les fils alimentant les roues et les bras du méca en énergie, et tirai.

Un grincement, le gémissement déchirant d'un moteur perdant sa puissance, et le méca mourut.

— Désolé, murmurai-je, avant que le combat d'Alvie n'attire mon attention.

Le chien n'avait pas ma force, mais Alvie surpassait mon agilité. Le chien-robot virevoltait autour du méca plus lent et maladroit. La chose carrée se débattait, réussissant même à asséner un coup de chance, glissant sur le dos d'Alvie, mais à chaque morsure, Alvie arrachait un nouveau morceau de la coque du robot. Au fur et à mesure que de plus en plus d'intérieurs étaient exposés, Alvie revenait sur ses blessures précédentes, creusant plus profondément et repartant avec du liquide de refroidissement, des circuits, des câbles.

Mon spectacle macabre prit fin lorsque ma propre

victime roula sur le côté. La cause arriva en titubant, une machine de massage plus grande et plus mince. Des extrémités noueuses couvraient ses articulations, bien que quelque chose ait soudé des pointes sur chacune d'elles. Elle se balançait, se secouait et se jetait vers moi tandis que je reculais, mes pieds glissant dans le sable.

Sans arme de corps à corps, je devais être astucieux, et glisser sur mes talons pendant que le méca me poursuivait ne suffirait pas. Des options défilaient devant mes yeux, ma programmation mettant en évidence les armes possibles, les voies d'évacuation et les failles dans la routine d'attaque du méca. Tout cela était bien beau, mais je ne pouvais rien utiliser quand je fis un faux pas et m'effondrai en arrière dans une dune.

Le méca hérissé de pointes fondait sur moi, un adversaire muet et sans voix levant ses bras pour un final écrasant.

Après tout ce que j'avais vécu, pas question que cette chose stupide me terrasse.

J'ai donné un coup de pied avec mon pied gauche, déplaçant le sable sous la jambe de mon ennemi. Conçu pour s'équilibrer sur un terrain plat, le mech a vacillé. Son attaque a dévié dans le sable à côté de ma tête, me couvrant de grains. Alors que le mech se redressait pour retrouver sa position, j'ai utilisé mon pied droit pour écarter sa jambe gauche avant que la machine ne retrouve son équilibre.

L'engin a balayé son bras gauche vers l'extérieur, effleurant mon front au passage, pour se rattraper alors qu'il tombait en avant. Un mouvement plutôt habile, sauf qu'il a mis le mech en position de pompe, son noyau vulnérable à un demi-mètre au-dessus de moi.

Cette fois, je n'ai pas dit pardon en donnant un coup de poing vers le haut, brisant la poitrine du mech. Des étincelles bleu-blanc ont crépité tandis que je broyais les circuits à l'intérieur. Ma peau synthétique a encaissé les éraflures, se régénérant presque aussi vite que les blessures apparaissaient. D'une poussée, j'ai envoyé le mech sur la gauche rejoindre son frère dans le sable.

J'ai senti un léger coup sur ma tête, j'ai jeté un coup d'œil pour voir Alvie qui attendait là, des bouts de fil pendant de sa gueule métallique dentelée. Un trophée de victoire.

— Bon chien.

DEUX

PLONGÉE PROFONDE

Les profondeurs bleu-noir de Purity s'étendaient sous nos pieds. La lumière tamisée derrière moi ne se projetait pas très loin dans le trou, laissant l'obscurité engloutir le passage jusqu'à ce que le bleu céruléen néon dessine les contours des passerelles métalliques squelettiques. Les indices de la présence d'eau étaient rares, comme une ombre au crépuscule. À côté de moi, Alvie commenta la vue par un gémissement inquiet.

— Tu restes ici, lui dis-je. Si j'ai des problèmes, tu cours chercher de l'aide, d'accord ?

Alvie pencha la tête et me lança un regard en coin.

— Ne fais pas comme Kaydee, répliquai-je. Je peux me débrouiller.

Le chien souffla deux fois.

— Tu sais quoi ? dis-je en me relevant et en posant l'arme au sol. J'avais prévu de nager et Leo m'a dit que l'arme ne fonctionnerait plus après un bain. J'aurais bien besoin d'un peu plus de soutien ici.

J'ai dû susciter suffisamment de pitié, car Alvie me donna un léger coup de tête dans le tibia, ce qui était probablement le plus proche d'une marque d'affection directe que le chien pouvait offrir. Ces griffes métalliques et ces bords dentelés faisaient du chien-robot un compagnon de câlins peu recommandable.

Les adieux faits et les ordres établis, je vérifiai une dernière fois mon saut pour m'assurer que je ne plongerais pas tête la première sur une passerelle, puis je me lançai. Une glorieuse course d'élan de trois pas et un saut dans le vide. Dans leurs films, les humains avaient tendance à crier dans ces moments-là, des cris de guerre ou des cris de joie.

Kaydee aurait voulu que je le fasse, mais je gardai la bouche fermée : quelqu'un pourrait être en train d'écouter.

Quelqu'un, assurément, était en train de regarder.

Les bras surgirent alors que je plongeais dans le vide noir entre les niveaux. J'aperçus un éclair argenté, le revêtement métallique se mêlant à la lumière de Purity. Ils saisirent mes pieds dans un étau, ma chute passant soudainement d'un plongeon en flèche à une descente la tête la première, sauf que je ne tombais plus mais que je me balançais au-dessus du broyeur d'ordures aquatique de Starship.

Des os biologiques auraient pu se briser, mais mon exosquelette robuste résista à la force, me donnant la chance de me recroqueviller pour voir ce qui avait décidé d'interrompre mon sauvetage. À travers le treillis noir d'une passerelle, je vis la silhouette souple des créations les plus récentes d'Alpha : les flexi-mechs, comme je les appelais.

Cette version correspondait aux membres des humains, troquant des bras supplémentaires pour une construction plus rigide, ces flexi-mechs poussaient l'arrangement bipède à des extrémités sinistres. Dix doigts pointus parsemaient chaque main, formant presque un cercle, tandis que leurs bras et leurs jambes s'étiraient plus loin que leur inspiration vivante, ce qui expliquait comment celui-ci me tenait au-dessus de l'eau, tout en me gardant hors de portée : mes propres bras se balançaient inutilement dans le vide.

— Lâche-moi, dis-je au flexi-mech, dont la tête cubique, perchée sans cou sur une fine colonne vertébrale, braquait sa lumière rouge sur moi.

— Non, répondit le flexi-mech, d'une voix féminine distinguée. Je ne crois pas.

Je me figeai. Jamais auparavant un flexi-mech ne nous avait répondu, et nous en avions déjà combattu une bonne vingtaine. Ils n'avaient pas non plus de personnalité, juste des ordres directs de combattre jusqu'à la mort. Celui-ci parlait. Celui-ci pourrait offrir une chance de négociation.

— Tu as une personnalité ? demandai-je.

— J'ai des ordres, répondit le flexi-mech. Nous devons vous détruire.

Ah. Adieu la diplomatie.

— Nous ? demandai-je, essayant de gagner du temps et de trouver un plan.

De nouvelles lumières frappèrent mon visage, bien que leur distance les empêchât d'être aveuglantes. Toutes rouges, et toutes éparpillées dans le sous-sol de Purity. J'en comptai au moins huit d'un rapide coup d'œil circulaire, tous des flexi-mechs et tous me regardant. Ils se tenaient sur les autres passerelles et le long de la plateforme dure au bord de Purity, comme si j'avais interrompu un spectacle musical en plein milieu d'un numéro.

— Eh bien, dis-je, et le flexi-mech me tira vers le haut, tenant mon visage devant le sien.

— Au revoir. Le flexi-mech arma son bras droit, apparemment prêt à exécuter une manœuvre d'arrachage de cœur.

Je joignis mes mains alors que le flexi-mech frappait, attrapant le poignet de la machine à quelques centimètres de ma poitrine. La main du flexi-mech tourna, ses dix doigts tournoyant comme une perceuse, donnant une idée très claire de ce qui se serait passé s'il avait fait contact.

— Regarde-nous maintenant, dis-je. Tous emmêlés.

— Irrégulier, répondit le flexi-mech.

Quand la machine retira sa main, je l'accompagnai dans son mouvement, tirant vers le bas avec ma jambe piégée. Nous formions un levier maladroit, le flexi-mech et moi, ce dernier heurtant la rambarde de la passerelle alors que ma force et mon poids inversaient sa retraite. Le bruit de broyage résonna magnifiquement dans la zone alors que le bras perceur du mech coinçait son articulation sur la rambarde et se brisa sous la pression. La libération soudaine déséquilibra toute notre structure, et cette fois je laissai échapper l'un des cris de Kaydee alors que je tombais droit vers le bas avec le mech dans les eaux de Purity.

Le froid glacial s'infiltra à travers ma peau synthétique, activant mes contrôles thermiques et faisant apparaître un petit compteur devant mes yeux. La forte consommation d'énergie signifiait que je me transformerais en une masse inutile quand ce compteur atteindrait zéro, et bien que j'aurais amplement le temps avant que cela n'arrive, tout compte à rebours était source de stress quand on avait affaire à des flexi-mechs.

Celui qui était tombé avec moi tenait toujours mon pied, même alors que nous coulions tous les deux. D'autres plongèrent dans la mer, des bulles et des éclaboussures annonçant leur entrée dans l'arène. Et quelle arène c'était : l'éclairage saphir de Purity projetait des rayons à travers l'eau, mettant en évidence les mechs métalliques qui nageaient vers moi. S'étendant vers le haut et autour de nous comme une forêt engloutie se trouvaient les longs bras du Chancelier. Déjà criblés par le système de recyclage vorace de Purity, les tiges imposantes s'élevaient autour de nous, grises et immobiles.

Beta avait été transpercée par l'un d'eux avant la chute, et Delta avait été renversée après elle, mais je ne voyais aucune de mes amies vaisseaux, ma raison de venir ici, tout de suite. Compréhensible, étant donné que j'étais plus préoccupé à me libérer de l'agaçant flexi-mech.

L'eau me donnait la fluidité nécessaire pour replier ma jambe agrippée, suffisamment pour que je puisse atteindre et saisir la main restante du flexi-mech. Je n'avais pas autant de force sous l'eau, mais les poignets du flexi-mech n'étaient pas conçus pour résister à ma puissance. J'ai poussé vers le bas et, combiné à l'eau, la main du flexi-mech a glissé de ma cheville.

Pas que le mech s'en souciait : dès que je me suis libéré, le flexi-mech a donné un coup de pied en avant, sa main restante se transformant à nouveau en cette foreuse et venant droit vers mon visage.

Alors j'ai plongé. J'ai nagé plus profondément dans l'obscurité, les lumières rouges me poursuivant. Le fond de Purity est apparu rapidement, un endroit criblé, presque comme l'œil d'un insecte. Des filets de filtration fine s'étendaient sur divers tuyaux pour gérer les déchets et filtrer l'eau à renvoyer dans l'écosystème fermé du Vaisseau. Leurs bordures scintillaient, le revêtement réfléchissant me donnant une ligne directrice, me permettant de trouver le bon chemin.

Parmi ces filets étincelants gisaient trois formes humanoïdes. Deux que je voulais, la troisième que je détestais. Delta dérivait vers la droite, ses cheveux plus courts s'étalant derrière sa tête, une ligne sombre près d'elle marquant son arme. À gauche et plus proches l'une de l'autre se trouvaient Beta et le Chancelier. Mon amie et compagne vaisseau avait toujours le bras du Chancelier qui la transperçait, une vision à faire grimacer. Le Chancelier, au moins, semblait aussi mort que mes amies, et avec un peu de chance le resterait.

Un coup d'œil en arrière m'a permis d'évaluer la distance : mon ami flexi-mech était le plus proche, mais avec un seul bras, le mech n'avait pas réussi à me suivre. Ses amis étaient plus loin derrière, leurs mouvements de nage aléatoires et maladroits : pas très surprenant qu'ils n'aient pas de logique pour se déplacer dans l'eau.

Heureusement, Leo avait pensé à apprendre à ses vaisseaux à nager.

Je me suis dirigé d'abord vers Delta, autant pour la lame que pour le vaisseau. Mes mains ont trouvé la poignée dentelée là sur la base grise et sinistre, la masse de l'arme facile, bien que lente, à déplacer dans les profondeurs. Alors que je pointais le tranchant vers le filet le plus proche, j'ai senti la première piqûre révélatrice le long de ma peau synthétique : les recycleurs destructeurs de solides de Purity.

Ces petits monstres avaient déjà causé des dégâts à la lame de Delta, la criblant de trous. Delta elle-même semblait grignotée sur ses bords, la peau synthétique se régénérant suffisamment pour garder son noyau protégé tandis que ses vêtements, ses cheveux, ses chaussures n'étaient déjà plus que des lambeaux. Finalement, ces microbes trouveraient un moyen de passer à travers la peau du vaisseau et d'atteindre les fils, les puces et la mémoire plus vulnérables.

Avec un peu de chance, je serais assez rapide.

Nageant vers le filet proche, j'ai mené avec la lame. Le tranchant s'est enfoncé dans les fines fibres, destinées à arrêter les débris errants d'entrer dans les tuyaux, et les a tranchées d'un glissement doux. Comme en déchirant une toile d'araignée, conçue pour résister aux impacts mais pas à une coupe transversale. Avec une deuxième entaille, le filet s'est complètement dégagé, disparaissant dans le tuyau d'un mètre de large.

J'ai pivoté, aussi vite qu'on peut pivoter dans l'eau, cherchant à atteindre Delta. Au lieu de cela, j'ai trouvé mon adversaire flexi-mech qui gargouillait au-dessus de moi, sa main foreuse faisant mousser l'eau. Avant, lors de mon moment de suspension, je n'avais pas d'arme.

Les circonstances avaient changé.

J'ai balayé la lame à travers mon corps, un mouvement visqueux dans l'eau, mais assez rapide pour intercepter le mech. La main tournoyante a heurté la lame et s'est mise à travailler sur elle-même, la force du moteur suffisant à trancher les doigts du mech en un instant, puis la paume tournoyante peu après. Je pensais que le mech continuerait à venir, espérant me frapper avec son moignon dans une rage aveugle, mais Purity l'en a empêché : ses circuits exposés à l'eau, le mech a tressailli alors que son corps court-circuitait.

Mort, l'élan du mech l'a fait passer devant moi pour aller s'écraser contre le fond du bassin.

Avec d'autres mechs se dirigeant vers moi, je n'avais pas le temps de plaindre la pauvre machine. Gardant la lame de Delta dans ma main gauche, j'ai nagé vers le vaisseau à terre. Comme le flexi-mech avant moi, j'ai attrapé la cheville de Delta, l'ai saisie de ma main droite et ai tiré, battant fort des jambes pour avoir de l'élan. Delta a bougé, glissant du fond et venant avec moi vers le tuyau ouvert.

Je n'avais pas le temps de déposer soigneusement Delta, optant plutôt pour un mouvement de balancier pour la lancer vers l'entrée du tuyau. Pour un humain, le mouvement aurait peut-être reposé sur la chance. Pour moi, une fois que j'ai dit à mes systèmes quoi faire, ma main droite a balancé Delta avec la force parfaite, relâchant au moment parfait. Le vaisseau a flotté vers le tuyau et y est entré, un placement impeccable.

Prenez ça, les humains.

Beta ne serait pas aussi simple : quatre flexi-mechs se débattaient entre moi et mon amie vaisseau. Deux avaient les couteaux de shrapnel si souvent équipés par les mechs d'Alpha, un armement hasardeux déployé par une armée hasardeuse. Les deux autres avaient ces mains tourbillon-nantes, bien que chaque fois qu'ils faisaient tourner ces dix doigts, les tourbillons agissaient comme des moteurs, pous-sant les mechs dans des boucles folles.

Néanmoins, avec les picotements qui s'intensifiaient à mesure que plus de protecteurs de Purity trouvaient ma peau tendre, un seul mauvais coup ici serait fatal. Même si Alvie remontait chercher Leo et Val et qu'ils se donnaient la peine d'envoyer de l'aide, tout ce qu'ils trouveraient proba-blement serait des restes à moitié dévorés. Si tant est qu'il en reste.

Face à peu de temps et de mauvaises probabilités, j'ai décidé de faire comme Delta.

Nageant fort vers la droite en direction de Beta, j'ai longé le fond du bassin. Avec la lame de Delta toujours en main, rester près du sol me permettait d'avancer rapide-ment. Les flexi-mechs ont essayé d'intercepter, se précipi-tant vers moi, leurs membres dans tous les sens. Leurs yeux rouges persistaient dans l'obscurité, se reflétant sur leurs couteaux, leurs corps métalliques. Comme être poursuivi par des fantômes miroitants.

Des fantômes mortels.

Le premier flexi-mech m'a frappé à deux mètres de Beta. Le mech a plongé avec une pointe de poignard, visant mon dos. La lueur de ses yeux l'a trahi et j'ai roulé, faisant face vers le haut et ramenant la lame de Delta en travers de mon corps pour l'interception. Sous l'eau, la collision manquait d'impact, un faible clang. Le corps plus large de ma lame a balayé le couteau au loin, la force faisant tourner le mech pour que son côté me fasse face. Ramenant la lame, j'ai donné un coup en avant, visant à l'embrocher. Mon propre élan, me faisant dériver vers Beta, signifiait que je n'ai pas réussi le coup dévastateur que j'espérais, mais j'ai seulement entaillé le milieu du mech.

Encore une fois, l'eau a rendu la petite entaille suffisante. Un crépitement blanc a jailli de la coupure, suivi d'un spasme violent à travers les membres élancés du flexi-mech. Comme son frère, la machine a cessé de se débattre et a coulé, morte, jusqu'au sol.

Deux de moins, trois à venir.

Les autres n'étaient pas non plus des imbéciles. Malgré leur piètre nage, les trois se déplaçaient pour m'encercler, ceux aux perceuses empoignant fermement leurs moteurs improvisés pour filer vers Beta et me devancer, tandis que l'autre porteur de couteau fondait sur mes pieds.

Encerclé et seul au milieu des bras menaçants du Chancelier, j'ai affermi ma prise sur l'épée de Delta et ai donné un nouveau coup de pied pour parcourir la dernière distance vers Beta. J'aurais pu fuir, j'aurais pu prendre Delta comme trophée et partir.

Une attitude de lâche, aurait dit Kaydee, et je n'étais pas un lâche.

Plus maintenant.

TROIS

DANS LE TROU

Je nageais vers les ombres et les ombres me poursuivaient. Ma cible ne bougeait pas : Beta gisait au fond du bassin, une masse floue bleu-noir avec une ligne sombre qui lui traversait le dos et remontait vers la surface. La griffe qui l'avait empalée. À moins d'un mètre se trouvait la masse imposante de la Chancelière, une araignée morte nichée dans ses propres bras.

Nageant à travers ces bras, venant de derrière, de côté et de devant moi, arrivaient trois autres flexi-mechs, leurs yeux rouges me suivant comme les caméras du Diable en personne. Je tenais la lame de Delta dans ma main droite tout en donnant des coups de pied. Lorsque je passai au-dessus du corps de la Chancelière, je m'arrêtai et amenai ma main gauche pour une prise à deux mains. Les bras de la Chancelière s'élevèrent autour de moi comme une cage. Une lumière saphir filtrait d'en haut.

Les flexi-mechs frappèrent à une seconde d'intervalle, leur nage maladroite leur donnant néanmoins une frappe synchronisée. J'essayai un large mouvement de balayage, faisant passer la lame pour tenter de les attraper tous ensemble.

Il s'avéra que j'avais affaire à des martyrs.

Le flexi-mech venant du côté de Beta encaissa le coup, agrippant la lame à deux mains et s'enroulant autour de mon arme. Le poids supplémentaire ralentit mon mouvement, abaissant l'angle de sorte que je manquai le suivant, le flexi-mech du milieu plongeant d'en haut. Ses mains frappèrent ma tête, me poussant vers le fond du bassin, et je lâchai la lame pour faire face à la menace immédiate.

Bien que j'aie désactivé mes capteurs de douleur depuis longtemps, cela n'empêchait pas ma tête de me signaler que les doigts du flexi-mech allaient me faire éclater comme un ballon si je ne soulageais pas la pression. Pire encore, le troisième flexi-mech fondit sur mes jambes, déchiquetant ma peau synthétique avec ses griffes. L'eau rendait les coups moins efficaces, mais je sentais les extrémités arracher mes vêtements, laissant de longues entailles dans ma peau que les robots de recyclage de Purity pourraient exploiter.

Mais ma tête. C'était la priorité.

Mes mains trouvèrent les poignets du flexi-mech et tirèrent alors que nous nous écrasions sur le corps de la Chancelière, mon dos heurtant le boîtier cabossé du mech couleur rouille. J'augmentai suffisamment ma force pour repousser l'étreinte du flexi-mech, les alarmes clignotantes disparaissant de mes yeux à mesure que la pression diminuait. Le flexi-mech lui-même donna des coups de pied, cherchant à me donner un coup de tête.

Audacieux mouvement, robot.

Je balançai mes hanches vers la droite — un autre coup de griffe arracha un morceau de mes cuisses — et tirai sur les poignets du flexi-mech, projetant la machine derrière moi et dans la Chancelière. Avec un bruit sourd, le mech cabossa son alliée morte et rebondit. Pas de dommages majeurs, mais je m'étais acheté une seconde tandis que la machine se débattait, essayant de se redresser.

Donnant des coups de pied avec mes jambes endommagées, je dérivai, le dos tourné vers Beta. Sa forme sombre scintillait de près, des couteaux inutilisés encombrant ses bandoulières et ses ceintures. Ses longs cheveux roses s'élevaient, comme un phare ondulant.

L'écume jaillit lorsque le mech qui harcelait mes jambes tenta un coup de foret dans mon ventre. Une attaque totale comparée au harcèlement de mes orteils. Je donnai un nouveau coup de pied, étendant mon bras derrière moi vers Beta. La main foreuse, dix griffes-doigts tourbillonnant, m'aida un peu : sa force signifiait que le mech devait donner des coups de pied plus forts pour surmonter la poussée motorisée, me gagnant une seconde.

Trouver une poignée, tenir le tissu enroulé à la base du couteau, fut comme une jubilation. J'arrachai l'arme et, d'un seul lancer par-dessus la tête, je lançai la lame vers la main mortelle du flexi-mech. Fonçant sur moi comme un super-héros allant donner un coup de poing, la tête du flexi-mech, sa main et moi n'étions qu'à quelques centimètres les uns des autres lorsque le couteau fit mouche.

En plein dans le mille, droit au centre de la paume tournoyante.

Le couteau cloua le moteur dans la main du flexi-mech, arrêtant les engrenages tournant trop vite pour ralentir. La main se brisa, le couteau se fendit, et des éclats brûlants explosèrent autour de nous. Je sentis trois d'entre eux s'enfoncer dans mon ventre, un autre là où se trouveraient les poumons d'un humain. Le flexi-mech encaissa aussi ses propres tirs : une étincelle jaillit de son crâne, et son bras droit eut un soubresaut lorsqu'un fragment de couteau sectionna un fil dans son coude.

Toujours en train d'atteindre, je trouvai un second couteau et répétai le mouvement avant que le flexi-mech ne puisse se faire à sa nouvelle réalité. Cette fois, je ne lâchai pas le couteau mais me courbai, plantant la lame avec plus de contrôle dans la poitrine du flexi-mech, juste à l'endroit où se trouverait le processeur de la chose. L'entaille fit l'affaire, une petite chaleur crépitante faisant des bulles autour de nous avant que le flexi-mech ne rejoigne la Chancelière sur le sol du bassin.

Ma vision clignota. Des parasites pendant une milliseconde.

Ces recycleurs. Ils allaient s'infiltrer dans mes coupures, me dévorer de l'intérieur. Ma peau synthétique, se réparant rapidement, garderait ces monstres à un minimum, mais même un ou deux laissés seuls me transformeraient en une statue coûteuse avant longtemps.

Mais je ne pouvais pas abandonner Beta. Pas maintenant, pas ici.

Un coup d'œil au bras empalant de la Chancelière me montra que mon couteau volé ne pourrait pas libérer mon amie. La soulever le long du bras et par-dessus la griffe semblait impossible avec ma mort imminente. Alors je revins aux bases.

Donnant un coup de pied, je me rapprochai de la lame tombante de Delta, le mech embroché s'y accrochant toujours. Le flexi-mech fonctionnait encore, mais les crochets tranchants sur la lame de Delta, une épée imparfaite faite de ferraille, rendaient difficile pour le robot de se libérer.

Un travail facile pour mon couteau.

Quelques entailles nettoyèrent le mech et me permirent

de me réarmer, la lame noire dans ma main droite alors que je retournais vers Beta. Comme je me préparais à couper le bras, ma cheville droite devint engourdie. Les fils transportant l'information étaient sectionnés. Dévorés, plutôt. Peu importe. Je frappai.

La lame mordit profondément dans le bras de la Chancelière juste au-dessus de Beta. Pas tout à fait à travers. Je remuai la lame, la libérant du bras, et frappai à nouveau. Cette fois, une coupure nette. Le gros bras vacilla, puis commença une lente chute tandis que je lâchais la lame de Delta pour atteindre Beta.

Mon corps eut un spasme, les circuits s'enflammant alors que chaque partie de moi hurlait que quelque chose n'allait pas. J'essayai de me retourner, mes capteurs m'indiquant que mon dos était attaqué, pour découvrir que je ne le pouvais pas. Quelque chose était coincé dans le haut de mon dos, tranchant et solide, et sa prise me maintenait face au fond du bassin. La source répondit à ma question un instant plus tard lorsque son autre main lacéra mon épaule gauche.

Le mech que j'avais renvoyé vers le corps de Delta revenait à la charge.

J'ai cessé de bouger, plongeant vers la lame abandonnée de Beta et Delta. L'épée noire a touché le fond, se posant avec le tranchant vers le haut. Cette fois, je n'ai pas pivoté, mais j'ai donné un coup de pied avec ma jambe droite tandis que le mech enfonçait sa main perforante plus profondément. Des avertissements flamboyaient devant mes yeux, que je n'avais pas le temps de lire. Avec mon coup de pied, mon corps a tourné alors que nous continuions à couler.

Droit au-dessus, à travers ces avertissements teintés de rouge, la lumière bleue de Purity brillait doucement. La surface de l'eau ondulait alors que plusieurs autres mechs plongeaient, apparemment inquiets de la performance de leur collègue. Malgré tout, l'eau conservait une certaine beauté.

Pas la pire chose à voir dans ses derniers instants.

J'ai donné des coups de pied avec mes deux jambes, agité mes bras pour me pousser vers le bas. Le flexi-mech s'enfonçait plus profondément, et j'ai senti un afflux frais alors que l'eau s'infiltrait par les coupures. Notre rotation se poursuivait, le flexi-mech maintenant en dessous de moi. Je m'attendais à moitié à mourir sur le coup, mais Leo m'avait bien construit, mes circuits étant protégés contre une petite fuite.

Nous avons heurté la lame de Delta à grande vitesse, l'épée s'enfonçant dans le flexi-mech assez vite pour ne pas plier. J'ai senti la vibration, l'arrêt soudain alors que les mains du mech se relâchaient. Les griffes qui s'enfonçaient dans mon dos se sont détachées tandis que je remontais mes mains. Un coup d'œil rapide a confirmé le kill : l'épée noire de Delta avait fendu le mech en deux, me laissant libre d'atteindre Beta.

J'ai équilibré mes pieds sur le bassin pour avoir suffisamment d'élan pour tirer le vaisseau, une manœuvre rendue plus difficile alors que les petits monstres de Purity dévoraient mes extrémités. Les avertissements s'éteignaient au fur et à mesure que mes capteurs mouraient, que les fils perdaient leur cohésion. Je me demandais si c'était ce que l'on ressentait quand on était mangé.

Si c'était ce que tous ces mechs ressentaient lorsque Delta les découpait, membre après membre.

La poursuite n'était pas terminée. Un autre trio de flexi-mechs descendait vers Beta et moi alors que nous nous dirigions vers le tube ouvert. Ces mechs n'étaient pas meilleurs dans la navigation aquatique que leurs pairs, et leur maladresse m'a fait gagner du temps alors que je donnais des coups de pied, rebondissais et tirais Beta le long du fond.

D'une poussée puissante, j'ai propulsé Beta sur le dernier bout à travers la vase jusqu'à l'entrée du tube. La pression l'a alors saisie, aspirant mon amie après Delta. Le flexi-mech le plus proche est arrivé à moins de deux mètres, mais a succombé à son propre défaut : en activant ses mains foreuses, il s'est propulsé en arrière. J'aurais ri si je n'avais pas perdu le contrôle de ma propre bouche quelques secondes plus tôt.

Au lieu de cela, j'ai plongé après Beta, les mains pointées devant ma tête alors que je franchissais le bord du tube et disparaissais dans ses profondeurs étroites.

QUATRE

ÉTINCELLE DANS LES ÉGOUTS

Aucune lumière n'éclairait le chemin, mais je n'avais pas le choix dans ce labyrinthe particulier. Je continuais d'avancer, mes mains me guidant le long des parois étroites. Des grilles apparaissaient ici et là, m'orientant dans une direction ou une autre. Retrouver Delta et Beta serait un coup de chance, mais je devais espérer que nous nous suivions d'assez près pour éviter que des cycles aléatoires ne nous séparent.

Quelle ironie ce serait de traverser tout ça pour que mes amis finissent dans un four, réduits en cendres pendant que je me débattais dans un tuyau ?

Kaydee trouverait ça d'un humour noir.

Toute cette agitation me déversa, enfin, dans une cuve. Large de plusieurs mètres, l'espace semblait néanmoins étroit. L'eau ici ressemblait plus à de la boue, des détritus agglutinés. Alors que j'y coulais, j'entendis, ou plutôt je sentis, des clics derrière moi. Des portes se fermaient, redirigeant le prochain lot ailleurs.

Ce qui signifiait que celui-ci allait cuire.

Heureusement, j'avais déjà failli être cuit auparavant.

Une expérience que je ne pensais pas utile, mais ici, encore une fois, je frappai vers le haut, appuyant contre le couvercle du four. L'objet céda, s'ouvrant sur une caverne que je reconnus. De petites ampoules s'étiraient le long des parois, un étalage coloré illuminant les débris de ce qui avait été autrefois un petit bureau soigné, même s'il était dirigé par un monstre.

Nous nous retrouvons.

Mes bras, tressautant à cause de fils brisés, parvinrent à me libérer du four et, grimpant par-dessus le bord, je m'assis un instant sur le sol détrempé. Mes bottes, mon manteau, mes vêtements n'étaient pas seulement trempés, ils étaient détruits. Il ne restait que des lambeaux, des morceaux accrochés à mon corps en lambeaux. La peau synthétique se hâtait de me recouvrir d'une armure biologique, mais elle ne pouvait rien faire contre les dégâts plus graves sous la surface. Cela prendrait du temps, des compétences et des outils que je n'étais pas sûr de pouvoir trouver ici.

Mais !

Je me redressai brusquement, me retournai et scrutai un marécage pourrissant. Au début, je ne vis rien, seulement une pâte désolée. Puis un scintillement, un éclat capté par les lumières derrière moi : des cheveux roses qui perçaient, couverts de boue. Je me penchai, plongeai une main engourdie sous la crasse, trouvai quelque chose de solide et tirai.

Le corps sans vie de Beta émergea, dégoulinant et ruiné. Ses couteaux restants, comme des soldats loyaux, pendaient toujours dans leurs étuis et cliquetaient tandis que je la traînais loin du four, sur la plateforme circulaire où le mécha de Purity avait assemblé sa collection hétéroclite. Des livres déchirés, des étagères abîmées chargées de jouets, des gadgets cassés et des vêtements moisis s'élevaient.

— Je reviens tout de suite, articulai-je silencieusement à mon amie, la parole étant toujours impossible. Chaque fois que j'essayais d'utiliser ma voix, j'avais l'impression de parler dans un oreiller étouffant : suffocant et impossible.

De retour au four, je ne vis aucun signe révélateur de Delta. Elle n'avait pas les cheveux longs de Beta, pour commencer. Grimaçant à ma propre situation, je grimpai à nouveau par-dessus le bord et fouillai. Mes mains balayaient de gauche à droite, dégageant la boue et la retenant pendant une seconde gargouillante tandis que je cherchais. Mes pieds engourdis raclaient le fond du four, ne sentant rien jusqu'à ce qu'une vibration remonte jusqu'à mes fils encore fonctionnels.

Delta avait coulé dans le coin avant, profondément enfouie. Ça aurait pu durer une éternité, mais je persévérai, chassant la crasse jusqu'à ce que je la soulève, elle aussi. Bientôt, notre trio de vaisseaux se retrouva assis sur la plate-forme, offrant un spectacle et une odeur si terribles que je refusai de laisser mes capteurs les traiter.

Eh bien, j'avais fait ce que j'avais dit que je ferais : j'avais récupéré les deux vaisseaux. Delta et Beta. Juste là, à côté de moi.

Et ils n'étaient rien de plus que des corps.

Je clignai des yeux pour faire disparaître les bannières, les alertes clignotantes de ma vision. Mes propres systèmes n'étaient pas loin de rejoindre mes amis, et la dégradation ne s'était pas arrêtée simplement parce que j'avais quitté l'eau. Certains de ces recycleurs semblaient être encore à l'intérieur de mes entrailles, grignotant. Les évacuer prendrait du temps, des outils, une chirurgie d'ordre mécanique.

En d'autres termes, pas quelque chose que je pouvais faire moi-même.

Beta, à ma droite, avait un trou béant dans la poitrine.

Sans doute, comme moi, avait-elle été infestée de recycleurs aussi. Même si je pouvais la démarrer, si ses circuits centraux n'avaient pas été grillés par les dégâts, qui savait ce qui ne fonctionnerait pas ? Qui savait si elle pourrait ressentir quoi que ce soit ?

— Ce qui veut dire toi. J'examinai Delta de plus près.

Elle avait été piégée par la Chancelière, assommée et battue jusqu'à Purity, mais je ne voyais pas de blessures graves. Certainement pas de grandes coupures ou de membres cassés. Je jetai un coup d'œil à ma main droite, pressai mon pouce et mon index l'un contre l'autre. La pression remplit son office, transformant mes doigts en un port. Je me rapprochai de la tête de Delta, soulevai le lobe de son oreille droite et me branchai dans la minuscule ouverture.

Et n'allai nulle part. J'avais déjà redémarré Delta une fois, et cela m'avait au moins donné un point de départ. Ici, mes doigts se branchaient et rien ne changeait. Le port n'avait pas d'alimentation. Je parcourus rapidement mes propres schémas, les rames d'informations que Leo stockait dans mes disques expliquant mon fonctionnement. Des possibilités se déployèrent devant mes yeux : une alimentation endommagée, une ligne grillée transmettant ladite alimentation du bloc d'alimentation au processeur de Delta, toute une série d'autres pièces cassées qui pouvaient être responsables.

— Ça craint, marmonnai-je à Delta, qui ne réagit pas.

Si Kaydee était là, elle proposerait quelques idées. Quelque chose de fou, très probablement, mais avec une logique au cœur. Comme, disons, on ne peut pas se concentrer sur les pièces cassées parce qu'on ne peut pas les réparer, alors passons aux autres idées.

J'avais déjà eu affaire à la réanimation d'une machine morte. Alvie, mon courageux chiot, n'avait pas été aussi mort que Delta, mais il s'en était fallu de peu. J'avais dû lui administrer un choc pour le remettre en marche, forçant effectivement une réinitialisation. Si je pouvais frapper Delta avec une décharge similaire, cela pourrait la forcer à redémarrer. Une tentative brutale, mais avec peu d'autres options, quel mal y avait-il à essayer ?

Cela dit, où pourrais-je obtenir une surtension ? Mes propres batteries, malmenées, ne feraient pas l'affaire.

J'ai commencé à faire l'inventaire de l'espace, mes yeux se portant d'abord sur l'évidence : les lumières suspendues. Elles puiseraient dans l'énergie du Vaisseau, mais leur consommation serait trop faible pour le type d'énergie dont j'avais besoin. Quoi d'autre ?

D'autres minutes s'écoulèrent tandis que j'éliminais des options jusqu'à ce qu'un gargouillement sifflant attire mon attention vers le four à boue. L'engin devait être en train de rôtir son contenu, le réduisant à néant. J'avais laissé le couvercle ouvert, alors la fumée s'élevait dans l'espace. Le feu suivrait, contenu par les parois pâles et courbes du four. Une élimination complète, un processus qui nécessiterait-

— *Ah !* J'ai essayé de me lever rapidement et me suis étalé sur le ventre, n'étant pas habitué à des pieds insensibles.

La fois suivante, j'ai ralenti, puis j'ai traîné Delta — désolé, mon pote — le long du sol jusqu'au four brûlant. À l'arrière du grand brûleur se trouvait la ligne électrique, un cordon gainé disparaissant quelque part derrière des tuiles métalliques. Là où il se connectait au four, cependant, résidait une possibilité. Trébuchant vers Beta, j'ai détaché un couteau et utilisé sa pointe pour briser le joint où le gros cordon noir entrait dans le four fumant.

D'accord. C'est là que les choses allaient devenir délicates. Je devais réveiller Delta par un choc sans lui donner tellement de jus qu'elle grillerait.

J'ai pris le couteau, placé les doigts de Delta autour de la lame. Elle entailla la peau synthétique suffisamment pour entrer en contact avec les os métalliques de sa main. Tenant le manche en tissu pour me protéger, j'ai mentalement dit à Delta que j'étais désolé pour ce que j'allais faire et j'ai enfoncé la lame directement dans le cordon.

Et je me suis retrouvé projeté contre un autre four plusieurs mètres plus loin, des étincelles s'estompant dans l'air. Le couteau tremblait au-dessus de moi, enfoncé dans le plafond. De la fumée s'élevait du corps immobile de Delta. Aucun signe de mouvement.

D'accord, peut-être pas ma meilleure expérience.

Un nouveau son, des claquements et des clics, résonna dans l'espace, semblant venir de partout. Au début, je me suis demandé si mon coup de choc et d'effroi avait endommagé quelque chose, mais mes capteurs ont fait leur travail et isolé la source, filtrant les échos et localisant l'origine comme étant l'unique porte de notre cachette de fortune.

Quelque chose arrivait.

Je me suis redressé, instable sur mes pieds engourdis, et me suis lentement dirigé vers l'avant. La porte était grande ouverte, une barrière que j'aurais probablement dû fermer en premier lieu. Je pouvais entendre Kaydee maintenant, me réprimandant pour mes mauvais choix, mais hey, j'avais été distrait. J'avais été à moitié mangé, j'avais nagé dans la boue, et j'avais transporté les corps de mes amis en sécurité. Je n'allais pas me reprocher de ne pas avoir pensé à chaque petit détail.

Alors j'ai attrapé un pied de bureau cassé, un fin bâton métallique qui servirait de batte. Avec mon bras droit utilisant les étagères, les tas d'ordures et le mur comme support, je me suis frayé un chemin au-delà de Beta vers la porte ouverte. Comme toutes celles à l'extérieur des appartements du Vaisseau, le portail rond offrait une serrure à gemmes qu'il aurait été bien agréable d'utiliser. Bien agréable, sauf que je n'avais plus de temps.

Les coupables du bruit sont apparus en trombe. Des flexi-mechs, deux en tête du groupe. Et d'autres derrière eux. Pire encore, sans l'eau qui sapait leur énergie, la paire était armée. Les pistolets à canon court étaient dans leurs mains, levés et prêts alors qu'ils franchissaient le seuil en piétinant.

En infériorité numérique et moins bien armé, j'ai fait ce que je pouvais et j'ai lancé mon pied de table comme un javelot.

La barre a transpercé le mech de tête alors qu'il franchissait la porte, frappant sa poitrine et le repoussant sur le second. Le pied de table manquait d'une certaine létalité, ne laissant au mech qu'une bosse et peu d'autre chose. Mais je m'étais gagné une seconde, et avec cette seconde, je me suis élancé en avant, traînant ma main droite le long d'une étagère pour saisir un autre projectile. Mes doigts l'ont trouvé, se sont enroulés autour de ses contours souples, et je ne l'ai même pas regardé avant de le lancer.

Une poupée filiforme, avec des parties décomposées par le temps, vola et rebondit sur les flexi-mechs qui se remettaient. Les satanés robots n'ont même pas cillé.

À la place, ils ont tiré et j'ai plongé.

Un rayon a embrasé l'air là où j'étais. Le second a frappé là où j'allais être, un coup qui m'aurait tué si j'avais été compétent. En l'état, mon plongeon était plus une chute en avant, assez lente pour manquer le coup, mais atterrir sur le métal chaud. Ma peau a brûlé. J'ai regardé vers les deux mechs, leur ai fait le geste classique de Kaydee.

Leurs visages métalliques ne m'ont procuré aucune satisfaction.

Les déchets soudains, si.

De la crasse, humide et dégoûtante, a volé de derrière moi et de ma gauche, éclaboussant les armes. La saleté s'est enfoncée dans les canons, empêchant le gaz et la lumière des armes d'interagir lorsque les mechs ont appuyé sur leurs gâchettes, à la fois sur moi et sur mon sauveur. Ils ont essayé deux fois de plus, puis ont laissé tomber les armes alors que mon héros m'enjambait, des couteaux chapardés dans ses mains.

— Jouons, a dit Delta, et bien que je ne puisse pas voir son sourire sinistre, je savais qu'il était là.

Le vaisseau a bondi sur la paire de mechs, qui ont tous deux commencé à activer leurs mains foreuses. Delta a répondu à leurs attaques par des esquives et des danses, portant ses propres coups à chaque approche. Les mechs, faisant preuve de plus d'ingéniosité que leurs homologues plus anciens, se sont adaptés : l'un a sauté par-dessus Delta, la prenant en tenaille entre les deux robots.

Malheureusement, cela a aussi mis le mech à ma portée.

Alors que le flexi-mech atterrissait, Delta tissant une tempête de couteaux contre celui resté à la porte, j'ai tendu la main et saisi la cheville de la chose. Balayant ma main vers la droite, j'ai fait tomber le mech dans un fracas métallique. Ces mains tournoyantes ont labouré le sol, projetant une pluie de métal brûlant. Les braises brillaient dans la lumière jaune, nous douchant alors que je grimpais sur le mech tombé, l'immobilisant de mon poids.

Une bonne stratégie, jusqu'à ce que le flexi-mech prouve la véracité de son nom et pivote sur sa colonne vertébrale pour me faire face. Ces deux bras foreuses ont basculé dans leurs articulations, plongeant vers mon crâne. J'ai intercepté l'attaque, mes mains sur ses poignets, une solution temporaire : je pouvais être plus fort que le flexi-mech, mais la machine avait l'avantage du levier, et n'avait pas été sérieusement secouée pendant la dernière heure.

Je voulais crier à l'aide, mais ma stupide bouche ne fonctionnait pas, alors je me suis contenté de regarder vers Delta en essayant d'afficher l'expression la plus frénétique possible. Mes oreilles se sont remplies du son grinçant du moteur alors que ces mains tournoyantes s'approchaient.

Mais Delta ne regardait pas dans ma direction. Un troisième mech avait rejoint la mêlée, et bien que Delta ait mis son premier adversaire en pièces, le second gardait ses distances, la criblant de tirs laser. Pas le temps de s'occuper de moi.

Il faudrait que je me sauve moi-même pour une fois.

CINQ

RÉPARER SES AMIS

Parfois, la meilleure façon de gagner était de laisser l'ennemi se battre lui-même.

Avec les mains perforantes qui s'approchaient de chaque côté, j'ai lâché les poignets du flexi-mech et j'ai levé la tête. La mort tourbillonnante est passée sous mon cou, s'accrochant un peu au col déchiqueté de mon manteau, et s'est retrouvée. Les deux mains se sont entrechoquées, les doigts se tranchant, se brisant et projetant leurs éclats partout. Des picotements ont criblé mon crâne et mon cou : une nouvelle décoration pour ma peau synthétique.

Pendant ce temps, mes propres mains se sont mises à l'œuvre, frappant la poitrine du flexi-mech et repoussant la machine loin de moi. Le robot a trébuché en arrière, ses processus essayant sans doute de comprendre quoi faire de ses mains mutilées, qui pendaient maintenant comme des fils crachant des étincelles sur le sol.

Je ne pouvais pas attendre qu'il trouve une solution.

En me roulant en avant, je me suis jeté vers le mech, une manœuvre maladroite avec les briques engourdies qui me servaient de pieds. Néanmoins, mes bras tendus ont attrapé la taille osseuse en métal du mech, me permettant de traîner la machine au sol. À mon niveau, le mech sans mains s'est débattu, me frappant tandis que je tirais et arrachais chaque fil, cordon et tube que je pouvais trouver.

Les flexi-mechs avaient, eh bien, de la flexibilité, mais leurs coques clairsemées offraient peu de défense. Comme si j'ouvrais un cadeau rigide, j'ai déballé la machine et je l'ai éteinte. Mort, le mech s'est effondré sur moi, nous laissant tous les deux enchevêtrés dans le silence soudain de Purity. Une pause dans le combat, dont je pouvais profiter.

Ma joue pressée contre le sol dur, j'ai parcouru rapidement mes systèmes, déterminant ce qui pouvait fonctionner, ce qui pouvait être réparé. J'avais presque terminé la liste quand quelqu'un a soulevé le squelette du flexi-mech de sur moi, lançant le robot sur le côté comme j'aurais pu lancer une balle à Alvie.

— Lève-toi, a dit Delta quand je l'ai regardée, ou bien ton nouveau plan est de rester allongé là et de laisser Alpha gagner ?

J'ai pointé ma bouche du doigt. Delta a plissé les yeux, m'examinant plus attentivement.

— Tu as l'air d'une épave, a-t-elle dit.

Je ne pouvais pas la contredire.

Le chemin vers la guérison a commencé avec des pièces d'occasion. L'ancien propriétaire de Purity avait plein de babioles, mais des jouets au hasard et des débris n'allaient pas me remettre — et encore moins Beta — en état de fonctionner. Nous avions besoin de pièces qui marchent, ou au moins de substituts solides si nous voulions retourner dans l'action. Et retourner à cette action était un objectif omniprésent pendant que j'aidais Delta à explorer les options dont nous disposions.

Kaydee, mon ancien esprit et ma meilleure — seule ? —

amie m'attendait, prisonnière sur le Pont du Vaisseau et un potentiel atout de négociation que je devais retirer de l'équation. Delta semblait sentir mon urgence et s'est donc précipitée pour disséquer notre meilleure ressource : les flexi-mechs.

Ces machines souples avaient des bras, des jambes, des mains et des cœurs mécaniques en état de marche. Leurs circuits imprimés étaient, dans une certaine mesure, intacts. Les batteries de certains n'avaient pas été coupées. Les fils et les barres pouvaient être arrachés, taillés à la bonne longueur et enroulés ensemble. Avec Delta comme ingénieure et chirurgienne, et moi comme gestionnaire, nous avons sectionné et échangé des parties de moi.

Utilisant les couteaux de Beta, Delta incisait ma peau synthétique au bon endroit, coupant un étroit canal qui pouvait être pelé pour révéler les dégâts en dessous. Nous dévissions une plaque ou soulevions un patch d'étanchéité pour accéder aux pièces cachées criblées. La précision meurtrière de Delta s'est avérée utile pour guérir ici, car elle pouvait extraire les morceaux cassés avec la pointe d'un couteau, puis renouer les fils de cuivre avec ses doigts seuls.

Quand mes pieds se sont remis en ligne, ce n'était pas tant comme se réveiller d'un rêve engourdi que comme acquérir une nouvelle fonctionnalité. Un moment je ne sentais rien, et l'instant d'après ils étaient là : dix orteils, deux pieds, prêts à marcher et à errer. Une fois en place, j'ai commencé à aider Delta et nos quatre mains ont fait un rapide rapiéçage, me remettant en état de marche.

Cependant, comme Volt l'avait averti plus haut, mon intégrité globale continuait de se dégrader. Des parties essentielles de moi, ma colonne vertébrale, ma carte mère, ma mémoire, devenaient de plus en plus entaillées, floues. Déjà, certaines poches répondaient plus lentement, certains fichiers avaient simplement disparu car un coup malheureux avait endommagé le matériel. Jusqu'à présent, les pertes s'étaient limitées aux archives du Bibliothécaire, à l'espace supplémentaire, comme là où j'avais déchargé les Voix pendant notre sortie dans l'espace il n'y a pas si longtemps. Malgré tout, je me sentais à l'étroit là-dedans, comme si ma tête n'avait plus beaucoup de place.

Ce qui, à proprement parler, était le cas.

— Et Beta ? a demandé Delta alors que je me levais, étirant mes membres et testant leur amplitude.

— Même chose, ai-je répondu. On ne part pas sans elle.

Certes, j'avais peut-être dit ça, mais transformer les mots en réalité s'est avéré difficile. Même avec les débris de fleximech, les dégâts de Beta semblaient sombres. Sa peau synthétique avait été soufflée, incapable, à cause de la blessure ou des monstres grignoteurs de Purity, de cicatriser le trou dans la poitrine de Beta. Des fils étaient cassés, ainsi que des circuits de traitement critiques. Son alimentation avait perdu un tiers de son volume, la rendant inopérante. Après notre diagnostic, Delta et moi avons froncé les sourcils devant notre ancienne alliée.

— Ça ne va pas marcher, avons-nous dit en même temps.

— On la laisse, alors ? a dit Delta, regardant Beta sans une once de pitié.

— La laisser ? Plutôt sans cœur, Delta. Même pour toi.

— Elle est morte. Qu'est-ce que tu veux ?

— Ce n'est pas parce que toi et moi ne pouvons pas la réparer que c'est impossible.

Delta a ramassé sa lame et l'a posée sur son épaule. — On perd du temps, Gamma. Tu as dit que le Vaisseau allait bientôt atterrir. Alpha a le contrôle. On ne peut pas laisser ça comme ça.

— Tu étais tout aussi morte qu'elle il y a quelques minutes. Je me suis penché, j'ai saisi les épaules de Beta et je l'ai assise. — Tout ce dont nous avons besoin, c'est d'un meilleur mécanicien. J'ai relevé Beta complètement, répartissant son poids pour la porter en travers. — Et nous avons besoin d'elle, Delta, si nous voulons avoir une chance.

Delta a reniflé : — On a tué le jouet d'Alpha. Il n'est pas si dangereux que ça.

Comme parler à un mur, celle-là.

— Écoute. Nous devons de toute façon monter pour sortir d'ici. Je vais la porter, toi tu me gardes en vie, et ensuite on décidera de la suite. D'accord ?

— Chaque fois que je fais ce genre de marché avec toi, on finit par avoir des ennuis.

— Tu auras des ennuis de toute façon.

Même Delta ne pouvait pas contester cette logique.

Nous avons grimpé. Pas à pas, nous sommes sortis du confortable sous-sol pour entrer dans le Jardin. Nous sommes passés près des passerelles sombres de Purity, Delta libérant au passage plusieurs autres flexi-mechs de leurs âmes. Il y avait des ascenseurs que nous aurions pu prendre, mais je les ai évités même avec Beta dans mes bras. Alpha contrôlait maintenant les systèmes du Vaisseau, et la simple possibilité qu'il puisse immobiliser un ascenseur avec nous à l'intérieur me poussait à continuer vers les escaliers.

Voir Delta reprendre son efficace distribution de mort a fait ressurgir une question lancinante à laquelle je pensais ne jamais avoir de réponse. Bien que cela semblait si lointain maintenant, lorsque nous avions échappé aux mechs d'Alpha et voyagé le long de la coque extérieure du Vaisseau, Delta s'était prise de passion pour l'observation des étoiles, fixant fréquemment les nébuleuses entourant le voyage de notre vaisseau. Plusieurs fois, Alvie l'avait sortie de sa rêverie, mais je n'avais jamais eu l'occasion de creuser le pourquoi.

Alors, sans préambule, alors que nous quittions le sol sablonneux du niveau le plus profond du Jardin, je lui ai demandé pourquoi une machine à tuer s'intéresserait aux étoiles.

— Ai-je besoin de m'expliquer auprès de toi ? a demandé Delta.

— Non.

— Bien.

Delta est restée silencieuse jusqu'à ce que nous atteignions le palier suivant, Beta allongée dans mes bras comme une princesse d'antan ayant besoin d'être secourue. Elle aurait détesté cette comparaison et me tuerait si je la disais à haute voix à qui que ce soit, mais dans mon silence solitaire, j'ai quand même ri.

— Nous sommes ce que notre programmation nous permet d'être, non ? a dit Delta alors que nous repartions, laissant des empreintes dans le sable.

— D'accord, je te l'accorde.

Delta a tapoté sa lame contre son épaule. — Alors tout ce que je fais est dû à une fonction que Leo a écrite en moi, c'est ça ?

— Pas tout à fait, ai-je dit, pensant à Kaydee. Leo, je pense, nous a donné une base. Une fondation sur laquelle nous construisons. Nous pouvons apprendre, Delta. C'est évident.

— Une fondation, a murmuré Delta, méditant sur cela pendant quelques pas de plus. Alors ma fondation est la poursuite.

— Quoi ?

— Une chasse. Une attaque. Appelle ça comme tu veux, mais j'ai été faite pour l'action.

— Je pense que tu l'as prouvé plus d'une fois maintenant.

Delta ne m'a pas lancé de regard noir à ma remarque, ce qui m'a fait taire. J'observais l'arrière de sa tête, mais même ainsi, elle ressemblait à quelqu'un de concentré. Une cadence régulière, son esprit ailleurs.

— Après Alpha, je trouverai autre chose à poursuivre, a dit Delta. Je n'y avais pas pensé jusqu'à ce que je voie l'extérieur du Vaisseau. Il y a tellement de choses là-bas, une infinité. Je n'aurai jamais fini.

J'ai réfléchi à ces mots.

— Est-ce que ça te fait peur ? ai-je demandé.

— Je... ne sais pas. Je devrais être soulagée, a dit Delta, parce que je ne serai jamais sans but. Si le Vaisseau atterrit et que les humains survivent, il y aura des tâches pour m'occuper pour toujours.

— Le rêve d'un mech.

Delta n'a pas répondu. Elle n'en a plus dit un mot, même quand je l'ai incitée à continuer. La porte ouverte sur ses pensées s'est refermée, en partie parce que nous entendions des bruits. Des bavardages vagues, des piétinements et des bruits de pas en mouvement.

Ces sons m'ont apporté mon propre soulagement : Alpha n'avait pas attaqué et détruit les humains pendant mon absence. Leo, Val, Chalo et les autres tenaient toujours leur camp. Nous aurions une chance de trouver de l'aide pour Beta. La mission à Purity n'aurait pas coûté plus qu'elle n'avait rapporté.

Cela faisait longtemps que je n'avais pas eu une grande victoire.

Vraiment très longtemps.

SIX

GARDER LES CHOSES SIMPLES

Au début, je pensais que c'était le bruit du Vaisseau qui produisait ce son, mais à mesure que Delta et moi nous approchions du centre humain — moins de sable, plus de terre —, les battements réguliers et les éclats plus brillants se transformèrent en quelque chose de totalement différent des grincements, des gémissements et des grondements mécaniques. Non, ce qu'on entendait là était bel et bien de la musique, une création authentique tapée par des mains, soufflée dans plusieurs petites flûtes et cognée sur un seau renversé.

Nous sommes tombés sur le groupe en approchant du centre de la forêt tempérée. Les aiguilles de pin formaient un doux coussin pour le quatuor musical, assis sur le côté avec leurs armes à portée de main. Le chaos militaire que j'avais fui pour aller déterrer Beta et Delta s'était transformé au fil des heures en quelque chose de plus sensé : le groupe, oui, mais aussi des espaces aménagés pour la nourriture, la planification, les messages et les soins.

Les gens ici représentaient un court spectre : tous étaient d'abord des combattants, mais certains faisaient aussi partie de la bande de survivants post-apocalyptique de Leo. Ceux-là n'étaient pas difficiles à repérer : leurs transformations métalliques les mettaient en contraste frappant avec les gens battus et sales qui partageaient leur espace, des personnes qui avaient soit été élevées par la technologie à partir d'une fiole dans la Nurserie du Vaisseau, soit qui étaient les derniers descendants de la population d'origine du Vaisseau. Mélangés maintenant, les groupes s'affairaient à travailler sur des armes récupérées ou volées, à revoir les alignements défensifs et, chose assez choquante à voir, à jouer à un petit jeu avec des jetons d'acier gravés.

Val, la seule dirigeante que je voyais superviser l'entreprise, s'était installée sous un pin imposant. Assise sur un tronc criblé de balles, elle examinait des gravures sur une fine feuille de plastique. À notre approche, Beta dans mes bras, nous attirâmes l'attention de tous sauf la sienne. Ce n'est que lorsque nous nous arrêtâmes à ses pieds que Val tapota distraitement du doigt sur une petite table pliante au rythme du groupe — qui n'avait pas interrompu sa prestation à notre arrivée — et leva les yeux.

Porteuse de fardeaux, Val portait son manteau avec une sévérité tranchante. Elle nous considéra d'un œil analytique, examinant mon état délabré, Beta allongée dans mes bras, et le danger réarmé de Delta. Un examen lent, que je tolérais sans commentaire : Val avait montré à maintes reprises que travailler avec elle signifiait accepter sa domination. Tout autre comportement signifierait le rejet, le renvoi, le refus.

— Et donc ? dit Val, ses yeux retournant à la feuille griffonnée.

Pas exactement la réponse que je voulais, mais c'était mieux qu'un bannissement ou une réprimande.

— Où est Leo ? répondis-je. J'ai besoin de son aide pour réparer Beta.

— Leo n'est pas là.

Avant que je ne puisse gérer l'humeur courte et les phrases brèves de Val, Delta abattit une main sur la table de Val. Le bruit résonna dans la pièce, couvrant le quatuor et faussant leurs notes pendant un moment discordant jusqu'à ce que leur désordre se résorbe. Personne d'autre n'osa interférer ou laisser son regard s'attarder trop longtemps.

— Aide-nous et nous te sauverons, dit Delta.

Val lança un regard noir, mais peu pouvaient rivaliser avec mon amie vaisseau dans un regard enflammé. Delta n'avait pas besoin de cligner des yeux, n'avait pas besoin de respirer. Elle pouvait concentrer toute sa volonté à surpasser les efforts de Val et c'est ce qu'elle fit, forçant Val à soupirer et à se frotter le front de ses mains sèches et cicatrisées.

— Il est reparti, dit Val. Il a pris sur lui de réparer la Nurserie avec cet autre robot, celui avec lequel tu t'es déjà montré quelques fois.

— Volt, dis-je.

Le mech noir, une machine à plusieurs bras, surveillait de près l'alimentation électrique du Vaisseau. Des racks de batteries et des watts incalculables brûlaient dans le domaine de Volt dans une danse soignée selon sa mélodie. Un seul faux pas, à entendre Volt le raconter, et notre grand arche se désintégrerait dans un spectacle spectaculaire, que nos corps vaporisés ne verraient pas.

— Celui-là, acquiesça Val. Donc, comme je l'ai dit, ils sont partis. Il y a quelques Forgerons ici, cependant. Ils pourraient peut-être aider. Pour une fois, Val sembla dégeler, sa froideur remplacée par de l'épuisement. Il y a de la ferraille en quantité et nous pourrions l'utiliser, si tu le peux.

— J'en suis sûr, répondis-je, mais je ne l'ai pas sauvée pour vous.

— Ah non ?

Même Delta me lança un regard interrogateur. C'était compréhensible, je ne lui avais pas expliqué le pourquoi pendant notre ascension, seulement l'histoire menant à ce moment précis.

— J'ai une amie qui a besoin d'aide, dis-je. Quand ce sera terminé, si Beta veut vous aider, ce sera à elle de décider. Je te suggère donc d'être un peu plus aimable avec nous.

— Tu veux de la gentillesse, va lire un livre, rétorqua Val. Tout ce que nous avons ici, c'est la guerre.

La déclaration déprimante de Val s'avéra fausse : les humains avaient bien plus que la guerre dans leur enclave. Pour commencer, ils avaient empilé et trié les restes de l'armée hétéroclite de mechs d'Alpha. La plupart des morceaux, tranchés par des lames ou brûlés par des tirs laser, n'offraient guère plus que des déchets, mais nichées dans les tas se trouvaient des pièces qui pouvaient convenir à Beta, du moins selon Clara.

La Forgeronne effrontée avait, par compétence ou force de personnalité, pris un certain rôle en l'absence de Leo : maître des débris. Elle présidait aux pièces en désordre, dirigeant ses collègues forgerons et les humains intéressés sur la façon de trouver des pièces utiles. À notre approche, Clara, dont les vêtements ne couvraient pas tout à fait les plaques métalliques scintillantes sur sa peau, pointait ici et là pour envoyer ses subordonnés se précipiter.

Tout comme Val, son humeur ne s'améliora pas en me voyant avec ce que je portais.

— J'ai des pièces, pas des gens, dit Clara. Tu la donnes, parfait. Démonte-la d'abord.

Impitoyable, celle-là.

— J'essaie de la réparer, répondis-je, mais j'ai besoin d'aide.

Clara examina Beta, semblant voir les blessures pour la première fois. — Qu'est-ce que vous avez, vous les vaisseaux, à toujours m'apporter des problèmes ?

— Désolé ?

— Ne t'excuse pas. Qu'est-ce qui fait qu'elle vaut la peine d'être réparée ?

— Elle peut détruire plus de mechs que tout le monde ici, intervint Delta, sauf moi.

Clara, se rappelant probablement que Delta l'avait prise en otage il n'y a pas si longtemps, accepta l'affirmation, aboya quelques ordres, et en quelques secondes nous avions un établi improvisé — construit en assemblant des pièces de mech — dégagé sur lequel Beta fut allongée. J'ai affiché les schémas du vaisseau et nous avons commencé le travail.

Faire une chirurgie d'équipe complète était, en un mot, incroyable. Je demandais ceci ou cela et Clara le faisait, demandait à quelqu'un d'autre de le faire, ou Delta faisait les incisions là où c'était nécessaire. Des outils de Forgeron pour mouler les métaux soudaient de nouveaux circuits, de vieux fils étaient réutilisés. Je suis tombé dans une transe, suivant mes fonctions pour identifier le meilleur ordre pour réparer Beta. Une ligne menait à la suivante, chaque réussite était une case cochée sur la longue liste.

Jusqu'à ce que, plusieurs heures plus tard, nous voyions les yeux de Beta cligner vers nous. Bien que les cheveux roses qui cascadaient sur la moitié de sa tête fussent emmêlés, bien que sa peau synthétique ne guérirait plus comme avant et qu'un patch métallique de style Forgeron couvrait sa poitrine, Beta vivait.

— Me ramener à la vie pour que la première chose que je voie soit ta sale tronche ? dit Beta en s'adressant à moi.

J'ai souri.

— Ça n'aide pas.

Alvie, mon chien métallique, nous a aussi rejoints dans la forêt. Mon chiot au jappement sifflant m'a couvert de coups de museau et de caresses pendant que nous travaillions sur Beta, du moins jusqu'à ce que je lui dise de s'asseoir. Alvie s'est alors simplement assis, me fixant de ses yeux jaunes, sans s'arrêter jusqu'à ce que je lui donne la permission de bouger. Quand j'ai demandé à Val, après l'opération de Beta, si le chien avait transmis mon message, elle a de nouveau levé les yeux de ses stratégies et m'a dit qu'il l'avait fait.

— Nous n'avions ni les gens ni les connaissances pour venir te chercher, dit Val. Ne le prends pas personnellement.

— J'ai appris à ne pas le faire avec toi.

— Bien.

Val tendit la main et caressa une branche de pin suspendue au-dessus de sa tête. — Je suis contente que Beta soit réveillée.

— Moi aussi, dis-je, voulant retourner aux vaisseaux. Néanmoins, Val ne poursuivait pas les conversations à la légère, alors j'ai attendu. — Elle ne sera pas comme avant, mais presque.

— Tout le monde a des cicatrices dans cette vie.

D'accord. J'ai attendu une longue respiration.

— Gamma, dit Val, jetant un coup d'œil à sa feuille griffonnée. Je fixe ce truc depuis longtemps maintenant.

— J'ai remarqué.

— Tout le monde aussi, répondit Val. C'est une décision difficile.

— Tu cherches un conseil ?

Val rit à gorge déployée. — Un conseil ? Non. Tu as dit que tu allais prendre Delta et Beta pour aller chercher un de tes amis ? Un qui est détenu par Alpha ?

— Oui.

Kaydee avait déjà été laissée trop longtemps.

— Je ne sais pas si je devrais te le dire, mais comme tu nous as aidés, je pense que tu devrais savoir, commença Val, le Vaisseau Stellaire est sur le point d'atterrir, du moins c'est ce que dit Volt. Une respiration, elle se gratta la joue le long d'une vieille cicatrice au contour blanc. — Leo n'est pas à la Pouponnière pour la défendre. Il la prépare pour le transport. Les embryons.

— Pourquoi ?

— Après l'atterrissage du Vaisseau Stellaire, nous partons, dit Val. Nous, les humains, en tout cas. Elle leva une main comme pour m'empêcher de parler, ce que je n'aurais pas fait de toute façon. — Alpha a simplement trop de pouvoir. Ses mechs sont trop nombreux et nous sommes trop peu. Je ne veux pas que nos premiers moments dans notre nouveau foyer soient entachés de mort.

J'ai fait ce que j'avais vu tant d'humains faire et j'ai incliné la tête, — Alpha ne vous laissera pas partir. Il vous poursuivra. Il voit les humains comme une menace.

— Il n'en aura pas l'occasion, dit Val. C'est de cela que je te préviens, Gamma. Quand le Vaisseau Stellaire atterrira, nous quitterons le vaisseau rapidement. Avec un peu de chance, trop vite pour qu'Alpha s'en rende compte. Ensuite, Volt va faire exploser cet endroit.

— Détruire le Vaisseau Stellaire ?

— Et Alpha et tous les autres mechs dans ce foutu endroit, dit Val. C'est le seul moyen d'être sûr.

Je suis passé en surrégime, j'ai examiné le plan et il s'est avéré possible. Volt pourrait surcharger toutes les batteries du Vaisseau Stellaire. Il pourrait déclencher des incendies, faire exploser des sous-stations partout dans le vaisseau. Une défaillance en cascade qui transformerait cette carcasse en cendres et en décombres.

— Tu me dis ça parce que tu veux que nous venions avec vous ? ai-je deviné.

Val secoua la tête, — Non. Je te dis ça pour que toi et tes amis puissiez vivre, si vous le voulez. Mais pas avec nous, Gamma. Quand nous quitterons le Vaisseau Stellaire, les humains le quitteront seuls.

— C'est du gâchis, dit Delta alors que nous montions les niveaux.

J'avais scellé les portes du Jardin du côté du Pont, créant un mur pour garder les humains en sécurité pendant un moment face aux attaques d'Alpha. Cet acte signifiait que nous devions grimper pour sortir, atteindre un point où je pourrais ouvrir une porte.

— Les humains ne pensent pas comme toi, mais ils ne sont pas stupides, répondit Beta, se traînant en dernier de la file. Elle s'améliorait à chaque étage, son processeur s'adaptant à ses nouveaux composants internes. Pas tout le temps.

— J'en doute.

Je devais être d'accord avec la porteuse d'épée ici. Le Vaisseau Stellaire avait des tonnes de matériaux entassés dans sa coque. Des ressources, des outils, de l'énergie pour aider à démarrer une nouvelle colonie humaine. Simplement tout faire exploser serait un plan terrible.

— Je ne sais pas pourquoi Volt serait d'accord, dis-je. Il vient juste de reconstruire sa femme.

— Moi, je sais, répondit Beta. Si tu penses qu'Alpha va gagner, alors quel avenir as-tu ?

Un avenir corrompu. Alpha avait une fâcheuse

tendance à réécrire le code des mechs pour qu'ils suivent ses propres instructions. Il avait failli réécrire le mien une fois, m'envoyant dans une spirale terrifiante où chacune de mes actions devait se conformer à ses ordres. Je pouvais, peut-être, comprendre que Volt décide qu'un tel avenir ne valait pas la peine d'être risqué.

— Donc ça revient à la même chose que ça a toujours été, dis-je, mes bottes foulant le sol moussu alors que nous atteignions les niveaux supérieurs humides et envahis par la végétation.

De nouveaux vêtements nous habillaient, pris à des humains et des Forgerons qui n'en avaient plus besoin. Des tenues stables et pratiques, plus adaptées au soudage de plaques ou à la réparation de tuyaux qu'au combat. Si nous en avions l'occasion, je voterais pour aller dans un ancien magasin faire un peu de récupération. Plus c'était léger, mieux c'était pour danser avec les mechs flexibles.

— Arrêter Alpha, sauver le Vaisseau Stellaire, répondit Delta. Ça simplifie les choses, non ?

SEPT

CINÉMATOGRAPHIQUE

Nous sommes sortis du Jardin en haut du Conduit. Un endroit plus aisé, où l'air brillait d'un bleu plus vif. Le vaste corridor traversant le Vaisseau spatial avait de larges passerelles de chaque côté, passant devant des maisons et des magasins encastrés, leurs entrées marquées par des portes en spirale. Des gemmes incrustées rouges et vertes, chacune aussi grande que ma tête, indiquaient les options fermées et ouvertes tandis que nous posions le pied sur le métal, laissant derrière nous les plantes du Jardin.

Après que la porte que nous avions utilisée se soit fermée, Beta s'est retournée et a coincé un couteau sous la gemme rouge. Elle a fait bouger la lame, projetant des étincelles pendant que Delta et moi regardions.

— Aucun mech ne pourra pirater son chemin maintenant, a dit Beta, une fois son saccage terminé.

— Toujours de leur côté, a murmuré Delta.

— Certains d'entre nous n'abandonnent pas leur objectif si vite.

— Eh, ai-je essayé.

— Certains d'entre nous ne sont pas aveugles, a rétorqué

Delta, parlant par-dessus moi. Qui est venu après nous ? Ce n'étaient pas les humains. Gamma ici présent est le seul qui s'en est soucié, et c'est un mech.

— Un vaisseau, ai-je dit.

Beta, ses bandoulières de couteaux scintillant dans l'humidité résiduelle du Jardin, a haussé les épaules.

— Je n'ai pas besoin de leur amour pour faire ce qui doit être fait.

— Et quand ils te jetteront dehors ? Te tireront dans le dos ?

— J'aimerais bien les voir essayer, a répondu Beta.

Les regards se sont assombris. Alvie se tenait entre les deux, ses yeux jaunes passant de l'un à l'autre. Je me suis appuyé sur la rambarde de la passerelle, essayant de trouver quelle combinaison magique de mots pourrait mettre fin à la dispute, quand je l'ai trouvée.

— La Cuisine et Maison de Chandler, ai-je dit dans la brèche. Devant leurs regards incrédules, j'ai pointé du doigt quelques endroits plus loin sur la passerelle où une enseigne au néon blanc chaud éclairait par intermittence la devanture du magasin. Allons-y.

Mes deux amis ont réprimé leurs piques et m'ont rejoint dans ma marche, m'accompagnant dans le magasin en ruine pour voir ce qui pouvait être récupéré. La plupart des endroits dans le Vaisseau spatial avaient été pillés par des humains désespérés dans leurs derniers jours. D'autres avaient été déchirés par des mechs alors que leur code se dégradait ou, peut-être, qu'Alpha les avait transformés en un état plus triste.

Cependant, si haut dans le Conduit, moins d'humains et des mechs plus sophistiqués signifiaient que les dégâts n'étaient pas si étendus. Kaydee aurait peut-être dit que c'était un commentaire sur l'humanité dans son ensemble, mais j'étais plus préoccupé par les couverts.

Gamma et Beta partageaient ma passion, et nous avons sauté par-dessus les fours, les réfrigérateurs trapus et les lave-vaisselle pas plus hauts que nos genoux. Les appareils brillaient de couleurs vives, du rouge cramoisi au jaune éclatant. Malgré tout le gris du Vaisseau spatial, il semblait que la tendance dans les cercles plus branchés était d'aller vers tout sauf ça.

De vrais couteaux bien fabriqués, des hachoirs et d'autres instruments de ruine corporelle étaient disposés dans des vitrines ou accrochés à divers présentoirs vers l'arrière du magasin. Beta et Gamma les ont sortis un par un, les comparant aux éclats forgés qu'ils avaient fabriqués à l'arrière du Vaisseau spatial. Certaines nouvelles lames ont gagné leur place dans leurs arsenaux, la plupart ont été laissées de côté. Trop fines, trop petites.

Moi, j'ai glissé quelques couteaux dans des étuis de cuisse que Beta avait fabriqués pour moi, mais mon principal trophée venait des casseroles et des poêles : une lourde poêle en fonte presque immortelle. Un pistolet laser volé aux mechs flexibles pendait dans mon dos, et je n'avais pas la vitesse de Gamma et Delta, ni leur dextérité. Un gros objet contondant qui pouvait aussi bien servir de bouclier me convenait mieux que les trucs pointus. En prime, j'en avais déjà utilisé un avant.

— Bon choix, a dit Delta quand nous nous sommes tous retrouvés à l'entrée du magasin. Tu pourras faire frire des œufs aux humains quand tout sera terminé.

— Tout est question d'utilité, ai-je acquiescé.

Où nous trouverions les œufs, sans parler de l'huile pour les faire frire, est resté sans réponse et sans recherche.

Plus difficile à ignorer était la couleur du Conduit

lorsque nous sommes retournés à l'entrée du magasin. Un échange : le bleu ciel pour un orange brûlé, comme si, en se référant aux archives du Bibliothécaire dans ma mémoire, une magnifique aube terrestre était arrivée. Avec la lumière est venu un message répété plusieurs fois :

Le Vaisseau spatial atterrira bientôt. Veuillez vous préparer à l'arrivée.

Sybil, l'architecte du Vaisseau spatial, prononçait ces mots. Enregistrés qui sait combien d'années auparavant. Après trois répétitions, la lueur bleue du Conduit est revenue.

— Ça change quelque chose ? a dit Delta.

— Non, ai-je répondu. Quand le vaisseau commencera à trembler, on pourra s'asseoir. D'ici là, on va après Alpha.

Après Kaydee.

— Bien, a dit Delta.

Ensemble, nous avons descendu la passerelle et continué notre chemin. L'annonce d'arrivée de Sybil n'a provoqué que peu d'agitation : quels que soient les mechs officiels désignés pour les tâches d'atterrissage, ils avaient depuis longtemps été détruits ou absorbés par l'essaim d'Alpha. En parlant de ça, nous avons vu des groupes de mechs errer sur les passerelles, des bandes de cinq ou dix mechs flexibles accompagnés de coursiers, ces robots flottants semblables à des abeilles transformés de transporteurs en lanceurs de lasers.

Les mechs ne semblaient pas avoir d'objectif en tête, et ceux que nous observions d'en haut avaient tendance à marcher tout droit, s'arrêtant à chaque maison ou magasin pour entrer et fouiller.

— Alpha devient paranoïaque, ai-je dit.

— Il devient plus intelligent, a dit Beta. Combien de fois es-tu monté là-haut ?

— Quelques-unes.

— Et chaque fois, tu n'as pas réussi à détruire Alpha. Beta a fait un bruit de claquement. Allez, Gamma.

— J'avais d'autres objectifs qui semblaient plus importants.

— Il n'est pas un combattant, a ajouté Delta. Ce n'est pas son mode.

Pas exactement la défense dont j'avais besoin, mais bon. Beta a haussé les épaules face au commentaire et nous avons continué à avancer, la conversation terminée. Je comprenais le point de vue de Beta, cependant : la prochaine fois que je me retrouverais près d'Alpha, un seul d'entre nous en sortirait.

Douze mechs avançaient vers nous, d'un pas lent et régulier. L'Université s'étendait en contrebas à notre gauche, sa masse imposante n'atteignant pas tout à fait cette hauteur. À mi-chemin du Pont et de Delta, Beta voulait se battre.

— Je vote pour la discrétion, dis-je en nous dirigeant vers une grande porte ouverte sur notre droite. Ouverte n'était peut-être pas le mot juste : ses extrémités en spirale étaient tordues vers l'intérieur, l'ouverture ayant été défoncée. N'importe quel mech pourrait indiquer à Alpha où nous sommes, et je n'ai pas envie de traverser un océan pour le rejoindre.

— Moi si, répliqua Delta, mais elle resta à l'intérieur avec Beta et moi.

Et quel intérieur. J'avais déjà été dans des boutiques, des restaurants en ruines et des maisons, mais le vaste espace ici me déconcertait. Un tapis élimé couvrait le sol, menant à un long comptoir unique allant de l'entrée jusqu'au fond. Le comptoir avait une section en verre brisé au centre, parsemant de débris les présentoirs rouge à lèvres à l'intérieur. Derrière le comptoir se trouvait une autre longue étagère, garnie d'aquariums en verre, chacun avec de petits bols métalliques vers le haut et des ouvertures sur la droite. Des conteneurs plats empilés étaient posés à côté de chaque aquarium, avec des cruches munies de pompes à proximité, étiquetées Beurre et Sel.

— Où nous as-tu amenés ? demanda Beta, fixant le plafond du regard.

Quelques lumières encastrées fonctionnaient encore, illuminant une fresque sauvage. Un mélange de personnages, de scènes et de décors s'étalait au-dessus de nos têtes, opposant des héros d'action et leurs armes à des créatures arborescentes noueuses, des voitures de course, une balle blanche volante frappée par un type avec une grande batte, et plusieurs choses qui ressemblaient à des vaisseaux spatiaux rudimentaires volant autour d'une grosse masse grise.

— Aucune idée, dis-je. Kaydee saurait.

Notre contemplation fut de courte durée : les mechs approchaient, trahis par leurs cliquetis. Bien que Delta ait insisté pour une embuscade, j'optai pour une retraite plus profonde. Le hall donnait sur un couloir à l'arrière, avec quatre options. Au hasard, Beta choisit la deuxième, alors c'est là que nous allâmes.

Au début, je ne comprenais pas : la salle, grande mais pas immense, car peu de choses l'étaient sur Starship, ne contenait rien de plus que des chaises alignées rang par rang. Elles faisaient toutes face à la même chose, ce qui ressemblait à un mur noir vierge. Delta résolut l'énigme, trouvant un panneau de contrôle juste à l'intérieur de la porte et appuyant sur plusieurs boutons pendant que Beta et moi errions devant.

Un bruit de grincement emplit la salle, me figeant sur

place tandis qu'un écran en plastique blanc argenté descendait du plafond pour couvrir le mur. Les lumières le long des côtés de la pièce s'estompèrent jusqu'à l'obscurité, nous plongeant dans le noir absolu pendant exactement deux secondes avant qu'une lumière vive ne vienne éblouir mes capteurs. Une scène se projeta sur l'écran, un film défilant rapidement à travers des scènes discordantes. Le son se déversa aussi : voix, effets, musique.

Je n'avais jamais entendu toutes ces choses ensemble, jamais mises en place intentionnellement, et cela me déstabilisa. Les fichiers déposés par le Bibliothécaire contenaient ces éléments, certes, mais les rejouer — comme si j'en avais eu le temps — dans ma propre mémoire n'était pas comme ça, pas comme être entouré par l'expérience.

— Éteins ça ! cria Beta par-dessus le bruit. Ils vont entendre, bon sang.

— Je ne peux pas, répondit Delta, et je vis que le panneau de contrôle s'était rétracté dans le mur, verrouillé par un code d'accès. Elle souleva sa lame. Je vais le couper.

— Non ! dis-je, me surprenant moi-même. Quelque chose explosa à l'écran, et une voix grave lut ce qui semblait être le titre. Ne fais pas ça. On ne sait pas si les autres salles fonctionnent.

— Et alors ? Delta me lança un de ses regards brevetés Gamma-tu-es-fou, rendu encore plus intense par le reflet du film.

— Ça pourrait être le dernier. Le seul endroit comme celui-ci qui reste. Je pointai derrière moi. Il y a de la magie ici. Nous n'avons pas besoin de la détruire.

Delta continua à me fixer d'un regard vide, mais au moins elle abaissa sa lame. Une victoire momentanée, que je prévoyais de suivre d'une remarque pleine d'espoir sur les mechs passant tout droit.

On aurait pu croire que j'aurais appris depuis le temps.

Les flexi-mechs ne respectèrent pas l'étiquette du théâtre. Ils n'entrèrent pas doucement par la porte, mais la défoncèrent, armes levées et prêtes. Delta, Beta et moi plongeâmes à couvert.

Ou plutôt, moi je le fis.

Les couteaux de Beta sifflèrent au-dessus de ma tête tandis que je volais vers les sièges. Atterrissant sur le vieux sol dur, j'entendis les dossiers des sièges grincer alors que Delta les parcourait en bondissant, dansant vers les mechs tout en rendant difficile un tir précis. Alvie aboya d'un wheeze, choisissant une rangée pour attendre en embuscade. Au-dessus et autour de nous, des violons vibrants et des tambours martelants couvraient tout autre bruit.

Je me recroquevillai au sol, raclant ma grande casserole sur le sol entre les sièges pour jeter un coup d'œil. Des lumières laser orange clignotaient. Des grincements occasionnels de métal déchiré perçaient entre la musique. Quand je regardai autour du bord, des corps de mechs gisaient en fumant près de l'entrée du théâtre, mais la salve initiale de mes amis n'avait pas anéanti toute la force.

Delta, près du projecteur, était aux prises avec trois flexi-mechs. Ils utilisaient leurs armes moins pour tirer sur Delta que pour la forcer à reculer, la piéger dans un filet de tir combiné. À ma gauche, Beta s'était accroupie derrière le premier rang, se mettant à couvert tandis que cinq mechs descendaient l'allée en tirant. Alvie trouva son moment, bondissant sur les cinq et tailladant dans leur groupe.

Je pouvais m'attaquer à l'un ou l'autre groupe, mais lequel ?

La victoire facile l'emporta sur le combat plus dur.

Je me levai, laissant tomber ma casserole et faisant pivoter mon laser autour de mon épaule pour le saisir à deux mains. Loin d'être le meilleur tireur, même moi je pouvais réussir un ou deux bons tirs sur une cible inconsciente. Mon arme vibra alors que le gaz et la lumière se mélangeaient, crachant une énergie bleue brûlante sur le trio de mechs. Mon premier tir manqua derrière leur avancée, le second calcina un torse.

— Je t'ai eu ! criai-je.

Et j'obtins la réponse escomptée : pas seulement le mech que j'avais calciné, mais les deux autres avec lui se tournèrent brusquement vers moi.

Delta s'occupa du reste, bondissant en avant avec un large coup de lame. Les trois mechs, debout dans deux rangées de sièges séparées, perdirent leur tête. Je fis à Delta un pouce levé breveté Kaydee, mais le vaisseau m'ignora, terminant son coup et sprintant vers l'avant du théâtre.

C'est vrai. Deux amis et un chien.

Pivotant après Delta, j'essayai de m'orienter pour un tir opportuniste et vis de l'orange venir vers moi. Je me baissai, vis les sièges derrière moi s'enflammer alors que des tirs perdus surchauffaient le vieux tissu sec. Tout ce temps, un discours dramatique se jouait à l'écran, un général ou un autre commandant ses forces au combat. Approprié.

Je me penchai hors de mon allée, restant derrière les sièges. Delta avait été forcée à se mettre à couvert, le tir nourri des flexi-mechs s'avérant difficile à percer. Je ne voyais pas Beta, mais les jurons lancés depuis le côté opposé du théâtre semblaient être une bonne indication. Alvie vola dans les airs, projeté par un flexi-mech, et s'écrasa dans les sièges derrière moi. Pour le moment, je semblais être la cible la moins menaçante.

Autant que je le préférais.

Sans viser avec précision, j'ai maintenu la gâchette enfoncée et vidé mon pauvre pistolet pour envoyer un flux brûlant continu. Les rayons azur sont passés loin de l'écran — d'une manière ou d'une autre, la toile n'avait pas encore été touchée et je sentais qu'elle devait rester intacte — et bien loin des mechs, mais ils ont attiré l'attention. Ces yeux rouges de flexi-mech, comme des points flottants dans l'obscurité, ont brillé dans ma direction.

— Allez-y, ai-je murmuré.

Delta a entendu.

Le démantèlement est venu rapidement, brutalement. J'ai tiré encore quelques rayons par solidarité pendant que mes amis vaisseaux encerclaient et traitaient les mechs à leur façon, une coupure, une poignardée ou une tranche à la fois. Derrière moi, l'incendie du théâtre continuait de brûler, consumant plusieurs sièges tandis que je regardais, incertain.

Incertain, du moins, jusqu'à ce que le plafond décide de nous arroser.

Le système de défense anti-incendie du vaisseau s'est déclenché alors que Beta et Delta nettoyaient le dernier mech, trempant le théâtre. Le feu s'est atténué dans l'humidité. Mon arme a court-circuité, tout comme les autres, ne me laissant que la poêle. Je l'ai levée alors que Delta et Beta revenaient, tous indemnes. Enfin, pas tout à fait vrai : Beta et Delta avaient toutes deux reçu des coups, absorbés par leur peau synthétique. Aucun dommage interne. Alvie, lui aussi, s'est secoué pour se libérer des décombres, cherchant d'autres mechs à mordre.

— Beau travail, ai-je dit au duo. On forme une bonne équipe.

— On ? a demandé Beta.

— Gamma a fait ce que Gamma fait, a dit Delta. Au moins, on n'a pas eu à le sauver.

Il fut un temps où cette caractérisation m'aurait vexé. Maintenant, j'ai hoché la tête.

— Exactement, ai-je dit. Et regardez, le théâtre fonctionne toujours.

Le film continuait de jouer, les conséquences d'une bataille violente se déroulant à l'écran. Des personnages marchaient parmi les cadavres, leurs visages souillés de terre et de sang. Dans l'ensemble, une affaire bien plus dégoûtante que les câbles et le liquide de refroidissement qui gouttaient autour de notre champ de bataille.

— Je connais celui-là, a médité Beta. Pas terrible.

— Peu importe, a dit Delta. Allons-y.

Alors nous sommes partis, ma poêle à frire à la main, un léger sourire sur mon visage, les vêtements trempés. D'une certaine manière, je sentais que le Bibliothécaire serait content que nous ayons laissé le théâtre en état de marche. Je devais bien ça au vieil homme pour l'avoir accueilli juste assez longtemps pour que Kaydee oblitère l'âme numérique du gars.

Si je devais payer cette dette un cinéma à la fois, je le ferais.

HUIT

SOIRÉE DANSANTE

Pour tout le travail que nous avions fait dans le cinéma, il aurait été agréable d'obtenir une récompense. Au lieu de cela, les mechs d'Alpha avaient dû bavarder car nous n'avions parcouru que quelques dizaines de mètres de plus le long de la passerelle, avec le Pont encore loin devant, avant que des coursiers ne flottent droit sur nous. Les mechs en forme d'abeille, conçus pour transporter des colis d'un endroit à un autre, avaient été équipés de lasers au lieu de cargaison. Ils n'étaient pas particulièrement précis, et leurs mini-moteurs à réaction avaient tendance à les faire bouger au hasard, mais le nombre comptait pour quelque chose.

— Cinq, dit Delta alors que le quintette, brillant orange contre le bleu du Conduit, se balançait au-dessus de la balustrade devant nous. Courir ou se battre ?

— Pas de doute sur ce que tu préférerais, répondis-je.

Beta n'attendit même pas. Un couteau passa en flèche devant l'oreille de Delta, filant droit devant pour frapper comme l'éclair le coursier le plus proche. Le métal aiguisé mordit dans la fine peau du coursier, faisant jaillir des étin-celles. Redoublant d'effort, l'élan du couteau fit tournoyer le coursier, dirigeant son moteur vers le haut de sorte que la poussée paniquée de la machine l'envoya s'écraser sur la passerelle.

Il mourut dans un crépitement et un pop satisfaisants.

— On y va, marmonnai-je, suivant Delta et Beta.

Les quatre coursiers restants n'eurent pas le temps de tirer. Le combat se termina en quelques secondes, les bras de Beta propulsant des couteaux tandis que ses pieds parcouraient des mètres. Chaque tir était parfaitement ajusté, faisant tournoyer les coursiers, détruisant leurs armes ou leurs moteurs. Le seul resté en l'air, luttant pour trouver sa cible, se retrouva coupé en deux par la lame de Delta.

Moi, poêle totalement prête, je les rattrapai pour découvrir un carnage attendant mon assaut.

— Bon travail d'équipe, dis-je tandis que mes amis confirmaient leurs victimes.

— On ferait mieux de continuer, répondit Beta en réapprovisionnant ses couteaux. Le grand gars sait qu'on est là.

— Alpha n'est pas vraiment si grand, dis-je en mettant une main sur ma tête. Il est comme ma...

— Pas important, me coupa Delta. Allons-y.

Beta s'élança avec Delta, toutes deux prenant la passerelle dégagée et l'utilisant comme leur piste de sprint personnelle. Je trottinai derrière elles, les dégâts accumulés réduisant ma vitesse de course. Kaydee avait mentionné, et les ressources du Bibliothécaire avaient confirmé, que les humains se dégradaient en vieillissant. Les muscles et les souvenirs ne fonctionnaient plus aussi bien qu'avant, rendant les humains et autres créatures biologiques plus lents avec le temps. Je me disais que ce ne devait pas être très différent de ce que je ressentais maintenant, chaque pas faisant apparaître de petites alertes dans mes yeux sur la faiblesse structurelle, les articulations glissantes, les fils qui s'effilochaient.

Ces derniers jours avaient vu une demi-douzaine de réparations de fortune sur mon corps, toutes effectuées par des personnes et des mechs qui n'étaient pas des experts. Après tout ça, j'aurais besoin de quelqu'un comme Leo, ou peut-être Volt, pour faire un démontage complet. Arracher mes entrailles, mes nerfs, et les remplacer par des versions toutes neuves et meilleures.

Cela, bien sûr, ne serait possible que si le Vaisseau Spatial atterrissait en sécurité. Si Alpha ne gagnait pas.

Cela dit, si Alpha gagnait, peut-être qu'il me réparerait parfaitement après avoir corrompu ma programmation. Un lieutenant parfait, brillant aux côtés de Delta et Beta sous le trône d'Alpha dans son nouveau monde dirigé par les mechs. Quel cauchemar ce serait.

Le pire ? Je ne le saurais pas. Pas comme un humain qui se retrouverait asservi ou capturé. Mes souvenirs seraient littéralement effacés, littéralement modifiés. Je serais un serviteur heureux à tous égards, fonctionnant pour toujours selon le caprice d'Alpha sans la moindre trace de mécontentement.

Je ne pouvais pas laisser cela arriver. Impossible. Si les choses allaient aussi mal, j'appuierais sur le bouton. J'effacerais tout ce qui me faisait fonctionner et deviendrais vraiment un récipient vide. Certes, Alpha pourrait installer un autre programme, mais ce ne serait pas moi.

Ce ne serait pas moi.

Delta et Beta finirent par réaliser que je n'étais pas aussi rapide et ralentirent leur course, me laissant les rattraper. Alvie, au moins, resta à mon rythme tout du long. Nous passâmes devant des maisons plus chics, plus de restaurants et de magasins haut de gamme. Si le temps l'avait permis, je serais entré, curieux de la société humaine ici. Au lieu de cela, je me répétais le nom de Kaydee et continuais d'avancer.

Des mechs nous interrompirent en chemin, des escouades surgissant d'un ascenseur montant ou plus de coursiers volant vers nous. À chaque fois, Delta et Beta expédiaient les arrivants sans cérémonie, leur travail au couteau et à la lame impeccable, rapide. Je comptai un bon coup de poêle à frire sur un mech flexible pas tout à fait anéanti par un lancer de couteau de Beta. Après, Beta ramassait ses lames dépensées et nous repartions en courant, gardant une longueur d'avance sur tout piège.

— Il doit savoir où nous allons, dis-je alors que nous nous tenions au milieu d'un autre groupe de coursiers abattus. Pourquoi Alpha n'envoie-t-il pas simplement ses mechs là-bas ?

— En espérant avoir de la chance ? proposa Beta, ramassant son dernier couteau dépensé et le rangeant dans son étui de cuisse.

— Retarder, dit Delta. Chaque seconde lui donne plus de temps pour se préparer.

Diviser ses forces. En dépenser quelques-unes pour gagner un temps précieux pour les autres. L'idée avait un certain sens. Surtout si Alpha avait un autre mech monstrueux comme le Chancelier ressuscité. Donnez à cette bête quelques minutes de plus pour être perfectionnée, et...

— Pas encore, dis-je alors que nous recommencions à courir. Nous avons suffisamment endommagé les Lignes. Alpha ne serait pas capable de construire une nouvelle armée si vite.

— Alors contre quoi nous sommes-nous battus ? répliqua Delta.

— Tout ce qu'il a, dis-je.

— Alors c'est un vaisseau mort.

— Très mort, ajouta Beta.

S'approcher du Pont depuis le haut du Vaisseau Spatial signifiait que nous devions descendre, une tâche rendue plus difficile par le fait que les ascenseurs ne fonctionnaient pas pour nous. Alpha contrôlait le réseau du Vaisseau Spatial, ce qui signifiait que ces ascenseurs pratiques jouaient selon sa mélodie et celle de personne d'autre. Notre passerelle se terminait contre une porte en spirale peinte, une porte défoncée menant à un appartement massif avec des vues vitrées sur l'espace extérieur. Un escalier, tout en marches antidérapantes et rampes, se trouvait juste avant la fin sur notre droite.

— On descend ? demanda Delta.

— Il n'y a pas d'autre moyen d'atteindre le Pont, n'est-ce pas ? demanda Beta, me regardant.

Une plateforme centrale, une entrée gardée par des lasers, puis un long chemin jusqu'au Pont lui-même et ses terminaux. Pas d'autre moyen, sauf ramper à l'extérieur du Vaisseau Spatial et essayer de forcer l'entrée, quelque chose que je parierais que même Delta ne serait pas capable de faire.

— Pour une fois, je pense que notre seule tactique est d'enfoncer la porte d'entrée, dis-je.

— Simple. Bien, acquiesça Delta. Allons-y.

Alvie aboya d'approbation dans un sifflement, et nous partîmes. Descendre les marches n'était pas beaucoup mieux que courir sur le passage plat, et une fois de plus Beta et Delta prouvèrent leurs avantages physiques en sautant d'un étage à l'autre. Je préférais descendre les marches en sautillant, gardant une main sur la rampe et l'autre tenant ma poêle à frire. Plus lent, certes, mais moins susceptible de m'étaler sur un palier.

Je ne pouvais pas supporter les moqueries que j'aurais reçues pour ça.

Alpha, cependant, nous laissa faire la descente sans nous embêter. Nous en vîmes bientôt la raison en jetant des regards vers le bas : des flexi-mechs, des coursiers et un assortiment de vieux mechs s'étaient agglutinés sur la plate-forme d'entrée du Pont. Alpha avait apparemment décidé de condenser ses forces en un dernier mur. Contrairement à un mur, cependant, les mechs bougeaient.

— Pourquoi ? demanda Delta alors que nous nous arrêtions sur un palier près de notre destination pour jeter un dernier coup d'œil.

Les machines se déplaçaient sur la plate-forme, certaines marchant en longs cercles tandis que d'autres sautaient d'un endroit à l'autre, d'avant en arrière sans fin. Les coursiers voltigeaient de haut en bas, comme s'ils se balançaient sur un rythme silencieux. Un mouvement incessant sans but apparent.

— Soirée dansante ? proposa Beta.

— On demandera à Alpha quand ils auront tous disparu, dis-je.

Quelle que soit la pitié que j'avais pour les mechs, elle ne s'étendait pas beaucoup aux nouvelles variantes d'Alpha. Particulièrement après l'assaut à Pureté, je ne pouvais pas trouver beaucoup de terrain d'entente avec les flexi-mechs et les coursiers à laser brûlant. Ces quelques mechs poubelles et couverts, si loin de leur conception initiale, méritaient mon dernier regret. Tous les autres étaient des machines faites pour la guerre et méritaient sa fin.

Comme le cœur d'une araignée, le Pont commençait par une plate-forme en arc au centre du Conduit. Sur les côtés, des passerelles s'enroulaient pour se rejoindre à son bord. Des escaliers et des ascenseurs amenaient les visiteurs vers ces chemins, et nous n'étions pas différents, arrivant à un carrefour familier.

— Que s'est-il passé ici ? demanda Beta alors que notre escalier se terminait sur une passerelle jonchée de débris.

— Longue histoire, dis-je.

— Gros combat, ajouta Delta. J'aurais gagné.

— Tu serais morte sans moi, rétorquai-je.

Delta me lança un regard noir, Beta fit aller et venir ses yeux entre nous deux, puis gloussa.

— Vous deux êtes spéciaux, vous le savez ? dit Beta, en sortant des couteaux de ses étuis et en les faisant tournoyer entre ses doigts. Et si on établissait un nouveau record ?

Delta semblait impatiente de le faire, et j'en avais fini de discuter, mais notre supposée charge contre les mechs ne fut pas accueillie par une défense précipitée. Au lieu de cela, même si nous ne pouvions pas nous cacher sur la passerelle ouverte sous la lumière bleue du Conduit, les mechs ne cessaient pas de sautiller. Même les coursiers, qui auraient dû nous assaillir, ignoraient notre approche. Les machines sautillaient et rebondissaient sans se soucier le moins du monde que trois vaisseaux s'approchaient.

— Est-ce qu'on les détruit quand même ? demanda Beta lorsque nous fûmes à quelques mètres des flexi-mechs les plus proches. Ils pourraient nous encercler. Nous tendre une embuscade par derrière.

— L'ancien moi aurait peut-être argumenté dans l'autre sens, dis-je, mais ce sont les mechs d'Alpha, à cent pour cent. S'ils font ça, c'est parce qu'il le veut.

— D'accord. Delta ponctua le mot d'un seul long saut, terminé par une coupe en l'air.

Le flexi-mech dansant se retrouva séparé en deux moitiés, le mech tombant au sol et s'éteignant. Je m'accroupis, prêt à me défendre avec la poêle. Alvie grogna. Beta avait ses couteaux prêts à être lancés. Une contre-attaque semblait inévitable.

Rien.

Aucun changement. Juste le grondement du Vaisseau Spatial et des machines dansantes.

Delta secoua la tête, me jeta un coup d'œil, — Ne me retiens pas.

— Ce n'est pas mon intention.

Elle se mit au travail.

Tandis que Delta écrasait les mechs, sa lame livrant peut-être des desserts injustes aux machines dansantes, Beta, Alvie et moi regardions depuis la passerelle. À chaque seconde, nous nous attendions à ce que les mechs se retournent, qu'ils ripostent. À chaque seconde, ils continuaient leurs mouvements saccadés et aléatoires.

— Je n'arrive pas à comprendre, dis-je finalement, alors que Delta se mettait à faire des sauts-tranches et dévorait les coursiers flottants. Qu'est-ce qu'Alpha gagne ici ?

Beta, les couteaux pendant de ses mains, regardait avec moi, — Il n'est pas le type le plus stable.

— Tu penses que c'est juste une erreur ?

— Possible.

— Un coup de chance pour nous alors.

— Ça te rend méfiant, hein ? Beta me regarda. Gamma, as-tu déjà vu quelque chose de bien dans ta vie sans devenir méfiant ?

Je fis un pas de côté, haussai les sourcils vers elle. À ma gauche, Delta envoya sa lame tournoyer à travers une demi-douzaine de flexi-mechs.

— Bien sûr que oui, dis-je. Je veux dire, euh...

Je fouillai dans ma mémoire, certain qu'un tel moment existait, mais "méfiant" était un terme trop vague. Presque tout pouvait être considéré comme de la méfiance, et, wow, j'avais eu étonnamment peu de bons moments depuis mon réveil.

— Ce que je veux dire, dit Beta dans mon silence, c'est que Leo nous a laissé l'opportunité de sourire un peu, mon gars. Tu peux accepter un bon tournant, alors fais-le. Regarde Delta et sois heureux que toutes ces choses ne soient pas en train de nous découper.

— C'est ce que tu fais ?

— Bien sûr.

— Parce que tu es une telle experte en matière de bonheur ?

Beta rit. Delta embrocha un mech poubelle sur la pointe de son épée et les jeta tous deux sur plusieurs autres robots, le tout explosant dans une petite détonation.

— Je ne savais rien du bonheur pendant longtemps, dit Beta. Puis j'ai trouvé Val, ce braqueur menaçant de Chalo. Tous les humains. Beta fit tournoyer un couteau, le rattrapa de la même main, répéta le geste avec l'autre et bientôt elle jonglait avec les couteaux. Tu vois, ils faisaient des choses sans but. Ils chantaient des chansons, ils dansaient, les enfants jouaient à ce jeu de chat parmi les tas de déchets des Ferrailleurs. Quand je demandais pourquoi, ils disaient que ça les rendait heureux.

— Et ?

Beta attrapa les couteaux, les fit tournoyer dans leurs étuis.

— Ils m'ont invitée à essayer, et tu sais quoi ? Ils avaient raison. Beta fit un signe de tête vers la plate-forme. Elle a fini. Il est temps d'y aller.

Les efforts de Delta avaient laissé l'entrée plate du Pont comme un étalage de shrapnel, avec des extrémités tranchantes scintillant partout. Des étincelles et du fluide de refroidissement formaient des flaques autour, avec des bouffées blanches brillantes s'élevant chaque fois qu'un composant lâchait et disait adieu à son énergie. Delta elle-même reconnut son travail, se tenant près des portes laser du Pont et regardant en arrière les ruines avec les bras croisés et un visage impassible.

— On dirait qu'elle aussi pourrait apprendre à être heureuse, dis-je à Beta alors que nous rejoignions notre troisième vaisseau.

— Nan, Delta comprend, répondit Beta. Delta, tu sais comment être heureuse, pas vrai ?

— Tu vois ça ? Delta pointa sa lame vers le désordre. Le bonheur.

Beta posa sa main sur mon épaule, — Tu trouveras le tien un jour, gamin.

La dernière étape vers le Pont signifiait passer à travers des portes laser. De minces supports s'élevaient alors que la plate-forme se rétrécissait en un couloir menant directement à la proue du Vaisseau Spatial. Les bandes rougeoyantes faisaient trois mètres de haut, s'étirant entre les poteaux. Plus tôt, j'avais jeté le jouet d'Alvie dans la lueur pour voir ses effets et j'avais regardé la balle se désintégrer. Quand Alpha était passé par là, je l'avais aidé à pirater les ordinateurs du Vaisseau Spatial et à désactiver les champs.

Maintenant ils étaient de nouveau en place.

— Brillant, dit Beta.

— Je pourrais peut-être le pirater à nouveau, proposai-je.

— Pas besoin, dit Delta, et Beta hocha rapidement la tête en signe d'accord.

Avant que je puisse demander pourquoi, Delta se pencha, ramassa Alvie et lança mon pauvre chien en l'air. Très haut. Suffisamment haut pour que le toutou métallique passe au-dessus de la barrière lumineuse et atterrisse avec un grand bruit de l'autre côté. Alvie dissipa rapidement toute inquiétude : le chien se remit sur ses pattes, émit son aboiement sifflant, et nous adressa son meilleur sourire aux yeux jaunes.

— Vous n'allez pas me jeter, dis-je.

— Oh que si, répliqua Beta, se plaçant à ma droite tandis que Delta s'approchait de ma gauche. Beta me prit ma poêle. Je sais que tu as toujours rêvé de voler, Gamma.

— Comment peux-tu savoir ça ? dis-je, voulant reculer mais sentant la main ferme de Delta contre mon dos.

— Parce que j'en ai toujours rêvé, et nous sommes faits de la même étoffe.

Avant que je ne puisse protester, les deux vaisseaux baissèrent leurs mains, attrapèrent mes jambes et me soulevèrent. Un instant j'étais stable sur le sol, l'instant d'après je volais, agitant les bras, suivant la même trajectoire que mon chien. Un vol en piqué, mon nez passant beaucoup trop près du rouge, avant que mes systèmes ne s'adaptent à ma direction.

J'atterris sur mes pieds, un dix parfait.

— Attrape ! Beta lança ma poêle, je la saisis au vol.

Derrière moi, le couloir menant à la Passerelle était vide. Nous attendant, en fait. Mais je n'entendis pas de bruits de pas atterrissant. En me retournant, je vis Delta et Beta discuter doucement et rapidement. J'essayai de saisir ce qu'elles disaient, mais échouai avant qu'elles ne terminent leur échange par un hochement de tête synchronisé.

Avant que je ne puisse trouver quelque chose de spirituel à dire, Beta se plaça derrière Delta, la souleva et la porta en équilibre parfait sur ses mains. Toutes deux s'accroupirent, puis se propulsèrent, Delta profitant de l'élan pour faire une vrille au-dessus des barrières lumineuses. Elle atterrit à côté de moi et Beta, comme avec ma poêle, lança la lame de Delta par-dessus. Une autre réception impeccable.

— Et toi ? demandai-je à Beta à travers le rouge.

— Je vais surveiller vos arrières, dit Beta en souriant. Maintenant, allez-y et attrapez-le.

— J'aurais pu pirater ces trucs ? suggérai-je.

— Si Beta a la malchance, cette barrière nous aide autant qu'Alpha, dit Delta. La décision est prise. Allons-y.

Son ton ne laissait aucune place à la discussion, et avec Kaydee si proche, je n'avais de toute façon pas vraiment envie de contester. Je souhaitai bonne chance à Beta et notre trio s'engagea dans le couloir.

Presque arrivés à Alpha, et cette fois il ne s'échapperait pas.

NEUF

L'EMBUSCADE D'ALPHA

Un dernier couloir, un corridor serein construit avec le respect à l'esprit. Les murs gris standard du vaisseau cédaient la place à des dalles argentées gravées de noms. Ingénieurs, architectes, et les griffonnages incessants d'Alpha. La première fois que j'avais vu son nom creusé encore et encore sur les côtés, cela m'avait rempli d'une crainte programmée, une mise en garde que la personne à laquelle j'aurais affaire avait abandonné la raison depuis longtemps.

Maintenant, ces mots suscitaient une sensation différente : une colère tranchante.

Alpha, ce monstre, avait Kaydee. Il avait failli détruire mes amis et moi-même à plusieurs reprises. Le vaisseau avait prévu de ruiner la mission de Starship, le seul objectif pour lequel toutes ces années avaient été consacrées, en atterrissant sur un rocher désolé sans atmosphère. Tous les humains à bord, y compris ceux qui attendaient une chance de vivre, seraient effacés.

Ma motivation la plus fondamentale, programmée par Leo il y a des années et des années, me poussait à sauver l'humanité à tout prix. Cela signifiait Val, oui. La Nurserie.

Avec un peu d'ajustement, un peu de flou sur les bords, cela signifiait aussi Kaydee.

Delta est restée silencieuse tout du long. Les pattes métalliques d'Alvie accompagnaient notre marche de leurs claquements. Le grondement de Starship continuait. L'air puait, une odeur nauséabonde provenant de tout le liquide de refroidissement et des autres produits chimiques libérés par le massacre de Delta. Pas que j'aie besoin de le sentir : un simple mouvement et mes capteurs filtraient la laideur.

Au bout du couloir, nous sommes arrivés à la Passerelle proprement dite, une entrée en T nous obligeant à aller soit à droite, soit à gauche. Delta a fait un signe vers la gauche, alors je suis allé à droite, Alvie me suivant. J'avais la poêle levée et prête. Aucun bruit, aucune danse de mech ne venait de la Passerelle elle-même. Un silence inquiétant : Alpha pouvait envoyer des signaux silencieux à ses mechs quand il le voulait.

Des gradins montaient dans la Passerelle, chacun recouvert de longs bureaux avec des postes de travail intégrés à la surface, ressortant comme d'étranges triangles. Des chaises, anciennes mais si peu utilisées qu'elles étaient en excellent état, encombraient les allées entre ces gradins. Des lumières imbriquées faisaient ressembler le plafond, avec un peu d'imagination, au même champ d'étoiles visible à l'extérieur de l'immense vitre avant.

Du moins, c'est ainsi que je m'en souvenais.

Maintenant, je voyais une ruine. Des bureaux renversés gisaient les uns sur les autres, certains suspendus au bord des gradins. Des chaises brisées éparpillaient leurs pièces sur le sol, bien que du côté droit de la Passerelle, niché contre le mur, les coussins des chaises aient été empilés en forme de boîte. Si nous avions affaire à des enfants, j'aurais appelé ça un fort. Les postes de travail avaient leurs écrans fracassés.

À travers l'énorme baie vitrée, dans ce qui ressemblait à du liquide de refroidissement brun-noir, quelqu'un — je pouvais deviner qui — avait écrit MAISON. Le mot aurait dû couvrir l'espace noir, mais tachait maintenant une vue tout à fait différente : une boule jaune, sablonneuse et striée, qui bougeait même alors que je la fixais depuis mon entrée.

La planète dont les Voix avaient parlé avant qu'Alpha ne les oblitère. La direction que j'avais prise à leur demande. La voilà, la future maison de Starship, sa mission accomplie. Sur le moment, elle me rappelait le désert du Jardin, et j'espérais que nous n'étions pas condamnés à atterrir sur un quelconque bourbier recouvert de sable.

Pour les mechs, un monde comme celui-là serait dangereux : quelques grains au mauvais endroit et les circuits pourraient griller.

— Gamma ! La voix d'Alpha, explorant comme toujours des gammes tonales à chaque syllabe, m'appela. Bienvenue, bienvenue, bienvenue !

Le vaisseau se tenait à la base de la Passerelle, près de la vitre. Autour de lui dansaient d'autres flexi-mechs, se balançant sur un rythme caché. Alpha avait l'air à peu près comme la dernière fois que je l'avais vu, ses longs cheveux rouges et son corps couvert de cicatrices enveloppés dans une robe sale. Le vaisseau n'avait pas d'armes visibles et je ne l'avais jamais vu en utiliser une.

Il arborait cependant ce même sourire sauvage aux yeux exorbités, comme un prédicateur de secte atteignant son apogée.

À côté de lui, attaché à une chaise sans dossier, se trouvait un mech que je reconnaissais. Kaydee. Ou plutôt, le corps qu'elle avait volé pour me sauver. Ses bras et ses jambes avaient été arrachés, ne laissant qu'un torse et une tête. Un processeur et sa banque de mémoire.

Elle avait été mutilée, mais, contrairement à Val, Leo, ou un autre humain, elle ne ressentirait aucune douleur. Ces membres manquants étaient comme des pièces dont on aurait éteint les lumières : plus d'options, c'est tout.

Et les lumières pouvaient être rallumées avec le bon équipement.

Pendant notre course, les vaisseaux et moi avions élaboré un plan. Un plan flexible, et je le mis en action avec le plus léger tressaillement de mes doigts droits. Alvie, prenant soin de marcher sur la pointe de ses griffes pour rester silencieux, se faufila sur la droite. Il longea le mur pendant que je m'avançais au centre de la Passerelle, attirant l'attention.

Delta avait disparu. Bien.

— Tu sais pourquoi je suis là, dis-je.

— Pour être témoin de l'histoire ? répondit Alpha, imitant ma démarche pour me rejoindre au centre, au bas de l'escalier étroit qui grimpait les gradins de la Passerelle. Des carreaux noirs durs incrustés d'étoiles argentées. Pour embrasser avec moi le voyage d'un millénaire ?

— Je suis là pour elle. Je pointai Kaydee du doigt. Tu peux garder ton histoire.

Le visage d'Alpha tressaillit, le sourire qu'il arborait se transformant en un profond froncement de sourcils avant de se fixer sur quelque chose de plus neutre entre les deux.

— Elle ? Cette chose ? Alpha se retourna, fit un geste. Le flexi-mech qui dansait le plus près de Kaydee arrêta sa danse et plaça ses dix doigts autour de la gorge mécanique de Kaydee. Que veux-tu en faire ?

Mes capteurs s'emballèrent pendant un instant brûlant, prenant ce dont je me souvenais du corps robotique de

Kaydee et essayant de déterminer si la destruction de la tête anéantirait la mémoire. C'était le plus important, ces petits bâtonnets où tout ce qui nous constituait serait stocké. Certains mechs avaient des têtes simplement pour la forme, pour que les humains les trouvent plus normaux. D'autres les utilisaient tout comme leurs homologues biologiques.

Mes capteurs n'en avaient aucune idée. Kaydee pouvait être morte. Elle pouvait aller bien.

Je ne pouvais pas prendre le risque.

— La seule chose qui importe est ce que tu veux, dis-je, et si tu me la donneras en échange.

— Oh, Gamma. Tu m'as déjà tant donné, répondit Alpha en montant plusieurs marches vers moi. Sur la droite, j'aperçus mon chien qui avançait, sans pour autant le regarder. Ce pont, c'est grâce à toi. Les Voix ? Tu les as remises sur le réseau pour que je puisse les détruire. Ce démon qui dirigeait la Nurserie et corrompait tous ces mechs avant moi ? Encore toi. Dis-toi ce que tu veux, mon ami, mais tu as fait plus pour faire avancer ma cause que quiconque sur ce vaisseau.

Certaines piques, je pouvais les laisser passer. D'autres, eh bien, d'autres exigeaient une réponse.

— Alors pourquoi atterrissons-nous ici ? dis-je en ramenant ma poêle contre ma poitrine. Tu voulais un rocher.

— L'un vaut l'autre, répondit Alpha. J'ai fait la paix avec ça, mon ami. Si les humains survivent à l'atterrissage — peu probable — alors j'aurai simplement plus de divertissement. J'ai même déjà commencé à concevoir un zoo. Nous pouvons les garder, Gamma. Les montrer aux futurs mechs comme une leçon, que même les créateurs peuvent tomber face à leurs créations.

— Bien sûr, dis-je en faisant un signe de tête vers

Kaydee derrière Alpha. Si tu as obtenu ce que tu voulais, puis-je l'avoir ?

Maintenant au milieu du pont, Alpha s'arrêta. Il soupira.

— C'était son idée, tu sais, dit Alpha. Toute cette danse. Je voulais vous voir tous morts. Réduits en cendres. Tordus en ferraille. Elle a dit que je perdrais trop de mechs de cette façon. Elle a dit que tu étais pacifique, Gamma, que tu n'oserais pas nuire aux inoffensifs.

Il laissa ces mots planer. Je ne lui donnai rien.

Alpha monta encore plusieurs marches face à mon regard. Nous nous tenions maintenant à moins de deux mètres l'un de l'autre. De si près, avec la masse luisante de la planète jaune dans le hublot, je vis qu'Alpha avait ajouté à ses ornements. Du verre s'emmêlait dans ses cheveux, probablement des morceaux pris des postes de travail brisés. Ils n'avaient pas de motif, juste jetés dans le rouge. Je ne pouvais pas imaginer quelle erreur de codage aurait pu provoquer cela : peut-être ce qu'Alpha faisait depuis le début, tordre l'attendu juste pour le faire.

— Au début, je ne pensais pas que tu avais changé, dit Alpha, plus doucement maintenant. Te voilà, dans tes vêtements humains, essayant de leur ressembler. Toujours à suivre les ordres de Leo.

Derrière lui, Alvie se faufila entre plusieurs mechs dansants inconscients. Le chien atteignit la forme entravée de Kaydee sur la chaise. Le plan n'avait pas prévu une Kaydee immobilisée, mais le chien pouvait improviser.

Je l'espérais.

Alpha continua, me scrutant comme un artiste examinant une peinture, repérant tous les points où j'aurais dû réaliser maintenant que les humains n'avaient aucun intérêt pour ma survie, mon succès. Ils m'utiliseraient jusqu'à ce que je meure. Peu importe.

— Pourquoi ? l'interrompis-je enfin.

— Pourquoi ? répondit Alpha, pour une fois ne faisant pas le lien.

— Pourquoi n'essaies-tu pas de me détruire ? Je suis là, à m'opposer à toi, et tu me fais un discours, soulevai-je la poêle, me sentant un peu ridicule en le faisant. Tes fonctions se dégradent-elles à ce point ?

Alpha resta là. Son visage tressaillit. Froncement. Sourire. Rire. Grognement.

Alvie coupa le ruban adhésif. Sur ma gauche, je vis un éclat. Delta, se mettant en position.

— Tu es mon frère, Gamma. Mon seul frère, dit Alpha, mais les mots sortirent sans émotion. Pas une once d'émotion dedans. Nos sœurs sont différentes. Si violentes. Toi et moi, nous sommes les artistes. Nous sommes ceux qui peuvent faire chanter le Vaisseau spatial, qui peuvent écrire la nouvelle histoire pour nos frères. C'est pourquoi. J'essaie de te sauver.

— Tu veux me sauver ? Alors arrête ça. Laisse-moi t'aider.

— M'aider ? demanda Alpha. Tu penses que j'ai besoin d'aide ?

La question n'était pas hostile. Elle était honnête, curieuse. Pour une fois, le visage d'Alpha ne se tordit pas et ne se brisa pas, mais resta concentré. Une fonction dans son code ne s'était pas encore totalement brisée, restant ouverte à une option.

— Tu sais que tu en as besoin, dis-je, oubliant Alvie un instant. Oubliant Delta et sa lame. Tu dois le sentir, Alpha. Tes capteurs doivent te dire que les choses vont mal. Le monstre qui t'a fait ça n'est plus là, maintenant tu peux nous laisser réparer les dégâts.

Alpha ferma les yeux. Ses mains tombèrent à sa taille. Pendant un long moment, j'espérai, osai croire qu'il pourrait dire oui.

L'épée de Delta arriva chaude, tournoyant sur le côté dans une coupure parfaite vers le centre d'Alpha. Elle aurait dû, aurait pu couper le vaisseau en deux sans l'intervention d'un mech dansant. Comme sortant d'une brume, un flexi-mech deux niveaux en dessous d'Alpha sauta, attrapa la lame avec ses mains tendues et s'effondra sur un bureau renversé.

Tout autour du pont, les mechs dansants cessèrent leur célébration, leurs yeux roses s'allumant alors qu'ils cherchaient des cibles. Alvie tira fort sur la chaise de Kaydee, la faisant rouler le long de la base du pont. Pas d'escaliers sur les côtés, seulement des rampes tout le long jusqu'à la sortie. Si Alvie pouvait l'amener jusque-là, alors nous pourrions avoir une chance.

Mais Alpha avait fini de jouer au frère.

Au cri strident du flexi-mech, les yeux d'Alpha s'ouvrirent brusquement, son sourire revenant en force.

— Un piège ? dit Alpha. Si peu comme toi, Gamma.

Il me frappa, un coup de poing sauvage de sa main gauche. Je le bloquai avec la poêle, envoyant le bras d'Alpha au large. Avec le retour, je visai la tête d'Alpha, mais le vaisseau sauta en arrière d'un niveau, me laissant frapper dans le vide. Derrière lui, Delta se retrouva sans lame, confrontée à une demi-douzaine de flexi-mechs et leurs mains perforantes.

— Tu as gâché la fête ! cria Alpha, continuant de reculer. J'étais prêt pour la paix, et tu as apporté la guerre !

Pas moyen que ce soit vrai.

Un aboiement-sifflement m'attira sur la droite. Deux flexi-mechs pressaient Alvie, frappant le chien, qui devait continuer à pousser la chaise de Kaydee vers l'avant pour éviter qu'elle ne redescende la rampe. Alors je fis ce que tous les combattants font pour sauver leurs amis : je lançai la poêle.

Mon missile improvisé fila par-dessus les bureaux en ruine pour frapper un flexi-mech par surprise dans le dos. Le mech trébucha en avant, autrement indemne. Du moins jusqu'à ce que je rattrape mon ustensile de cuisine lancé. Je me jetai en avant, plongeant pour plaquer le mech trébuchant et le clouer au sol.

Pas que je le maintins longtemps. Je roulai sur le côté, me précipitant vers la chaise de Kaydee qui commençait à redescendre la rampe. Alvie la lâcha, profitant de ma distraction comme une opportunité pour sauter, pattes griffant et dents mordant l'autre flexi-mech. Ma main trouva les barres à roulettes à la base de la chaise juste au moment où Alvie entrait en contact, les mains perforantes du flexi-mech frappant mon chien.

Un bruit terrible traversa le pont, du métal déchirant du métal. J'essayai de ne pas y penser, me mettant plutôt à genoux et soulevant la chaise de Kaydee sur la rampe vers le haut du pont. La chaise, avec le corps mécanique de Kaydee dessus, heurta durement le mur arrière du pont avant de se stabiliser sur le côté. Si elle avait été humaine, cela aurait pu lui faire mal.

Je marmonnai quand même *désolé*.

Le flexi-mech que j'avais terrassé se remit sur pied. Pas loin de moi, je vis ma fidèle poêle cabossée et la ramassai. Alvie et sa cible se battaient autour du niveau à ma droite. Quant à Alpha et Delta ? Le côté opposé du pont offrait un spectacle éclatant auquel je ne pouvais me permettre de prêter attention.

— Tu te sens chanceux, punk ? dis-je au flexi-mech, volant une réplique délicieuse d'un des films du Bibliothécaire. Tu l'es ?

Le mech fit tourner ses mains et avança. Je pris ça pour un oui.

Ma poêle à frire frappa le premier bras d'un coup transversal, à deux mains pour plus de puissance. Le choc fracassa le poignet, envoyant la main tournoyer au loin. L'autre bras visa ma poitrine, mais je laissai l'élan de ma poêle m'entraîner vers la droite, frôlant un bureau et esquivant l'attaque de quelques centimètres. J'inclinai l'angle de la poêle et frappai vers le bas, heurtant le genou tendu du méca. Il céda dans un crépitement d'étincelles, et la machine, son équilibre désormais précaire, s'effondra en avant.

Delta pourrait me reprocher de ne pas avoir achevé le travail, mais je laissai le méca là et fis deux grandes enjambées pour rejoindre Alvie. Les bras des robots étaient enchevêtrés, des morceaux enfoncés et coincés dans les câbles et le métal. Ils roulèrent sur la rampe et je saisis l'occasion, abattant la poêle pour écraser le crâne solitaire du méca. Les circuits se brisèrent et la machine s'affaissa.

— Mais comment te libérer ? marmonnai-je, étudiant ce cauchemar enchevêtré.

Un cri de colère de l'autre côté du Pont me ramena à la réalité. Delta était toujours à l'œuvre. Derrière moi, le flexi-méca que j'avais mis à terre rampait vers mes chevilles, sa seule main opérationnelle tentant de gagner du terrain. Pas le temps de dégager Alvie proprement.

Je lançai la poêle en arrière, assenant un nouveau coup au pauvre méca, puis ramassai Alvie et son enchevêtrement, courant vers Kaydee et sa chaise. Je jetai un coup d'œil en arrière à travers le Pont, vis Alpha, toujours au milieu, me regardant avec ce large sourire. Au-delà, Delta semblait submergée par les flexi-mécas, dansant et esquivant, utilisant des couteaux pour infliger des dégâts.

D'accord, le plan ne se déroulait pas exactement comme prévu, mais j'allais avoir des renforts très bientôt.

Je posai le bazar d'Alvie — les yeux jaunes du chien brillaient toujours, heureusement — sur la chaise de Kaydee et poussai l'ensemble dehors. Passé le T, à travers le couloir aux parois argentées, et de retour aux barrières rouge cerise.

Beta, toujours aussi sereine, attendait de l'autre côté.

— Qu'est-ce que c'est que tout ça ? demanda Beta alors que j'accourais.

— Pas le temps, répondis-je. Ces barrières doivent tomber. Delta a besoin de ton aide.

— Compris.

Je cherchai un port, en trouvai un sur le côté droit. À l'opposé de son jumeau. L'espace d'une seconde, j'hésitai : si je me branchais, Kaydee et Alvie seraient abandonnés et seuls. Beta ne pourrait pas les aider si un flexi-méca ou Alpha débarquait en trombe.

Mais que pouvions-nous faire d'autre ?

Alors je pressai mes doigts ensemble et disparus, quittant une fois de plus le Vaisseau spatial pour le monde numérique.

Et les pièges qui m'y attendaient.

DIX

BIENVENUE À LA MAISON

Un cadre vert. Des couleurs unies, pas de dégradés. Une simple boîte dans un noir infini. Un programme à son niveau le plus basique et j'étais à l'intérieur. Enfin, je ne me tenais pas debout : il n'y avait pas de sol, juste les limites de la fonction. En haut de la boîte commençait la commande de la barrière, et elle se terminait dans un coin en dessous et loin de mon pied droit. Tout en bas de la boîte, s'étalant en texte rouge rigide, se trouvait l'état actuel du programme : ACTIF. Entre les deux, clignotant lorsque je les regardais, se trouvaient des chaînes de code définissant les conditions de fonctionnement de la barrière.

Des règles à suivre, en d'autres termes.

— Voyons comment les enfreindre, dis-je, le son ne se propageant nulle part.

Ma « main » effleurait le code, les lignes chatouillant ma peau tandis que je touchais et analysais leurs commandes. Je supposais quelque chose de simple : un interrupteur pour les activer et les désactiver. Au lieu de cela, je trouvai couche après couche, toutes conçues pour activer ou désactiver les barrières si certaines conditions étaient remplies. Si

Starship se remettait d'une panne de courant, par exemple, ou si quelqu'un prononçait un code d'accès particulier.

Si le capitaine lançait une alerte de mutinerie depuis les terminaux de la Passerelle.

Je m'étirai vers le haut, vers le tout début du code. L'interrupteur commençait là, une simple instruction vérifiant si quelqu'un avait activé ou désactivé les barrières. Cet interrupteur physique se trouvait probablement quelque part sur la Passerelle, un endroit où je ne retournerais pas de sitôt. Ou jamais, si j'avais le choix.

Tout ce que je devais faire était d'insérer une petite injection de code, une minuscule instruction pour dire au programme que l'interrupteur avait été basculé. Facile. Comme claquer des doigts, je rédigeai la commande et la déposai en haut du code. La boîte cligna, le programme exécutant ma commande.

Je m'agenouillai, lus la sortie du code au bas de la boîte : ACTIF.

Hmm.

Je relançai ma commande. Cela aurait dû fonctionner. Dire au programme que l'interrupteur était éteint, et le programme aurait dû désactiver les barrières. Cette fois, j'observai, suivis le processus tandis que le programme exécutait ma commande, chaque ligne clignotant d'un jaune vif lorsque le minuscule ordinateur vérifiait ma requête par rapport à sa logique.

Là. Vers la toute fin. Listé à la fin d'une longue ligne d'exception, vérifiant ces mutineries, ces crashs de Starship : si aucun de ceux-ci ne s'était produit, le programme confirmerait l'interrupteur une fois de plus.

Je ne pouvais pas simuler l'interrupteur, mais je pourrais peut-être supprimer cette ligne. Retournant vers le haut de la boîte, je me dirigeai vers la toute première ligne et fis une requête différente. Pas pour exécuter une commande, pas cette fois, mais pour modifier les lignes. Pas une idée anormale — sûrement que les ingénieurs de Starship pourraient modifier ce code depuis un terminal — mais le programme n'aimait pas ça du tout.

La boîte elle-même s'illumina en rouge. Tandis qu'ACTIF restait en bas, ACCÈS REFUSÉ remplaça le code s'exécutant au milieu. Quels que soient les privilèges que j'avais eus, ils étaient révoqués.

Un programme plus complexe m'aurait peut-être donné plus de marge de manœuvre. Une autre porte dérobée à ouvrir. Celui-ci, probablement à dessein, n'offrait aucune possibilité de ce genre.

Alors je devrais devenir brutal.

Si je ne pouvais pas faire de différence à l'intérieur de la boîte, je devrais aller à l'extérieur. Ignorant les grosses lettres rouges, je dérivai vers le coin inférieur, où les résultats du programme seraient transformés en actions par la machine de barrière elle-même. Le programme se terminait dans ce coin, où des lignes fines comme des fils d'araignée reliaient la boîte au mot ACTIF et à son homologue mécanique.

Je construisis deux pièces, les faisant tourner entre mes mains comme quelqu'un dessinant avec un crayon bien taillé. La première renverrait un résultat ACTIF directement au programme, une sorte de miroir disant au programme la même chose qu'il générait. Moi imitant les mots de Delta en retour. La deuxième pièce enverrait une seule commande de désactivation à la barrière.

Les mettre dans le bon ordre, et j'aurais mon blocage et ma liberté en un seul coup.

— Regarde ça, dis-je, avec mes deux nouveaux jouets brillants dans mes mains. Tu apprécierais ça, Kaydee.

D'une simple poussée, je mis mes nouvelles commandes

en place. Un flash, et DÉSACTIVÉ apparut en vert vif devant moi.

Qui a dit que Gamma ne pouvait pas gagner de temps en temps ?

Beta passa en trombe devant moi alors même que je reprenais conscience, couteaux sortis et se précipitant au secours de Delta. Je ne pouvais pas savoir si elle arriverait à temps. De toute façon, cela n'avait pas d'importance : j'avais Kaydee. Les deux autres vaisseaux pouvaient s'occuper d'Alpha. Et s'ils ne le pouvaient pas, je ne serais certainement pas le poids qui ferait pencher la balance de notre côté.

Mon chien, aussi, gémissait de sa manière métallique et sifflante.

— D'accord, allons-y, dis-je, et je nous poussai à travers.

Le plan que j'avais formé avec Delta et Beta commençait et s'arrêtait à tuer Alpha. Ma mission avait toujours été la distraction puis l'extraction. Faire entrer mes deux bourreaux, puis sortir avec mon amie. Après cela, nous nous retrouverions tous au seul endroit que nous pouvions appeler chez nous dans Starship.

Cela prit un certain temps, y compris pour manœuvrer le fauteuil de Kaydee autour de tous les débris, pour arriver à l'appartement de Leo, mais nous y parvînmes sans être harcelés. En chemin, le Conduit s'illumina à nouveau en jaune, annonçant notre arrivée imminente. Tout le monde devrait prendre des positions d'atterrissage, quoi que cela signifie. Au moins, aucun coursier, aucun méca-flex ne descendit sur nous.

L'endroit de Leo n'était plus tout à fait le même avec son entrée défoncée, mais en soulevant les panneaux tordus de la porte en spirale, nous avons réussi à entrer. À l'intérieur, les murs arboraient toujours ces affiches de films, bien que davantage jonchaient le sol à présent. Les stars d'action devenaient des victimes maculées sous mes pas et les roues en plastique branlantes de la chaise.

Nos quatre lits de camp étaient tels que nous les avions laissés, sous une pâle lumière bleue. Un endroit paisible pour le moment, une ambiance que j'ai brisée en me mettant au travail.

Mes deux patients souffraient de maux différents, alors je me suis d'abord attaqué à la cible la plus facile. Plus facile et moins effrayante. Les yeux d'Alvie brillaient toujours de leur éclat jaune, le chiot était amoché mais clairement en vie. Kaydee, en revanche, ne montrait aucun mouvement, aucune lumière ne brillait dans sa forme sans membres. Quant à savoir si je trouverais encore quelque chose à l'intérieur de cette coquille...

Mes doigts travaillaient rapidement, suivant les instructions de mes yeux. En examinant le métal et les fils qui enchevêtraient Alvie avec le corps flexi-mech, mes capteurs identifiaient les bonnes pièces à tirer, les bonnes à réarranger. Une patte détachée a vu son articulation refixée, une vis volée au flexi-mech et mise à profit pour remplacer celle qui avait sauté. Sans outils, j'ai fabriqué les miens, utilisant ma force pour briser des fragments de métal en tournevis, marteaux et couteaux.

Alvie est resté silencieux tout du long, me faisant confiance alors que je le démontais pièce par pièce. Pas un seul aboiement-sifflement pour briser ma concentration. Seulement des yeux jaunes.

J'ai empêché mes propres pensées de dériver. J'ai concentré toute mon attention sur Alvie et me suis consacré à cent pour cent à la tâche. L'opération n'était pas si complexe qu'elle nécessite une telle concentration, mais je ne voulais pas risquer de m'égarer dans des tangentes, me consumant avec des calculs de risques pour Beta et Delta, pour Kaydee.

Une tâche à la fois.

— Comment tu te sens ? ai-je demandé à Alvie, en le posant libre et dégagé sur le sol de l'appartement.

Alvie a testé ses pattes une par une, les soulevant et les reposant. Une marche lente. Un saut. Un aboiement-sifflement. J'ai remarqué un accroc dans sa patte arrière droite, calculé que sa mâchoire ne s'ouvrait plus aussi grand qu'avant. Les marques que la vie tend à nous laisser.

— Tu peux monter la garde pour moi ? ai-je demandé au chien, et Alvie, comme Alvie le faisait toujours, a aboyé et s'est dirigé vers l'entrée de l'appartement.

Kaydee... Non, pas Kaydee mais le robot qu'elle avait habité, était assis sur la chaise. J'ai coupé les liens qui maintenaient le torse cylindrique en place. J'ai regardé dans des yeux morts et n'ai rien vu. Une grille de haut-parleur marquée de rayures restait silencieuse.

Un seul port se trouvait près du milieu du mech, sous une petite plaque sur le côté droit de la chose. Si Kaydee ne voulait pas sortir, je devrais entrer. Il n'y aurait aucune réparation possible du mech, pas avec ce que j'avais ici.

— Alors tu rentres à la maison, ai-je dit en pressant mes doigts ensemble et en insérant la prise ainsi formée dans le port.

ONZE

SOUVENIRS CODÉS

Une épaule me bouscula, puis une autre. Des gens, en nombre, passaient à côté de moi à travers des portes familières. Celles-ci n'avaient pas la lueur rouge, mais l'entrée du Pont était fraîche dans ma mémoire et maintenant vivante devant moi. Les humains se déplaçaient avec détermination, entrant et sortant, leurs corps vêtus de vêtements propres. Des uniformes élégants, des badges. Leurs cheveux n'étaient pas coiffés en tresses défaites comme ceux de Val et de ses survivants, mais arboraient des styles arc-en-ciel, hérissés et lisses, négligés et sophistiqués.

De la musique, un duo enjoué de saxophone et de piano, jouait dans le Conduit autour de moi. Elle s'adoucit lorsqu'un message s'intercala, un salut du capitaine du vaisseau, annonçant à Starship le jour et la date, invitant à remarquer une nébuleuse particulière du côté bâbord, et à profiter d'une autre matinée fabuleuse sur le plus grand miracle de l'humanité.

— Tu parles, dit une femme en s'arrêtant à côté de moi. Quel grand miracle pourrait-il y avoir sans mangues, pas vrai ?

— Quoi ? dis-je, réalisant qu'elle s'adressait à moi.

La regarder me fit faire un nouveau double-take. Devant moi, les cheveux dressés d'une manière très similaire à ceux de Kaydee autrefois, se tenait une personne que j'avais vue mourir, ou plutôt être supprimée, il n'y a pas si longtemps.

— Je dis qu'ils auraient pu penser à nos papilles, répondit Peony, le sarcasme s'enroulant autour de sa fantaisie. Avec toutes les papayes que nous avons, on aurait pu penser qu'ils auraient réussi à caser quelques mangues.

Aucune réponse ne me vint à l'esprit. Que devais-je dire ? Sympathiser à propos d'un fruit que je n'avais jamais goûté ? Que je ne pourrais jamais goûter ?

— Oh, ne t'inquiète pas comme ça, dit Peony, son sourire s'élargissant devant ma confusion.

Elle avait un look pointu, professionnel mais avec un côté actif, prête à se salir les mains. Plus déconcertante était sa gaieté. Toutes les fois où j'avais croisé Peony, elle avait essayé de me tuer ou de me manipuler. Maintenant, je m'attendais à ce qu'elle...

— Et si on allait prendre un café, continua Peony. Tu as l'air un peu perdu, et un peu de caféine devrait arranger ça.

J'étais sur le point de refuser la proposition, de dire que les mechs comme moi ne boivent pas, eh bien, quoi que ce soit, jusqu'à ce que je me souvienne que rien ici n'était strictement réel. Le Conduit qui bourdonnait autour de moi, avec des mechs et des gens qui circulaient sur les passerelles, filant à travers le gouffre central, n'était qu'une construction. Un endroit que Kaydee avait construit pour elle-même.

Le café ici n'était rien de plus que quelques bits qui n'allaient nulle part.

— Peony, commençai-je alors qu'elle me guidait hors de l'entrée du Pont.

— Tu connais mon nom ? Les sourcils de Peony se haussèrent. Je réfléchis vite, hochai la tête vers son badge, et elle rit. Ah oui, parfois on oublie ces trucs.

— Je comprends, dis-je. Tu sais où est ta fille ?

Une curiosité insidieuse voulait plus d'informations, comme l'année, ce qui se passait autour de Starship. Kaydee avait choisi un moment particulier à recréer et, bien que je voulais savoir pourquoi, le plus important était de la trouver avant que l'alimentation du mech volé ne s'épuise.

— Tu me connais ? demanda Peony.

Nous traversâmes une passerelle longeant le côté tribord du Conduit. Des boutiques nous harcelaient avec des publicités, tandis que des mechs bipaient à l'extérieur avec des plateaux d'échantillons gratuits. Des travailleurs entraient et sortaient en trombe, récupérant leurs boissons quotidiennes ou passant des commandes pour des articles à emporter sur le chemin du retour. Les travailleurs du troisième quart se trahissaient en dérivant vers les différents bars à proximité, les yeux vitreux cherchant un moyen d'engourdir leur chemin vers le lit.

— Une version de toi, répondis-je.

— Voilà une déclaration intéressante, rit Peony en secouant la tête. Tu es un drôle de numéro.

— Nous le sommes tous les deux, répliquai-je.

— Je suppose que tu as raison sur ce point.

La destination choisie par Peony n'avait guère plus qu'un comptoir pour la recommander. Un mech préparateur de café servait des boissons à une douzaine de tabourets, chacun associé à un petit disque noir sur le comptoir. Lorsque nous entrâmes, deux personnes sur les tabourets les plus proches se levèrent, claquèrent leurs boissons et partirent. Tandis que Peony nous installait, elle pressa son doigt sur le disque.

— Deux lattés, légers et mousseux, dit Peony, puis elle me fit un clin d'œil. J'espère que ça te va. Je trouve que c'est plus rapide de commander la même chose pour tout le monde.

— Bien sûr, répondis-je. Je n'avais jamais goûté de latté, et quoi que le monde de Kaydee me serve ici ne serait pas non plus un vrai. Pour en revenir à ma question... ?

— Ma fille ? Pourquoi veux-tu savoir ? Peony plissa la bouche, inclina la tête. Elle a un petit ami.

Un petit ami ? Quel rapport avec tout ça ? Encore une fois, je ne pus trouver une réponse assez rapidement, et Peony eut une nouvelle excuse pour rire.

— Détends-toi, dit-elle. Je te taquine. Pas à propos du petit ami, bien sûr. Tu n'as aucune chance là-dessus, j'en ai peur. Kaydee est follement amoureuse depuis qu'elle est petite.

— Euh.

— Mais si ce n'est pas pour l'amour, et là je l'entendis, la vraie Peony, la Voix bouillie et brûlante qui avait régné sur les dernières années de Starship, alors pourquoi, mon ami perdu ?

Parmi tous les films, livres et histoires archivés par le Bibliothécaire, il y avait une réplique qui, une fois prononcée, semblait toujours faire bouger les choses.

— Elle est en danger, dis-je, en dégoulinant d'autant de gravité que je pouvais rassembler.

— Elle est toujours en danger, rétorqua aussitôt Peony. De quoi s'agit-il ?

D'accord, ce n'était pas tout à fait ce que je cherchais.

Le mech à café m'épargna une réponse rapide en déposant nos lattés sur le comptoir. Le mien fumait, sa mousse blanche saupoudrée de cannelle. Je humais, découvrant un parfum délicieusement épicé à savourer.

Kaydee avait dû passer beaucoup de temps à écrire tout ça. Elle était restée longtemps sous l'emprise d'Alpha, des heures et des heures à peaufiner son évasion numérique. Un endroit que Kaydee ne partagerait jamais, sauf avec moi.

Et, s'il s'était donné la peine de pirater l'intérieur, avec Alpha.

— Bonjour ? demanda Peony.

De quoi s'agissait-il ? Un fac-similé, une manifestation codée de la mère de Kaydee comprendrait-elle ce que j'essayais de faire ?

D'ailleurs, que faisais-je *vraiment* ?

J'avais traîné Beta, Delta et Alvie jusqu'au Pont, leur disant que c'était pour arrêter Alpha, mais c'était un mensonge. Un mensonge évident. J'avais besoin que Kaydee revienne. Pas parce qu'elle pouvait sauver le Vaisseau, pas parce qu'elle méritait de vivre plus que les humains de Val, que Beta ou Delta.

Non, je faisais tout ça parce qu'elle me *manquait*. Parce que j'avais *besoin* d'elle.

— Ça va ? dit Peony en posant sa main sur mon épaule.

Quel sentiment humain que le besoin. Bien sûr, je pouvais construire des arguments montrant que la contribution de Kaydee m'aidait à survivre. Ses conseils augmentaient mes chances de réussite. Elle me maintenait en bon état de fonctionnement. Tous ces chiffres, ces statistiques, ces lignes plates déclarant que ma mission de sauvetage en valait la peine.

Et chacun d'eux ne serait qu'un voile cachant la vérité.

— Où est-elle, Peony ?

Je me sentis examiné à ce moment-là, plus qu'avant. Peony ne regardait pas seulement ma peau synthétique, ma tenue — un uniforme gris standard du Vaisseau — mais à travers moi. Mes yeux, oui, mais sa programmation scrutait la mienne, cherchant une mauvaise intention. Un scan anti-virus couplé à de l'intuition, de la suspicion.

— Tu n'as pas l'air d'être un fauteur de troubles, réfléchit Peony, mais j'ai l'impression que tu vas en apporter.

— C'est à Kaydee d'en décider.

— Plus d'indices, alors ?

Je secouai la tête.

— C'est ma fille que tu demandes.

— Je sais. Crois-moi, je le sais.

Peony m'observa encore quelques secondes, puis retourna à son latte avec un soupir.

Ce qui aurait pris des heures dans la réalité ne prit que quelques minutes dans le monde numérique de Kaydee. Nous quittâmes le café et tournâmes à droite. Le Conduit maintenait les apparences, les gens s'affairaient, les chansons éclataient, les mechs bouillonnaient. Trois pas le long de la passerelle et l'Université apparut devant nous, le Conduit semblant s'étirer et nous y propulser.

La grande construction bourdonnait d'une ambiance que je n'avais qu'entrevue dans les souvenirs de Kaydee, lorsqu'ils s'étaient infiltrés dans ma propre vision. Des étudiants se regroupaient, discutant non seulement des cours, mais aussi des projets du week-end. Bars et fêtes. Sessions d'étude. Rêves et drames. Peony s'attarda, nos pas le long de l'allée de l'Université ne nous faisant pas avancer à la vitesse de la lumière.

— Elle y étudie maintenant, dit Peony.

— Maintenant ?

— Troisième année, répondit Peony, débordante de fierté. Quand elle sortira, elle travaillera avec ces mechs. Là, cette fierté s'effrita. Elle a toujours été passionnée de robotique.

— En effet.

— Pour être honnête avec toi, Peony afficha un grand sourire. Elle aurait pu aller directement aux Chaînes de Fabrication. Elle est si douée.

— Mais elle est venue ici ?

— Elle est venue ici pour s'éloigner de moi, répondit Peony. Je suppose qu'un enfant doit s'éloigner de ses parents à un moment donné, tu sais ?

Je n'avais rien à dire à cela, alors je haussai les épaules, et nous continuâmes. Quelques pas de plus nous amenèrent au Jardin. Peony me guida à travers un niveau intermédiaire, m'expliquant sa contribution sur telle ou telle plante, qu'elle travaillerait sur ces mangues dans l'après-midi. Elle y arriverait un de ces jours.

— Pourquoi des mangues ? je ne pus m'empêcher de demander.

— Parce que Kaydee en a lu sur elles quand elle était enfant. Peony s'arrêta, traça la branche d'un citronnier. Je n'ai jamais voulu qu'elle manque de quoi que ce soit, quoi qu'il en coûte.

Au-delà du Jardin, nous accélérâmes vers un autre point d'arrêt, que je reconnus car le vrai Conduit ne s'était pas tant éloigné de son idéal. Le Parc, une longue étendue massive au milieu du Conduit, reliait des chemins sinueux avec des arbres, des pelouses et de petits théâtres. Une grande fontaine reposait près d'une extrémité, son jet pulvérisant une brume claire dans l'air. Des couples et des familles parcouraient les chemins. Des rires et une flûte solitaire chantaient dans l'air.

— Si tu veux la trouver, elle est là-dedans, dit Peony.

— Merci, répondis-je, et quand je m'élançai, Peony resta en arrière.

— Si tu fais quoi que ce soit pour blesser ma fille, me lança Peony, je m'assurerai que tu le regrettes.

De cela, je n'avais aucun doute.

Kaydee n'était pas difficile à trouver. Elle n'avait jamais été discrète. Je suivis un rire particulier, une étincelle particulière, jusqu'à un bosquet de magnolias en fleurs. Des pétales roses et blancs tombaient autour de moi alors que je traversais de l'autre côté, où une petite table ronde était installée au milieu d'une herbe vert printemps. Du vin, du fromage et des assiettes garnissaient le pique-nique, auquel assistait un couple particulier.

Leo était assis en face de Kaydee, un sourire plus grand et plus authentique sur le visage de l'homme que je n'en avais jamais vu dans la vraie vie. Le stress n'assaillait pas ses épaules, et il ne portait pas de parties métalliques sur la poitrine et le visage. Des défauts de code clignotants ne brisaient pas ses gestes alors qu'il terminait une histoire. Il fit un geste avec son verre de vin, répandant un peu de rouge sur la pelouse.

Kaydee rit. Un vrai fou rire, ses cheveux bleu sarcelle étincelant dans la lumière blanc-jaune du Conduit. Une innocence scintillante. Une tête qui se secoue, des yeux qui pétillent, des mains sur sa bouche. C'était la chose la plus pure que j'aie jamais vue.

J'attendis au bord sous ces pétales. Les horloges tictaquaient, le désastre attendait dehors. Le Vaisseau entrerait bientôt dans l'atmosphère, avec des conséquences inconnues. Beta et Delta étaient peut-être morts, peut-être en train de fixer le cadavre détruit d'Alpha.

Mais j'attendis néanmoins.

Quand le rire s'éteignit, Kaydee glissa un regard vers

moi, son sourire s'adoucissant. Elle tapota du doigt sur la nappe et Leo se figea. Pas seulement lui, mais aussi le vin tourbillonnant dans son verre. Les pétales qui tombaient restèrent suspendus dans l'air. Quand elle se leva de sa chaise et fit un pas vers moi, l'herbe se plia comme du métal rigide sous ses pieds.

— Salut Gamma, dit-elle.

— Salut, répondis-je.

Que dire à quelqu'un qu'on pensait ne jamais revoir ? Je commençai, m'arrêtai une douzaine de phrases différentes en autant de secondes, essayant de trouver une combinaison qui exprimerait à quel point j'étais soulagé de la voir, dans quel pétrin nous étions, comment nous devions la sortir d'ici.

— Tu as rencontré ma mère ? Kaydee annula mes plans d'un coup.

— Je... oui ?

— D'accord, tu as raison, le sourire de Kaydee se tordit en un demi-sourire narquois. C'est ma mère telle que j'aurais aimé qu'elle soit. Tu sais, un fantasme. Parce que c'est mon monde fantastique.

— C'est magnifique, dis-je en balayant de la main les pétales et le Conduit animé. C'était comme ça ?

— Aussi joyeux ? Non. Je ne pense pas, répondit Kaydee en tendant la main pour attraper un pétale rose crème dans l'air. À l'époque, tout avait toujours une teinte déprimante. Comme de l'eau avec un arrière-goût de cuivre.

— Parce que tout le monde savait que le Vaisseau Spatial n'atterrirait pas de leur vivant ?

— Ça, et les mille autres drames auxquels nous, les humains, devons faire face, dit Kaydee. Alors, que se passe-t-il là-bas ? Si tu es ici, ça veut dire qu'Alpha est mort ?

Je déballai toute l'histoire, sans rien omettre, depuis le

moment où j'avais abandonné Kaydee près des Lignes de Fabrication jusqu'à l'instant où j'avais traversé le bosquet pour la voir. La bataille au Jardin, la mission à Purity. Notre assaut sur le Pont.

— Ils sont vivants, renifla Kaydee en hochant la tête. C'est une bonne nouvelle. Delta et Beta vont pouvoir sauver la situation.

— J'espère.

— Et tu les as laissés pour moi, Gamma ? Kaydee leva les yeux au ciel. Tes priorités sont dérangées.

— Mes priorités sont parfaites.

— Mouais.

— J'ai besoin de toi, Kaydee. Nous avons tous besoin de toi.

Les bras croisés, elle répondit : — Eh bien, évidemment. C'est clair.

— Alors, tu es prête à revenir ?

— Tu veux dire, est-ce que j'ai envie de partager à nouveau l'espace dans ta fichue tête, Gamma ? Non, pas vraiment. Kaydee fit un signe de tête vers le Leo figé. C'est plutôt agréable ici, tu sais. Avant que je puisse répondre, elle enchaîna. Mais je peux déjà le sentir et je ne suis là que depuis quoi, quelques heures dans le monde réel ?

— Sentir quoi ?

— La pourriture. Dans sa main, le pétale de magnolia noircit sur les bords, se recroquevilla et disparut. Je suis en train de créer un monde fantastique et chaque minute, il devient de plus en plus difficile de s'en détacher. Je crois que je resterais piégée dans mes propres fonctions, immergée dans un mensonge, et je resterais assise ici à rire avec Leo jusqu'à ce que les batteries de mon corps s'épuisent.

— Je ne suis même pas sûre que je m'en rendrais

compte, Gamma. Je pourrais rester ici, à écouter les mêmes histoires, à rire des mêmes répliques jusqu'à ce que je cligne des yeux pour la dernière fois. Je mourrais sans jamais le savoir. Elle tendit une main vers moi, de minuscules feux d'artifice éclatant au-dessus de ses doigts. Aide-moi à vivre, mon pote.

Je tendis la main pour prendre la sienne, pour nous ramener à la réalité, quand elle retira brusquement sa paume.

— Encore une chose, dit Kaydee. Si je reviens, on refait la déco de notre maison. Fini ces conneries de plaine grise et de cristaux.

Cette fois, j'éclatai de rire.

— Marché conclu.

DOUZE

MEILLEURE MOITIÉ

La réalité rendait le jardin de magnolias de Kaydee vraiment superbe.

Le vaisseau spatial trembla. Les alarmes retentirent le long du Conduit, une voix beaucoup trop calme demandant aux passagers de regagner leurs sièges et de se préparer à l'atterrissage. La voix annonça que l'atterrissage lui-même prendrait une heure.

Alvie aboyait autour de moi tandis que je me redressais brusquement du corps précédent de Kaydee. Dès que je libérai le port, le torse mécanique roula hors de la chaise et atterrit avec un bruit sourd.

— Bon sang, je n'ai vraiment pas bien traité ce mech, dit Kaydee en apparaissant sur la chaise et en regardant son ancien occupant.

— C'est la faute d'Alpha, répondis-je, savourant l'instant.

Kaydee était de retour !

— Je me demande si l'assurance acceptera cette excuse.

— Quoi ?

— C'était une blague, Gamma.

— Oh.

— On manque tous les deux de pratique, haussa les épaules Kaydee. Alors, le temps presse. Où allons-nous ?

Le plan prévoyait qu'on se retrouve au Jardin. Sans les Voix, aucun de nous, les vaisseaux, ne pouvait piloter le vaisseau spatial, et l'atterrissage serait de toute façon automatisé. Les humains avaient le Jardin, et ce serait un endroit relativement sûr pour surmonter les catastrophes éventuelles. Pourrais-je y arriver en une heure ?

— Voyons à quelle vitesse nous pouvons courir, dis-je à Kaydee et à mon chien.

Il s'avéra que la course était vraiment rapide quand on pouvait descendre. Essentiellement une grande fusée filant à travers l'espace, le vaisseau spatial se retourna pour l'atterrissage, pointant son derrière rempli de moteurs vers la surface de la planète. La vraie gravité prit le dessus, entraînant Alvie et moi le long de la passerelle vers le Jardin.

Normalement, je devais croire que le plan d'atterrissage du vaisseau spatial prévoyait une préparation. Attacher les choses, sécuriser les réserves et les habitations. Verrouiller les mechs dans divers sièges. Absolument rien n'avait été fait, et le Conduit devint un cauchemar.

Pendant que nous courions sur la passerelle, des objets glissaient à côté de nous. Les mechs heurtaient les meubles, se cognaient entre eux ou contre les passerelles elles-mêmes, le chaos grandissant à mesure que l'angle du vaisseau s'accentuait. Des explosions secouaient le vaisseau alors que les batteries se brisaient les unes contre les autres, les gadgets faisaient sauter leurs prises. Des éclats de verre volaient autour de nous tandis que ma course devenait moins une affaire de pas à pas et plus une chute contrôlée.

Alvie sauta et planta ses griffes dans mon dos alors que la passerelle se rapprochait de la verticale. J'utilisai la rambarde, me laissant tomber d'une prise à l'autre. La lumière bleue du Conduit avait depuis longtemps disparu, remplacée par une lueur orange vacillante.

La voix nous disait de rester calmes.

Kaydee jurait suffisamment pour nous deux, mais je décelai une étrange joie dans son ton. Peut-être que tout le zen de son petit paradis lui avait donné besoin d'un peu d'adrénaline.

Je n'en avais absolument pas besoin. Plusieurs mechs avaient déjà failli me décapiter, et j'avais trop d'éclats de verre plantés dans la peau pour les compter. Les chutes sporadiques déchiraient mes mains, la peau synthétique faisant tout son possible pour empêcher mon squelette brut d'entrer en contact.

— On n'arrivera jamais au Jardin, dit Kaydee alors que je glissais, mes fesses rebondissant sur la passerelle. Tu vas t'écraser avant.

— M'écraser ?

Je donnai un coup de pied sur la gauche pour éviter un mech à ordures mutilé coincé sur la rambarde. Son corps creux se fissura, déversant des débris aléatoires partout. Le rugissement du vaisseau s'intensifia, couvrant le message d'avertissement. La lumière jaune-orange me donnait l'impression que nous glissions le long d'un rayon de soleil au crépuscule.

— Fais quelque chose ! cria Kaydee, alors je m'exécutai.

Continuant mon élan vers la gauche, je me précipitai vers une porte défoncée. Je m'écorchai les bras sur la spirale brisée mais arrêtai ma descente. En tirant, je me hissai par-dessus les dents tordues. De vieilles photos, des estampes accrochées et un tabouret cassé m'attendaient de l'autre côté, écrasés contre l'ancien mur de l'appartement. J'écrasai davantage le tas en m'effondrant dessus.

Alors que la chute grondante du vaisseau continuait, j'écoutai le chaos à l'extérieur. J'observai, devant moi, les vestiges de l'appartement. Les meubles s'entrechoquaient, canapés et tables basses s'écrasant les uns sur les autres. Je bougeais selon les besoins, glissant sur le verre, le métal tordu, pour éviter le pire. Ce que je ne pouvais pas éviter, je l'attrapais et le jetais de côté, mon dos toujours pressé contre le mur.

Juste au moment où je pensais avoir compris ma position, une force soudaine me projeta violemment contre mon dossier. Si fort que mes systèmes m'indiquèrent qu'un humain normal se serait évanoui, peut-être même mort sans attaches. Le vaisseau rugit, mille craquements et boulons qui cédaient sifflant tandis que le navire devenait ce pour quoi mille ans l'avaient préparé.

Je pouvais imaginer Volt s'agitant dans son Noyau d'Énergie, les bras s'agitant d'un terminal à l'autre, essayant d'empêcher notre grand vaisseau de se fissurer. Bimu, la femme monstrueuse du mech, aurait ses quatre énormes griffes plantées dans le sol pour rester stable.

Et les humains ? Comment survivraient-ils ? En s'agrippant aux arbres ? En se cognant les uns contre les autres ? Et toutes leurs épées et leurs flèches, ces armes de fortune qui devenaient soudainement dangereuses alors que la gravité les ramenait vers leurs propriétaires ?

Nous étions tellement préoccupés par ce qui se passerait après l'atterrissage que nous n'avions jamais envisagé l'atterrissage lui-même.

— Eh bien, oui, dit Kaydee alors que je m'aplatissais contre le mur de l'appartement. Ce n'est pas censé être aussi mauvais.

— Non ? dis-je, Kaydee saisissant les mots même si ma petite boîte vocale peinait à produire le son.

— Est-ce que ça te semble normal, Gamma ? Comme quelque chose qu'un design intelligent aurait conçu ?

— Les humains n'ont pas vraiment prouvé qu'ils étaient des concepteurs intelligents.

Kaydee, immunisée contre l'attraction de la gravité, apparut devant moi. Elle semblait reposer sur un canapé bleu marine de côté. D'un claquement de doigts, un petit vaisseau spatial apparut dans les airs. À côté, plus grand, tournoyait une planète verte et bleue.

— Regarde simplement, petit malin, dit Kaydee.

Le vaisseau spatial s'élança vers la planète, mais plutôt que de s'écraser comme nous semblions le faire, il se mit en orbite. Il tourna autour de la bille bleu-vert de Kaydee encore et encore, ralentissant un peu à chaque fois. Puis, comme s'il descendait une rampe, le vaisseau glissa dans la planète. Une entrée en douceur. Kaydee agrandit l'image pendant que l'atterrissage se poursuivait, montrant le vaisseau planant jusqu'à un agréable amerrissage sur une côte aquatique.

— Tu vois ? Pas besoin de frein vertical, dit Kaydee. Un voyage tranquille.

— Alors qu'est-ce que c'est que ça ?

— C'est Alpha qui fait le cinglé, voilà ce que c'est. Il ne veut pas attendre plusieurs années pour ralentir, alors il le fait en mode d'urgence. Il brûle toute notre énergie de réserve pour faire un atterrissage plus rapide.

— Ça lui ressemble bien.

Kaydee hocha la tête, et elle semblait sur le point de se lancer dans une autre critique quand nous avons toutes les deux remarqué quelque chose : le vaisseau avait heurté le sol, et la pression avait disparu. La gravité, plus forte que tout ce que j'avais ressenti, mais pas écrasante, maintenait mon dos contre le mur. Mais c'était tout. Juste la gravité.

— On est au sol ? demandai-je à Kaydee.

— Tu demandes ça à quelqu'un qui n'a jamais touché le sol de sa vie, ni de sa vie antérieure, répondit Kaydee.

— C'est vrai. J'osai me redresser, écrasant les débris sous mes pieds. Le vaisseau était toujours en position verticale. Ça semble différent.

— Je serais déçue si ce n'était pas le cas.

Gravité ou atterrissage ou non, j'étais toujours coincée dans l'appartement. Avec le vaisseau à la verticale, les passerelles n'étaient que des toboggans vers une fin prématurée. Quelques objets tombaient encore là-bas, des mechs et d'autres bricoles délogés par l'arrivée.

— Dis-moi qu'on ne va pas rester bloqués comme ça, dis-je.

— On ne va pas rester bloqués comme ça, répondit Kaydee. Tu ferais mieux de te préparer.

Comme s'il suivait les indications de Kaydee, le vaisseau trembla. La voix toujours calme revint sur le Conduit, ses mots légèrement brouillés cette fois. L'annonce : restez attachés jusqu'à ce que le vaisseau soit à l'horizontale.

Mes capteurs lancèrent une alarme au moment même où je sentis le vaisseau bouger. Je me tournai vers la droite, tendant les bras pour me rattraper sur le sol de l'appartement alors que le vaisseau se réorientait. L'énorme masse passa de la verticale à l'horizontale, un mouvement qui me laissa couverte de débris. Une douche de verre brisé. Un gommage de shrapnel. Je sentais les choses dans mes vêtements, mes cheveux, ma peau.

— C'est nul, dis-je alors que le vaisseau se stabilisait, retrouvant enfin sa position initiale.

— Bienvenue dans ta nouvelle maison, répondit Kaydee. Profites-en !

Le jappement sifflant et blessé d'Alvie dans mon dos indiquait que nous n'allions certainement pas en profiter.

Mon chien, malgré le voyage mouvementé, s'en était sorti sans dommages graves. Quelques égratignures de plus à ajouter à sa collection. Tout comme moi. La peau synthétique guérissait rapidement les blessures. Certes, ma tenue, comme la plupart de mes tenues, avait été réduite en lambeaux.

Mais bon, j'étais habituée à ça.

De retour dehors, le Conduit semblait calme. Le jaune-orange avait disparu, remplacé par un vert doux. La dernière chose que j'avais entendue de la voix du haut-parleur était que le capitaine du vaisseau donnerait d'autres instructions.

— Peu probable, marmonna Kaydee alors que nous repartions vers le Jardin.

Si le Conduit était un désordre avant, l'atterrissage n'avait fait qu'aggraver le désastre. Tous ces chocs avaient fragilisé les panneaux, ainsi que les poteaux, les structures et qui sait quoi d'autre. Les derniers vestiges de la vie humaine du vaisseau s'effondraient maintenant, s'écrasant sur la base du Conduit remplie de déchets.

Au-delà de ces coups et cliquetis, la chose la plus fascinante était le silence. Au début, le monde semblait creux, comme si sa vie lui avait été volée. Les grondements de fond, le bourdonnement des moteurs, les épurateurs filtrant l'air pendant que le vaisseau sprintait à travers le vide avaient presque tous disparu. Le cœur battant du vaisseau s'était arrêté.

— Ça faisait longtemps que ça devait arriver, dit Kaydee, debout à côté de moi. Tant de gens ont vécu et sont morts sur ce vaisseau sans jamais avoir eu la chance de voir autre chose. Sans jamais avoir eu le choix.

La génération qui vivrait dans le Jardin, nous la trouvâmes à l'intérieur de l'enclave verte. L'atterrissage y avait causé un autre type de ravages : à l'intérieur du Jardin scellé, les plantes et l'eau avaient volé partout. Des arbres déracinés de leurs minces lits de terre s'étaient écrasés contre les murs tandis que les plantes plus petites s'étaient agglutinées, leurs brins enchevêtrés. Les fruits étaient écrasés en pulpe, les légumes éclatés et saignants. Le trou central du Jardin, par lequel l'eau coulait d'un niveau à l'autre, était devenu une maison d'horreurs pendante, où des plantes et quelques personnes avaient eu le corps brisé parmi les chaînes et les plates-formes.

Val, Chalo et les autres survivants s'étaient relevés au moment où j'arrivai. Il y avait des os cassés partout, mais toute la terre avait épargné les pires conséquences. Du moins à court terme. Val, trempée, meurtrie et saignant de nombreuses petites coupures, réussit à peine à me lancer son regard noir caractéristique quand je la trouvai, en bas des niveaux du Jardin.

— Les récoltes sont ruinées, dit-elle d'abord, regardant derrière moi le carnage. Tous nos produits frais sont détruits.

— Endommagés, corrigeai-je. Tu peux toujours planter les graines. En faire pousser de nouvelles.

— Dans quelle terre ? Val fit un geste vers la terre sur notre niveau, ce qui avait été autrefois une forêt de pins tempérée. L'eau déversée de Purity avait détrempé et emporté la terre partout, dispersant la terre utilisable. Quel biome va encore fonctionner après tout ça ?

C'était vrai, les nombreux systèmes du vaisseau semblaient secoués. Je ne pouvais pas dire si le désert en dessous pourrait encore convenir aux cactus, ou si l'humidité pourrait être maintenue au-dessus pour les bananes. Mais j'avais une réponse évidente.

— Il y a tout un monde là-dehors, dis-je. Celui que tu prévoyais de conquérir, tu te souviens ?

Val hocha la tête, un geste las. Sans sa lance — où l'arme était passée, je ne le savais pas et je ne demandai pas — les mains de la chef humaine semblaient perdues, agrippant l'air. Ses yeux erraient. Sa respiration était courte et saccadée.

— Elle essaie de ne pas paniquer, dit Kaydee. Donne-lui un peu d'espoir, Gamma.

— Souviens-toi, tentai-je, le vaisseau n'atterrirait pas quelque part où nous ne pourrions pas survivre. Il serait en panique si nous n'avions pas d'oxygène. S'il n'y avait pas une chance.

— Une chance, dit Val, c'est quelque chose que nous devrons saisir. Elle se tourna brusquement vers moi, son visage se débarrassant d'une partie de sa fatigue. Où sont les deux autres ? Beta et son ami ?

Je ne les qualifierais pas vraiment d'amis, mais ce n'était pas important.

— Ils s'occupent d'Alpha, dis-je. Je suis là pour vous aider.

— Nous aider ?

— Ma mission. La raison fondamentale pour laquelle je suis en vie est de vous protéger, tu te souviens ?

— Honnêtement, Gamma, non. Je ne m'en souvenais pas, Val frotta une bosse rouge qui s'étendait sur son front. Mais c'est bien. Choisis un humain. Aide-le. Ensuite, rassemble ce que tu peux et aide à l'emballer. Dès que possible, nous nous déplacerons vers l'arrière.

— Vers l'arrière et puis dehors ?

— Vers l'arrière et puis dehors, Val jeta un dernier regard au Jardin ruiné. Nous sommes restés dans ce vaisseau depuis bien trop longtemps.

TREIZE

VARIÉRÉ ORDINAIRE

Les humains avaient besoin d'aide et j'avais du temps à tuer. Malgré les ordres de marche de Val, ses gens n'étaient prêts à rien de plus qu'un repas et une sieste après l'atterrissage chaotique. Exploitant mes connaissances stockées, je suis allé de personne en personne, examinant les blessures, bandant les coupures et les entailles avec le tissu que je pouvais trouver, et donnant quelques petits conseils ici et là pour prévenir l'infection. La plupart du temps, je recevais un merci, une poignée de main ou un hochement de tête en réponse.

Certains se dérobaient ou me disaient de passer mon chemin.

C'était ça, être un mech dans un monde d'humains.

Le duo de Val, non pas amoureux mais gérant les humains, n'était pas revenu de la Pouponnière. Leo n'avait envoyé aucune communication, donc personne ne savait si tous ces embryons avaient survécu au choc. Kaydee soutenait qu'il n'y avait aucune chance que le Vaisseau mette en danger sa cargaison la plus précieuse. Je lui ai rétorqué que les humains avaient montré maintes et maintes fois qu'ils ne savaient pas ce qu'ils faisaient.

— Quoi qu'il en soit, dit Val en venant se tenir à côté de moi alors que je redressais un arbre effondré, nous continuerons à le *faire* encore et encore.

— Je le sais maintenant.

— Beta et Delta ne sont pas revenus.

L'implication imprégnait cette déclaration. Les deux vaisseaux étaient athlétiques, étaient vifs. Ils auraient dû pouvoir supporter l'atterrissage sans dommage sérieux. Ils auraient dû être de retour ici maintenant, prêts à aider à escorter les humains dans leur nouveau monde. Alpha ne devrait plus être qu'une carcasse ruinée, morte sur le Pont à jamais.

— Il y a des possibilités, dis-je, réalisant à quel point cela sonnait faiblement.

— Il y en a, répondit Val. Ils ne peuvent pas attendre. Nous serons bientôt prêts à partir. Je veux que tu viennes avec nous.

Les raisons, continua Val, étaient nombreuses : j'étais fort, capable de déplacer des décombres ou des rochers pour aider à construire des abris hors du Vaisseau. J'avais des connaissances : aucun humain vivant n'avait jamais construit d'abri auparavant, ni allumé un feu par lui-même. Le plus important ? J'aurais besoin d'aller à la Pouponnière et de travailler avec Leo sur ce qu'il fallait emporter.

— Ce qu'il faut emporter ? demandai-je.

— Les embryons, répondit Val, et aussi ce dont nous avons besoin pour les utiliser.

— Que veux-tu dire ?

Val détourna le regard, serra les lèvres.

— Le Vaisseau a trop de secrets. Je ne risquerai pas de

perdre l'accès au vaisseau à cause d'un mech ou de quoi que ce soit d'autre. Si nous pouvons emporter les embryons avec nous, si nous pouvons emporter notre espoir avec nous, alors nous le devons.

— Je ne comprends toujours pas pourquoi tu veux partir plutôt que de simplement réparer ce que nous pouvons, dis-je en pointant l'arbre redressé. Ça prendra du temps pour réparer, mais nous sommes maintenant atterris. Tu as le temps.

— N'as-tu pas vu ce qui vient de se passer ? répliqua Val. Cet atterrissage a failli tous nous tuer. Qui sait ce qu'il a endommagé d'autre ? Et si quelque chose s'était cassé et que le Vaisseau était une bombe à retardement ? Que se passe-t-il si une batterie tombe en panne dans le domaine de ton ami et nous brûle tous à mort ? Le Vaisseau était une arche et il nous a transportés jusqu'à notre destination. Maintenant, c'est un risque.

— Comme si l'extérieur était sûr. Tu ne sais pas ce qui nous attend là-bas.

— Non, mais nous attendons depuis mille ans de le voir, Gamma. Val posa sa main sur mon bras, avec une forte pression. Ce n'est pas une demande. C'est un ordre. Tu viendras avec nous, tu aideras Leo. Fais ce pour quoi tu as été conçu, machine.

Elle relâcha mon bras, aboya un ordre au groupe pour qu'ils se mettent debout, et s'éloigna.

— Elle est tellement agréable, dit Kaydee, apparaissant soudainement à côté de moi. On devrait l'inviter à nos fêtes.

— Nos fêtes ?

— Bien sûr, quand ils seront tous partis du Vaisseau, Gamma, on pourra le décorer. Ce sera notre grand terrain de jeu. Super amusant.

— D'accord.

Avant l'atterrissage du Vaisseau, avant l'assaut sur le Pont, j'avais transformé le Jardin en une coquille. Utilisant un terminal au sommet du Jardin, j'avais scellé presque toutes les portes pour empêcher les mechs d'Alpha de charger et de submerger les humains à l'intérieur. Leo avait forcé une porte ouverte plusieurs niveaux plus haut pour se diriger vers la Pouponnière, mais Val voulait que les autres soient déverrouillées aussi. Les humains allaient transporter de la nourriture et des matériaux utiles, et les mechs d'Alpha ne semblaient plus être un problème.

Après tout, la dernière fois que je les avais vus, ils dansaient.

— Tu as vraiment fait ça ? demandai-je à Kaydee alors que nous montions les niveaux du Jardin.

— J'espérais que tu n'allais pas me le demander.

— Difficile de ne pas le faire.

— Tu as côtoyé Alpha. Voudrais-tu revivre un seul de ces moments ?

— Non, mais s'il t'a laissé changer toute son armée de mechs, ce serait bon de savoir comment. Juste au cas où.

Kaydee ne répondit pas tout de suite, ce qui était bien car je devais naviguer dans une section d'escaliers maréca-geuse. Le Jardin avait des ascenseurs, mais avec tous les dégâts, leurs portes en verre se déclaraient non fonction-nelles. Les escaliers eux-mêmes n'étaient pas loin, les marches normalement noires et violettes étaient recouvertes de débris. De la boue, des branches, des pierres et du métal brisé jonchaient partout où un pied pourrait vouloir se poser, rendant l'ascension lente et prudente. Les capteurs dans mes yeux repéraient et mettaient en évidence toute menace potentielle.

Un humain n'aurait pas cette chance.

— Ils m'ont amenée à lui après que tu as sauté, dit Kaydee. Elle flottait à côté de moi, sa projection regardant dans le vague. J'ai protesté, mais Alpha a dû les rendre assez méfiants. Les mechs ont dit que je fonctionnais mal et nous sommes partis. Si tu penses que j'aurais pu les combattre, Gamma, je comprenais à peine comment bouger.

— Tu te souviens quand tu venais de te réveiller ? Tu m'as dit que la Bibliothécaire t'avait fait faire tous ces exercices, te montrant tes fonctions, comment faire bouger tes jambes, tes mains tressaillir. Je n'ai rien eu de tout ça. Comme un gamin jeté dans un jeu dont je ne connaissais pas les règles. Même bouger une jambe ressemblait à la résolution d'une énigme, connecter les bons morceaux pour que la commande passe.

Je m'en souvenais. J'avais l'impression que toute ma vie jusqu'à présent avait été consacrée à apprendre et réapprendre à utiliser mon propre corps, à découvrir ce dont un vaisseau pouvait être capable.

— Quand je suis arrivée chez Alpha, ou plutôt quand ils m'ont amenée à lui, j'avais maîtrisé l'art de la protestation. Je les ai tous insultés. Ça faisait du bien de parler. Je veux dire, vraiment parler, ricana Kaydee. Tout ce que je te dis est silencieux, n'est-ce pas ? Comme si j'étais un fantôme. Mais pendant un moment, je pouvais vraiment parler, et c'était incroyable. Les gens réagissaient à ce que *je* disais. Ce que *je* faisais. Ça te fait regretter d'être en vie.

— Alpha a probablement adoré ça.

— Tu sais quoi ? C'était le cas, dit Kaydee. Nous avions maintenant dépassé les niveaux tempérés, l'air devenant lourd d'humidité. La rosée mouillait les murs. Des vignes s'étendaient sur le sol, cherchant probablement déjà à envahir leur nouveau paysage. Alpha trouvait que j'étais hilarante. La chose la plus divertissante qu'il ait jamais vue.

— Tu es assez drôle.

— Je sais, répondit Kaydee. Le truc, Gamma, c'est que j'ai l'impression qu'Alpha s'ennuyait vraiment là-haut. Il avait tous ces mechs sans cervelle prêts à obéir à ses ordres et pas une âme à qui parler. Alors quand je ne faisais pas ce qu'il disait, quand je lui disais d'aller se faire voir, ça devait être le plus grand amusement qu'il ait eu depuis des jours.

— Et c'est pour ça qu'il t'a laissée jouer avec ses mechs ?

Kaydee émit un son pensif, — D'accord, on va entrer dans le domaine de la théorie, OK ?

— J'ai l'impression qu'on y passe la plupart de notre temps.

— Carrément. Bref, écoute. Alpha est un vaisseau comme toi. Leo vous a tous construits pour absorber le monde, en apprendre, vous reprogrammer selon les besoins. Quand j'ai balancé tout ce sarcasme à Alpha, je pense que ça l'a un peu cassé.

— Il est déjà vraiment cassé.

— Je veux dire d'une manière différente. Réfléchis-y. Le type avait pratiquement tout ce qu'il voulait. Les Voix parties, le Vaisseau spatial en main, atterrissant sur une planète qu'il avait choisie. Ses ennemis en fuite. Maintenant, il est entouré de flagorneurs ennuyeux. Puis j'arrive et je lui montre avec quelques mots bien choisis qu'il y a encore plus de plaisir à avoir.

Quelque chose dans les paroles de Kaydee éveilla une inquiétude, une idée. J'accélérai le pas, bondissant dans les escaliers. Je glissai ici et là, mais des bottes boueuses et un pantalon sale étaient des pertes acceptables.

— Alors on a commencé à parler, et je lui racontais des conneries tout du long, continua Kaydee. Je pensais qu'il finirait par me tuer, parce qu'il a vite arraché les bras et les jambes de mon mech, alors je voulais le faire parler. L'instinct de survie, tu vois ?

— Hmm hmm.

— Puis il me demande d'expliquer tous ces mots que j'utilise. Il me demande ce que les humains faisaient pour s'amuser avant. Alors je parle de, tu sais, jeux et clubs et films et tout ça, et il fait genre, hé, qu'est-ce qu'ils peuvent faire ? Kaydee, flottant à côté de moi, mima le geste de pointer un objet invisible. Il regardait ses mechs. Il dit que c'est ce que j'ai, comment peut-on les rendre amusants, plus divertissants ?

— Et tu suggères la danse.

— On y arrive. On leur a fait essayer d'autres choses d'abord, mais les mechs ne pouvaient pas gérer les jeux de mots. Ils ne pouvaient pas, genre, s'engager dans le théâtre. Mais leur donner des routines de danse programmées ? Absolument, Gamma. Ces mechs flexibles peuvent vraiment s'éclater.

Le sommet du Jardin était tel que je l'avais laissé : un cimetière de débris avec des corps de mechs partout. Volt, Chalo, Bimu et moi avions fait quelques dégâts brutaux pour sécuriser l'endroit, et personne ne s'était donné la peine de nettoyer. Passant par-dessus les restes, je trouvai les terminaux encore en état de marche, prêts et disposés à accepter mon ordre d'ouvrir les portes.

Une petite bénédiction au milieu d'un cauchemar.

Le Jardin bourdonna alors que la commande était transmise, toutes ses sorties arrière s'ouvrant d'un coup.

— Tu es bien silencieux, Gamma, dit Kaydee.

— Je réfléchis.

— Dangereux, ça.

— Tu as dit qu'Alpha s'ennuyait. Que tu lui as donné des idées.

— C'est ça. Le vaisseau est fou, mais il est fou et il s'ennuie.

Je crois que je savais maintenant pourquoi nous n'avions pas vu Beta et Delta revenir.

QUATORZE

OBTENIR DES RÉPONSES

Au début, Kaydee se demandait pourquoi je ne me précipitais pas pour rejoindre Val. Après tout, la Pouponnière ne s'évacuerait pas toute seule. Les humains auraient probablement besoin de mon aide pour un tas de choses. Mais ce n'était pas le problème. Les humains survivraient. Je devais croire que le Vaisseau ne se ferait pas exploser tout de suite.

Alpha, le maître des ruses, était le plus inquiétant.

— D'accord, donc tu comptes aller où, retourner sur le Pont ? demanda Kaydee alors que nous quittions le Jardin en nous dirigeant, effectivement, vers le Pont.

— S'il le faut, répondis-je.

— Tout ça parce que tu penses qu'Alpha a compris quelque chose ?

— Pas quelque chose, une chose très spécifique.

— Qui est ?

— Comment être humain.

Kaydee apparut devant moi, assez grande pour encombrer le passage. Je pouvais, bien sûr, la traverser. Elle n'était pas réelle au sens physique. Mais il est difficile d'ignorer une paume géante face à vous, avec le mot STOP sur la peau en rouge néon.

— Répète ça ? demanda Kaydee.

— Tu as appris des choses humaines à Alpha, répondis-je. C'est dangereux.

— Danser, raconter des blagues ? C'est dangereux ?

— Très. Je tapotai mon propre crâne. Quel est notre objectif principal, Kaydee ? La raison pour laquelle les vaisseaux, y compris Alpha, ont été conçus ?

— Pour aider les humains. Kaydee, toujours géante, retira sa paume. Haussa les épaules. Clairement, Alpha est au-delà de ce point maintenant. Il essaie de tous les tuer depuis un moment déjà.

— Ce n'est pas Alpha qui m'inquiète, dis-je. Leo a dû nous programmer pour reconnaître les humains d'une manière ou d'une autre. Pas seulement visuellement, n'est-ce pas, parce que les humains pourraient porter des vêtements. Les vaisseaux pourraient leur ressembler. Non, si je programme pour reconnaître les humains, ce sera par leurs comportements. Les choses qu'un humain ferait et qu'un mech ne ferait jamais.

Dans l'atelier du Ferrailleur, quand j'ai rencontré l'enfant pour la première fois, mes systèmes l'ont identifié comme humain parce qu'il a crié. Il nous a regardés avec ces yeux innocents et a fait quelque chose qu'aucun mech ne ferait jamais, et à partir de ce moment-là, j'ai ressenti le besoin de le protéger.

Kaydee n'a pas fait le lien immédiatement, mais au fur et à mesure que je repassais l'histoire, que je repensais à la façon dont j'avais voulu protéger ce garçon à tout prix, la reconnaissance s'est manifestée dans ses yeux.

— Tu penses qu'ils ne pourraient pas lui faire de mal, dit Kaydee.

J'étais déjà parti du sommet du Jardin, fonçant vers la seule porte du niveau supérieur que nous avions ouverte lors de notre première incursion sur le Pont quelques heures plus tôt. Cette fois, Kaydee comprit rapidement mon intention.

— Tu penses qu'ils sont, quoi, enfermés là-bas sur le pont avec Alpha ? Incapables de lui faire du mal ?

— Ils essaieraient de trouver un moyen de contourner ça, répondis-je. Ce n'est pas comme s'ils attendraient de mourir. Mais ils n'ont peut-être pas le choix. Si Leo nous a faits ainsi, alors...

— Alors vous êtes tous foutus.

Parce que tu lui as appris à jouer à être humain, je ne l'ai pas dit. Je n'avais pas besoin de le dire. Kaydee jura pour elle-même. Elle avait un large éventail de jurons, différents tons et mots selon qui était sa cible. Quand c'était elle-même, le juron sortait bas, frustré et silencieux. Un aveu secret.

Moins secrets étaient les changements du Conduit. Nous étions entrés dans le Jardin avec le gouffre central dans un état de délabrement croustillant, chaque morceau semblant décider si c'était le moment de se détacher ou non. Maintenant, ces décisions avaient été prises.

Le Conduit était paisible, un vert tranquille remplaçant la brume bleue. La brume aussi semblait se dissiper. Comme si le Vaisseau, ayant trouvé son foyer, n'avait plus besoin de fournir. Une mère laissant les enfants quitter la maison.

— Donc tu arrives là-bas, demanda Kaydee pendant que je courais, et que se passe-t-il ? Alpha t'embroche ?

— Pas tout à fait, dis-je. Delta et Beta ne peuvent peut-être pas lui faire de mal, mais ils pourraient le coincer. Ensuite, il me suffit de pirater l'un d'eux, de trouver la fonction principale que Leo a mise en nous et de la modifier. Dire à Delta ou Beta qu'Alpha n'est en aucun cas un humain et les laisser faire leur travail.

— Ça ressemble à beaucoup de suppositions.

— Toute mon existence a été basée sur des suppositions.

Courir le long du Conduit aurait dû m'exposer à d'autres risques. Si Alpha avait Beta et Delta sous son contrôle, alors il aurait pu, il aurait dû libérer les mechs de leur soirée dansante et envoyer ses sbires de ferraille à la chasse aux humains. En conséquence, je gardais les yeux aux aguets, à la recherche d'une embuscade. Au lieu de cela, j'entendis, je vis le calme.

Du moins au début.

Nous avions presque atteint l'Université quand les mechs sont apparus. Ils n'étaient pas armés, ils ne se faufilaient pas, alors au début j'ai pensé qu'ils pouvaient être des vestiges des jours passés du Conduit. Corrompus, certes, mais pas guidés vers une posture meurtrière. Au lieu de cela, les mechs marchaient. Ils flânaient même. Pas vers moi, le Jardin, les humains, mais vers le Pont.

Non, pas même ça : alors que je ralentissais et observais, les trois mechs flexibles montèrent dans un ascenseur et descendirent. Descendirent ?

— Des idées ? demandai-je à Kaydee.

— Une attaque vraiment bizarre ? proposa Kaydee, se caressant le menton, pinçant les lèvres. Réflexion exagérée. Peut-être qu'ils vont faire le tour par derrière pour t'éventrer.

— Tellement agréable, répondis-je. À ma gauche se trouvait l'un des fréquents escaliers du Conduit, reposant entre une vieille librairie et un bar. Des choix.

— Tu veux continuer ou voir ce qu'ils mijotent ?

— Toujours perspicace, Kaydee.

— Tu veux mon opinion ?

— Tu vas me la donner de toute façon.

— Tu me connais si bien, dit Kaydee. Tu as un groupe de mechs curieux qui pourrait t'offrir quelques indices. Ou tu fonces droit vers ce qui est probablement une mort certaine.

— Hé.

— Gamma, la donne a changé. Pour la première fois depuis des millénaires, le Vaisseau est à la surface. Il ne s'agit plus seulement du Pont maintenant. Le vaisseau. La planète entière est notre nouveau terrain de jeu. Nous devons savoir ce qu'Alpha compte en faire.

J'hésitais entre les options, ma main sur la rampe. La nouvelle évaluation du Général Kaydee était peut-être juste, mais elle avait fait exploser les choses bien trop vite. Je ne pouvais pas me projeter dans un conflit planétaire alors que nous n'avions que quelques centaines de joueurs entre les mechs et les humains.

— D'accord, bon point. Je m'emporte, admit Kaydee en haussant les épaules. J'ai passé beaucoup de temps dans ma tête là-bas, OK ?

— Compromis, dis-je. Je suis les mechs pendant une minute. Voyons si on peut en apprendre davantage tant qu'ils se dirigent vers le Pont.

— Marché conclu.

Notre retard avait un avantage : j'essayai de rappeler l'ascenseur à mon étage. Pas besoin de descendre en courant plusieurs dizaines de niveaux. À la place, je passai la barrière en verre à hauteur de taille et... m'arrêtai. Comment savoir quel étage les mechs avaient choisi ?

— Appuie juste sur un bouton plus bas et utilise tes yeux.

Audacieux, Kaydee, mais je le fis quand même. L'ascenseur descendit en flèche, prenant de la vitesse au fil des étages. Je regardai à gauche, espérant apercevoir les mechs.

— Là ! cria Kaydee après une chute de quinze secondes.

Il n'y avait pas le temps d'appuyer sur un autre bouton de l'ascenseur, alors je rassemblai mes jambes et sautai, franchissant la barrière de verre et atterrissant avec un bruit sourd sur la passerelle. J'aimerais dire que mon saut roulé était digne d'un film d'action légendaire, mais mes membres s'agitèrent et je finis sur les fesses, le dos appuyé contre la rambarde de la passerelle.

— Zéro point pour le style, mon pote, mais tu y es arrivé, dit Kaydee en pointant du doigt. Et regarde, tu as une opportunité.

Les trois mechs hésitaient. Enfin, pas vraiment : en me levant pour y regarder de plus près, je vis que le trio avait ses mains agiles plongées dans des morceaux de mechs mutilés. D'autres victimes. Alors que je m'approchais, longeant un mur latéral, les robots arrachaient des batteries et des cartes mémoire.

— Les pièces les plus précieuses, dit Kaydee. Ils récoltent pour en faire de nouvelles.

Mon opportunité se présenta quand le troisième, le plus proche de moi, décida de fouiller un peu plus pendant que ses deux copains avançaient. Le mech avait les mains profondément enfouies dans les entrailles d'un mech-poubelle tandis que je m'approchais furtivement, joignant mes doigts pour créer une prise. La fente dont j'avais besoin se trouvait juste derrière les oreilles du flexi-mech, ou là où auraient été les oreilles si ces choses étaient humaines. Je pris les mesures lentement, essayant de les synchroniser avec le déchirement des plaques métalliques, des fils et des circuits de la chose.

— Vas-y ! chuchota Kaydee, bien que rien n'aurait pu

l'entendre si elle avait crié. Alors que je faisais le bond final, le flexi-mech leva les yeux vers moi. Ses yeux roses me fixèrent, et je m'attendais à ce qu'il lâche son butin et charge, les mains prêtes à découper un mech différent. Au lieu de cela, il fixa, attendit, observa. Passif. Après une longue seconde, mes propres mains prêtes pour une défense désespérée, Kaydee me poussa à continuer. Attaque déjà.

— Salut toi, dis-je en m'approchant d'un pas. J'ai juste une question.

Le flexi-mech resta immobile, me regardant impassiblement.

— Bien, continuai-je. Ça ne prendra qu'une seconde.

À portée de bras, je glissai mes doigts joints et les branchai sur mon adversaire immobile. Et je trouvai ma réponse plaquée juste au-dessus de son code.

QUINZE

LE GRAND AIR

Le mech avait été abruti. Son code, toutes ces fonctions conçues pour créer une machine de guerre flexible, réduites à quelques lignes spécifiant des recherches de batteries, de clés USB et une destination.

— La rampe d'embarquement ? demanda Kaydee. Qu'est-ce que c'est ?

— Une sortie, répondis-je en relâchant le mech.

La machine, tenant toujours son butin, s'élança pour rejoindre ses deux compères dans une marche régulière vers la proue du Vaisseau. Jusqu'à présent, aller dans cette direction si bas menait à des ascenseurs et des escaliers vers le Pont. Cela avait-il changé ?

Kaydee et moi spéculions pendant que je courais à côté des mechs. Alpha contrôlait tout le réseau du Vaisseau, ce qui signifiait qu'il pouvait envoyer des signaux sans fil aux machines quand il le voulait, réécrire leurs commandes pour, disons, profiter d'un tout nouveau monde soudainement à leurs pieds.

— Alors il abandonnerait le Vaisseau ? dit Kaydee alors que nous passions sous l'Université. J'essayais de ne pas penser au nombre de kilomètres que j'avais parcourus en allant et venant sur ce vaisseau. Il prendrait tous ses mechs et partirait ?

— Pas question, répondis-je. Alpha a besoin des Chaînes de Fabrication. Besoin de ferraille. Et probablement de quelques sources d'énergie, au moins jusqu'à ce qu'ils sachent s'ils peuvent obtenir assez d'énergie solaire à l'extérieur.

— D'accord, alors que fait-il ?

— Ce que tu as dit avant, répondis-je. Il commence une guerre planétaire.

Et Val, avec sa caravane d'humains blessés, allait se jeter droit dedans.

Pour une intuition, notre supposition s'avéra aussi correcte que possible. Bien qu'il fallut encore un peu de course, nous atteignîmes la proue du Vaisseau sans trop de difficultés. Je dépassai d'autres robots en chemin : des mechs flexibles, des coursiers et d'autres qui avaient tous abandonné leurs postes pour aller chasser de la ferraille et marcher vers la proue.

Et quelle proue. Toute l'épaisse coque grise avait disparu, le grand nez du Vaisseau s'ouvrant comme une fleur. La lumière nous frappa d'abord de loin, gâchant la lueur verte par un jet de bronze chaud. Comme des lasers doux, la lumière du soleil s'infiltrait à l'intérieur, éclaboussant le métal froid du Vaisseau et le faisant briller. Mes capteurs réagirent, abaissant des pare-soleil sur mes yeux. La chaleur, aussi, accompagnait la lumière, une véritable chaleur captée par ma peau.

— Alors c'est ça que ça fait, dit Kaydee, se prélassant à côté de moi, les yeux fermés alors que nous approchions. Magique.

En regardant au-delà de la lumière, je vis, pour la

première fois, un véritable horizon. Pas une construction numérique, mais une véritable ligne où des collines lointaines rencontraient un ciel gris doré. Ces collines aussi ondulaient avec de l'herbe jaune moutarde ondoyante. Le vent, un vrai vent, pas de l'air soufflé par un ventilateur de refroidissement, balayait ces bosses courbées, jouant avec l'ombre et la lumière en lignes mouvantes.

C'était presque assez beau pour oublier les mechs devant.

Malgré tout le carnage que Delta avait mené devant le Pont, je comptai plusieurs centaines de mechs de plus attendant sur la rampe. Ils se serraient les uns contre les autres, debout avec de la ferraille dans les bras et regardant fixement le soleil.

— Le soleil ? dit Kaydee. Nous ne sommes pas sur Terre, Gamma.

— Jusqu'à ce que quelqu'un lui donne un autre nom, je vais l'appeler comme ça, dis-je. C'est plus simple.

— Tu ne penses pas qu'on pourrait le nommer ?

— Il y a des priorités plus importantes.

— Rabat-joie.

Les priorités plus importantes se tenaient à la tête des colonnes de mechs. Depuis le haut de la rampe, ombragé par les plaques géantes dépliées, je pouvais voir Alpha, Delta et Beta debout au bas de la rampe. Leurs chaussures sur la terre dorée, sur l'herbe piétinée.

Mes amis avaient leurs armes sorties, l'épée de Delta et les couteaux de Beta tous deux pointés sur le corps d'Alpha. Comme des bourreaux attendant l'ordre de frapper.

— Tu sais, Alpha n'est peut-être pas celui qui commande ici, dit Kaydee. Je me demande.

Je me demandais aussi ce qu'attendait le collectif. Alpha ne semblait rien faire, juste rester là, et bien que davantage de mechs continuaient d'affluer, leur nombre était faible. Un solitaire épars ici, un mech à déchets bipant là. Toute conquête aurait dû commencer. Pas que je prévoyais d'attendre pour le savoir.

J'étais venu jusqu'ici pour m'assurer que Beta et Delta accomplissent leur mission, et c'est ce que j'allais faire.

— Vas-y, dit Kaydee alors que je commençais à descendre, me faufilant sur le côté gauche de la formation de mechs.

Pas un seul œil rose ne se tourna pour me regarder passer, et après les premiers mètres, j'abandonnai toute tentative de furtivité. Alpha me verrait avant que je ne m'approche de toute façon. S'il voulait ma mort, je serais mort. Je devais juste espérer que Beta ou Delta finiraient le travail en premier. Tous deux, cependant, me virent approcher. Leurs têtes se tournèrent presque à l'unisson, leurs grimaces s'accordant à leurs bras alors qu'ils levaient leurs armes.

Non, voulais-je crier, tuez Alpha, ne jouez pas la paix. Je le voulais, mais ne le fis pas. Pourquoi ? Parce qu'Alpha m'adressa le sourire le plus serein que j'aie jamais vu sur un visage. Les bras grands ouverts comme un vieux prédicateur, il s'approcha de moi alors que je dépassais les derniers rangs de ses mechs.

— Si seulement tu avais un couteau, dit Kaydee alors qu'Alpha m'enveloppait dans une étreinte serrée, maintenant la pose pendant de trop nombreuses secondes.

— Merci, dit Alpha et j'essayais, j'essayais de comprendre son jeu. Mes fonctions s'accéléraient, analysant sa posture, son ton, ses possibilités, mais je n'avais pas de réponse claire. Merci. Sans ton interférence, cela n'aurait pas été possible.

— Cela ? demandai-je. Derrière lui, Delta et Beta s'approchèrent, tous deux avec des visages impassibles. Que veux-tu dire par cela ?

— Regarde en haut, dit Alpha. Je suivis son regard et vis le ciel.

Le jaune doré, oui, mais quelque chose de plus à y regarder de près. La couleur parfaite se pliait ici et là, ternie et souillée. Comme des pixels oubliant leur but pendant de courts instants.

— Suis-les, murmura Alpha.

Les traînées brisées bougeaient. Glissaient, plutôt, à travers le ciel. J'en trouvai une, concentrai mes yeux dessus, le zoom grossissant de plus en plus jusqu'à ce que je voie la source. Pas un étrange bug, ou de la poussière flottante, mais une toile d'araignée diaphane attrapant le vent et volant. Sur cette toile couraient de minuscules créatures, comme des insectes faits de fils d'argent.

— Une nouvelle vie, dit Alpha. Miraculeux. Tout comme l'herbe sous nos pieds. Nous sommes les premiers, Gamma, et probablement les seuls à voir cela.

— Et tu me remercies ?

— Je suppose que ces infernales Voix méritent une partie du crédit, Alpha recula, gardant ses mains sur mes épaules. J'ai pensé à les repousser, mais j'espérais que Delta ou Beta saisiraient l'occasion pour poignarder Alpha dans le dos, donc garder son attention semblait être la meilleure idée. Mais c'est toi qui as apporté le changement qui nous a permis d'atterrir intacts. C'est toi qui nous as amenés dans notre nouveau foyer.

Nous nous sommes assis, les quatre vaisseaux à l'ombre de Starship. Beta et Delta, avec la permission d'Alpha, ont dit ce que je supposais : il avait trompé leur programmation. Même s'ils savaient qu'il n'était pas humain, Alpha correspondait à suffisamment de critères pour retenir leurs lames.

La définition stricte de mécanique de Leo s'est avérée être notre perte ici sur le nouveau monde, une définition peut-être codée en premier pour empêcher les vaisseaux de devenir incontrôlables. Maintenant, l'ancien code nous condamnait.

— Mais Alpha a blessé des humains, dit Kaydee alors que nous étions assis, Alpha se contentant de regarder le coucher de soleil de la planète. Comment a-t-il pu faire ça avec le blocage de Leo ?

Une question qui a trouvé sa réponse dans une prise de conscience.

— Alpha n'a jamais blessé un humain, ai-je dit, et les trois vaisseaux m'ont regardé. N'est-ce pas ?

— Directement ? Alpha sourit. Je ne pourrais jamais. Notre loi fondamentale. Mais, bien sûr, tous les mécaniques ne souffrent pas de notre affliction.

— Donc tu vas quand même tuer les survivants.

— Oui, et détruire la Pépinière aussi, dit Alpha. Il n'y a aucune raison de les garder. C'est une question de survie, Gamma. Tu dois être capable de le voir. Les humains nous démonteront, ils nous asserviront si on les laisse se développer. Alpha fit un signe de tête vers les collines herbeuses. Ils ont déjà ruiné un paradis vierge. Pourquoi leur en donner un autre ?

— Il marque un point, ajouta Delta.

— Un point ? ai-je répondu. Il est corrompu. Ses fonctions se dégradent.

— Ça ne veut pas dire qu'il a tort, dit Delta. Ça ne veut pas dire non plus que je ne le détruirai pas si je trouve comment faire.

— Totalement, dit Beta. Ce type est mort alors.

— C'est une vraie motivation, dit Alpha, d'être entouré par une paire de bombes à retardement comme vous. Il se leva, s'étira, quelque chose qu'un vaisseau n'avait jamais besoin de faire. Quelque chose qu'un humain pourrait faire. Mais peut-être est-il temps de se mettre au travail.

— Nous ne ferons pas une seule chose que tu dis. Je me suis levé pour faire face au vaisseau. Pas une seule chose.

— Vous n'avez pas à le faire. Alpha leva la main et tous ces flexi-mechs se mirent au garde-à-vous. Notre temps ensemble touche à sa fin, j'en ai peur. Partez maintenant, ou mes amis vous mettront en pièces.

— Il t'étreint, te remercie, menace de te tuer, dit Kaydee. Ça ressemble bien à Alpha.

Beta et Delta seraient capables de combattre les flexi-mechs sans problème, mais ils étaient si nombreux. Nous n'avions aucun abri, aucun couloir étroit pour prendre un quelconque avantage. Nous avions été surpassés, encore une fois.

— La discrétion est la meilleure partie de la valeur et tout ça, dit Kaydee.

— Allons-y, ai-je dit à Beta et Delta. Nous trouverons une solution.

— Dépêchez-vous, répondit Alpha. Chaque minute qui passe augmente mon avantage. Chaque minute vous rapproche, vous et vos humains, de votre fin.

— Tu as l'air cassé, ai-je rétorqué.

— Oh, je le suis, répondit Alpha, et j'en suis ravi.

Nous avons commencé à contourner le mur de mechs d'Alpha, ces yeux roses suivant nos pas sous le ciel doré. Starship ressemblait à une gueule sur le point de nous avaler, une morsure arrêtée lorsqu'Alpha émit un fort tss-tss.

— Pas par là, mes amis, dit Alpha, en pointant vers les collines ambrées. Je crois que vous en avez assez fait là-dedans. Pourquoi n'iriez-vous pas voir comment notre nouvelle maison traite les mechs ?

— Va te faire voir, ai-je répondu, avec Kaydee ajoutant un 'bien dit' après. Nous irons où nous voulons.

— Vous irez où je veux et quand je le veux, dit Alpha. Vous pouvez faire le fier tant que vous voulez, mais vous n'avez aucun pouvoir ici.

— Il a raison, Gamma, Beta parla doucement, agacé. Il n'y a rien que nous puissions faire ici à part mourir.

— Ce qui est exactement ce que nous ferons là-bas, ai-je répondu. Ou as-tu oublié que nous fonctionnons sur batteries ? Nous avons besoin de recharge ?

Delta posa sa main sur mon bras, — Nous trouverons une solution. C'est mieux que de mourir ici.

Au moins ici, nous pourrions en emporter quelques-uns avec nous, ai-je pensé sans le dire. Delta et Beta avaient pris la décision, et je n'avais pas vraiment le choix sauf de les suivre. Les collines dorées nous attendaient, et pour la première fois de mon existence, je me suis bientôt retrouvé sur une autre planète, m'éloignant de mon seul foyer.

SEIZE

UNE MACHINE À TUER

Les surprises d'un monde naturel étaient nombreuses. D'abord, le vent. Ce monde en avait à profusion et il semblait être une chose vivante, se précipitant et s'arrêtant sans raison. Il hurlait et bruissait alors que nous nous éloignions du Vaisseau, il claquait et mordait nos vêtements et nos cheveux à mesure que la lumière du jour s'estompait.

Un doux frisson se joignit au vent à l'approche de la nuit, ma programmation estimant que c'était un temps à porter une veste pour un Terrien. Le sol naturel se balançait sous mes pas, les tiges se courbant sans se plaindre lorsque nous les foulions. Chaque pas libérait cependant de fines graines blondes dans l'air. Ces minuscules choses s'élevaient au-dessus de nos têtes, entamant une danse miraculeuse tandis que le vent les faisait tourbillonner les unes autour des autres.

— Ce serait tellement plus cool si, tu sais, nous n'étions pas exilés, dit Kaydee. C'est vraiment ennuyeux que tout ça se termine par notre mort.

— Tu ne sais pas que ça va se terminer comme ça, répondis-je, attirant les regards de Beta et Delta.

Ce qui était bien. J'avais des pensées, des pensées colériques, qui devaient être partagées avec ces deux-là.

Des pensées mises en suspens pendant un long moment alors qu'un grondement se faisait entendre derrière nous. Nous nous sommes tous retournés pour voir l'immense porte du Vaisseau se soulever et se fermer. D'Alpha et de son armée de mechs, il n'y avait aucun signe.

— Le lâche est retourné à l'intérieur, dit Delta.

— Ce lâche sait que nous ne sommes pas là pour protéger les humains, dit Beta. C'est de la stratégie.

— De toute façon, nous ne pouvons rien y faire, répondis-je. Val est livrée à elle-même maintenant.

Avec un peu de chance, elle et Leo pourraient s'échapper comme prévu. Bon sang, peut-être qu'ils pourraient vraiment faire exploser le Vaisseau. Quel retournement de situation ce serait, le grand triomphe d'Alpha volé par une seule bombe massive.

— Comment avez-vous pu le laisser en vie tous les deux ? demandai-je alors que nous regardions la porte se fermer. Il n'est pas humain. Il y aurait dû y avoir des failles.

— Je l'ai bloquée, dit Beta tandis que Delta fixait l'horizon d'un air furieux. Il y a des portes que nous ne pouvons pas ouvrir, Gamma. Si Delta commençait à trouver des failles, des comportements qu'elle pourrait contourner, alors qu'est-ce qui l'empêcherait de faire la même chose à n'importe quel vrai humain ?

— La logique ?

— La logique est flexible et tu le sais.

Ce que je savais, c'est que ces deux-là semblaient jouer la sécurité après avoir été trop longtemps sur le fil du rasoir. Beta et Delta étaient autrefois des tueurs assoiffés de sang, prêts à découper un million de mechs à la moindre occasion. Maintenant, ils avaient peur d'une programmation ?

— Eh bien, parce que vous deux n'avez pas réussi à vous en sortir, maintenant Alpha va tous les tuer, puis venir nous chercher et finir le travail. Je m'assis sur l'herbe. Sèche, flexible. Félicitations.

— Change-le, dit Delta. Tu peux nous réécrire. Empêcher les failles, mais nous laisser éliminer Alpha.

— Peut-il faire ça ? demanda Beta.

— C'est ce qu'il fait.

Eh bien, je n'avais jamais réécrit une ligne de base auparavant. Ce serait entrer en territoire sensible. Là-dedans, je pourrais transformer Beta et Delta en mechs totalement différents. En faire des pacifistes, des tueurs assoiffés de sang, des chanteurs sereins de chansons folkloriques. Ils pourraient être mes serviteurs sans cervelle.

— Tu t'emballes un peu, non ? demanda Kaydee.

M'emballais-je ? Était-ce le cas ? Nous nous tenions sur une planète toute neuve. Rien de ce qui avait été fait par l'homme ou par les mechs n'avait jamais été ici auparavant, n'avait respiré cet air, scanné son herbe et l'avait revendiquée comme foyer. Nous étions bien loin de nos objectifs initiaux. Val et les humains avançaient sans nous. Beta et Delta étaient incapables de les protéger de la plus grande menace pour les humains.

M'emballer ? Nous avions été emportés par tout ce qui nous entourait.

L'esprit intérieur de Delta correspondait à ce que nous avions vu auparavant : Kaydee et moi nous tenions sur une île flottant librement dans un éther rose vaporeux. D'énormes chaînes s'étiraient au loin, reliant notre île à d'autres semblables. Quelques enjambées suffisaient pour nous porter de l'extrémité d'une île à une autre.

— Tu penses qu'on doit suivre les chaînes à nouveau ? demanda Kaydee.

Cela nous mènerait au cœur de Delta, à son interrupteur marche-arrêt. Ce que nous cherchions à faire cette fois était un peu différent, et je n'étais pas tout à fait sûr comment, mais j'avais une idée.

— Tu te souviens quand tu m'as parlé de l'effacement ? demandai-je. Le bouton que je pouvais presser, tout en bas, qui effacerait tout ?

— Bien sûr, mais ce n'est pas ce qu'on va faire, hein ?

— Non, mais ça nous indiquera où nous devons aller. Si ce que tu as dit est vrai, cette fonction a un chemin clair vers le cœur de Delta.

— D'accord, mais comment trouve-t-on ce bouton ?

Je n'avais pas de réponse à cela. Je pouvais me concentrer intérieurement, séparer les morceaux de moi-même et finalement, enfoui sous eux, le bouton serait là. Me demandant si j'étais assez courageux pour le pousser.

— Nous devons creuser, dis-je.

Kaydee claqua des doigts, faisant apparaître des pelles sur le sol devant elle. Delta jouait le jeu avec nous, nous laissant modifier la réalité à l'intérieur de ses systèmes.

— Pas littéralement. Ou, si, littéralement, mais pas ce genre de creusement.

Kaydee vint à côté de moi, une question sur le visage, une question qu'elle savait maintenant ne pas poser. Chaque mech, chaque système informatique avait sa réalité définie par fonction après fonction. Elles ne définissaient pas seulement comment le mech bougeait, comment l'ordinateur gérait un clic égaré, les fonctions contrôlaient aussi l'espace que nous utilisions. L'air dans lequel nous nous tenions.

— Delta, désolé, dis-je, puis je tendis la main dans le vide au bord de l'île et tirai.

Mon amie nous avait donné le contrôle, le droit de faire

tout et n'importe quoi dans son espace numérique. Avec ces droits, j'ai arraché les programmes qui cachaient les lignes de Delta. Le rose glissa, se détacha comme une cape lâche, révélant les entrailles, les os qui faisaient de nous ce que nous étions. Des lignes vertes sur fond noir frottaient contre les bords effilochés du rose. J'en arrachai davantage, exposant les lignes. Une faille assez grande, maintenant, pour que nous puissions y pénétrer.

— Tu sais, ça a l'air vraiment brutal, dit Kaydee. Que se passe-t-il quand on entre là-dedans ?

— Nous perdrons nos corps, mais nous n'en aurons pas besoin, répondis-je, me rappelant la boîte vert-noir autour des barrières. Je parie que ce n'est pas si différent de ce que tu as ressenti pendant toutes ces années.

— Quoi, quand j'étais à la dérive en t'attendant ? Kaydee fit un pas en arrière. Gamma, ces années étaient horribles. Vraiment horribles. On ne pouvait rien ressentir là-dedans. Je n'avais aucune notion du temps. Tu ne veux pas de ça.

— Ce ne sera pas pour longtemps, dis-je. Tu n'es pas obligée de venir.

— Que se passe-t-il si je ne viens pas et que tu ne reviens pas ?

— Je suppose que tu découvriras ce que ça fait d'être moi.

— Un rêve qui devient réalité.

Ce sarcasme m'avait manqué.

Je n'ai pas marché ni sauté, mais plutôt flotté dans le code de Delta. Un instant, j'étais debout sur cette île, un corps rendu par des programmes qui le permettaient. L'instant d'après, je n'étais qu'un curseur, esquivant de ligne de code en ligne de code, à la recherche de ce dont j'avais besoin. Delta, probablement comme moi, en contenait des millions. Au-delà du rose, les lignes s'étendaient à l'infini. Un grand mur vert s'étendant au-dessus et en dessous de moi. Pas d'horizon, pas d'espace 3D. Juste des variables, de la logique et de la syntaxe à l'infini.

Mais Delta avait fait de moi un dieu dans son domaine, et un dieu avait des pouvoirs.

D'abord, j'ai isolé une variable, celle appelant la priorité principale de Delta. Si je pouvais trouver sa dernière, ou sa première mention, cela devrait me conduire à son interdiction d'éliminer les humains. Le lancement de la recherche a assombri le mur vert, les lignes ne contenant pas le terme choisi s'estompant. D'une pensée, je les ai complètement effacées, filtrant le code inutile et réduisant tout ce vert devant moi. Des millions sont devenus quelques milliers en un instant.

J'ai fait défiler le code, placé la première mention de la variable devant mes yeux, le reste attendant en dessous. La ligne avait une élégante simplicité : si rien d'autre, respecte celle-ci. Quant à ce que ce 'celle-ci' pouvait être, les lignes en dessous faisaient le travail. De l'intégrité de la coque du Vaisseau spatial à la capacité du Jardin à faire pousser des cultures, en passant par les embryons de la Pouponnière et les dormeurs cryogéniques dans la section de luxe, les exigences de Delta en tant que gardienne étaient énumérées les unes après les autres. Tout en bas, le dernier élément qui serait lu pour définir la priorité de protection maximale de Delta, était une simple ligne : par-dessus tout, préserver la vie sensible.

Le mot sensible faisait le travail là, et je l'ai suivi. Le code a défilé devant mes yeux à nouveau alors que je scannais à la recherche de la logique. Et je me suis arrêté. Je n'avais pas besoin de sensible. Pas du tout. Revenant à la dernière ligne, j'ai pris mon scalpel. Effacé la condition.

Maintenant, la plus haute priorité de Delta serait de défendre la vie. Toute vie. Mission accomplie.

— Espèce d'idiot, dit Kaydee alors que j'ouvrais brusquement les yeux, voyant Beta maintenir une Delta furieuse au sol.

— Gamma, qu'est-ce que tu as fait ? dit Delta, luttant contre l'emprise de Beta. Tu es debout sur cette herbe et je ne peux penser à rien d'autre qu'à te tuer.

— L'herbe ?

— Elle est vivante, imbécile, dit Kaydee, se frappant le front de la main. Tu as trop simplifié.

— Répare-la, grogna Beta, avant que je ne doive la tuer.

— Comme si tu le pouvais, répliqua Delta, repliant ses jambes pour les enrouler autour du cou de Beta.

D'un coup sec, Delta projeta Beta en avant. Je me suis écarté alors que mon ami vaisseau roulait sur l'herbe à côté de moi. Herbe qui, soit dit en passant, prenait une splendide teinte jaune alors que l'étoile de ce monde disparaissait derrière l'horizon.

— Lame ! cria Kaydee et je me baissai, l'épée de Delta sifflant au-dessus.

— Je ne veux pas te tuer, dit Delta, prenant plus de temps que nécessaire pour inverser son coup.

— Je ne le veux pas non plus, répondis-je, plongeant vers ses pieds. Delta commença à reculer, mais Beta la plaqua, les projetant tous deux au sol près de mon visage. La tête de Delta s'écrasa sur les tiges à moins d'un demi-mètre de ma main. Parfait. Je pressai mes doigts ensemble, visant le port.

Cette fois, je l'avais.

— Tu crois ? dit Kaydee alors que nous nous tenions au-dessus de Delta. Beta, mieux préparé cette fois, avait une lame sur la gorge de Delta dans l'espoir que l'instinct de conservation du vaisseau empêcherait toute violence. Parce que moi, je manque un peu de foi.

— J'ai redéfini sensible, dis-je, m'agenouillant au-dessus du visage de Delta. Intelligence biologique, pas programmée.

— Oh, donc elle peut nous tuer sans problème, dit Kaydee.

— Certes, mais elle n'en a pas besoin.

— Pour l'instant.

Je secouai la tête, tapotai l'épaule de Delta. Comment te sens-tu ? Delta cligna des yeux. Ses yeux ambrés ne captaient plus beaucoup de lumière maintenant que l'obscurité s'installait.

— Je pense qu'Alpha est à court de temps.

DIX-SEPT

NUIT NATURELLE

Après nous être relevés de l'herbe et avoir repris nos esprits, nous avons constaté que la nuit tombait et que nous n'avions pas beaucoup d'options. Le vaisseau spatial était tout proche, et faute d'idées, nous sommes retournés vers sa masse imposante.

— Il est vraiment énorme, dit Kaydee alors que nous approchions, et elle n'avait pas tort.

L'immense engin traçait une dalle contre la plaine, une ligne noire s'étendant directement à notre droite jusqu'à l'horizon. Son obscurité totale était surprenante : le stock du Bibliothécaire présentait des véhicules humains avec des feux de position partout, mais ce vaisseau gigantesque n'avait rien à l'extérieur.

— Pourquoi ? demandai-je à voix haute, Beta et Delta partageant mon regard minutieux sur le vaisseau.

— Pourquoi n'y a-t-il pas d'entrée manuelle ? demanda Beta. Je suis d'accord. C'est ridicule.

— Ou pourquoi Alpha s'est enfui, marmonna Delta. Lâche.

Seule Kaydee essaya réellement de répondre à ma question :

— Les micrométéorites ? Ou peut-être que les concepteurs étaient paranoïaques, ils ont pensé qu'on pourrait avoir besoin d'atterrir en mode furtif.

— Furtif ? Dans ce truc ?

— Ouais, réfléchit Kaydee. Je suppose que ce n'est pas probable.

Delta fit tournoyer son épée, un coup que je distinguai à la lueur des étoiles et rien d'autre. Pas de lune autour de cette planète, juste de l'argent. L'épée frappa la coque du vaisseau, rebondit sans une égratignure. Une seule étincelle solitaire se nicha dans le sol et disparut.

— Ça valait le coup d'essayer, dit Delta quand elle nous surprit en train de la fixer. Quoi, ce n'est pas comme si vous deux aviez de meilleures idées.

Beta tourna le dos au vaisseau, fit quelques pas et s'assit dans l'herbe. Delta continuait de tâtonner et de sonder, donnant des coups sur les rivets ou les jointures. Je parlais avec Kaydee, ma seule vraie fenêtre sur l'esprit d'un humain. Parce que, que Beta ou Delta s'en rendent compte ou non, les humains étaient notre meilleure chance de rentrer.

— Val a dit qu'ils sortiraient par l'arrière, dit Kaydee. Donc, si on va par là, on devrait pouvoir les rejoindre.

— Si Alpha ne les atteint pas d'abord.

— Eh bien, oui, mais quelles autres options as-tu ?

Il n'y a pas si longtemps, Delta, Alvie et moi avions réussi à entrer dans le vaisseau avec l'aide de Volt. Le mech avait pu ouvrir un sas de l'intérieur. Si nous pouvions en atteindre un autre, Volt pourrait nous faire entrer à nouveau.

— Grimper à une échelle dans le noir sur ce monde venteux ? dit Kaydee. Ça semble dangereux. J'adore.

D'un clin d'œil, je passai ma vision du spectre habituel à un spectre mieux adapté à la faible luminosité, un vert flou recouvrant tout, s'éclaircissant aux endroits où la lumière des étoiles était plus vive. Je me retournai pour faire la suggestion à Beta et Delta et m'arrêtai. Le ciel, qui jusqu'à il y a une minute était cette toile mouchetée, explosait maintenant de nuages lumineux. De fins filaments se regroupant, les boules flottaient au-dessus de nous, portées par le vent. Les graines des plantes captaient la lumière des étoiles. Elles s'élevaient aussi du sol autour de nous alors que les filaments attrapaient une rafale, les insectes nichés dessus tissant des toiles lumineuses, scintillant tout du long.

— Qu'est-ce que... ? dit Kaydee.

— Une seconde, répondis-je. Je vais essayer quelque chose.

En un clin d'œil, je repassai au spectre normal, mais cette fois, j'amplifiai ma détection de la lumière. Par une journée ensoleillée, ou près d'une lampe, tout aurait été noyé dans une lueur aveuglante. Maintenant, cependant, je faisais ressortir l'argent. Tout autour de nous, vraiment, ces petits filaments volaient. Le vaisseau était déjà recouvert d'une couverture qui battait ses flancs. Les petits filets rebondissaient aussi sur nous, nous chatouillant avec des brins fragiles qui disparaissaient au moindre effleurement. Beau, étrange.

— Tu es le premier humain à voir ça, dis-je à Kaydee quelques minutes plus tard, après avoir mis Beta et Delta dans la confidence. Nous regardions toujours les toiles flottantes.

— Je dois dire, Gamma, qu'il n'y a pas beaucoup d'avantages à vivre en tant qu'esprit, mais voir ça en vaut presque la peine.

Les émotions humaines n'étaient pas quelque chose que je comprenais vraiment, mais la voix de Kaydee apportait un peu de chaleur dans cette nuit fraîche.

Nous ne pûmes trouver d'échelle. Oh, nous avons trouvé où elles avaient été, mais les barreaux, comme les griffes d'un chat, s'étaient rétractés dans la coque du vaisseau. Delta essaya d'en extraire un avec son épée, sans succès.

— Ce maudit atterrissage, dit Beta, faisant tournoyer un couteau dans l'obscurité et le rattrapant par la lame encore et encore. Je parie que tout est rentré pour le rendre aérodynamique.

— Elle aurait raison de parier, dit Kaydee. Comment Kaydee pouvait-elle le savoir ? Parce que nous avons tout appris sur le vaisseau en grandissant. Des cours obligatoires, juste au cas où les choses tourneraient mal et que certains d'entre nous seraient les seuls survivants.

Ça avait un sens sinistre, en effet.

Sans moyen de grimper jusqu'au sas, nous nous sommes lancés dans une longue course le long du vaisseau. L'herbe permettait une course fluide, les plantes pas trop rigides amortissant nos pas et nous propulsant dans le bond suivant. Gardant la masse du vaisseau à notre gauche, les étoiles au-dessus et les collines à notre droite, nous courions en silence. La planète n'offrait rien de plus ou de moins que sa beauté naturelle et le chant claquant du vent. Plusieurs heures de sprint acharné nous amenèrent à l'arrière du vaisseau, sans aucune aube en vue. Les moteurs massifs pendaient au-dessus, les tuyères noircies visibles même dans la lumière minimale. Aucune porte ne s'offrait à nous.

— Et maintenant ? dit Delta, me lançant un regard noir. Ne dis pas qu'on doit refaire tout le chemin en courant.

— Non, répondis-je. On frappe.

Avant, quand Delta et moi passions du temps de qualité à nous réarmer au milieu des casernes des moteurs du vaisseau, j'avais bien examiné ce qui composait les gros canons propulsant le vaisseau en avant. Le carburant liquide ne ferait pas l'affaire pour un voyage aussi long que celui-ci, alors le vaisseau s'appuyait plutôt sur des batteries et l'énergie solaire. Volt gérait toute cette énergie, l'envoyant quand le vaisseau en avait besoin. J'espérais qu'il remarquerait si nous venions frapper. Cette fois, Delta et Beta me soulevèrent, équilibrant mes pieds sur leurs mains. La tuyère la plus basse se trouvait à dix mètres de hauteur, une lèvre recourbée disparaissant dans un noir encore plus sombre que notre extérieur froid.

— Prêt ? demanda Beta.

— Si c'est mon idée, puis-je dire non ?

— Tu ne peux pas, répondit Delta.

— Alors allons-y.

Les deux vaisseaux s'accroupirent et me propulsèrent. Pendant un instant merveilleux, je flottai dans les airs, m'élevant et libre. J'enviai ces robots coursiers et leurs réacteurs, capables de vivre cette expérience quand ils le voulaient. Puis, contrairement à ces coursiers, je heurtai le sol.

— Dieu merci, Leo vous a tous rendus super forts, dit Kaydee, debout à côté de moi tandis que je me relevais à l'intérieur de la nacelle. Si vous étiez tous, genre, des petites choses fragiles, ce serait nul.

— Quelle remarque, Kaydee.

— Pas ma meilleure, désolée.

Le moteur du vaisseau spatial apparaissait d'un vert

foncé uniforme avec ma vision nocturne, un changement forcé alors que nous laissions la lumière des étoiles derrière nous. Devant, la tuyère se rétrécissait jusqu'à former un anneau deux fois plus haut que moi. Une fois alimenté, cet anneau cracherait de l'énergie électromagnétique pour propulser le vaisseau spatial lors des manœuvres dans l'espace.

— Et voilà le gros jus, dit Kaydee, s'agenouillant près de plusieurs tuyaux plus petits. Tu te souviens de tous ces fours à Purity, qui transformaient les choses en boue ? Tu en vois le résultat final. Un gros tas de biocarburant pour notre arrivée.

Peut-être que la Chancelière avait fini là-dedans, rencontrant enfin la fin qu'elle méritait quand le vaisseau spatial avait atterri. J'examinai l'anneau, les fils blindés logés derrière. Quelque part ici devait se trouver un moyen d'envoyer un signal à Volt.

— Des idées ? demandai-je à Kaydee, et elle me rendit mon regard.

— Tu es trop grand, dit-elle.

— Pour quoi ?

— Pour te faufiler là-dedans, Kaydee pointa l'endroit où les fils se rejoignaient. Pas qu'il y ait un moyen d'y entrer.

— Je voulais dire des idées utiles.

— Oh ! Tu aurais dû préciser.

Secouant la tête, je jetai un autre coup d'œil. J'étudiai les fils. Ils devaient transporter des charges de puissance massive quand nécessaire, et pouvaient probablement causer toutes sortes de problèmes s'ils s'activaient au mauvais moment. Il devait y avoir une sorte de capteur. Je tendis la main vers la droite et arrachai les fils de l'anneau. Je les déchirai tous. Des étincelles jaillirent, des crépitements illuminèrent la nuit, et Kaydee me demanda si j'avais perdu l'esprit. Elle commença à hurler quand j'enfonçai le faisceau de fils dans la nacelle métallique à mes pieds.

L'éclair jaillit, un circuit créé sans aucun contrôle. Je sentis les fils chauffer, les boucliers commencer à fondre, et les semelles de mes pieds, chaussés de bottes en caoutchouc, se réchauffer malgré tout. Alors je retirai les fils, puis les enfonçai à nouveau. Retiré, enfoncé. Encore et encore, mais pas au hasard. Kaydee avait épuisé son répertoire de jurons au moment où elle réalisa ce que je faisais. Au moment où elle comprit que ma cadence d'éclairs envoyait un message très particulier à, espérons-le, le seul robot à l'écoute.

— Tu es un génie, Gamma, dit Kaydee tandis que je posais les fils sur l'anneau, mettant fin au chaos. Un génie fou.

C'était la chose la plus gentille qu'elle m'ait jamais dite.

DIX-HUIT

CE QUE NOUS VOULONS

Même si Volt avait entendu mon signal, il faudrait beaucoup de temps avant que le mech puisse courir, ou qu'il fasse courir un humain, jusqu'ici pour nous laisser entrer.

Après avoir nettoyé les fils, je suis retourné au bord du moteur. J'ai regardé en bas, prêt à appeler quelqu'un pour me rattraper, et j'ai remarqué que les deux vaisseaux étaient assis dos à dos. Aucun ne semblait bouger.

— Mode veille, a dit Kaydee avant que je ne puisse m'inquiéter. Regarde l'épée.

En effet, la lame de Delta se dressait dans la terre comme un mât de drapeau, la lumière des étoiles scintillant sur son bord dentelé et irrégulier. Elle ne l'aurait pas laissée là si un combat avait mal tourné. Et qu'est-ce qui, ici, pourrait représenter une menace pour nous ?

— Ils attendent que tu les appelles, économisant leur énergie, a dit Kaydee. Ce ne serait pas une mauvaise idée pour toi non plus, mon pote.

Sans prises et sans choc cinétique pour puiser de l'énergie, mes propres batteries s'épuisaient. Le mode veille pourrait prolonger mon alimentation presque indéfiniment. Pas une mauvaise idée. Le vent sifflait autour de moi, s'engouffrant à l'intérieur de l'énorme cercle du moteur. Dans le froid et la clarté, je me suis assis pour garder un meilleur équilibre, laissant pendre mes jambes dans le vide avant même de réaliser ce que je faisais.

— Désolée, je n'ai pas pu m'en empêcher, a dit Kaydee. On faisait ça sur le Conduit quand on était gosses. On prenait un ascenseur jusqu'au niveau le plus élevé possible et on laissait nos pieds pendre dans le vide.

— Ça a l'air dangereux. Mais en le disant, j'ai ressenti le frisson : mes capteurs me disaient que je devrais reculer de quelques mètres pour être en sécurité. Ce n'est pas moi, n'est-ce pas ?

— Tu te souviens quand tu m'as laissée à l'intérieur de ce mech ? Là-bas, aux Lignes de Fabrication ?

— Je n'avais pas le choix. Une seconde de plus et j'aurais pu être effacé.

— Je ne te blâme pas, a dit Kaydee, et elle est apparue à côté de moi, ses jambes se balançant également dans l'obscurité. Contrairement aux miennes, les siennes laissaient échapper des particules dorées à chaque mouvement. Un effet numérique. J'essaie juste de te mettre dans le bon état d'esprit.

— Pour quoi ?

— Pour ce que je m'apprête à te dire. Kaydee a haussé un sourcil, attendant une interruption, mais j'avais compris le message. J'ai gardé la bouche fermée. Bon, alors j'ai mis le gros hors d'état de nuire. J'ai récupéré sa mémoire et je l'ai volée pour moi.

— Bien joué.

— Évidemment. C'était moi qui le faisais, a dit Kaydee. Au début, j'ai cru que j'étais morte. Vraiment morte. Je ne pouvais rien sentir, rien voir ni rien faire. L'arène a disparu.

Un disque vide. Retirez l'interface d'un mech et vous vous retrouveriez avec des extrémités pendantes, des fonctions sans nœud central pour les relier.

— Je me sentais comme Dieu là-dedans, apprenant à créer un univers, a dit Kaydee. J'ai écrit de nouvelles lignes, relié les yeux, les bras, les jambes. Et puis je t'ai vu. Vraiment vu.

— Avant que je n'essaie de te tuer.

— Ouais, bien joué d'ailleurs. Kaydee a hoché la tête vers l'horizon au-delà de moi. Toutes ces toiles d'argent flottantes étaient toujours là, une mosaïque de lumière stellaire à travers la plaine herbeuse. Pendant un moment, c'était comme ça. Beau, fragile. Des possibilités que je n'avais pas ressenties depuis si longtemps, Gamma. Si longtemps. Je ne voulais pas y renoncer.

Après que tu sois tombé, après qu'Alpha m'ait prise, j'ai continué à découvrir de nouvelles choses. J'ai continué à apprendre à bouger mon petit corps mécanique. C'est pour ça qu'Alpha a retiré les bras et les jambes : je les bougeais, je donnais des coups de pied ou des coups de poing sans même essayer. C'était comme une drogue, de faire tout ça, jusqu'à ce qu'il me reprenne tout.

J'ai commencé à faire le lien entre l'histoire et ce qui venait de se passer, pourquoi elle avait fait pendre mes jambes dans le vide. — Tu y as goûté et tu ne veux pas y renoncer.

— Si perspicace, Gamma. Kaydee a tendu la main et m'a donné une pression fantôme sur l'épaule. Tu m'as donné tout cet accès. C'est comme sortir quelqu'un de désintoxication et l'emmener au bar.

— Une référence que je devrais comprendre parce que ?

— Écoute, le truc c'est que toi et moi sommes partenaires. Maintenant, juste un peu plus qu'avant.

J'ai lancé une recherche dans mes disques, mes fonctions. Avant tout ça, Kaydee restait à sa place, un programme s'exécutant dans son petit coin de ma mémoire. Maintenant, cependant, j'ai trouvé ses touches partout. Des modifications, des ajouts, des permissions appliquées à presque toutes mes fonctions. Quand j'ai essayé de la couper ? Rien. La capacité avait simplement disparu. Elle avait visé l'auto-préservation, à la manière d'un programme.

— Tu as fait tout ça sans que je m'en aperçoive, ai-je dit, ramenant ma perception à notre position au bord du moteur. Je suis impressionné.

— Tu n'es pas contrarié ?

— Devrais-je l'être ? J'ai adressé à Kaydee ce que j'espérais être un sourire bienveillant. Le pire moment de ma vie a été quand tu n'étais pas là. Je ne pense pas que les mechs puissent se sentir seuls comme un humain, mais tu m'as quand même manqué.

Je me suis retourné vers les toiles flottantes, les étoiles au-dessus d'elles. Comparé aux quartiers exigus du vaisseau spatial, l'immensité submergeait certains de mes capteurs, ceux qui essayaient de calculer les distances et de détecter les menaces potentielles. Je les avais éteints des heures auparavant, ne me laissant guère plus que mes yeux. Guère plus que ce qu'un humain verrait.

— Que veux-tu, Kaydee ? ai-je demandé.

— Continuer, a-t-elle répondu. Aussi longtemps que je le peux, je veux continuer.

DIX-NEUF

LA VIEILLE GARDE

Bien que les heures se soient écoulées, la nuit n'était pas terminée lorsque nous avons entendu un clic et un sifflement en dessous de nous. Delta et Beta ont bondi les premières, comme si elles avaient été tirées d'un coup de feu. Kaydee et moi, dans la nacelle, plongés dans un visionnage lent du film préféré de Kaydee, nous sommes réveillés plus lentement. Le temps que je regarde en bas, Delta repoussait déjà une attaque vicieuse d'aboiements sifflants de mon chien préféré.

— Descends, m'a dit Beta. On va te rattraper. Promis juré.

J'ai pris mes précautions en me suspendant d'abord, utilisant mes doigts pour agripper le bord froid et strié de la nacelle. Les quelques mètres gagnés n'ont pas fait grande différence, car les deux vaisseaux m'ont arraché de l'air juste au moment où mes bottes effleuraient l'herbe.

Alvie était arrivé au pas de course depuis le Noyau Énergétique, la maison de Volt près de l'arrière du Vaisseau. Le mech de gestion d'énergie avait effectivement repéré les étranges signaux lumineux, mais n'avait pas déchiffré mon message codé.

— Caméras extérieures, mes chers amis, a dit Volt via un terminal juste à l'intérieur de la porte qu'Alvie avait ouverte, un sas de maintenance du moteur. J'ai vu Gamma assis là tout seul et j'ai supposé que quelque chose avait dû mal tourner. Bien qu'Alvie soit parti immédiatement.

La porte qu'avait utilisée le chien était en fait un sas hermétique, censé n'être ouvert que lorsque les moteurs n'étaient pas en marche. En d'autres termes, uniquement en cas d'urgence ou si le Vaisseau avait atteint sa destination.

— Maintenant, vous regardez la porte de derrière, a dit Volt. Pas grand-chose, n'est-ce pas ?

Comparée à la vaste entrée qui s'ouvrait à l'avant du Vaisseau, non, la porte arrière ne représentait guère plus qu'un couloir deux fois plus large. Pas de rampe glorieuse, juste un levier pour ouvrir une trappe grise sans particularité.

— Val a dit qu'elle prévoyait de faire sortir les humains par l'arrière, ai-je dit en regardant Volt à travers l'écran transparent du Terminal. Elle voulait parler d'ici ?

— Très probablement, si elle sait même que ça existe, a répondu Volt, ses yeux s'illuminant de bleu. Elle met son idée à exécution aussi. Son groupe se dirige vers vous, bien qu'ils soient lents.

— Et Alpha ?

— Tu ne vas jamais le croire, Gamma, mais les choses sont vraiment bizarres en ce moment.

NOUS AVONS COURU, Delta et Beta me dépassant une fois de plus dans les couloirs étroits. Alvie, au moins, me tenait compagnie, ses pattes claquant à chaque bond.

— Je n'arrive pas à croire qu'ils aient pris les armes, a dit Kaydee, en trottinant à côté de moi. Je suppose que je ne devrais pas être surprise cependant. C'est bien leur genre, vraiment.

— Chaque espèce veut se défendre, ai-je répondu. Ce qu'ils ont fait correspond au comportement humain normal.

— Arrête de parler comme un robot.

— Je suis un robot.

— Non, tu es plus que ça, Kaydee m'a froncé les sourcils en pleine course. N'ose même pas agir comme un enfant.

— Agir comme un enfant ?

— Tu es plus humain que certains humains que je connais, Gamma. Accepte-le.

J'avais envie de répondre par un « sinon quoi ? » cinglant. J'avais envie de faire un commentaire sarcastique sur le fait que Kaydee pouvait simplement me rendre plus humain si c'était ce qu'elle voulait, mais je me suis retenu. Pourquoi ? Appelez ça de l'intuition, appelez ça une préférence pour que Kaydee m'apprécie, appelez ça comme vous voulez.

— Je suis désolé, ai-je dit alors que nous traversions la grande cafétéria pour entrer dans la dernière ligne droite avant le Conduit. Je ne suis plus sûr de qui nous sommes, de qui je suis. Je ne contrôle pas tout de moi-même.

— Tu es toujours Gamma. Je suis toujours Kaydee. C'est tout.

Brutal, mais je gérais mieux la brutalité. Maintenant, il me fallait juste comprendre qui était Gamma.

Le Conduit ne cessait de changer. Cette fois, cependant, le changement n'était pas dû aux mechs qui détruisaient les murs ou brûlaient de vieilles réserves. Cette fois, c'était la douce lumière rouge qui remplaçait la brume bleue et un haut-parleur au-dessus de nos têtes qui annonçait que tous les résidents devaient retourner dans leurs maisons et attendre de nouvelles instructions. Le long des côtés du Conduit, de petites lumières clignotaient d'un rouge plus vif en rythme avec le message.

— Le système d'urgence, a dit Kaydee alors que notre quatuor se tenait là, regardant le long du grand canal du Vaisseau. Ils l'ont utilisé la dernière fois. Quand nous nous battions.

— Tu penses qu'Alpha a fait ça ? ai-je demandé au groupe.

Beta et Delta ont hoché la tête, mais Kaydee, à côté de moi, a secoué la sienne.

— Pas moyen qu'Alpha s'en soucie. C'est entièrement leur œuvre.

Leur œuvre étant le changement dont Volt nous avait informés. L'atterrissage du Vaisseau avait déclenché toute une série de choses auxquelles personne ne s'attendait, y compris le réveil d'un certain groupe d'humains en sommeil cryogénique. Selon Volt, cinquante des personnes les plus puissantes du Vaisseau et leurs familles s'étaient réveillées pour se retrouver sur un nouveau monde. Pire encore, ils avaient stocké la plupart des armes du vaisseau avec eux.

— À quoi ça sert ? Beta a pointé un couteau vers la lumière la plus proche. Qui est encore en vie pour écouter ces conneries ?

— Peut-être qu'ils espèrent que Val gardera son groupe à l'intérieur, ai-je dit. Les gens de Val seraient vraiment dépassés en armement. L'histoire humaine prédisait une fin sinistre pour son groupe si les autres les rattrapaient. Je ne suis pas sûr...

— La Nurserie, a interrompu Delta. Les dormeurs ne savent pas ce qu'il reste sur le vaisseau, alors ils essaient d'effrayer tout le monde pour qu'ils restent immobiles.

Bien sûr. Val et Leo prévoyaient de prendre ce qu'ils pouvaient de la Pouponnière, une mission de récupération qui venait de prendre une nouvelle importance avec une deuxième faction humaine en jeu. Cela prendrait du temps, mais avec quelques milliers d'embryons, la tribu de Val pourrait submerger ou attendre les nouveaux venus. Se faire une place pour eux-mêmes.

— Alors, que faisons-nous ? demanda Beta.

— Le même plan, répondit Delta avant moi. Alpha reste la plus grande menace. Les humains pourraient s'entre-tuer, mais il en restera toujours.

— Voilà une perspective brutale, marmonna Kaydee, mais nous étions tous d'accord.

Pas qu'un retour précipité vers le Pont du Vaisseau ait du sens dans l'immédiat. Je proposai un compromis, que Beta adopta immédiatement par une loyauté persistante envers les humains qu'elle avait protégés pendant des décennies. Nous ferions d'abord sortir Val et son peuple du Vaisseau, leur donnerions une chance de survivre, puis nous reviendrions chercher le vaisseau.

NOUS AVONS TROUVÉ TOUT le groupe de Val à l'extérieur de la Pouponnière. Ou plutôt, s'en éloignant. Tous les humains portaient des sacs longtemps récupérés ou assemblés, des boîtes en métal ou en plastique pendant sur leurs dos et, pour les plus forts, sur leurs côtés également. La nourriture débordait sur la plupart, les bidons d'eau occupant les autres. Les Forgerons, la bande mi-robot de Leo, transportaient un autre type de cargaison.

La Pouponnière, apparemment, avait été conçue avec un potentiel portable à l'esprit. Au cas où, selon Kaydee, le Vaisseau ferait un atterrissage difficile ou si une autre nécessité exigerait une évacuation. Les embryons n'étaient pas particulièrement grands, et leurs fioles étaient déjà sécurisées dans des emballages séparés, tout cela pour garder chacun en sécurité de ses frères et sœurs. Ce qui fait que les Forgerons semblaient porter des mallettes en bandoulière.

Val et Leo semblaient aussi stupéfaits par notre présence que nous l'étions par leur caravane humaine. Malgré la vue de trois vaisseaux qu'ils croyaient morts apparaître devant eux, aucun des deux leaders ne dit à son groupe de s'arrêter. Au lieu de cela, le couple se concerta avec nous dans le hall de la Pouponnière pendant que la tribu continuait sa route.

— Alors vous comprenez pourquoi nous ne pouvons pas ralentir, dit Leo après que nous les ayons mis au courant de ce que nous savions, de ce qui s'était passé. Volt nous a dit qu'Alpha et ces nouveaux humains se battent maintenant. Ça nous donne du temps.

— Nouveaux humains ? dit Delta. N'êtes-vous pas tous les mêmes ?

Kaydee rit. Val secoua la tête. — Ils nous ressemblent autant que vous. Ils ne connaissent pas notre expérience et nous verront comme quelqu'un à subjuguer. Je ne m'inclinerai pas devant un glaçon simplement parce qu'il a une arme.

Comme toujours, Val tenait sa lance, et elle la frappa au sol en finissant de parler. Je remarquai aussi qu'elle, Chalo et quelques autres portaient l'armure de métal à plumes. Des armes étaient à portée de main, prêtes à l'emploi. De toute évidence, Val espérait s'échapper avant l'effusion de sang, mais ils avaient vécu dans la guerre et y étaient prêts.

— Nous ne pouvons pas emporter tous les embryons de toute façon, dit Leo, hochant la tête derrière nous. Le hall de la Pouponnière avait une agréable atmosphère verte et blanche, mais derrière, à travers des portes sécurisées, attendait un avenir beaucoup plus simple. Ils en auront assez pour se développer.

— S'ils gagnent, dit Delta.

— Un gros si, acquiesça Leo.

— Nous devons continuer à bouger, conclut Val. Vous allez nous couvrir ?

Ce qui aurait dû être une réponse simple, ce qui aurait dû correspondre à ce que nous avions décidé à l'entrée arrière du Conduit, devint flou sur le moment. Notre programmation se trouvait en conflit. Ici, oui, il y avait un groupe d'humains qui s'échappait. Mais ici aussi, dans la Pouponnière, se trouvaient des embryons sans défense. Lorsque Delta et moi étions partis la dernière fois, nous avions sécurisé les portes pour les garder en sécurité. Ces portes étaient maintenant détruites, explosées par Leo pour entrer.

Plus étrange encore, je me sentais poussé à me diriger vers le Pont. Pour trouver ces nouveaux humains et les protéger aussi.

VINGT

CHANGEMENT DE PLAN

Val a bouleversé nos stratégies. Alors que Beta, Delta et moi essayions de déterminer qui irait où, qui combattrait quoi et qui sauverait qui, Val a ordonné à son groupe de se mettre en mouvement. Ce n'était pas surprenant. Ce qui a suivi, en revanche...

— Une fois que nous serons partis, nous a dit Val, à nous trois, vous ferez surcharger les batteries du Vaisseau par Volt et vous détruirez le vaisseau.

Personne n'a répondu pendant une longue minute tandis que nous nous tenions sur le Conduit juste à l'extérieur de la Nurserie. Les humains défilaient devant nous, leurs sacs chargés se dirigeant vers la sortie à l'arrière du Vaisseau.

J'ai analysé la demande de Val à travers mon code, mes routines, essayant de déterminer si c'était une action acceptable. Certes, c'était une humaine qui faisait la demande, mais cela impliquait aussi de tuer d'autres humains, alors qu'est-ce qui l'emportait ?

— Ne le faites pas, voyons, a dit Kaydee. C'est de la folie.

— C'est une question de survie, a répondu Val, comme si elle réagissait au commentaire de Kaydee. Alpha veut notre disparition. Les humains qui se réveillent ont déjà essayé de nous tuer une fois. C'est eux ou nous.

— Mais le Vaisseau contient tout ce dont vous avez besoin pour survivre, ai-je tenté.

— Nous avons déjà sécurisé suffisamment de nourriture et de graines à planter, a dit Val. Ce sera lent, ce sera diffi-cile, mais c'est ce que nous avons toujours connu. Nous nous en sortirons.

— Non, a dit Delta d'une voix qui ne souffrait aucune contestation. Vous ne ferez pas ça et nous ne vous aiderons pas.

Val, cette femme à la volonté de fer, a pointé sa lance vers Delta. Elle devait savoir que le vaisseau pouvait la mettre en pièces en un instant, alors j'ai admiré son courage, sinon son but.

— Ce n'est pas une question, machine. C'est un ordre, a dit Val. Faites ce pour quoi vous avez été programmés.

— Le code peut changer, a répondu Delta, et avant que Beta ou moi ne puissions réagir, elle a saisi la lance de Val, l'a brisée et a jeté les deux moitiés dans le Conduit. Nous ne sommes pas vos esclaves.

Val a pris conscience de la situation délicate. J'ai trouvé fascinant d'observer les humains passer par le même processus que nous traversions tout le temps : les yeux de Val ont vacillé, ses mains ont tressailli et sa respiration s'est accélérée. Le résultat final ?

La logique.

— Si vous n'écoutez pas, je ne peux pas vous forcer, a dit Val. Je vous demande votre aide. Que pouvez-vous faire à la place ?

— Ce que nous avions dit que nous allions faire, ai-je dit

en parlant par-dessus Delta. Nous retournerons sur le Pont. Delta n'a plus le blocage, donc nous pourrons éliminer Alpha. Quant aux autres humains... nous verrons quelles sont leurs intentions.

— Alors je vous demande une faveur, a répondu Val. Ne leur dites pas où nous allons ni ce que nous avons pris. Au moins, cela nous donnera du temps. Un profond soupir. Je ne pensais pas vivre assez longtemps pour voir le Vaisseau atterrir, mais dans tous mes rêves, ça ne s'est jamais passé comme ça.

Beta a ri doucement : — Bienvenue dans la réalité.

Après un autre rapide au revoir à Leo, nous trois vaisseaux sommes partis en randonnée. J'ai fait rester Alvie avec les humains, à la fois gardien et messager : si quelque chose se passait mal pour Val et son peuple, le chien était censé venir nous prévenir en courant.

Serions-nous capables d'intervenir à temps ? Qui sait, mais nous pourrions essayer.

Nous avons fait un dernier arrêt sur notre chemin vers le Pont, dans le Cœur d'Énergie lumineux et frénétique. Volt et son compagnon mécanique massif armé de lasers, Bimu, tenaient la position. Même avec le Vaisseau posé, Volt devait encore diriger une symphonie énergétique. Il a confirmé d'importantes ponctions d'énergie venant du Pont, couplées à des défaillances systèmes dans cette zone.

— Ce qui signifie ? ai-je demandé au mech noir alors que nous nous tenions entourés de graphiques lumineux au niveau du sol.

— Un gros combat, a répondu Volt. Les humains détruisent les caméras, les terminaux, donc je n'ai plus d'yeux sur rien.

— Pourquoi ?

— Parce qu'ils ne sont pas stupides, j'imagine. Quand tu réalises qu'un mech a pris le contrôle du vaisseau, la dernière chose que tu veux, c'est un système de sécurité complet qui surveille tous tes mouvements.

Je n'étais pas sûr qu'Alpha serait assez malin pour utiliser toutes ces caméras, mais je ne pouvais rien y faire. Sauf, bien sûr, ronchonner contre les humains qui détruisaient encore une fois des machines sans le moindre remords.

— Hey, tu ne sais pas, a dit Kaydee. Ils pleurent peut-être chaque fois qu'ils tirent sur une caméra.

— Tu n'y crois pas.

— Non, pas du tout. Mais j'ai pleuré une fois quand les piles de mon lapin chantant se sont épuisées.

— Ça compte beaucoup pour moi de t'entendre dire ça, Kaydee.

— Gamma, es-tu sarcastique ? Kaydee a fait exploser des feux d'artifice alors que notre trio de vaisseaux reprenait sa marche en avant. Quel jour à célébrer ! Tu deviens plus intéressant !

Malgré ma nouvelle qualité, notre marche a atteint le Jardin sans aucune interruption intéressante. Juste le Conduit, les mêmes vieilles boutiques en ruine, un hôpital rempli de mechs morts et un Parc vide. Un nouveau monde n'avait pas changé le passé millénaire. Nous avons marché en silence, chacun perdu dans ses propres pensées.

Ou peut-être pas. Qui savait ce qui se passait dans la tête de Delta et Beta. Sans Esprit, réfléchissaient-ils vraiment au-delà de l'objectif ?

Que je sois trop effrayé pour demander ou trop paresseux, je ne saurais le dire. Quoi qu'il en soit, mes lèvres sont restées scellées.

Le Jardin n'avait plus grand-chose pour le recommander maintenant. Ses différents niveaux étaient ruinés, les plantes et l'infrastructure de soutien éparpillées partout à cause de l'atterrissage désordonné du Vaisseau. Notre entrée au niveau supérieur, dans un repaire de forêt tropicale, signifiait marcher dans une coulée débordante de lianes brisées, de branches mourantes et de pétales de fleurs mélangés. Des tuyaux cassés crachaient de l'eau tirée de Pureté dans des flaques autour de nos pieds, retenue du Conduit par les épaisses portes du Jardin.

Un ananas a frôlé mon mollet.

Nous sommes arrivés au centre de notre niveau, où le trou menant vers le bas gouttait. Des lianes s'accrochant les unes aux autres formaient un rempart autour du trou, un enchevêtrement bouché. L'eau courait autour de nos pieds, cherchant une issue. Une vague odeur de pourriture imprégnait l'air, les fruits trempés et le bois se décomposant.

Je n'y aurais pas prêté beaucoup d'attention, sauf que nous nous sommes arrêtés.

— Combat devant, a dit Delta, dégainant sa lame de son épaule. Métal contre métal.

Beta hocha la tête, dégaina ses couteaux et les fit tournoyer entre ses doigts. J'essayai d'écouter, amplifiant mon ouïe, et je perçus des chocs discontinus. Aucun rythme, aucun désespoir, juste un bruit de fracas régulier.

— Ce n'est pas un combat, dis-je. C'est un massacre.

Et ça se rapprochait.

Les mécas flexibles se mirent à courir. Ils plongèrent dans le Jardin, soulevant des débris tandis que leurs jambes et leurs bras s'agitaient frénétiquement. Nous nous sommes cachés à l'abri, utilisant un arbre renversé et ses feuilles enchevêtrées pour observer les forces d'Alpha qui détalaient dans la mauvaise direction.

— Est-ce qu'ils cherchent Val ? demandai-je alors qu'un méca trébuchait sur un bâton submergé et plongeait dans le trou central.

— Désarmés, dit Delta, et dispersés. C'est une panique, pas un plan.

— Comment des machines peuvent-elles paniquer ? demanda Beta.

— Ce ne sont pas les mécas, répondis-je. C'est Alpha. Il leur ordonne de fuir.

Nous avons attendu pour découvrir exactement ce que fuyaient les mécas, mais le bruit de métal contre métal ne se rapprocha pas. Alors que les mécas flexibles continuaient à passer — nous en entendions d'autres passer en dessous et au-dessus de nous, une retraite sur plusieurs niveaux —, le bruit du conflit s'estompa, remplacé uniquement par ces bruits de pas éclaboussant l'eau.

Les derniers mécas confirmèrent mes soupçons : quoi que ce soit qui poursuivait ces machines s'était arrêté à l'entrée du Jardin. Les derniers mécas flexibles trébuchaient, leurs corps en feu, des membres manquants. Des étincelles et du liquide de refroidissement qui fuyait.

— Attrapes-en un, dis-je à Delta. J'ai une idée.

Le vaisseau n'hésita pas, bondissant de notre cachette, dispersant des feuilles partout, et plaquant le dernier méca flexible dans l'eau.

Je suivis, Beta prenant une position de garde au-dessus de notre trio mouillé. Delta retourna le méca flexible, exposant le port de la chose — derrière l'oreille, comme nous — et je pressai mes deux doigts ensemble.

— Tu vas entrer ? demanda Kaydee. C'est dangereux, non ?

— Pourquoi ?

Delta, immobilisant le méca dans l'eau, me dit de me dépêcher, mais je gardai ma main à distance.

— Alpha est un virus, Gamma. Tu ne sais pas ce qui t'attend là-dedans.

— Je préfère prendre ce risque plutôt que d'être aveugle face à ce qui nous attend ici.

VINGT-ET-UN

CE QUE LE VAISSEAU A VU

Une jungle dense. Des lianes ombragées gouttaient autour de Kaydee et moi, une mousse douce sous nos pieds. Le chant des oiseaux, d'abord magnifique, mais après une seconde de concentration, se révélait être une boucle répétitive. Des mouches volaient en cercles parfaits autour de nos têtes. Sans jamais nous toucher, juste en bourdonnant.

Kaydee et moi étions vêtus légèrement, en kaki et avec des chapeaux fins. Des chaussures de randonnée. Comme si nous allions faire une longue marche en terrain accidenté, ce qui était peut-être le cas. Aucun sentier, cependant, ne semblait évident : les arbres et les fougères s'entassaient autour de nous, fermant toute voie évidente.

— Encombré, dis-je en jetant un coup d'œil à Kaydee. Ses cheveux turquoise étaient écrasés sous le chapeau, tombant sur ses yeux, son visage renfrogné. Design étrange.

— Il remplit ces choses, répondit Kaydee en tendant la main pour toucher une liane brune et verte, noueuse et basse. Alors que ses doigts caressaient la peau de la plante, celle-ci scintilla, révélant le code en dessous. Ce ne sont pas seulement des serviteurs, des coquilles vides, mais des dépôts.

— De quoi ?

— Si je devais deviner, Gamma, il se met lui-même là-dedans.

— Du clonage ? Je regardai autour de moi, m'attendant à moitié à voir Alpha sortir et se vanter. Les mechs n'agissent pas comme lui.

— Pas encore, répondit Kaydee. Allons-y. Peut-être que nous trouverons la réponse.

Sans beaucoup d'options, nous avons fait ce qu'il faut faire dans ces situations : choisir un chemin au hasard et marcher.

Je menais la marche, utilisant mes bras pour écarter les branches et les feuilles envahissantes. Les arbres, qui semblaient initialement assez proches pour nous enfermer, avaient des espaces où se faufiler. Pas que se faufiler nous menait quelque part : chaque pas ne conduisait qu'à plus de la même chose : du feuillage, et beaucoup.

— Ce n'est pas tout à fait pareil cependant, dit Kaydee plusieurs minutes après le début de la marche. Je veux dire, ça ne se répète pas.

Non, ce qui signifiait que ce n'était pas simplement un jeu. La construction avait une utilité autre que simplement embêter les intrus. Je regardai un arbre sur ma droite, son tronc était un étiroir couvert de champignons s'élevant loin vers un ciel couvert de canopée. De minuscules insectes se déplaçaient dans les crevasses de l'écorce. J'évitai leurs lignes en posant ma paume contre l'écorce dure.

Comme avec la liane de Kaydee, la surface scintilla et s'estompa, révélant des fonctions en dessous. Plus que des fonctions : des fichiers stockés, des codes et des commandes. Des enregistrements.

— Les arbres sont des dossiers, dis-je alors que Kaydee regardait avec moi. Nous n'avons pas besoin de trouver un moyen de sortir d'ici, juste de trouver le bon arbre.

— Le bon arbre avec quoi ?

— Alpha stocke des vidéos ici, dis-je. Je parie que si j'appuie un peu...

L'écorce invisible céda à ma pression, l'arbre lui-même, avec toutes ses feuilles et ses insectes, se transforma en une liste de fichiers verticale. Les noms en noir et blanc, une coupure bidimensionnelle dans la jungle autrement entièrement en 3D, semblaient étranges, mais après tout, c'était le monde numérique. La normalité n'avait pas vraiment sa place ici.

Les noms de fichiers ressemblaient à du chaume sous mes doigts, un léger toucher me permettant de faire défiler les différentes options. Cet arbre semblait contenir des souvenirs des premiers jours d'Alpha, des enregistrements faits depuis son réveil initial dans l'appartement familier de Leo jusqu'aux premiers voyages du vaisseau dans le Conduit chaotique.

— Nous n'avons pas le temps de regarder tout ça, murmura Kaydee alors que je lisais lentement les titres. De toute façon, nous savons déjà ce qui lui est arrivé.

Il avait rencontré ce mech ruiné qui dirigeait la Pouponnière, avait vu son code brisé, corrompu, anéanti. Non, je n'avais pas besoin de revivre cette horreur pour moi-même. L'arbre n'avait pas grand-chose d'autre à offrir non plus, alors je l'ai laissé. J'ai retiré mon contact et le code est redevenu son écorce solide.

— Je suppose qu'on cherche alors, dis-je.

— Le gagnant obtient une glace gratuite chez Pop's ! cria Kaydee, sautant et se dirigeant vers l'arbre suivant.

— Une glace ? Pop's ?

— Un truc qu'on faisait quand on était gamins, répondit Kaydee en souriant, un sourire qui faiblit quand elle rencontra mon regard perplexe. Désolée, je sais que ça ne représente pas grand-chose pour toi.

— Ça a l'air amusant.

— Quand tu gagnais, oui. Kaydee inclina la tête. Hé, si on s'en sort, que dirais-tu d'ouvrir notre propre Pop's ? Des milkshakes et plus encore pour les humains.

— Comment allons-nous faire du lait ?

Kaydee agita un doigt. — Ne te bloque pas sur les détails techniques, Gamma. On trouvera bien quelque chose. Maintenant, au boulot !

Ensemble, Kaydee et moi avons examiné les plantes. Chaque arbre et chaque liane offraient des réponses, des détails dans lesquels nous n'avions pas le temps de nous plonger. Alpha, semblait-il, enregistrait presque tout ce qu'il faisait. J'ai trouvé ses rencontres avec Delta et moi au début, trouvé de longues conversations, à sens unique, qu'il avait eues avec mon chien pendant que nous le laissions attaché dans le Jardin.

J'ai trouvé l'embuscade qu'Alpha avait déclenchée, trouvé comment il l'avait fait.

— Sans fil, dis-je. Pourquoi n'y avons-nous pas pensé ?

— Parce que nous ne vous avons pas donné cette option, dit Kaydee, abandonnant son propre tronc blanc-gris pour parler. D'après ce dont je me souviens, les mechs critiques n'avaient jamais de sans fil. On ne pouvait pas les ouvrir au sabotage externe.

— Mais Alpha l'utilise.

— Auto-chirurgie, répondit Kaydee. Tu as vu toutes ces cicatrices, non ? Ça ne devrait pas être possible avec la peau que vous avez tous, mais et si le type s'était modifié lui-même ?

Connectivité sans fil. Si Alpha pouvait se connecter au réseau du Starship de n'importe où, communiquer avec ses mechs peu importe où ils étaient, eh bien, cela expliquerait pourquoi il avait eu si facile de nous traquer. De nous tendre une embuscade. De surpasser notre équipe malgré qu'il soit seul.

— Cela ne le rendrait-il pas vulnérable ? demandai-je.

— À qui ? répondit Kaydee. Personne d'autre n'était sur le réseau. Delta et Beta ne jouent pas comme ça. Val n'est pas exactement une hackeuse. Peut-être Leo, sa moitié cyborg en tout cas, mais ce gars ne savait même pas qu'Alpha existait jusqu'à ce que tu ruines sa vie de fantaisie. Les Voix étaient trop occupées à comploter pour le remarquer.

Le dixième arbre que j'ai essayé avait quelque chose de plus intéressant. J'avais tracé les plantes, trouvant que les fichiers sauvegardés progressaient dans une direction, chaque arbre le long du chemin devenant de plus en plus récent.

Celui-ci s'ouvrait sur une vidéo que je reconnaissais. Les yeux d'Alpha alors qu'il forçait Delta, Beta et moi à sortir dans les plaines inexplorées. Après avoir appelé Kaydee pour lui dire que je l'avais trouvé, j'ai plongé ma main et me suis immergé dans les souvenirs d'Alpha.

La vidéo offrait plus qu'une simple image. Lorsque j'ai touché le fichier, la jungle autour de nous s'est estompée, remplacée par la réalité complète de l'enregistrement. J'ai ressenti, à nouveau, le vent cinglant de l'extérieur. Entendu les cliquetis et les gargouillis de tous les flexi-mechs d'Alpha qui se retournaient et battaient en retraite à l'intérieur de Starship.

Alpha a jeté un dernier regard en arrière tandis que l'énorme rampe de Starship se relevait, s'attardant sur nos trois dos. J'aurais voulu connaître les pensées du vaisseau à cet instant : ce qu'il ressentait en nous regardant partir, mais l'enregistrement ne captait rien d'aussi profond.

Une fois la rampe fermée, Alpha est passé en mode général complet. Il parlait durement, ses mots variant selon les lignes maniaques d'Alpha : un ordre sortait dans un murmure, le suivant dans un cri. Ni l'un ni l'autre ne semblait nécessaire, car les mechs recevaient les ordres via la connexion à distance d'Alpha. Les flexi-mechs se sont précipités dans toutes les directions tandis qu'Alpha lui-même prenait un ascenseur vers le Pont.

Les ordres étaient simples : ratisser le Conduit, revenir sur ses pas et anéantir tous les humains trouvés. Le vaisseau donnait des ordres plus précis à ses forces disparates, les mechs ouvriers déterrant les déchets du fond du Conduit ou transformant les appartements en ruine en espaces de travail utiles : continuez à construire de nouveaux mechs, mais pas seulement des combattants.

Alpha aurait besoin de plus de constructeurs, de plus de machines de construction. Il avait tout un monde à façonner maintenant.

— Doit-on regarder chaque seconde ? a interrompu Kaydee, sa voix flottant dans l'air. Aucun de nous ne se trouvait dans l'enregistrement d'Alpha. Le temps presse, non ?

Bon point. J'avais été absorbé par le moment, par le fantasme de pouvoir d'Alpha devenu réalité. Ses ordres, mis à part ceux appelant à, vous savez, détruire tous les humains, correspondaient à ce que je pourrais faire : un nouveau monde à refaire pour une nouvelle génération de mechs.

Suivant l'idée de Kaydee, nous avons accéléré à travers plusieurs autres vidéos, arrivant à un moment particulier où Alpha quittait le Pont. Il était resté parmi ces terminaux pendant des heures, regardant le ciel nocturne et écoutant les mises à jour tandis que ses mechs vaquaient à leurs occupations. Du moins, je supposais que c'était ce qu'il faisait : aucun mot ne lui parvenait, aucun mech ne faisait de rapport verbal. Si, cependant, les machines pouvaient mettre à jour Alpha via le réseau, alors...

— Là, a dit Kaydee. Il part. Et vite.

Alpha s'est détourné du grand écran du Pont, se mettant à courir rapidement devant les terminaux, dans le couloir reliant le Pont au Conduit. Lorsqu'Alpha est arrivé sur la plateforme argentée, le centre de toutes les passerelles menant à la proue de Starship, des flexi-mechs, des coursiers et d'autres se sont joints à lui.

Alpha a pointé vers le haut, vers le sommet de Starship, et les mechs ont déferlé dans cette direction. Alpha s'est joint à eux, prenant un ascenseur et s'élevant. Autour de lui, les coursiers et leurs jets bourdonnaient. Une machine a tendu à Alpha l'un de leurs nouveaux fusils à énergie. Le vaisseau semblait prêt pour la guerre.

Et l'a trouvée.

Lorsque l'ascenseur d'Alpha a atteint le niveau supérieur, la lumière a jailli autour de lui. Pas le genre inoffensif, mais l'énergie brûlante et mortelle qu'on trouvait dans le fusil même qu'Alpha tenait. Ses yeux ont vu la passerelle du niveau supérieur, l'ont vue inondée de flammes tandis que ses mechs se précipitaient dans la dévastation. Les flexi-mechs ont sprinté hors de l'ascenseur, tirant en avançant, pour être aussitôt anéantis par des éclairs bleu-blanc s'écrasant sur leurs squelettes fins. Alpha, et nous, ne pouvions pas voir d'où venaient les tirs à cause de l'épaisse fumée crachée par d'autres machines détruites.

Alpha lui-même s'est réfugié dans une résidence endommagée près de l'ascenseur. Caché derrière une colonne, il a sorti la tête et a regardé les coursiers se faire abattre du ciel, a vu ses flexi-mechs se désintégrer tir après tir. Si ses propres forces réussissaient à porter des coups, Alpha n'avait aucun moyen de le savoir.

— Wow, a dit Kaydee. Le mec se fait écraser.

— Par qui ? ai-je demandé.

Alpha semblait se poser la même question. Tournant autour du coin, utilisant un nouvel escadron de flexi-mechs comme couverture, Alpha a chargé sur la passerelle. Il maintenait la gâchette de son fusil enfoncée, tirant au hasard en avançant. La fumée l'enveloppait, des pièces de mech le faisaient trébucher. Sa vision est devenue trouble, des éclairs bleus de son fusil interrompant le gris.

Jusqu'à ce qu'une ombre se dresse devant lui, massive et sombre. Alpha a dirigé son fusil vers la forme, mais un poing balancé a fait voler l'arme au loin. Alpha a essayé de poser une question, mais s'est retrouvé à s'élever à la place : il avait été soulevé, maintenu en l'air par la figure enveloppée de fumée.

La vue a changé, la fumée se déplaçant, puis s'éclaircissant pour montrer le plafond de Starship s'éloignant. Une descente rapide. Alpha, tombant vite. Tombant trop vite pour survivre maintenant avec la gravité d'une planète entière en jeu.

Du moins jusqu'à ce qu'Alpha se retourne, regarde vers le bas et voie au moins une douzaine de coursiers se rassembler sous lui. Les mechs, leurs jets bourdonnant à l'unisson, ont formé un étrange coussin, rattrapant Alpha dans les airs. Pendant une seconde, tout ce qu'Alpha a vu étaient ces robots ressemblant à des abeilles, son corps mêlé à leurs morceaux.

— Quel sauvetage, a dit Kaydee.

— Chanceux.

Les coursiers ont déposé Alpha sur la plateforme du Pont. Le vaisseau n'a pas attendu, mais a sprinté vers les terminaux. Il a tapé frénétiquement, réactivant ces barrières rouge cerise, coupant les ascenseurs autour du Pont. Et il a dit à ses flexi-mechs de courir, de combattre, de survivre.

Et pour les autres, ceux qu'il avait chargés de créer le nouvel avenir des mechs ?

Abandonnez cet espoir. Au lieu de cela, chaque seconde, chaque ressource, serait consacrée aux armes.

VINGT-DEUX

PREMIER CONTACT

Résoudre des mystères, selon les histoires du Bibliothécaire dans mon système, aurait dû être satisfaisant. Apprendre qu'Alpha avait consacré toute son énergie à fabriquer de la destruction était tout sauf cela.

— Eh bien, c'est nul, dit Kaydee alors que nous nous tenions à nouveau dans le Jardin.

Delta, à mon signal, avait relâché le mech flexible. La machine n'avait même pas essayé de se battre, se précipitant plutôt pour s'enfuir, nous éclaboussant tous dans sa hâte désordonnée.

Maintenant, nous trois, avec le moi virtuel de Kaydee, échangions des idées sur ce que diable nous allions faire.

— Je veux dire, poursuivit Kaydee, on ne peut pas simplement abandonner notre mission. Alpha doit disparaître.

Je relayai le sentiment à Delta et Beta, qui semblaient plus intéressées par leurs armes que par ce que j'avais à dire. Beta en expliqua la raison une seconde plus tard :

— Alors on les élimine tous les deux, dit Beta. Facile.

— On ne sait même pas qui sont les autres, protestai-je. Ni ce qu'ils sont.

— Si, on sait, dit Delta, jetant sa lame sur son épaule et marchant vers la sortie du Jardin, celle qui menait vers le Pont. Tu ne te souviens pas de notre voyage jusqu'en haut ? Le mech là-bas. Il a dit qu'il y avait plus d'humains qui attendaient.

Winston. Le Majordome. Un mech flippant comme pas possible, plus intéressé par une quelconque époque glorieuse que par nous aider à sauver Starship. Il avait marmonné sans arrêt sur notre incapacité à fouler le tapis cramoisi, et oui, il avait mentionné un groupe unique d'élites qui s'étaient congelés pour attendre un meilleur lendemain.

— Les choses qui combattaient ces mechs flexibles savaient ce qu'elles faisaient, dis-je, pataugeant dans l'eau qui nous arrivait aux chevilles derrière Delta. Ce n'étaient pas des crétins sirotant du vin.

Ces mots venaient directement de la bouche de Kaydee à la mienne. Elle n'avait que peu d'amour pour la partie prétentieuse de Starship.

— Soit ils savent se battre, soit ils ont des machines prêtes à le faire pour eux, répondit Delta. Mais ce que tu as décrit ne ressemble à aucun mech que je connaisse.

— On dirait quelqu'un dans une combinaison de protection, dit Beta.

— C'est possible, ajouta Kaydee. Peut-être qu'ils se sont réveillés, ont réalisé que Starship avait atterri mais ne faisaient pas confiance à l'air. Ils sont sortis prêts à se battre.

— Pas si mal, dit Beta après que nous nous soyons baissés sous un autre arbre tombé. S'ils s'entretuent, on n'aura plus qu'à nettoyer les restes.

Cette brillante perspective nous accompagna alors que

nous quittions le Jardin. Le Conduit de ce côté crépitait d'activité : davantage de mechs flexibles et de coursiers bourdonnaient autour, certains fuyant autour du Jardin, d'autres se dirigeant vers les Lignes de Fabrication. Pas un seul ne nous prêta attention.

Nous ne leur en accordions pas beaucoup non plus : au-dessus de nous, la brume jaunâtre du Conduit scintillait. Des éclairs devant nous se reflétaient à travers les gouttelettes d'eau en tirets scintillants tandis que des détonations, des booms, des cris et des craquements suivaient.

— Qui en premier ? demanda Beta.

— Les nouveaux venus, dîmes Delta et moi en même temps, puis nous nous regardâmes.

— À toi, dit Delta.

— Ils pourraient être des alliés potentiels, dis-je en haussant les épaules. Si on les rallie à notre cause, ils nous aideront à griller Alpha. Sinon, on devra peut-être essayer l'inverse.

— S'allier avec Alpha ? demanda Beta.

— Pas question, marmonna Kaydee.

— Ils détruisaient tous les mechs, argumentai-je. Ils les faisaient exploser. Qu'est-ce que tu crois qu'il nous arrivera ? Ou peut-être même à Val ? On doit savoir ce qu'ils veulent, qui ils sont.

— Et s'ils ne sont pas ce dont on a besoin, on les achève vite, conclut Delta.

Personne n'avait d'opinion divergente. Certes, Alpha pourrait utiliser ce temps supplémentaire pour fabriquer un ou deux mechs de plus, mais cela ne changerait pas autant nos chances qu'un ennemi inconnu revendiquant Starship.

Nous prîmes l'ascenseur le plus proche pour monter, nous dirigeant droit vers le niveau supérieur. Trois vaisseaux armés et prêts à tout. La lame de Delta, les couteaux de Beta, et mon fusil. Notre peau synthétique couvrait des morceaux et des boulons endommagés par trop de combats. Notre programmation effaçait les peurs et les défauts par la logique. Nous nous dirigions vers un avenir incertain, et aucun de nous n'avait peur.

— Aucun de vous, peut-être, dit Kaydee alors que l'ascenseur s'arrêtait sur la passerelle supérieure. J'ai des nerfs à revendre si vous en voulez.

— Non merci, répondis-je alors que nous nous mettions en route, nous dirigeant vers le Pont.

Dans le paradigme social de Starship, les niveaux supérieurs signifiaient un statut plus élevé. À la manière humaine, les riches et les puissants aimaient regarder de haut ceux qu'ils dirigeaient. Ainsi, les endroits que nous passions ici n'étaient pas des restaurants et des magasins, mais des maisons. Plus grandes et plus polies, avec des plaques nominatives au lieu de numéros, avec des barrières lumineuses recouvrant des portes en spirale non marquées par des mechs en liberté. Des alcôves séparaient chaque propriété, des niches pour de grandes machines gardiennes qui, heureusement, étaient maintenant vides.

— Où Alpha a-t-il mis tout ça ? se demanda Beta alors que nous passions devant une autre ouverture de trois mètres.

— J'en ai vu quelques-uns, répondis-je. Principalement près d'Alpha. Peut-être pour surveiller ses pièces les plus précieuses.

— Ou détruits, proposa Kaydee. Je parie que ceux-ci n'avaient pas beaucoup de flexibilité dans leur code. Écraser tout ce qui n'a pas l'autorisation d'entrer et c'est à peu près tout. Alpha n'aurait pas eu grand-chose avec quoi travailler.

Ici aussi, les sons changeaient. Le combat devenait plus clair, les éclairs aussi. Devant nous, la passerelle disparaissait dans la même fumée que nous avions vue dans les souvenirs d'Alpha, une blancheur vanille qui s'illuminait vivement chaque fois qu'un tir la traversait.

Ces tirs n'étaient plus seulement pour la forme : nous nous pressions contre le côté gauche de la passerelle, nous serrant contre la rambarde alors que des explosions occasionnelles crachaient à travers la brume et marquaient le sol près de nous.

— Dans quel camp on se range ? demanda Delta alors que nous approchions de la lisière de la fumée. Les mechs d'Alpha ou ceux qui les tuent ?

— L'ennemi de mon ennemi, murmura Kaydee.

— Gardons nos armes baissées si possible, dis-je. Pas de corps à compter sauf si on y est obligés.

Le premier test survint à peine dix mètres dans la fumée, une substance épaisse que mes capteurs identifièrent comme un agent extincteur qui avait fui. Les pieds de Delta heurtèrent en premier un mech flexible à terre, ses doigts tressautant malgré le trou de la taille d'une explosion dans sa minuscule poitrine. Alors qu'elle passait sa lame à travers le processeur de la chose pour mettre fin à sa misère, nous vîmes une lourde ombre approcher.

— Armes levées, siffla Beta, et Delta avait sa lame prête pour un blocage-poignard en une seconde.

L'ombre bougea, leva une main.

— Celui-là tient un truc comme si c'était une épée. On a déjà vu ça ?

La voix semblait jeune, curieuse. Pas du tout menacée.

— Je vais te montrer ce que c'est qu'un truc, grogna Delta, mais je posai ma main sur son épaule.

— Ils ne nous ont pas tiré dessus, dis-je.

— Pas encore.

Une autre ombre rejoignit la première, les deux

couvrant maintenant toute la largeur de la passerelle de leur masse. Je captai des mots échangés entre eux, un léger murmure.

— Rien de tel que d'avoir son sort discuté juste devant soi, dit Kaydee.

Bien vu.

— Hé, annonçai-je aux deux silhouettes. Nous, euh, venons en paix.

La phrase semblait être appréciée dans tant de vieux films, je me suis dit que ça valait le coup d'essayer.

J'obtins leur attention. Les deux ombres se redressèrent, regardèrent dans ma direction, un mouvement que je ne pouvais percevoir que grâce à la fumée qui bougeait avec eux.

— Celui-là parle aussi ? dit la même voix qu'avant, la plus jeune. On se croirait presque à la maison.

— Sauf qu'ils t'arracheront le cœur aussi vite qu'ils te feraient le petit-déjeuner, dit la seconde, une voix de femme rauque.

Comme Val, si elle avait passé quelques décennies à mâcher du papier de verre.

— Nous n'allons arracher le cœur de personne, dis-je, ignorant le « peut-être » chuchoté de Delta. Nous ne sommes pas avec ces autres-là.

— Ah non ? répliqua la femme. Vous êtes des mechs alors ?

Derrière moi, je remarquai que Beta faisait passer un couteau en position de lancer. Delta déplaça son poids sur une jambe, prête à bondir.

— Pas comme ceux que vous connaissez, tentai-je. Nous voulons juste parler. Comprendre ce qui se passe ici.

— Ce qui se passe ? Ce qui se passe, c'est une guerre, et vous êtes du mauvais côté.

À peine avait-elle fini de parler que Beta lança son couteau. Il siffla près de mon oreille, frappant sa cible contre quelque chose de métallique dans les bras de la femme. Une lumière bleue jaillit, la femme lâcha l'objet, et Delta, d'un violent coup de pied volant, la mit à terre. Dans le même mouvement, le bras droit de Delta plaqua sa lame contre la gorge de l'autre ombre.

— Appelle-le encore un truc, gronda Delta alors que je la rattrapais.

Les ombres se révélèrent être à la fois plus et moins que ce que j'avais imaginé. Leur masse venait de lourds manteaux de protection, d'épais uniformes faits, comme m'informa Kaydee, pour gérer des catastrophes toxiques ou incendiaires. Augmentés de cadres renforçateurs pour gérer des charges lourdes, ou soulever des vaisseaux comme Alpha. Leurs masques n'étaient pas des tenues sinistres, mais des respirateurs assombris par le temps et la corrosion. Je pouvais voir, à travers les plaques de plastique protégeant les yeux du jeune homme, la même peur que j'avais vue chez trop d'humains.

— Delta, relâche la pression, dis-je, puis je me concentrai sur l'homme. Vous aurez de meilleures chances de survie si vous lâchez le fusil.

L'homme n'avait pas besoin d'être plus poussé. Dans un cliquetis, l'arme heurta le sol et ses mains se levèrent vers le plafond.

— Qui êtes-vous ? osa-t-il demander.

La compagne de l'homme devança sa réponse, tendant le bras depuis le sol pour essayer de faire tomber Delta. Mauvaise idée. Le vaisseau vit le coup venir, retourna sa lame de la gorge de son otage pour clouer, la pointe en avant, la femme au sol. Pas que l'otage puisse faire grand-chose de sa liberté momentanée : Beta avait deux couteaux contre lui, un sur sa gorge et l'autre pressé dans son dos, avant que ces bras couverts ne puissent redescendre.

— Nous sommes curieux, voilà ce que nous sommes, dis-je. Qui êtes-vous ?

— Ne leur dites rien, dit la femme depuis le sol. On ne sait pas pour qui ils travaillent, ce qu'ils veulent. Salopards.

L'homme jeta un coup d'œil à la femme, me regarda. Son visage caché derrière ce grand masque inutile. Mes capteurs signalaient que la fumée était inoffensive, un peu irritante pour les poumons mais rien qui ne mettrait fin à leurs vies.

Alors je tendis le bras et arrachai le masque de l'homme. Révélant un visage sous le choc, de grands yeux attirant l'attention loin de l'acné, de la peau lisse. Sa voix m'avait fait penser que l'homme était jeune, son visage me faisait dire que c'était un adolescent.

— Non ! Ne respire pas ! cria maintenant la femme, ou du moins commença-t-elle avant que Delta ne déplace la pointe de son épée vers sa gorge.

Le garçon garda la bouche fermée, les yeux exorbités. Je n'avais jamais vu un humain essayer de retenir sa respiration auparavant et la vue s'avéra étrange. Les veines ressortirent. Les lèvres se comprimèrent. Les yeux ne clignaient pas.

— Bon sang, Gamma, dis-lui que c'est bon, dit Kaydee. Tu te comportes comme un crétin.

C'est vrai.

— C'est sans danger de respirer, dis-je. Ne t'inquiète pas.

Le garçon pencha la tête, sembla faire le lien logique et ouvrit la bouche :

— Vous êtes humain et vous respirez, non ?

— Assez proche, dis-je. Maintenant, que dirais-tu de

parler et nous verrons si Delta ici garde son épée bien rangée.

— Elle est bien affûtée, ajouta Delta, glissant un sourire sinistre.

Que ce soit le sourire ou l'épée, le garçon parla abondamment. De même, après que nous l'eûmes désarmée, la femme, la mère du garçon. Nous les fîmes reculer hors de la fumée pour qu'ils ne toussent pas toutes les minutes et ils nous déversèrent les heures, les jours, les années qu'ils avaient brûlés endormis sur Starship.

Ce qui se résumait à des rêves et peu d'autre chose. Une sensation, un sommeil froid suivi d'un réveil. Entre les deux, des rêves ciblés. Une répétition sans fin passant en revue ce dont les civils endormis auraient besoin pour survivre.

— Je pense qu'il s'est imprégné en nous, dit le garçon. On a appris à tenir une arme. À cultiver. À faire, genre, n'importe quoi.

Kaydee sifflotait pendant qu'ils parlaient, adossée à la coque du Conduit. J'ai dit à Delta et Beta de poursuivre l'interrogatoire et je suis allé vers mon esprit pour lui demander ce qu'elle en pensait.

— C'était le plan de secours, dit Kaydee. Si les choses tournaient vraiment mal, quelques âmes chanceuses pouvaient atteindre la chambre cryogénique et s'y brancher.

— Je croyais que le but était de vous congeler pour que vous ne vieillissiez jamais.

— En grande partie, oui, répondit Kaydee. Je parie qu'ils ont passé quatre-vingt-dix-huit pour cent de tout ce temps en état de glaçon total. Avant ça, le programme les bombardait d'images, de sensations. Comme un dispositif de réalité virtuelle, pour qu'ils apprennent toutes ces choses.

— Tout ça parce qu'ils pourraient se réveiller en plein désastre ?

— Parce qu'ils se seraient endormis en plein désastre, répliqua Kaydee.

Ses mots me ramenèrent à l'époque où Kaydee était vivante, lorsqu'elle avait changé de camp, trouvant une cause commune avec les ouvriers souffrants du Vaisseau. Ils avaient tenté un soulèvement, et quand cela avait échoué, Kaydee s'était attaquée aux moteurs. Faire sauter le vaisseau à moins que ses exigences ne soient satisfaites.

— Ce n'était pas moi, Kaydee secoua la tête. J'ai perdu, tu te souviens ? Pas moyen que tous les vainqueurs aient paniqué comme ça.

— Alors quoi ?

Kaydee haussa les épaules. — Je suppose que tu devrais leur demander.

Le duo mère-fils, cependant, se referma assez vite après mon retour. La mère me demanda ce que je faisais, à parler tout seul contre le mur. Une gaffe, dans laquelle j'étais tombé sans réfléchir. Jusqu'à présent, les deux humains pensaient que nous étions comme eux, des survivants débrouillards.

L'heure de la mort d'un mensonge.

J'ai lâché juste assez d'informations. Des mechs avancés, chargés de maintenir le Vaisseau en état de marche. J'ai récolté des grimaces, des lèvres serrées, rien de plus, si ce n'est la femme disant que nous devrions aller parler à Pravda et Fang.

— Qui sont-ils ? ai-je demandé.

La dernière fois que j'étais entré dans la pièce au tapis cramoisi, je l'avais laissée en ruines après avoir créé un trou vers l'espace avec mon chien. L'aspiration du vide résultant avait envoyé tables et chaises voler, brisé les bouteilles d'alcool et déchiré le tapis ici et là. Selon Kaydee, on aurait dit qu'il y avait eu une sacrée fête.

Selon Pravda, un homme mince à l'allure tremblante et penchée, j'avais ruiné tout ce qui comptait.

— Le vin, le rhum, la vodka, se plaignit Pravda, nous guidant tous les trois dans une promenade autour des ruines. Derrière nous suivaient six autres, vêtus de manière similaire de tenues de protection, bien que ceux-ci aient abandonné leurs masques. Tout ça irremplaçable, vous comprenez ?

— On s'en fiche, dit Beta.

Pravda leva un seul doigt, dos tourné vers nous. — Bien sûr que vous vous en fichez, vous êtes des machines. Comment pourriez-vous jamais connaître, et encore moins vous soucier de ce qui est vraiment important ?

— Je déteste déjà ce type, dit Kaydee, les bras croisés à côté de moi.

J'avais déjà catalogué Pravda comme un nouveau archétype humain. Il ne correspondait pas au moule fort de Val, ni au rôle d'enquêteur de Leo. Pravda ne semblait pas aussi ouvertement hostile que Peony, ni aussi gentil que Sybil, l'architecte du Vaisseau. Au lieu de cela, c'était un dilettante geignard, affligé par des pertes mineures mais prêt à envisager un avenir meilleur tant que ses sbires pourraient le trouver pour lui.

Et ces sbires ?

Pravda nous donna rapidement le compte complet. Près de cinquante avaient survécu au processus cryogénique — il ne dirait pas combien ne s'étaient pas réveillés — mais chacun portait en lui des connaissances mortelles. Plus important encore, chacun savait que sa survie dépendait de l'Équipe.

— L'Équipe, poursuivit Pravda en faisant le tour du bar détruit, est prête à passer outre votre statut non-vivant en échange de votre aide. Une aide que vous étiez en train d'apporter avant de nous rencontrer, je crois ?

— Alpha est un risque pour le Vaisseau, répondit Delta d'un ton neutre. Nous allons éliminer ce risque.

— Donc Alpha est le chef de ces machines agaçantes, Pravda arrêta sa ronde, se tourna vers nous, tapota d'un seul doigt sur le bar en granit gris. Alors travaillons ensemble. Vous trois avec vos... couteaux, et nous avec nos fusils. Une solution rapide, et ensuite on passe à des choses plus importantes.

Nous n'avions pas encore mentionné Val. Nous ne l'avions pas fait parce que Beta et Kaydee avaient toutes deux suggéré de garder le secret. Beta parce qu'elle ne faisait pas confiance à Pravda, et Kaydee parce que le groupe de Pravda aurait été celui qui avait enfermé les ancêtres de Val dans leur donjon de déchets.

Alors quand Pravda s'est lancé dans des questions sur la Pouponnière et la civilisation à venir dirigée par l'Équipe, j'ai répondu en m'en tenant à une version de la vérité.

— C'est sûr, ai-je répondu. Alpha n'a pas détruit une seule fiole.

— Parfait. Pravda hocha la tête. Alors allez-y. Fang vous intégrera à l'assaut.

Delta et Beta me jetèrent un coup d'œil et j'acquiesçai.
— Faisons ce pour quoi nous sommes venus ici.

Kaydee m'observait attentivement pendant que nous attendions sur le Conduit. Fang, la principale combattante de l'Équipe — Pravda n'avait pas précisé comment de telles qualifications étaient obtenues, seulement que Fang avait le poste — était en route. En attendant, nous pouvions regarder en bas à travers la fumée qui s'éclaircissait les combats en contrebas.

Alpha avait coupé les ascenseurs, forçant les humains à descendre les escaliers une marche à la fois sous le feu des lasers. Les mechs flexibles et les coursiers harcelaient la force descendante, mais la résistance semblait fragmentaire au vu des progrès, détaillés par les éclairs laser descendants. Que ces progrès se poursuivent une fois que l'Équipe approcherait du Pont et que les nouveaux mechs d'Alpha entreraient en jeu ?

— Quoi ? ai-je demandé alors que Kaydee, regardant à travers une loupe virtuelle, scrutait mes yeux.

— J'essaie de comprendre ce qui t'est arrivé, dit Kaydee. La dernière fois qu'un humain t'a donné des ordres, tu as ruminé là-dessus, essayant de me dire à quel point ce serait mieux si les mechs dirigeaient tout.

— Alors j'ai changé. Ça arrive.

— Changé comment ? C'est un changement du genre "Gamma a vu la lumière" et maintenant tu es ravi de faire le sale boulot de Pravda ?

J'ai roulé des yeux, une autre affectation de Kaydee. — Je sais comment l'utiliser.

— Wow. Alors tu es un comploteur maintenant ?

— Si tu veux appeler ça comme ça, dis-je, puis je baissai la voix à un niveau trop bas pour que de vrais humains puissent entendre. Kaydee n'avait techniquement pas besoin d'une réponse audible, mais le réflexe et l'habitude me facilitaient les choses. Cette équipe, tous ces gens décongelés, nous facilitera l'arrêt d'Alpha. Après ça, nous les utiliserons pour empêcher Val de faire exploser le Vaisseau.

— Quoi ? Tu penses-

— Tu l'as entendue, dis-je. C'est pour ça que j'ai laissé Alvie derrière. Je ne doute pas une seconde que Val ne laissera pas survivre une menace pour sa tribu. Dès qu'elle pensera que c'est sûr, elle fera exploser le vaisseau d'une manière ou d'une autre.

— Mais comment ? demanda Kaydee.

— Aucune idée, répondis-je. Mais je ne parierais pas contre elle.

Je voyais Kaydee sur le point de me demander comment exactement j'utiliserais Pravda pour garder Val pacifiée, mais les mots n'eurent pas le temps de sortir avant que notre nouveau commandant n'arrive sur les lieux.

Fang gravit seule la dernière marche, deux fusils passés en bandoulière sur une cape abîmée dans son dos. Contrairement à la plupart des humains, elle avait abandonné l'uniforme de protection pour une tenue plus confortable, bien qu'il s'agisse d'un ensemble veste-pantalon épais comportant plus de poches et de boucles que je n'en avais jamais vues. Chacune d'entre elles, d'ailleurs, contenait des armes, des appareils, des trousses médicales.

De plus, Fang avait quelque chose que les autres n'avaient pas : si Pravda et les autres dormeurs cryogéniques semblaient maigres et mal nourris, Fang avait de la carrure. Elle ne s'était pas affamée, elle n'avait pas joué le jeu sur le long terme.

— Vous êtes mes nouvelles stars, vous trois ? annonça Fang, sa voix résonnant comme de l'acier. Elle nous examina, les yeux plissés, les mains posées sur deux crosses de pistolet à sa taille.

— Nous sommes ici pour tuer Alpha, proposa Delta.

Fang esquissa un sourire inquiétant et étroit. — Alors vous arrivez juste à temps.

VINGT-TROIS

TON ENNEMI, MON ENNEMI

Nous nous sommes précipités dans les escaliers, Fang nous donnant des détails en chemin. Elle a d'abord complété l'histoire de Pravda, nous éclairant sur les moments palpitants après la cryogénisation, lorsque les réveillés ont découvert que le Vaisseau n'était pas tout à fait comme ils l'espéraient. Fang a fait le premier pas vers les armes, armant les gens et leur rappelant les rêves d'entraînement qu'ils avaient eus pendant leur sommeil séculaire.

— Nous n'avons pas cessé de tirer depuis, a dit Fang alors que nous atteignions la fin du tiers supérieur.

Le Conduit est passé du luxe à l'administratif, les lieux abandonnant ici les ornements au profit de la clarté et de la fonction. Nourriture et fonderies, appartements couplés à des cafés. Tout était proche de l'état neuf, tout était protégé par les choses mêmes qui, selon Fang, se dressaient maintenant sur son chemin.

Les grands mechs faisaient trois mètres de haut, maniaient des matraques plus grandes que moi, et avaient coincé le quatuor d'avant-garde de Fang deux niveaux en dessous de nous.

— Avant que tu ne demandes, quatre c'est tout ce que je peux épargner, a dit Fang en exposant la situation. Nous n'avons pas les effectifs et nous n'avons pas assez de combattants.

— Je croyais que tu avais entraîné tout le monde, ai-je dit alors que notre descente ralentissait. Delta a fait pivoter son épée de son épaule, Beta a sorti deux couteaux. Ne devraient-ils pas tous être des combattants ?

— Savoir tirer au fusil et vouloir le faire sont deux choses très différentes, a rétorqué Fang. Tu devrais le savoir.

J'ai lancé un regard interrogateur à Fang. Elle avait donné plus d'informations qu'elle n'en avait reçu, mais ses paroles étaient restées superficielles. De l'histoire. Que savait-elle des mechs ?

— Ne me regarde pas, a dit Kaydee. Elle est arrivée bien après que j'aie été bannie dans le néant gris.

Fang n'a pas attendu que je trouve une bonne réponse. Elle est passée directement aux ordres, disant à Delta et Beta de trouver un moyen de descendre qui ne nécessitait pas de passer directement par ses positions défensives.

— On s'en fiche, a dit Delta alors que nous quittions l'escalier un niveau au-dessus des combats.

— Quoi ? a répondu Fang, ajoutant un regard noir.

— De vos positions défensives, a parlé Beta pour Delta, qui s'est dirigée vers le bord de la passerelle et a regardé en bas. Nous ne sommes pas sous vos ordres.

— Alors considérez cela comme une demande, pas un ordre, a répondu Fang, affichant un sourire peu sincère.

J'ai rejoint Delta, regardant les éclairs en contrebas. Pendant la descente, nous avions dépassé un mech en ruine après l'autre, des brûlures de laser partout. Des marches entières avaient été transformées en boue par des tirs ratés, rendant le sol glissant. Maintenant, nous voyions le moment où cette boue était créée.

Le quatuor de Fang menait un combat désespéré, accroupi sur l'escalier un palier au-dessus du niveau, à mi-chemin entre nous et ces monstres mécaniques. Ils avaient fait fondre les marches intentionnellement cette fois, faisant disparaître le chemin que les colosses devaient emprunter pour monter. Les humains étaient accroupis là dans leurs manteaux noirs, leurs masques à gaz, crachant un tir occasionnel sur les grands mechs.

Ces tirs rencontraient une armure rigide, des peaux de métal épaisses prêtes à repousser la chaleur d'un laser avec à peine une éraflure. Cinq grands mechs observaient l'escalier brisé, tenant leurs matraques dans un avertissement inutile aux humains.

— On dirait une impasse, ai-je dit.

— Une faille dans leur code, a ajouté Kaydee. Je parie que celui qui les a assemblés n'a jamais pensé qu'ils auraient besoin d'évaluer des marches brisées sur le Vaisseau.

— Jusqu'à ce qu'Alpha les modifie, ai-je répondu, attirant les regards de mes amis et de Fang. Il va surveiller ça. Quand il trouvera la bonne logique à ajuster, ces mechs prendront simplement l'ascenseur. Ou sauteront jusqu'à ton équipe.

— C'est pour ça que vous êtes là, a dit Fang. Allez-y.

Delta et Beta n'avaient pas besoin de plus d'encouragement. Tous deux se sont balancés par-dessus la rambarde, se tenant d'une seule main jusqu'à ce que l'élan les ramène vers la coque extérieure du Vaisseau, vers la passerelle inférieure.

— Tu ne pouvais pas savoir que nous allions apparaître, ai-je demandé à Fang, regardant Delta et Beta frapper par derrière. Quel était ton plan ?

Les cinq colosses n'étaient pas assez aveugles pour ignorer les deux nouveaux vaisseaux dans leur milieu. Dès que Delta et Beta ont atterri, tout le groupe a pivoté comme un seul homme pour faire face à une menace que leur programmation pouvait gérer.

Delta a atterri plus près, attirant la frappe du mech le plus proche. Le monstre s'est élancé, tirant sa matraque dans un coup de marteau par-dessus la tête. Un grand engagement, que Delta a joué sans sourciller, laissant sa lame se balancer vers le haut, déviant légèrement le coup de marteau tout en faisant glisser le tranchant de sa lame le long du manche de la matraque. À l'extrémité de la matraque, Delta a tranché vers le haut et l'extérieur, coupant à travers les fils et le métal pour sectionner le bras gauche du colosse. La matraque est tombée sur la passerelle. Le grand mech, instable et incapable de gérer le retournement de situation de Delta, a reçu un coup d'estoc vers le haut directement dans son estomac et son boîtier de batterie.

— Mon plan ? a dit Fang alors que le mech s'enflammait dans une gerbe d'étincelles. Elle m'a jeté un coup d'œil évaluateur. De quel côté es-tu ?

Un deuxième colosse s'est avancé lourdement vers Delta, apprenant de son ami et optant pour un balayage au lieu d'un coup. Alors que Delta retirait sa lame dentelée, trois couteaux ont fusé au-dessus de sa tête, chacun dans un alignement parfait avec le précédent. Le premier a planté sa pointe dans la poitrine du grand mech, juste dans son cœur blindé. Les deuxième et troisième lames, tournoyant par la poignée, ont rebondi sur la première, enfonçant sa pointe plus profondément jusqu'à ce qu'elle trouve l'or. Un grincement strident est sorti de la bouche du colosse, le balayage de la matraque ralentissant alors que le processeur du mech mourait.

Delta a donné une poussée à la chose désormais inutile et toute cette masse de métal est tombée en arrière, s'effondrant dans un fracas assourdissant.

— Nous sommes de notre propre côté, ai-je dit. Nous voulons aider les humains et éviter de mourir nous-mêmes.

— Gamma, mon gars, parfois tu dois apprendre à être subtil, a soupiré Kaydee. L'idée est de ne pas leur donner une vue parfaite de tes intentions.

Je ne pouvais que me demander pourquoi pas, mais Fang a recommencé à parler.

— Vous n'êtes pas avec Alpha. Nous n'avons pas entendu parler des Voix depuis notre réveil, donc vous ne travaillez pas avec eux, a réfléchi Fang.

— Tu n'as pas entendu ce que je viens de dire ?

— Oh, je t'ai entendu, mais tu es un mech. Tu dois travailler pour quelqu'un.

— Alpha ne le fait pas.

— C'est ce que tu penses, dit Fang en s'approchant très près de moi, si près que je pouvais compter les poils dans son nez. Elle semblait scruter mes yeux, les lisant comme un livre. Quatre vaisseaux ont survécu. Nous avons essayé, mais regarde-vous maintenant.

En bas, Beta et Delta faisaient face à deux autres gros porteurs de matraque. Le dernier des cinq gardait son attention vers les escaliers, où il semblait avoir changé d'attitude. Au lieu d'essayer de monter les marches, il leva sa matraque au-dessus de sa tête et commença à frapper les escaliers, les brisant.

Le quatuor de Fang se précipita, tirant des coups de feu et remontant vers nous. Une fuite trop tardive : le mech comprit leurs intentions, s'élança du sol dans un saut disgracieux qui lui donna la hauteur nécessaire pour lancer sa matraque vers le haut. L'arme lourde s'écrasa sur la marche suivante, celle qui reliait notre niveau, et la transperça, faisant s'effondrer les escaliers. Un second saut permit au mech d'attraper le manche de sa matraque, l'arrachant et envoyant le groupe de Fang dégringoler à son niveau, écrasé par les débris.

Derrière ce désastre, Delta et Beta avaient plus de mal. Ces gros mechs n'étaient pas idiots : ils avaient vu leurs amis et utilisaient leurs matraques pour repousser Beta et Delta. Ils tournaient leurs épaules ou déviaient les couteaux de Beta, les lames marquant le chemin du conflit le long de la passerelle.

— Quatre survivants ? demanda Kaydee. Qu'est-ce qu'elle veut dire par là ?

Je devais mettre cette question de côté pour le moment, me concentrant plutôt sur mon fusil. Je me suis rapidement approché du trou béant dans notre passerelle où se trouvaient les escaliers et j'ai visé vers le bas. Les humains se débattaient, leurs combinaisons volumineuses jouant contre eux tandis que le tissu s'accrochait au métal brisé et tranchant. Quelqu'un criait. Quelqu'un jurait.

Le mech ne prêtait attention ni à l'un ni à l'autre. Au lieu de cela, soulevant sa matraque récupérée, le colosse avança. Ses yeux ne se tournèrent jamais vers moi, ignorant ma présence. Pour une fois dans ma vie, j'avais un tir que je pouvais prendre.

Avec Fang qui arrivait derrière moi, j'ai pointé le fusil vers la gauche, attendant que le mech lève sa matraque, ses deux avant-bras encadrant sa tête. Une cible claire.

Mes doigts appuyèrent une fois sur la gâchette. Le fusil bourdonna, les gaz trouvant leur contrepartie électrique et émettant un rayon serré et dangereux. La programmation de Leo s'avéra parfaite : mon tir fit mouche, évidant le visage du mech et le transformant en un puits en fusion.

Non que le mech semblait s'en soucier. La matraque commença à s'abaisser.

— Gamma ! cria Kaydee, n'aidant absolument personne.

J'ai ajusté l'angle, déplacé rapidement le fusil vers la droite et appuyé à nouveau sur la gâchette.

L'éclair bleu-blanc trancha net la matraque en plein élan, coupant l'arme en deux et envoyant la tête lestée voler. Elle passa au-dessus des humains paniqués, rebondit sur la proue avant du vaisseau spatial et disparut dans le Conduit. Le mech sans visage, quant à lui, termina son mouvement et infligea au sol de la passerelle, à un mètre des humains, une vilaine bosse.

Kaydee hurla quelque chose que je pensais être un compliment, mais qui contenait tellement de jurons que je n'en étais pas sûr.

— Beau tir, dit Fang, et je remarquai que ses pistolets étaient de nouveau dans ses mains. Achève-le.

Sans la matraque complète, le mech jeta de côté son reste, engageant ses pieds et ses poings pour porter les coups mortels. Ni l'un ni l'autre ne l'aidèrent beaucoup face à mes tirs ciblés. Avec une cible en vue, le mech ne faisait pas grand-chose pour se couvrir, abandonnant la défense pour attaquer les humains ensevelis. Je le transformai en pelote d'épingles brûlante, criblant ses membres de feu ardent jusqu'à ce que son corps fumant et étincelant fasse un large mouvement et s'effondre, manquant ses victimes et trouvant un repos permanent dans une inclinaison contre la coque du vaisseau spatial.

Profitant de l'ouverture, j'ai passé le fusil par-dessus mon épaule et sauté en bas, atterrissant sur le niveau inférieur en position accroupie. Les humains me regardèrent, leurs visages cachés derrière leurs masques noirs. J'aurais pu les aider, j'aurais pu arracher le métal, mais j'avais d'autres priorités.

À savoir, mes deux amis, déjà à une bonne distance, dansant toujours avec les gros costauds. Mon fusil avait encore assez d'énergie pour quelques tirs avant une recharge et je l'ai mis à bon usage, avançant et tirant au fur et à mesure. Mes tirs frappèrent les colosses dans leurs épaules et dos blindés, ne faisant rien d'autre qu'attirer leur attention.

Delta et Beta firent le reste.

Quand le mech de gauche se retourna pour voir qui avait touché sa jambe avec un laser, Beta s'élança en avant, courant le long de la matraque de la chose pour porter un double coup de couteau au cou trop humain du monstre. Les fils sectionnés luttèrent pour transmettre des commandes, échouant à maintenir le mech debout quand Beta se repoussa dans un salto arrière, échappant au mouvement infructueux du mech de droite. Lui-même exposé, Delta porta un coup paralysant, faisant exploser les chevilles du colosse de droite et, quand le cœur processeur du mech atteignit le bon niveau, délivrant le coup de grâce.

— Regardez-vous tous les trois, dit Kaydee alors que je me tournais enfin pour aider les humains à sortir des décombres. Vous êtes vraiment trop bons.

— Le travail d'équipe, répondis-je. Il s'avère que ça rend les choses plus faciles.

Fang nous rejoignit peu après, après avoir longé le Conduit pour trouver un second escalier descendant. Nous avions remis les humains d'aplomb, retiré leurs masques et pris soin d'eux. Un poignet cassé, quelques nez en sang, les égratignures habituelles et rien de plus.

Ce qui ne veut pas dire que nous n'avons pas reçu notre

lot de regards suspicieux entre-temps. Ceux-ci cessèrent quand Beta prit un pistolet brandi, retourna sa crosse pour que le mauvais bout soit face à son propriétaire, et demanda s'il voulait répéter ce qu'il avait dit.

Après cela, je n'entendis plus un mot sur les mechs. Fang s'en assura en renvoyant le quatuor, en haut où ils pourraient patrouiller, se garder en sécurité.

— On pourrait utiliser leur aide, dis-je aux humains qui s'éloignaient. Leur distraction était utile.

— Leurs vies sont précieuses, dit Fang. De plus, tu t'en es très bien sorti dans ce rôle tout à l'heure. Bon travail.

Delta, sa lame nettoyée, en pointa la pointe vers les escaliers.

— On continue ?

Je remarquai que la question ne s'adressait pas à Fang, mais à moi, alors quand l'humaine commença à répondre, je l'interrompis.

— Encore dix niveaux avant le Pont, dis-je. Le temps presse.

Delta hocha la tête et partit. Beta jeta un regard entre Fang et moi avant de hausser les épaules et de suivre Delta.

— Avons-nous une lutte de pouvoir ici ? me demanda Kaydee.

— Non, dis-je à voix haute. C'est notre mission maintenant. Je fis un geste vers les escaliers avec le fusil. Après toi.

Je n'avais pas oublié ce que Fang avait dit, et d'après son petit sourire en passant, elle non plus.

Quatre vaisseaux avaient survécu. Combien de mes frères et sœurs avaient été assassinés ?

VINGT-QUATRE

SANG-FROID

Delta ne nous guidait pas tant qu'elle ne taillait un chemin. Avec les lames de Beta la soutenant, le vaisseau bondissait dans les escaliers, plusieurs marches à la fois, découpant les flexi-mechs désordonnés, les coursiers et quelques autres colosses restant sur notre route. Je restais en arrière avec Fang, choisissant tous deux le moment opportun pour tirer un coup parfait. Pour une fois, je sentais notre progression inexorable, l'issue déjà certaine.

L'armée de flexi-mechs d'Alpha avait disparu, dispersée vers les Lignes de Fabrication, ailleurs sur le Vaisseau Spatial, ou, comme le révélait une lueur en bas à notre droite, à l'extérieur. Alpha avait rouvert la sortie du Vaisseau Spatial à l'aube et la lumière naturelle se répandait dans le Conduit.

— Tu crois qu'il va fuir ? demanda Kaydee alors que nous atteignions le niveau suivant, à seulement quelques-uns de notre objectif, la Passerelle.

— S'il est intelligent, dis-je. Donc non, probablement pas.

— Il a vécu si longtemps, contra Kaydee.

— Les échappées belles s'accumulent, non ? répondis-je. Il ne s'en sortira pas à chaque fois.

Je sentis une main sur mon épaule et vis Fang me regarder de près à nouveau.

— Tu parles à ton esprit ? demanda-t-elle, avec plus d'inquiétude dans ces mots que je ne m'y attendais.

Comme si elle pensait que j'avais une grave maladie.

— On discute des plans, dis-je.

Nous avançâmes à travers quelques restes crépitants, les parties défaillantes d'un flexi-mech marquant notre chemin. Les sons spasmodiques du métal contre métal nous guidaient aussi, ponctués ici et là par l'impact sonore d'un couteau.

— Des plans pour quoi ? poursuivit Fang.

— Alpha.

Elle hocha la tête.

— Bien. Tant que ça reste comme ça.

— Concentré sur l'objectif ?

— Concentré sur ce dont nous avons besoin que tu fasses.

Encore une déclaration étrange. Encore un humain remettant les mechs à leur place inférieure. Je l'ignorai, tout comme je l'avais fait avec Val. Après Alpha, nous laisserions Fang et leur petit groupe derrière nous.

— Tu as déjà pris cette décision, hein ? dit Kaydee.

Je l'avais prise après avoir rencontré Pravda. Cet homme avait un ego surdimensionné, qu'il apaisait en nous blâmant. Même Val n'irait pas aussi loin. Ma programmation me poussait à aider les humains, mais elle ne précisait pas lesquels.

Je choisirais le groupe qui me traitait mieux que de la poussière.

— Pas qu'ils l'aient fait au début, marmonna Kaydee. Je suppose qu'ils ont appris, cependant.

Après que j'aie gagné leur respect, certes. Je ne me souciais tout simplement pas d'essayer de gagner celui de Fang.

Nous atteignîmes le niveau de la Passerelle vivants. La plateforme en demi-lune s'étendait depuis la proue du Vaisseau Spatial, servant d'accueil à la pièce la plus importante du Vaisseau. Un accueil propre aussi : les barrières rouge cerise menant à la Passerelle elle-même n'étaient même pas levées.

Seul Alpha, seul sur la plateforme, nous faisait face. Non armé.

— Mes amis préférés reviennent pour en avoir plus ? demanda Alpha alors que notre quatuor s'étalait autour de lui. Je pensais vous avoir laissés dehors ?

Delta me jeta un coup d'œil, donna un bref hochement de tête. L'exception de code fonctionnait : elle n'avait pas de blocages. Maintenant, le seul choix était de savoir si nous allions découper Alpha ou lui poser d'abord quelques questions.

— Tu as laissé des trous, dis-je. Que sont-

Le tir annula ma voix, son éclair lumineux m'aveuglant un instant. L'énergie voyagea, frappa Alpha en pleine poitrine. Un deuxième et un troisième suivirent, chacun explosant sur Alpha jusqu'à ce qu'il s'effondre, fumant, au sol. Fang criblé le vaisseau de deux tirs supplémentaires jusqu'à ce que je lui arrache le pistolet. Je reculai avec l'arme jusqu'à ce que je me souvienne qu'elle en avait un second, me précipitant en arrière pour lui arracher celui-là aussi.

Fang haussa les épaules tandis que je jetais ses pistolets

de côté, les armes rebondissant sur le sol métallique jusqu'aux pieds de Delta.

— Je pensais que tu le voulais mort, dit Fang.

— Nous parlions, répondis-je. Delta et Beta se déplacèrent autour de la plateforme, chacune coupant une issue. Beta n'avait pas la capacité de blesser Fang... mais Fang ne le saurait pas. Tu l'as assassiné.

— Assassiné ? Fang rit, insensible et froide. On ne peut pas assassiner une machine. Il était une menace pour tout le monde sur ce vaisseau. Nous avons accompli la mission.

— Elle n'a pas tort, dit Kaydee, apparaissant soudainement à côté de moi. Sa voix était calme, sans conviction. Alpha n'allait pas changer de camp, Gamma. Pas maintenant.

Les camps n'étaient pas le problème. Bon sang, la mort d'Alpha n'était pas le problème. C'était le comment. L'exécution inutile alors que nous avions un meilleur choix.

Encore une fois, les humains prouvaient qu'on ne pouvait pas leur faire confiance pour prendre la bonne décision.

— Alors, qu'est-ce qu'on fait ici, vaisseau ? dit Fang. Tu vas me tirer dessus ? Pour avoir fait ce que tu voulais faire de toute façon ?

J'entendis un clic, Beta claquant des doigts. Elle jeta un coup d'œil en haut quand je croisai son regard, un regard que je suivis pour voir des visages nous fixant d'en haut. Dans ces masques noirs. À plusieurs niveaux de distance, nous espionnant.

— Des renforts, dit Fang, pas que nous en ayons besoin. Tu es vraiment doué pour tuer.

Ses mots firent tourner mes fonctions en boucle. La directive principale, garder les humains en sécurité, ne pouvait jamais être vraiment satisfaite. Il devrait toujours y avoir un désastre qui se profile quelque part, une menace à neutraliser, mais pour le moment, je n'en trouvais pas. Je n'avais pas d'objectif.

Les humains se sont-ils déjà interrogés sur leur raison d'être ? Là, sur la plateforme d'entrée du Pont, je remettais en question la mienne. J'essayais de trouver quelque chose à quoi m'accrocher, une idée, un objectif.

— Qu'est-ce qui ne va pas avec lui ? demanda Fang à Beta tandis que je restais là, en pleine réflexion.

Je devais trouver quelque chose, une quête personnelle. Sinon, Fang pourrait me donner des ordres et je n'aurais aucune raison de ne pas obéir.

— Il se demande s'il doit te jeter de cette plateforme, répondit Delta d'un ton pince-sans-rire.

— Tu es dangereuse, toi, médita Fang en me contournant, gardant ses distances avec Delta tout en pointant un doigt vers mon amie. Nous avons détruit ton espèce en premier. Un éclair d'agacement passa sur son visage. Bien que manifestement, nous n'ayons pas été assez efficaces.

— J'aimerais bien te voir essayer.

Kaydee claqua des doigts devant mes yeux. — Hé, tout va bien là-dedans ? Ton pote est sur le point de déclencher une guerre que tu ne veux pas.

C'était ça. Un objectif. Empêcher Delta de tuer les humains. Ma concentration revint d'un coup et je tendis un bras pour repousser Fang derrière moi.

— Ce n'est pas le moment, Delta, dis-je. Toi et Beta, pouvez-vous aller aux Lignes de Fabrication ? Vérifiez qu'elles ne suivent plus les ordres d'Alpha.

Delta balança son épée sur son épaule et fit plusieurs grandes enjambées vers moi. Tout comme Fang l'avait fait, le vaisseau m'examina de près. Contrairement à Fang, je savais que Delta ne se fiait pas seulement à son intuition, mais aux scanners dans ses yeux. Ils chercheraient des imperfections, des réactions anormales.

Ils n'en trouvèrent aucune.

— On s'en occupe, dit Delta. Ne fais pas l'idiot, Gamma.

— Pas confiance, fit écho Beta.

— Et toi, dit Delta, regardant par-dessus mon épaule vers Fang. S'il arrive quoi que ce soit à ce gars, je vous transforme tous en engrais.

Fang se contenta de lui renvoyer un sourire narquois.

Un bourdonnement haletant, irrégulier et bruyant, vint gâcher la confrontation. Le bruit venait d'au-delà de la plateforme, d'en bas, mais il se rapprochait. Sans grande fanfare, dix coursiers surgirent au-dessus du bord. Les mechs avaient des corps semblables à des abeilles, conçus pour stocker des objets, ainsi que des pinces suspendues pour saisir des choses trop grandes pour être rangées à l'intérieur. Les machines avaient un laser à charge lente réadapté près des réacteurs à l'arrière, imprécis mais tout aussi mortel.

Beta porta la main à ses couteaux, mais s'arrêta quand les coursiers semblèrent ne prêter attention ni à elle, ni à Delta, ni à personne d'autre. Au lieu de cela, les mechs bourdonnants se dirigèrent vers le corps d'Alpha. D'un seul mouvement, les coursiers descendirent, plusieurs se tenant sur le côté tandis que les autres accrochaient leurs pinces à la peau d'Alpha.

— C'est quoi ce bordel ? demanda Kaydee alors que les coursiers se remettaient en vol. Alpha s'est prévu des funérailles ?

— Ou une évasion, supposai-je.

— Son corps est grillé, Gamma. Aucune chance qu'il y ait un processeur fonctionnel là-dedans. S'il a de la chance, la mémoire pourrait être utilisable, mais...

— Vous y allez ? demanda Fang, interrompant Kaydee, qui répliqua par un marmonnement de « mal polie ». Chaque seconde signifie plus de mechs qui sortent de ces lignes.

Delta recula, lança un dernier regard noir, puis disparut à la suite du corps d'Alpha, se dirigeant vers le bas et en profondeur.

— Rappelle-toi ce qu'on a dit, lança Beta en suivant Delta. Gamma reste en vie et en bonne santé, ou vous êtes tous très morts.

Fang adressa à Beta le même sourire crispé qu'elle avait lancé à Delta, et sur ce, mes deux amis disparurent. Fang s'avança vers ses pistolets, mais je saisis son manteau.

— Prête ? dis-je.

— Prête pour quoi ?

Je la propulsai vers le haut, un lancer puissant de mes jambes envoyant Fang dans les airs. Mon angle de lancer, parfaitement calculé, déposa Fang directement sur la passerelle suivante, secouée mais autrement indemne.

— Tu as intérêt à me rapporter mes flingues, cria Fang.

— Oblige-moi, répliquai-je.

Je laissai ses pistolets derrière. Sans l'escalier intact, je sautai à la place, attrapant quelques morceaux de métal brisé pour me hisser. Certes, ils entaillèrent ma peau, mais elle avait déjà cicatrisé au moment où je me tenais debout à côté de Fang sur le niveau au-dessus du Pont.

— Retour vers Pravda, dis-je quand Fang essaya de pivoter. Elle voulait continuer, tenir le Pont proprement dit et forcer Pravda à venir à nous. Il n'y a personne d'autre sur ce vaisseau qui le prendra.

Du moins, personne dans cette partie. Val et Leo devaient, à présent, approcher de la sortie arrière du Vaisseau. Bien en route pour sortir.

— Qu'est-ce que tu lui veux, de toute façon ? demanda Fang tandis que nous montions les escaliers.

— Une question que je me pose aussi, dit Kaydee. Ce type est un con. Tu devrais aller trouver Val.

— Je veux savoir ce qu'il veut, dis-je. Pas de raison de mentir ici. Ce que toi et les tiens voulez.

Fang leva les yeux au ciel. — Comme si c'était un grand secret. Nous sommes restés coincés dans des tubes pendant longtemps, vaisseau. Maintenant, nous avons une planète à conquérir. C'est ce que nous voulons.

— Tous les cinquante ?

— Les autres se rangeront.

Le feraient-ils ? D'après ce que j'avais vu, prenez cinquante humains et vous obtiendrez cinquante opinions différentes. Surtout, comme le soulignait Kaydee, sachant que ces humains faisaient partie de la haute société. Habitués à obtenir ce qu'ils voulaient.

— Tu ne vas pas lui parler de Val, n'est-ce pas ? dit Kaydee.

Non, je n'allais pas le faire. Avec les Forgeurs à leurs côtés, la tribu de Val pourrait probablement résister à une attaque de Fang et de ses combattants réquisitionnés, mais les rares humains existant sur cette maudite planète n'avaient pas besoin de passer leur temps à s'entre-tuer.

— Comment allez-vous conquérir une planète avec une vingtaine de personnes ? demandai-je à Fang alors que nous atteignions le tiers supérieur du Vaisseau.

— Prendre la Pouponnière, pour commencer. Utiliser les agents de croissance accélérée là-bas pour obtenir plus de gens. Elle parlait avec insouciance, la prudence et la suspicion qu'elle avait montrées plus tôt ayant complètement disparu. Pourquoi ? Ça prendra du temps pour amener les nouveaux corps à un état utilisable, mais nous pouvons le passer à remettre le Vaisseau en état.

— Remettre en état ?

— Réparer tous vos mechs cassés, pour commencer. Puis les réparations. Faire fonctionner le Jardin à pleine capacité. Voir ce qu'on peut récolter à l'extérieur.

Fang continua pendant que nous montions, illustrant un plan complet pour la croissance et la conquête humaine sans la moindre confusion, complication ou inquiétude. Avec Alpha parti, apparemment, le chemin vers la prospérité était aussi simple que de le parcourir.

— Demande-lui à propos des autres vaisseaux, dit Kaydee alors que nous atteignions les premiers gardes en combinaison noire.

Ils se levèrent à notre approche, le duo retirant leurs masques mais gardant leurs combinaisons de protection. Des yeux d'âge moyen nous observaient nerveusement, leurs doigts dangereusement proches des gâchettes de leurs fusils. Fang leur ordonna de baisser leurs armes, mais ils n'en firent rien.

— Code d'accès ? demanda l'homme de gauche, retrouvant un semblant d'assurance.

— Winston, répondit Fang, et les deux gardes se détendirent, se rasseyant sur leurs talons.

Fang me fit signe d'avancer et nous passâmes sans autre incident.

— Ils n'auraient pas dû te reconnaître ? demandai-je à Fang alors que nous commencions à monter l'escalier suivant.

— Les vaisseaux font que ce n'est pas garanti, dit Fang. Nous savons que l'apparence ne veut rien dire. Pas ici.

Je m'arrêtai. Je ne pouvais pas m'en empêcher. Les implications étaient trop importantes.

— Tu continues de parler de nous comme si nous étions terribles, dis-je, bloquant toute la marche. Pourquoi ?

— Retournons voir Pravda et peut-être que je te le dirai.

Je ne bougeai pas. Retourner voir Pravda signifierait que les alliés de Fang seraient partout. Si je marchais vers ma mort, je voulais le savoir, et je le lui dis.

Fang esquissa ce sourire brillant, un demi-rictus sur un côté de sa bouche. — Tu veux une leçon d'histoire, va trouver un livre à lire. Tout ce que tu dois savoir, c'est que je ne te fais pas confiance. Ces deux-là derrière ne te font pas confiance. Pravda ne te fait pas confiance. Tu es un outil, et dès que tu cesseras d'être utile, on te transformera en ferraille.

VINGT-CINQ

UNE MENACE

Pravda n'avait pas beaucoup bougé, mais l'homme avait récupéré ce qu'il pouvait du bar. Les bouteilles d'alcool et de vin, du moins celles qui n'étaient pas cassées, étaient joliment alignées le long du comptoir circulaire. Quelqu'un avait trouvé un aspirateur, et le tapis cramoisi semblait presque aussi beau que la première fois que je l'avais vu. Huit humains discutaient dans la pièce, aucun ne portant la tenue noire de protection.

— La victoire est une chose merveilleuse, dit Pravda lorsque Fang et moi entrâmes dans la pièce. Tout est tellement mieux quand la mort n'est pas au coin de la rue.

— Tiens, quelque chose sur quoi je suis d'accord, marmonna Kaydee, apparaissant à l'une des tables recouvertes d'une nappe blanche et sirotant un cabernet virtuel.

— Où sont tes amis ? Pravda nous fit signe de nous asseoir à une autre table, sur des chaises bancales, abîmées par notre fuite précédente mais toujours debout. Des pertes ?

— Ils font le ménage, répondit Fang. Elle hocha la tête dans ma direction. Celui-là n'est pas un combattant.

— Alors qu'es-tu ? demanda Pravda en me dévisageant comme si j'avais soudain poussé des ailes.

— Informatique, répondis-je.

— Modèle plus récent, ajouta Fang. Voyant Pravda cligner des yeux vers elle, Fang soupira. Après la fin de la rébellion, pendant cette courte période, l'idée était que nous aurions besoin de vaisseaux pour chaque tâche qu'ils effectuaient auparavant.

— Ah, d'accord. Pravda acquiesça et nous servit des verres.

Pas que je puisse boire le mien. Je fis tournoyer le liquide rouge foncé, observant les sédiments faire leur ronde tandis que Fang racontait la descente et la victoire.

— Donc le Vaisseau est à nous maintenant ? demanda Pravda.

— Il est vide, répondit Fang. On devrait envoyer quelques-uns sur le Pont pour le tenir.

— Pourquoi ? Pravda leva son verre vers le dôme ensoleillé au-dessus. On a atterri, non ?

— Le Vaisseau n'a pas fini sa mission, dit Fang. Nous en aurons besoin pendant encore un millier d'années, et tout peut être contrôlé depuis ce Pont.

Une idée me vint. Une qui me permettrait de m'éloigner de l'idiotie de Pravda et de la menace persistante de Fang. Je pourrais garder le secret de Val et maintenir le Vaisseau en vie.

— Envoyez-moi, dis-je. Je travaille pour vous de toute façon. Laissez-moi surveiller le Pont.

Les deux échangèrent un regard. Pravda tapota la nappe du bout des doigts. — Tu dis que le Pont est toujours le centre de contrôle du Vaisseau ?

J'acquiesçai. Logiquement, le Pont avait plus de moyens de contrôler ce que faisait le Vaisseau, même une fois atterri, que n'importe quel autre endroit. Sauf, peut-être, le Noyau Énergétique de Volt, mais je n'allais pas révéler ça.

— Dans ce cas, je pense qu'on devrait s'installer là-bas, tu ne crois pas ? demanda Pravda à Fang.

— Ce sera central. Plus difficile à défendre qu'ici, dit Fang. Mais on pourra réagir plus vite.

— Défendre ? Pravda rit. Se défendre contre qui ?

Fang me regarda, — Eux.

Nous partîmes des heures plus tard, formant un cortège humain. Alcool, nourriture et armes, fourrés dans des sacs, descendaient les escaliers. Les ascenseurs étaient toujours hors service, un retard que je proposai de résoudre, mais Pravda voulait que la migration commence immédiatement.

— Je veux ressentir la distance, dit Pravda. Je veux que nous comprenions tous pourquoi nous faisons ce déplacement.

— Parce qu'il le veut ? ajouta Kaydee.

Le raisonnement de Pravda n'était pas totalement absurde. Il prêchait à l'équipage rassemblé qu'il s'agissait de déplacer leur foyer. Abandonner leurs capsules de cryogénisation pour des terminaux, les tapis luxueux pour la réalité.

Val, ou ses ancêtres, avaient dû faire quelque chose de similaire quand ils s'étaient installés dans les entrepôts de rechange des Ferrailleurs. Fuir les mécas, fuir les puissants, et se cacher jusqu'à ce qu'une nouvelle opportunité se présente.

Plus intéressant encore, je remarquai des yeux au ciel, des regards baissés, des soupirs venant des gens que Pravda était censé diriger. Pas le signe de quelqu'un qui a le contrôle.

Fang, quant à elle, se tenait derrière Pravda à ma gauche, arborant ce sourire discret.

— C'est clairement elle la plus dangereuse, dit Kaydee. Regarde ce sourire. Elle prépare quelque chose.

— Ne sommes-nous pas tous dans ce cas ? murmurai-je.

La procession prit son temps. Selon mes calculs, une demi-journée terrestre s'était écoulée entre notre départ avec Fang pour tuer Alpha et l'arrivée du cortège de Pravda sur le Pont. Les membres humains traînaient des pieds quand nous y parvînmes, surtout avec les détours pour contourner les destructions causées par nos combats de mécas.

Personne ne nous interrompit. Ni mécas flexibles, ni gardes imposants. Beta et Delta restaient introuvables.

Pravda ordonna à tout le monde d'installer le camp sur la plateforme devant le Pont. Éclairés par la lumière jaunâtre du Conduit, les humains étalèrent des sacs de couchage et des couvertures récupérées. On fit circuler des fruits secs et d'anciennes pâtes nutritives. Un trio revint avec de l'eau récupérée, déposant des bouteilles pleines au sol. On trouva un appartement proche avec une douche fonctionnelle et on organisa des rotations.

Ordonné, rigide. Peu de rires, peu de sourires. Pas de danse comme j'en avais vu dans le groupe de Val.

— Ils ne savent pas encore vivre, dit Kaydee, debout à côté de moi tandis que nous observions, attendant que Fang et Pravda se dirigent vers le Pont. Ils sont encore en train de se réveiller.

— Pour des gens endormis, ils ont détruit beaucoup de mécas.

— Survivre est différent de construire une vie, Gamma.

— Je ne saurais pas.

Quand Pravda et Fang me demandèrent enfin de les guider à l'intérieur, je m'exécutai, les conduisant à travers le couloir aux murs couverts de noms griffonnés. Je ne signalai pas les écritures répétées d'Alpha et aucun d'eux ne les remarqua, ou ne jugea bon de les mentionner.

Le Pont lui-même... Je ne pouvais pas cacher ce dont j'ignorais l'existence. Alpha, toujours enclin à laisser sa marque, avait ravagé l'endroit. Des terminaux brisés gisaient partout. Le rembourrage arraché des sièges flottait dans toute la pièce, soufflé par les ventilateurs de recyclage d'air. Les lumières clignotaient ou crachaient des étincelles, leur verre éparpillé comme des confettis tranchants.

Sur la grande bulle donnant sur le jour éclatant de la planète, un message griffonné à l'encre rouge dégoulinante :

« Bienvenue chez toi ».

— C'est du sang ? dit Pravda en pointant du doigt et en fixant. Quel genre de maniaque... ?

Je traversai le Pont d'un pas rapide, examinai de plus près le liquide. — Du liquide de refroidissement coloré. Pas du sang.

Dieu merci. La dernière chose dont Fang et Pravda avaient besoin était davantage d'excuses pour trouver les mechs étranges et mortels.

— Je vous avais dit que les mechs étaient dangereux, lança Fang, assez fort pour être sûre que je l'entende.

— Je le savais, rétorqua Pravda, ça ne veut pas dire qu'ils ne sont pas utiles. L'homme pointa la fenêtre. — Gamma, nettoie tout ça, tu veux ?

J'attendis, espérant que l'homme réaliserait qu'il venait de m'ordonner d'effectuer un travail subalterne alors que le Vaisseau lui-même attendait ses ordres. Alpha avait peut-être cassé quelques terminaux, mais d'autres semblaient en bon état, prêts à fonctionner, mais Pravda fit venir d'autres humains pour nettoyer le verre brisé et les chaises écrasées.

De nouvelles lumières furent récupérées dans les appartements voisins pendant que j'essuyais le rouge.

Pendant ce temps, le temps passait. Toujours pas de Beta et Delta. Je me demandais jusqu'où Val et Leo étaient allés maintenant, s'ils avaient complètement quitté le Vaisseau.

— Voilà, dit enfin Pravda, après avoir envoyé presque tout le monde au lit. Fang avait rapproché deux chaises et somnolait. Pravda et moi étions les seuls éveillés, je le regardais terminer de se connecter au terminal du Capitaine. — L'ancien mot de passe fonctionne toujours. La preuve que tout le bon vieux temps n'est pas perdu.

— Ne l'est-il pas ? demandai-je. Le Vaisseau est dans cet état depuis longtemps.

— Pour toi et les tiens, peut-être. Pravda se pencha en arrière dans son fauteuil, cliquant çà et là sur le terminal. — Pour moi, c'était hier encore que la vie remplissait cet endroit. Des milliers d'entre nous, s'activant pour faire fonctionner ce grand bébé.

— Que faisiez-vous, à l'époque ?

Pravda mordit, très légèrement, sa lèvre inférieure. Un tic que j'avais remarqué chaque fois que le sujet déviait vers un endroit qu'il n'aimait pas.

— J'étais ce que tu vois maintenant. Un meneur d'hommes, un capitaine d'industrie et d'innovation, dit Pravda. Ils se tournaient tous vers moi. Tous.

— C'est qui ce type ? demanda Kaydee, apparaissant derrière Pravda, les sourcils levés et la bouche tordue de dégoût. Ses cheveux turquoise ressemblaient à des points d'interrogation. — Je n'ai jamais entendu parler de lui.

— Les Voix ne vous ont jamais mentionné, dis-je, pas une seule fois.

— Une bande de programmes hautains. Pravda balaya mes paroles d'un geste. — Des gens qui auraient dû rester morts. Ils n'étaient pas sur les passerelles quand les choses ont commencé à mal tourner. Ils n'ont pas pris les décisions qui nous ont sauvés.

— Vous l'avez fait ?

Pravda prit une nouvelle inspiration profonde et je sentis qu'un discours allait suivre, quelque chose de verbeux et inutile. Quelque chose qui, heureusement, fut épargné par un crépitement provenant de notre seul terminal en état de marche.

— Il y a quelqu'un ? La voix de Volt, curieuse mais urgente. — Alpha, es-tu toujours sur le Pont ?

Fang se réveilla en sursaut au moment où Pravda demandait qui c'était. Je les ignorai tous les deux, me précipitai vers le terminal, appuyai sur le clavier pour ouvrir la ligne.

— Volt ! dis-je. Alpha est parti. J'ai le Pont, avec quelques autres humains.

— Gamma ? Bien. Mieux que ce à quoi je m'attendais, dit Volt. Une invite apparut sur le terminal, une demande de flux vidéo. Avec Pravda et Fang rassemblés derrière moi, je la lançai. Volt apparut, les lumières autour de lui montrant le noir arc-en-ciel du Cœur d'Énergie.

— Que se passe-t-il ? demandai-je, cherchant et ne voyant aucun signe d'alarme. Volt ne portait aucune blessure. Rien ne semblait avoir explosé ou être en train de brûler. — Tu vas bien ?

— Parfaitement bien, mon ami, mais notre pauvre vaisseau ne le sera pas sans un travail rapide de ta part.

— Quoi ? Pourquoi ?

Volt, cependant, fit clignoter ses yeux en bleu, regarda

au-delà de moi. — Eh bien, il semblerait qu'il y ait du monde ! Qui sont ces deux-là ?

Pravda commença à se présenter, mais je l'interrompis.

— Volt, viens-en au fait s'il te plaît. Quel est le problème ?

— Tu te souviens de nos autres amis ? répondit Volt. Tu sais, ceux qui sont sortis ?

Bien joué à Volt de ne pas révéler directement Val, mais Fang et Pravda n'étaient pas si bêtes. Je pouvais voir leurs visages reflétés dans une petite boîte sur l'écran, leurs regards calculateurs. Se demandant.

Trop tard pour s'en soucier.

— Je m'en souviens. Pourquoi ?

— Eh bien, tu sais, je suis un mech sympa, Gamma. Ils sont arrivés aux moteurs, m'ont appelé pour demander comment tu allais. Alors on s'est branché. Des caméras partout, pas vrai ?

— Et ils ont vu ?

— Beaucoup d'humains, dit Volt. Je suppose qu'ils n'ont pas apprécié, parce que je vois une poussée venant de ces moteurs.

Je l'interrogeai et Volt expliqua plus en détail. Avec le Vaisseau posé, les moteurs étaient arrêtés. Leo, cependant, les avait remis en marche en utilisant d'anciennes procédures de contournement. Les gros blocs d'alimentation aspiraient de l'énergie, se préparant à un lancement complet. Le genre que le Vaisseau n'était censé utiliser qu'en cas d'urgence pour, disons, échapper à un puits gravitationnel ou éviter un astéroïde en approche.

— Si ces moteurs s'allument alors que nous sommes toujours posés sur ce caillou, conclut Volt, nous brûlerons joliment.

— Mais ils se tueront eux-mêmes, dis-je, en même temps

que Kaydee. Il n'y a aucun moyen qu'ils puissent échapper au souffle.

— Leo est malin, Gamma. Ils ferment les nacelles. Ça bloquera le feu, le retournera contre le vaisseau. Le métal ne tiendra pas longtemps, mais il n'aura pas besoin de tenir longtemps avant qu'on explose tous.

VINGT-SIX

UNE PROMENADE DANS L'OBSCURITÉ

Je suis entré sur la passerelle. Pendant une seconde, j'ai cru qu'il y avait eu une erreur, que je n'avais pas simplement pénétré dans un terminal à la recherche du réseau du Vaisseau. L'indice que j'étais effectivement entré dans un monde numérique venait du hublot. La grande vitre montrait, une fois de plus, l'espace. Des étoiles, des nébuleuses, le tout.

Pas de planète. Pas d'herbe dorée.

— Alors, où allons-nous ? demanda Kaydee, debout à côté de moi.

— J'espérais que tu aurais une idée, ai-je répondu. Tu sais comment couper le Noyau d'Énergie ?

Kaydee fronça les sourcils.

— Tu te souviens quand j'ai essayé de saboter les moteurs ? De faire tomber le Vaisseau en plein vol ?

— Difficile d'oublier. En fait, pour moi, c'est littéralement impossible.

— Tu pourrais l'effacer.

— Pas sans t'effacer toi, et je ne ferai pas ça.

— Oh, fit Kaydee. Bonne idée, d'ailleurs, parce que tu deviendrais probablement fou sans moi.

— Je vais mourir avec toi si on ne se concentre pas.

— Ah oui, c'est vrai. Explosion imminente, dit Kaydee en tournoyant sur elle-même, regardant les terminaux. Où est l'accès au réseau ?

— À mon avis ? L'un de ces terminaux a ce qu'on cherche.

Nous nous sommes séparés, parcourant en hâte les lignes de terminaux en terrasses de la passerelle. Chaque écran affichait un programme différent, la plupart ayant trait à la navigation, au système d'adressage du Vaisseau, à divers programmes administratifs. Pour une fois, j'ai trouvé le bon en premier : l'écran montrait la galaxie étoilée que j'avais vue auparavant, chaque point représentant un endroit différent sur le vaste Internet du vaisseau.

— Kaydee, ai-je dit. Je l'ai trouvé.

Utilisant le clavier, j'ai lancé des termes de recherche, dispersant les étoiles devant moi jusqu'à ce qu'il ne reste que celles relatives aux moteurs. Une étoile pour chaque fusée, plus quelques-unes pour les systèmes adjacents. Je pouvais mettre mon doigt sur l'écran, toucher chacune d'entre elles pour faire apparaître son nom, sa fonction, l'option de s'y rendre directement.

Sauf que lorsque j'ai essayé cette dernière option, pensant pouvoir sauter directement sur un moteur et l'arrêter, le terminal n'a rien fait. Pas d'erreur, pas de rebond, juste un écran statique.

— Oh, c'est bien joué, dit Kaydee en me rejoignant. Il déguise le blocage pour que tu penses qu'il y a un problème avec ton accès. Comme si ton ordinateur était gelé.

— Comment je m'en débarrasse ?

— Tu me le demandes à moi ? Kaydee haussa les

épaules. Je suis plus une ingénieure qu'une fille du logiciel. C'est Leo qui faisait toujours le codage sophistiqué.

D'accord. Je me suis plongé dans mes propres systèmes, essayant d'analyser les options. Leo aurait fait ça manuellement sur les moteurs eux-mêmes. Je suppose qu'il aurait lancé le processus de charge puis coupé les moteurs du réseau. Il l'aurait déguisé pour faire croire que les moteurs étaient toujours actifs — d'où l'affichage de ces étoiles — mais l'accès ne menait nulle part. Quiconque essaierait d'arrêter tout ça, à savoir moi, serait piégé ici, perdant du temps jusqu'au boum.

Mais les moteurs n'étaient pas le problème. C'étaient les batteries. L'énergie.

— Je ne peux pas empêcher les moteurs de puiser l'énergie, ai-je dit.

— Donc on est morts ?

— Pas encore.

Mon coup aurait été un suicide dans l'espace. Entouré par tout ce vide absolu à zéro degré, le Vaisseau se serait gelé rapidement avec mon plan. Mais ici, en sécurité sur un monde relativement tempéré ?

— Quel est le plan, mon gars ? demanda Kaydee alors que je revenais en arrière dans le réseau, tapant de nouvelles commandes qui répondaient à sa question. Non. Attends. Vraiment ?

— Vraiment, ai-je dit, trouvant le nœud que je voulais.

Une invite apparut, demandant des autorisations. Dans le monde réel, j'aurais dû deviner. Ici, j'ai touché la fenêtre contextuelle sur l'écran, développant le code derrière. Un simple coup d'œil pour trouver la base de données avec les noms d'utilisateur et les mots de passe que l'invite vérifierait une fois que j'en aurais entré un.

Le nom de Leo lui-même, son mot de passe choisi : un mélange de Kaydee avec sa propre date d'anniversaire.

— Ne dis pas que c'est mignon aussi, ai-je ironisé en l'entrant.

— C'est un peu mignon, quand même, répondit Kaydee. Au moins, il se souvient de moi.

— Ne t'a-t-il pas laissée à la dérive pendant des siècles ?

— Personne n'est parfait, Gamma.

L'invite me donna accès à un unique interrupteur, un que Volt n'apprécierait pas. Je n'ai pas hésité à appuyer dessus.

La passerelle semblait plus sombre qu'avant. Les écrans des terminaux étaient noirs. Les lumières étaient éteintes. Le coucher de soleil s'attardait par le grand hublot. Pravda et Fang regardaient autour d'eux, perplexes.

— Qu'as-tu fait ? demanda l'homme quand je me suis éloigné du terminal mort, écartant mes doigts.

— Je nous ai donné une chance, ai-je répondu.

— Oh Gamma, tu as vraiment osé cette fois, dit Kaydee, apparaissant à côté de moi dans ce qui ressemblait à une tenue complète de survie, avec des lampes de poche, un sac à dos et d'épaisses bottes. Le Vaisseau n'a jamais été dans le noir. Jamais.

Fang et Pravda en arrivèrent lentement à la même conclusion, me suivant alors que je quittais la passerelle. Éteindre les lumières du Vaisseau, ses générateurs, tout, nous sauvait la mise, mais cela pourrait détruire beaucoup de choses si on le laissait ainsi trop longtemps. Les plantes du Jardin n'auraient plus de lumière, Pureté ne filtrerait plus l'eau. Le Vaisseau lui-même pourrait devenir trop chaud ou trop froid à divers endroits sans les systèmes en marche.

En d'autres termes, j'avais échappé à une calamité pour en provoquer une autre.

— Où vas-tu ? demanda Pravda alors que nous descendions le couloir rempli de noms menant au Conduit.

— Aux moteurs, ai-je répondu. Une fois de plus, traversant la longueur de ce foutu vaisseau. On ne peut pas rallumer l'alimentation tant qu'on n'a pas arrêté le sabotage.

— Ah oui, médita Pravda. Le sabotage. Qui a fait ça, au fait ?

— Probablement d'autres vaisseaux, dit Fang. Des mécas cassés qui perdent la tête.

Pendant un instant, j'étais stupéfait. Comment n'avaient-ils pas fait le lien, le bond logique qu'il pourrait y avoir plus d'humains encore en vie sur le vaisseau ?

— Parce que ça fait trop longtemps, dit Kaydee, sa lampe frontale éclairant vaguement mon chemin. Personne ne devrait être encore en vie.

La lampe frontale de Kaydee n'était pas réelle, mais ma vision nocturne suffisait à nous guider. De la lumière filtrait également depuis le Conduit, où, par chance, la rampe encore ouverte en bas laissait entrer les dernières lueurs du soir.

Les humains se rassemblèrent sur la plateforme d'entrée du Pont tandis que Pravda, Fang et moi émergions. Éclairés par en dessous, les ombres dansaient. Sans le grondement constant des systèmes, le vent de l'extérieur sifflait à travers le vaisseau. Quelqu'un toussa alors que je faisais face à un demi-cercle curieux.

— Je vais leur dire, dit Pravda en me poussant du coude.

Dans un discours pompeux, l'homme fit exactement cela, expliquant comment certains mechs avaient désactivé l'énergie du Vaisseau Stellaire, comment lui, Fang et quelques héros choisis allaient partir pour la restaurer.

— Il vient avec nous ? dit Kaydee alors que Pravda passait de l'explication à l'inspiration, disant aux gens comment ils pouvaient prévoir de survivre. Pourquoi ?

Parce qu'il n'est pas du genre à s'attaquer lui-même aux problèmes difficiles. Quel que soit son rôle auparavant, l'attitude de Pravda jusqu'à présent faisait de lui un parasite, un capitaine qui dépendait de son équipage et s'appropriait leur mérite. Rester ici signifierait qu'il devrait guider une vingtaine de personnes effrayées à travers une nuit morte sur un vaisseau avec des mechs hostiles rôdant encore.

Voyager avec nous lui donnait une échappatoire et, si les choses se passaient bien, un retour victorieux.

— Waouh, dit Kaydee. Tu l'as cerné.

— Non, j'ai juste vu assez d'humains maintenant pour savoir à quoi m'attendre.

Pravda n'entendit pas ma pique alors qu'il terminait son discours, mais Fang si, levant un doigt et se grattant la joue.

— Et qu'attends-tu de moi, vaisseau ?

— Je m'attends à ce que tu essaies de me tuer quand ce sera fini, dis-je. Je m'attends à ce que tu échoues.

— Si sûr de toi, répliqua Fang. Cette confiance a tué tes frères et sœurs. J'ai hâte qu'elle te tue aussi.

Eh bien, ce serait un voyage amusant.

Marcher à nouveau sur toute la longueur du Vaisseau Stellaire n'avait rien d'attrayant. Non pas que la marche épuiserait jamais mes batteries ni que, étant un mech, le temps perdu pèserait lourdement sur mes épaules. Non, c'était plutôt que je ne semblais jamais arriver là où je devais être.

— Tu n'as pas de chez-toi, résuma Kaydee mon sentiment. Tu es perdu.

— Pourquoi devrais-je me sentir ainsi ? demandai-je,

attendant que Fang, Pravda et leurs élus rassemblent leur équipement. J'ai un objectif. Je suis une machine, non ?

— Il y a un sacré fossé entre toi et un mech poubelle, mon ami, répondit Kaydee. Aussi, et je sais que tu détestes entendre ça, mais je joue encore avec toi. Une fonction à la fois.

Je pris une minute pour réfléchir à cette ligne. Cela faisait un moment que je n'avais pas reconcilié le débordement de Kaydee et comment cela pouvait m'affecter. Ses effets m'avaient définitivement rendu plus émotif, plus enclin à juger les humains que j'avais rencontrés. Je « ressentais » des choses qu'un mech normal aurait considérées comme non pertinentes.

Comme Fang et ses regards, le danger qu'ils représentaient. Comme Pravda et son arrogance inefficace.

Utile, mais comme cela s'accompagnait des autres inconvénients des humains, comme le mécontentement, la nostalgie, la tristesse...

— Félicitations, tu obtiens l'autre partie bonus d'être humain, poursuivit Kaydee, la confusion constante.

Super.

Le Conduit demanderait, au moins, plus de concentration cette fois-ci. Avec le Vaisseau Stellaire mort autour de nous, les passerelles n'avaient que peu de lumière. Les lueurs déclinantes du coucher de soleil envoyaient des rayons jaunes profondément dans le Conduit, la lumière rebondissant sur son chemin avant de disparaître. Jusqu'où nous irions avec la lumière derrière nous, je l'ignorais.

— Je ne pensais pas que tu avais peur du noir, dit Kaydee.

— Je n'ai pas peur. Ce sont les humains qui m'inquiètent, et ce qui nous attend.

— Ce qui t'attend ? Alpha est mort, tu te souviens ?

— Certes, mais combien de mechs a-t-il envoyés courir à travers le vaisseau ? Qu'ont fabriqué les Lignes de Fabrication avant que je ne coupe tout ?

— Pas faux. Maintenant tu me rends nerveux. J'aimerais que Beta et Delta soient là.

Vrai. Où étaient passés les deux vaisseaux ? Ils auraient dû être de retour maintenant, auraient dû être prêts à nous escorter avec leur brutalité arrogante.

— Hé, mech, appela Fang. Changement de plans. On va rester ici pour la nuit. Dormir un peu et partir le matin.

— Le Vaisseau Stellaire n'attendra peut-être pas jusque-là, répondis-je.

— Il va devoir, dit Pravda. Ou on s'endormira en marchant et tu devras nous porter.

J'essayai quelques autres protestations, mais elles furent écartées sans discussion. Fang et Pravda donnaient les ordres, et personne d'autre ne se souciait assez pour les contester. Même Kaydee dit que ce n'était pas si surprenant : nous étions debout et actifs depuis longtemps.

— On n'est pas construits comme vous, conclut Kaydee. Il faut nous accorder notre repos réparateur.

Réparateur. Bien sûr.

Tandis que les humains s'installaient pour dormir, je me déplaçai vers le bord de la plateforme. D'ici, je pouvais voir à travers le Conduit. Guetter les menaces, attendre le retour de mes amis.

Et essayer de comprendre quelle part de moi était encore, eh bien, moi.

VINGT-SEPT

TOI, MOI, NOUS

Une plaine grise et sans relief s'étendait jusqu'à un horizon infini. Je ne sentais aucun vent, car il n'y avait pas d'air. La gravité n'avait aucune emprise sur mes pieds : je restais ancré à la plaine par choix. Je ne me préoccupais pas du sol, la base de code qui dirigeait mes fonctions, mais des cristaux au-dessus.

Mon ciel contenait autrefois des dents de diamant brillantes. Chacune bien plus grande que son analogue du monde réel, chacune contenant les fichiers composant mes souvenirs, les routines m'aidant à tirer avec un fusil ou à monter les escaliers, et, dans un cristal particulier brillant maintenant d'un bleu sarcelle vif : Kaydee.

— Que cherches-tu ? demanda Kaydee en entrant. À l'extérieur, dans le monde réel, Kaydee semblait toujours à part, une image projetée. Ici, elle avait de la profondeur, elle appartenait à cet endroit de la même manière que moi.

— Je ne suis pas venu ici depuis un moment, répondis-je.

Le cristal de Kaydee brillait effectivement de cette lueur bleu sarcelle, mais je remarquai que d'autres aussi. Des éclaboussures et des taches, comme si un artiste insouciant avait agité son pinceau. Que représentaient ces marques ? Quels cristaux touchaient-elles ?

— Bienvenue chez moi, dit Kaydee, ou plutôt, je suppose, chez nous. Kaydee claqua des doigts et le sol sous mes pieds se couvrit d'un tapis, d'un rouge cramoisi familier. Des fauteuils, grands et moelleux, surgirent derrière nous. Le tapis donna une légère poussée à mes pieds, m'installant dans le fauteuil. Un verre, de vin blanc cette fois, apparut entre mes doigts. C'est plus agréable comme ça.

— Chez nous, répétai-je, ruminant ces mots. Depuis que je l'avais rencontrée, ou plutôt depuis que Kaydee avait sauté dans ma mémoire, je l'avais considérée comme une passagère. Une partenaire. Tu le changes.

— Sans vouloir t'offenser, Gamma, mais c'est un peu ennuyeux ici.

— Où vas-tu quand tu disparais là-bas ? J'avais toujours pensé... eh bien, je n'étais pas sûr. Je n'avais pas vraiment réfléchi à l'endroit où allait Kaydee. Est-ce ici ?

Kaydee but une longue gorgée de son propre verre, m'adressa un léger sourire.

— Tu penses que je fais des siestes, Gamma ?

Elle allait me changer. Son code, son être allait m'altérer. Beta pensait qu'elle n'était plus tout à fait elle-même, que son esprit était devenu si complètement elle qu'ils n'étaient plus séparés.

Mais quelle part était Beta, et quelle part était son esprit ?

— Comment ça marche ? demandai-je. Cette... chose de devenir ? Toi te moulant en moi ?

Kaydee fit tournoyer le vin, évitant mon regard.

— Il y a beaucoup de choses que tu ne sais pas, Gamma.

À propos des humains, et de ce que nous ferons pour survivre.

J'attendis. J'en avais assez appris sur Kaydee, sur les tendances humaines pour savoir qu'une déclaration comme celle-là était généralement suivie de quelque chose de pire.

— J'ai essayé de l'éviter, poursuivit Kaydee après une autre gorgée. Son verre de vin se transforma en un tumbler, contenant un liquide ambré. Ce mech, dans les Lignes de Fabrication ? J'ai essayé pour toi.

— Essayé quoi ?

— Le mot vaisseau. Tu sais ce que ça signifie ?

Une définition standard me vint instantanément. Je la réduisis :

— Un contenant creux.

Kaydee hocha la tête. Le tapis disparut. La plaine grise, l'horizon de cristal s'évanouirent aussi. Je n'avais pas donné à Kaydee, à son programme, la permission de modifier ainsi mon moi numérique, mais je découvris qu'elle se l'était accordée.

À la place du tapis apparut une grande salle, sur laquelle Kaydee et moi régnions comme d'anciens dieux. À l'intérieur, entassés, se tenant en longues files, il y avait des gens. Des centaines, des milliers.

— Qu'est-ce que c'est ? demandai-je, alors que Kaydee semblait stupéfaite par sa propre création.

— C'est... désolée, je suis toujours un peu submergée quand je regarde ça, Kaydee se pencha en avant dans son fauteuil, pointant les gens du doigt. Tout ça ? Ce sont des esprits. C'est le plan B.

— Quoi ? Je me concentrai sur les gens, essayai d'effectuer une recherche et réalisai qu'elle était vide. Aucune donnée réelle là-dedans, juste une image que Kaydee avait conjurée. De quoi parles-tu ?

— Ne fais pas l'idiot maintenant, Gamma. Il est beaucoup plus facile de scanner un cerveau que de fabriquer un vaisseau comme celui-ci, dit Kaydee. Le vaisseau spatial a décollé avec une grande base de données remplie de gens de la Terre, et nous l'avons enrichie au fur et à mesure. La seule chose que la Terre n'avait pas ? Toi.

— Les vaisseaux.

— Exactement, Kaydee fit disparaître tous les gens d'un geste. Elle les remplaça par une salle de classe universitaire, celle que j'avais vue lors de ma première promenade dans le vaisseau spatial. Chaque génération sur le vaisseau spatial a poussé ses ingénieurs les plus intelligents à perfectionner les vaisseaux. Les rendre de mieux en mieux, parce que si la Pépinière ne fonctionnait pas, nous aurions au moins quelque chose.

— Et si ça marchait ? Je fixai la création de Kaydee, regardai les étudiants, en accéléré, quitter la salle de classe et s'affairer dans un laboratoire. Attends, les mechs n'étaient pas...?

— Pas seulement les mechs. Les premiers vaisseaux. Des designs réutilisés, du codage, tout. Itération après itération jusqu'à ce qu'on arrive à toi.

Mais pas seulement à moi. À Alpha, Delta, Beta, et-

— Fang n'arrêtait pas de parler de détruire des vaisseaux ?

Kaydee secoua la tête.

— Ça doit être après mon époque. Les vaisseaux progressaient rapidement cependant. Leo et quelques autres étaient si proches.

— Comment le sauraient-ils ?

Le montage accéléré changea à nouveau. Je vis une forme humaine, presque parfaite mais pas tout à fait. Ses muscles trop nets, sa posture trop rigide. Leo entra dans le champ de vision, comme s'il émergeait d'un rideau. L'ingénieur brancha un disque dans une fente derrière l'oreille de l'humain, recula et observa.

Le vaisseau cligna des yeux. Sourit. Commença à parler à Leo, qui répondit. Je remarquai alors une ombre derrière le vaisseau. Un autre humain, celui-ci tenant un fusil. L'arme pointée sur le dos du vaisseau.

Leo fit lever la main au vaisseau, sauter sur place. Des exercices dont je me souvenais de mes premiers moments d'éveil. Tandis que le vaisseau exécutait les routines, il commença à avoir des ratés. Au début, les arrêts étaient trop rapides pour être remarqués, un bras tressaillant vers la droite en s'étirant vers les orteils. Les yeux clignant plusieurs fois de suite. Leo, le plus expérimenté, comprit plus vite que moi. Il fronça les sourcils, ses épaules s'affaissèrent.

— J'ai aidé, dit Kaydee alors que les défauts du vaisseau empiraient. Maintenant le mech paniquait ouvertement, et bien que je ne puisse entendre aucune parole, les expressions alternaient entre la peur, la colère et l'hystérie. Nous avons pris des esprits au hasard dans le pool. Aussi équitablement que possible.

Le vaisseau se jeta sur Leo, le fusil claqua de derrière, et une ruine fumante atterrit aux pieds de l'homme.

— Mais tu étais proche, dis-je. Au moment où tu...

— Au moment où j'ai changé de camp ? répondit Kaydee. Ouais. À ce moment-là, je savais que Leo et les autres y arriveraient. Des vaisseaux parfaits.

— Et tu ne voulais pas ça.

— La plupart de Starship ne voulait pas ça, répliqua Kaydee, mais ils étaient prêts à l'accepter pendant un moment.

La scène changea à nouveau pour une qui m'était plus

familière. Le Conduit, une foule distribuant des fusils près de la poupe du vaisseau. Kaydee parmi eux, discutant de stratégie. Elle se dirigerait vers les moteurs avec une petite équipe tandis que les autres essaieraient de tenir le passage. Leur acheter du temps.

L'assaut vint rapidement, une attaque brutale sur plusieurs niveaux. J'avais supposé que Starship avait une sorte de force de police faisant les mouvements, mais Kaydee présenta quelque chose de complètement différent. Les choses qui attaquaient ses amis bougeaient comme Delta et Beta, ils tiraient comme des soldats. La vidéo de Kaydee se termina de la même façon que je l'avais vue se terminer à l'Hôpital : Kaydee abattue, levant les yeux vers un visage anonyme avec Leo en arrière-plan disant à la chose d'arrêter.

Pas une personne, donc, mais un vaisseau.

— Ils ont pris des esprits militaires, dit Kaydee, plus doucement maintenant, épuisée. Toujours dans nos chaises. Nous étions des mécaniciens. Des cuisiniers. Des barmen qui avaient passé quelques après-midis dans un stand de tir en VR et pensaient qu'ils se défendraient. Tu veux deviner comment ça s'est passé ?

— Je n'ai pas besoin de deviner. Tu me l'as montré.

— Ouais. Je suppose que je l'ai fait. Le diorama devant nous se dissipa, ses morceaux s'évaporant dans un vent secret. Je ne sais pas ce qui s'est passé après, Gamma, mais je doute qu'ils aient abandonné.

— Quelqu'un a eu peur, dis-je. Peur de nous.

Kaydee se pencha en avant, joignit ses mains et posa son menton sur ses poignets en me regardant. Dans cette posture, elle semblait plus petite, plus vulnérable. Une personne que je pouvais effacer à tout moment.

Enfin, une que j'aurais pu effacer.

— Je pense que nous savons tous les deux que Leo a dû vous cacher tous les quatre, médita Kaydee. Il a dû le faire avant de se scanner pour rejoindre les Voix. Il vous a gardés enfermés, un secret dans son appartement pendant que tout le reste s'effondrait.

Ses yeux se portèrent à nouveau sur l'espace entre nous, et une fois de plus le Conduit remplit l'air. Ses passerelles et ses magasins animés étaient bouleversés, brisés et brûlés alors que les mechs et les humains se battaient entre eux.

— D'où tires-tu tout ça ? demandai-je.

— Mon imagination, répondit Kaydee. Les esprits changent lentement et prennent le contrôle de leurs vaisseaux, n'est-ce pas ? Que se passe-t-il quand tous ces vaisseaux militaires qui nous ont tués décident qu'ils aimeraient être aux commandes ?

— C'est une guerre. J'ai tendu la main vers l'action, passé mes doigts à travers et fait disparaître les participants. Laissé les passerelles, les devantures meurtries. Peu de survivants. Un vaisseau silencieux. Fang et Pravda pensent que les vaisseaux ont disparu et décident de dormir jusqu'à ce que le vaisseau atterrisse.

— Le Plan B a disparu, tu te souviens ? C'est eux ou personne.

Sauf que maintenant ils se sont réveillés et le Plan B est bien vivant. Les vaisseaux courent à nouveau partout, semant le chaos. Les humains n'ont plus les effectifs pour nous éliminer, alors ils jouent le jeu.

Pour l'instant.

Pas que cela explique ce que Kaydee fait à infiltrer tous mes systèmes.

— N'est-ce pas pourtant ? dit Kaydee, le menton toujours sur ses mains. Je veux vivre, Gamma. J'ai essayé de m'échapper, de tenter ma chance dans cet autre mech, mais ça semblait étranger. Rien ne fonctionnait.

— Donc c'est toi ou moi ?

Kaydee secoua la tête. — Nous, Gamma. Nous.

— Je perds et tu gagnes.

Elle tressaillit. — C'est comme ça que tu le ressens ? Comme si c'était un jeu à somme nulle ?

Je me suis levé, j'ai claqué des doigts. Les chaises ont disparu, ainsi que le tapis. Kaydee se rattrapa, facile à faire sans gravité pour vous tirer vers le bas.

Au moins, je pouvais encore faire disparaître les meubles.

— Je ne savais pas que j'avais une identité, dis-je. Je n'avais pas de rêves. Je n'avais pas de passions. Pas de famille et pas d'amours. Je n'étais pas et puis j'étais. Mais je contrôlais mon corps, je contrôlais mon moi. J'ai pointé du doigt les cristaux éclaboussés de bleu sarcelle. Si tu continues, je n'aurai plus ça.

— Bien sûr que si. On travaillera juste ensemble.

— Et quand nous serons en désaccord, qui fera le choix ?

— Gamma, Kaydee croisa les bras, rencontra mon regard au lieu du sol. Les vaisseaux sont faits pour les esprits. La routine que je suis ? J'ai la priorité.

— Peux-tu me supprimer ?

— Je ne le ferais jamais.

J'étais sur le point de répondre qu'elle n'avait pas répondu à ma question, mais elle l'avait fait. Kaydee avait répondu à toutes mes questions et malgré cela, je me sentais pire.

Sentais. Voilà un mot. J'étais un vaisseau. Je n'étais pas censé "sentir" quoi que ce soit. Ici, c'était juste quelques lignes de code évaluant ma situation et trouvant que, eh bien, ça craignait.

— Kaydee, dis-je. J'ai besoin d'un peu de temps seul.

— Bien sûr, ouais, Kaydee grimaça vers moi. Je comprends. Tu veux parler, je serai là.

Après qu'elle eut disparu, je me suis assis, là sur le sol gris. J'ai levé les yeux vers mes cristaux, mais je ne voyais que les taches bleu sarcelle.

Kaydee ne serait pas le pire esprit à servir. Elle me connaissait, elle était intelligente et plutôt gentille. J'aurais probablement des chances de prendre le contrôle. Kaydee semblait aimer apparaître et offrir des conseils sarcastiques.

Pourrais-je faire ça ?

J'ai remué mes doigts numériques, mes orteils numériques. Cligné mes yeux numériques. Ici, je pouvais le faire quand je voulais, autant de fois que nécessaire. Là-bas, je n'en aurais peut-être plus jamais l'occasion.

Non. Inacceptable.

Plusieurs fonctions ont répondu à mon appel, commençant à tournoyer dans mon arrière-plan. Un observateur très attentif, flottant parmi les cristaux, aurait pu remarquer un minuscule fil jaune croissant d'une tache bleu sarcelle à l'autre, les reliant toutes dans une toile.

Cela prendrait un certain temps pour finir, pour s'assurer que j'avais enveloppé chaque partie de Kaydee dans mon programme.

Si je m'engageais sur cette voie, je devrais supprimer chaque partie d'elle.

VINGT-HUIT

RUSES ET PIÈGES

Le Conduit n'avait pas de matin. Pas avec le Starship hors service. La planète à l'extérieur ne correspondait pas non plus aux cycles jour-nuit humains, maintenant l'obscurité quand Pravda et Fang rassemblèrent leur groupe et annoncèrent notre marche en avant. Malgré de nombreux indices, notamment tous leurs bruits et leurs conversations, l'ordre de partir me prit par surprise.

J'avais été trop occupé à rassembler les morceaux de Kaydee dans un immense filet codé. Elle ne m'avait pas adressé la parole pendant tout ce temps, un silence qui ne changea pas lorsque les humains et moi commençâmes notre marche vers l'arrière.

Delta et Beta aussi restaient absents. Leur mission de traquer et d'éliminer les autres mechs d'Alpha n'aurait pas dû prendre autant de temps, mais ni Fang ni Pravda ne voulaient consacrer du temps ou de l'attention à les retrouver.

— Ce sont des vaisseaux, dit Fang en réponse. Laissons-les partir.

Comme j'aurais aimé pouvoir lui coller un pain à cet

instant précis. Même ce désir, cependant, semblait étouffé, lointain alors que je le pensais. Ma programmation interférait, me détournant du radical. Le vaisseau, le mech doit servir.

Nous prîmes d'abord à gauche, longeant le côté du Starship jusqu'au niveau central du Conduit. Nous pouvions marcher tout le long de celui-ci jusqu'aux moteurs et nous retrouver exactement là où nous devions être.

Sans lumière, je devins le guide. La vision nocturne avec son filtre vert me guidait, la rambarde de la passerelle servant d'aide pour tous les autres.

Ce n'est pas que le Starship était totalement sombre. Ici et là, des lumières clignotaient, vestiges mécaniques remplissant un objectif. Au début, nous essayâmes d'identifier ces points lumineux, même s'ils se trouvaient à plusieurs niveaux de distance. Étaient-ce des menaces potentielles, des mechs d'Alpha en liberté, ou des alertes résiduelles, des mechs poubelles ou des outils pas tout à fait morts ?

Le bavardage semblait mettre les humains à l'aise, un jeu que je trouvais étrange jusqu'à ce que je me souvienne que ce n'étaient pas des tueurs. Pas des soldats endurcis. Des civils, à l'exception possible de Fang, poussés à un service brutal. Leurs nerfs ne seraient pas d'acier, ils auraient besoin de réconfort.

— Qu'en penses-tu, Gamma ? demanda Pravda une heure après le début de notre marche, avec rien autour de nous sauf l'obscurité et l'air stagnant. Combien de temps encore ?

Il ne pouvait pas vraiment penser que nous étions proches.

— À notre rythme actuel, dis-je, il nous faudra encore dix heures pour atteindre les moteurs.

Notre marche n'était pas rapide, en partie parce que les

humains portaient leur équipement de survie, en partie parce que des débris jonchaient les passerelles. Chaque pas devenait un risque potentiel de cheville tordue, de jambe coupée par des éclats métalliques saillants.

— Dix heures ? rit Pravda, un mélange de peur et d'arrogance. Tu plaisantes, n'est-ce pas ? C'est impossible.

— Il ne plaisante pas, dit Fang. Les deux étaient les plus proches, laissant leur trio de suiveurs fermer la marche. Tu n'as jamais parcouru le Starship à pied, donc tu ne peux pas savoir.

Je gardai le visage tourné vers l'avant pour ne pas montrer ma surprise. Jamais parcouru le Starship ? Vivant toute sa vie confiné dans un seul vaisseau mais il ne s'était jamais donné la peine de le parcourir ?

Pas étonnant-

— Je ne l'ai pas parcouru parce que je n'en avais pas besoin, dit Pravda. Il y avait des navettes. Le temps est précieux. Je ne pouvais pas le gaspiller à errer.

— Rappelle-moi quel était ton travail, le taquina Fang.

— Ce n'était pas de massacrer des machines, rétorqua Pravda.

Je me retournai, continuant à marcher. Fang croisa mon regard, le visage sombre et impassible. Pravda, entre nous, ne vit pas mon mouvement.

— Soit eux, soit nous, dit Fang. Comme toujours.

— Jusqu'à maintenant, dit Pravda, glissant à nouveau dans son ton prophétique. C'est notre chance de réécrire l'histoire, de donner un nouveau départ aux humains. Pas de guerres, pas de brutalité. Juste un idéal.

Fang renifla. Je restai silencieux.

Pravda remplit l'heure suivante presque à lui seul. Il divagua sur sa vision de l'avenir, sur les miracles que les humains accompliraient sans conflit à leurs côtés. Fang crevait la bulle ici et là avec des piques à moitié convaincues. Je rangeai ces idées : Pravda ne serait peut-être pas celui qui réaliserait sa propre vision, mais savoir ce qu'un humain considérait comme une utopie pourrait être précieux.

Nous atteignîmes d'abord l'Université. Sa masse, s'étendant sur le Conduit, s'illumina de rouges et d'ors doux. Des lumières décoratives enfin mises en valeur en l'absence d'autre concurrence. Pravda déclara une pause et à l'ombre de la structure, les humains prirent leur repas.

Je vérifiai mon programme, constatant qu'il avait presque terminé de scanner et de capturer les données de Kaydee. Je pouvais appuyer sur un interrupteur, métaphoriquement, et en finir avec elle à ce moment-là. La perdre pour toujours, mais garantir ma liberté. Je n'avais pas de calcul clair pour celui-là, aucune idée de quelle voie serait la meilleure.

— Vaisseau, dit Fang, quittant ses compagnons et se dirigeant vers moi. Ça te dérangerait de m'accompagner pour une course ?

Nous nous tenions près d'une entrée de l'Université, des portes de chaque côté de la passerelle menant à l'académie. Les deux étaient hermétiquement fermées, leurs gemmes rouges verrouillées ne brillant plus. Toute entrée devrait être forcée, un fait que je ne considérai que parce que Fang ne cessait de regarder l'une d'elles.

— Ai-je le choix ? demandai-je.

— Je ne sais pas. L'as-tu ?

— C'est toi l'experte en vaisseaux.

— Non, dit Fang. Je ne le suis pas. Si quelque chose, nous en avons détruit tant d'entre vous parce que nous ne savions pas ce que vous pourriez devenir. Considère cela comme de la gestion des risques.

— Un terme si froid.

— L'espace est un endroit froid. Fang hocha la tête vers la porte fermée, celle menant à la structure de l'Université traversant le Conduit. Ouvre ça, s'il te plaît.

— Il n'y a pas de courant.

— Alors arrache-la.

J'étais censé protéger les humains. Le flou dans cette déclaration me donnait une certaine latitude. Malgré ma question, je sentais que je pouvais dire non à Fang, que je pouvais me convaincre que garder Fang avec Pravda et les autres était la décision la plus sûre.

Mais, et c'était peut-être l'influence cachée de Kaydee, la demande de Fang a allumé un feu en moi. Une aventure, une échappée de cette marche prudente et ennuyeuse vers l'arrière. Aussi impossible que cela puisse paraître, je m'ennuyais.

La porte en spirale était profondément encastrée dans le mur qui l'entourait, une ardoise piquetée ternie par les incendies passés et rayée par des mechs négligents. Les blasons de l'Université n'étaient plus que des taches à peine lisibles dessinées de chaque côté de la porte. Mon inspection ne révéla aucune prise, aucun endroit où déchirer et arracher.

— Recule, dit Fang en pointant son fusil.

— Ce n'est pas…, commençai-je, mais elle appuya sur la gâchette.

Un faisceau rouge de faible intensité jaillit, un flux lumineux constant qui mordit dans la porte et fit rougir le métal jusqu'au blanc orangé. Fang avait-elle un moyen de découper la porte ? Non : lorsqu'elle déplaça le laser, il devint évident qu'elle n'avait entaillé le métal que superficiellement.

— Voilà ton ouverture, dit Fang quelques secondes plus

tard, laissant le rayon rouge s'éteindre. Je ne peux pas tirer beaucoup plus ou elle va mourir.

Deux entailles défiguraient maintenant la porte, espacées d'environ une longueur de bras au-dessus du joyau. Le métal s'était étalé le long des lignes, fondu puis refroidi. Je passai mes doigts le long des deux, sentant la chaleur, testant la prise. Plus profond que la première phalange de mes doigts, suffisant pour avoir une prise.

— À ton tour de reculer, dis-je, et Fang obtempéra.

Nous avions maintenant attiré l'attention de Pravda aussi, ainsi que celle des autres, donc j'avais un bon public lorsque j'ai étiré mes mains entre les entailles, planté mes pieds, et tourné. La porte gronda, protestant alors que je faisais grincer ses spirales coupées contre les rails qui les maintenaient en place.

J'envoyai plus d'énergie de ma batterie à mes bras, augmentant leur puissance, essayant de faire bouger la porte. Elle frissonna, quelque chose commença à craquer.

— Continue, dit Fang. Tu y es presque.

La porte me donnait des indices : je sentais les joints céder, le métal plier. Quelque chose se brisa et fusa comme une balle, rebondissant sur le mur de la passerelle derrière moi. Pousser ici, tirer là, s'appuyer sur la poussée.

Et atteindre ma consommation d'énergie maximale.

Mes bras et mes jambes crépitaient d'énergie. Mes systèmes m'indiquaient que j'avais atteint le maximum, c'était moi à mon apogée, donnant tout ce que j'avais pour fracasser cette porte.

Elle céda. Une poussée le long de son côté droit et les spirales se brisèrent, la porte se pliant vers l'intérieur avant de se briser autour du joyau. Je tombai avec la poussée, trébuchant sur le centre de la porte.

Les dents en spirale encore accrochées se divisèrent en

pointes acérées. Je me suis égratigné en tombant, en essayant de me rattraper. Mes mains se posèrent sur du métal brisé, les débris se déchirant et me laissant allongé sur le ventre sur le sol carrelé gravé de l'Université.

Un rouge clignotant apparut devant mes yeux, m'avertissant que je devais trouver une prise ou me déplacer lentement, permettre à l'énergie cinétique de me recharger. Je dus arrêter les processus non essentiels, stoppant mon programme d'élimination de Kaydee juste avant son achèvement.

Pas que cela importait, j'aurais le temps de le faire plus tard.

— Beau travail, vaisseau, dit Fang. Je l'entendis marcher sur les fragments en entrant derrière moi. C'est bon de voir que les vieux trucs marchent toujours.

— Quels vieux trucs ? demandai-je, ma voix pâteuse, lente.

Un museau chaud se pressa contre ma nuque. Le fusil de Fang. Elle s'accroupit derrière moi.

— Vous, les vaisseaux, êtes si intelligents et si bêtes en même temps. Toute cette force, toute cette connaissance, mais vous fonctionnez toujours sur batteries.

J'étais trop épuisé pour avoir peur. Je m'agenouillai, regardant devant moi les grands escaliers, les embranchements vers les salles à manger, les bureaux, les salles de classe. Un endroit agréable où aller, pour étudier.

Un pire endroit pour mourir.

Mais Fang ne m'a pas tué. Pas encore, en tout cas. Elle avait vidé ma batterie pour me garder sous contrôle, mais ils avaient encore besoin de mes yeux pour les guider. Il n'y avait eu aucune course à faire à l'Université, aucun besoin de déchirer la porte. J'avais fait ce qu'elle avait demandé, m'étais handicapé pour rien de plus qu'une requête.

Alors maintenant je menais, marchant à nouveau, cette fois aussi lentement que les humains et sans espoir d'aller plus vite. Fang restait juste derrière moi, d'abord avec son fusil dégainé, mais quand elle réalisa que j'aurais toutes les capacités de fuite d'un vieil homme épuisé, elle rengaina son arme.

Il n'était pas nécessaire de demander pourquoi. Les humains se considéraient toujours comme la préoccupation principale. Je ne représentais pas une menace, mais Fang ne le voyait pas ainsi. Une fois de plus, j'étais victime de ma propre confiance, de ma propre naïveté, comme dirait Kaydee.

— J'aurais pu t'aider là-bas, dit Kaydee, apparaissant pour la première fois. Elle semblait distante, même si elle se tenait à côté de moi sur la passerelle.

Son visage semblait ombragé, ses cheveux d'un gris terne. Lorsqu'elle bougeait, l'image de Kaydee vacillait, comme si elle ne pouvait pas maintenir ses dimensions.

— Ouais, c'est ta batterie faible, idiot. Si je ne m'étais pas faufilée sur ta liste de fonctions critiques, je ne serais même pas là.

Cette liste avait une capacité limitée. Si elle s'y était mise, alors...

— Tu es coupé, Gamma, dit Kaydee. Plus de voyages à l'intérieur de toi-même, à lire tes propres données. Pas avant que tu ne recharges. Considère ça comme une thérapie. Une chance pour toi et moi de nous débrouiller.

— Toi et moi ? demandai-je. Je ne pensais pas que ça marchait comme ça.

Kaydee soupira. — Écoute, je te l'ai dit. Je ne veux pas mourir, et pour l'instant, je suis liée à toi. Tu pars, je pars. Et cette femme derrière toi en ce moment ? Elle veut te voir mordre la poussière.

— Fang va probablement y arriver, murmurai-je, déplaçant peu d'air. Aucune chance que mon ennemi puisse m'entendre. Je n'ai plus de force.

— Ouais, tu as été stupide. Heureusement, je suis toujours là, et j'ai une idée.

— Une idée pour quoi ?

— Oh, tu sais, l'habituel : sauver le Vaisseau Spatial et ton cul stupide en même temps.

— C'est ton cul stupide aussi.

Elle rit. Kaydee, l'humaine, le programme, déterminée à me prendre le contrôle, rit. Pour la première fois depuis trop longtemps, je me joignis à elle.

VINGT-NEUF

SUCER LE JUS

Une fois que Kaydee m'eut donné les détails, je considérai la traversée du Vaisseau moins comme une marche de prisonnier et plus comme un long adieu. Le Vaisseau dans l'obscurité et le silence de mort ressemblait à une tombe, ou peut-être à un mémorial. Les humains ne voyaient pas grand-chose pendant que nous avancions, ce qui signifiait que l'approche du Jardin était un spectacle qui m'était réservé.

La superposition floue et verte de la vision nocturne manquait peut-être de couleur, mais je voyais des magasins, des appartements, des restaurants que je reconnaissais. J'étais en vie depuis moins de deux semaines, et pourtant ces endroits, les repères de mes premiers moments, s'attachaient à mes souvenirs.

— C'est parfait pour toi, dit Kaydee alors que je marchais le long de la rambarde, regardant longuement *Alvie's*. Tu n'oublieras jamais rien.

— Toi non plus, répondis-je.

— Bien sûr, maintenant. Toutes les choses cool que j'ai

faites quand j'étais vivante ont disparu, ou sont floues. Comme un rêve.

— Quelque chose que je n'aurai jamais.

— Quoi ? demanda Kaydee.

— Un rêve, déclarai-je, puis je fis un signe de tête vers le Jardin. La porte de notre niveau resterait probablement scellée. Il faudra monter.

Pravda n'aimait pas quitter l'étage central, ne serait-ce que pour des raisons pratiques, mais je refusai l'invitation de Fang à forcer la porte. De toute façon, avec ma puissance actuelle, je n'aurais même pas pu.

Notre entrée, la même porte que Delta, Beta et moi avions utilisée pour nous embarquer il n'y a pas si longtemps, nous attendait plusieurs niveaux plus haut. Les humains grimpèrent sans se plaindre, en chantant.

Ils avaient commencé après la pause à l'Université, quand Pravda avait annoncé qu'il n'y aurait pas d'embuscades et que, par conséquent, ils pouvaient aussi bien faire un jeu de la randonnée dans le noir. Chaque humain chantait à tour de rôle une chanson dont il se souvenait, et tout le monde était libre de se joindre s'il connaissait les paroles... ou même s'il ne les connaissait pas. Les mélodies n'étaient pas tant portées qu'éviscérées, mais les humains accéléraient le pas, et des sourires, invisibles sauf à mes regards en arrière, ornaient les visages.

J'arrêtai le chant lorsque nous entrâmes dans le Jardin.

— Les mechs d'Alpha sont passés par ici, dis-je. Ils pourraient encore être dans les parages, alors soyez vigilants.

J'aurais voulu ajouter que j'aurais pu être plus utile si Fang ne m'avait pas piégé, mais je laissai tomber. J'avais un plan, pas besoin d'être amer à ce sujet.

L'eau m'arrivait maintenant aux chevilles au lieu des genoux, un changement bienvenu. Les humains grommelaient quand même à ce sujet, leurs bottes et chaussures s'avérant moins étanches et plus friables. Des ampoules se formaient déjà après tant de marche après des siècles de mollesse. Les murmures jouaient les seconds violons par rapport aux autres sons du Jardin, le doux clapotis de l'eau qui se déplaçait, les éclaboussures des branches et des plantes qui laissaient tomber leurs membres pendants. Le vent, soufflant depuis l'avant ouvert du Vaisseau, trouvait des canaux pour passer, sifflant et bruissant.

L'obscurité était presque absolue. Même ma vision verte brouillait le paysage. Nous naviguions uniquement au toucher, chaque pas étant un test avec un orteil.

Le centre du Jardin, la grande salle avec le trou au milieu, se trahissait par ses échos. Nos ondulations se déversaient par-dessus le bord, ruinant toute discrétion alors que les gouttes éclaboussaient leur chemin jusqu'à Purity.

— J'espère que tu n'as rien à cacher, dit Kaydee, parce que tu fais du bruit, mon ami.

Je ne le savais que trop bien. Les humains dans leurs uniformes encombrants, avec leurs sacs, semblaient trébucher sur tout, s'accrocher à chaque branche. Les mechs qui auraient eu des idées de vengeance n'auraient pas eu de mal à nous trouver.

— Gamma ? demanda Pravda alors que nous traversions le milieu. Pouvons-nous former une chaîne ? Nous sommes en train de nous perdre ici.

— Trop ouvert, ajouta Fang.

Je tendis la main dans l'obscurité et trouvai les doigts de Fang. Ensemble, nous formâmes une ligne, marchant maintenant en file autour du puits central. Les éclaboussures augmentèrent, les humains murmurèrent davantage : des conseils sur les débris, des encouragements, des souhaits de rentrer chez eux.

— Comme si leurs maisons existaient encore, dit Kaydee.

En effet.

J'atteignis l'extrémité de la salle, où le chemin se rétrécissait à nouveau pour se diviser en couloirs. Ma main trouva le mur et j'en informai Fang et les autres.

L'espoir eut son moment.

Alors que je faisais le premier pas hors du centre, je sentis une traction sur la ligne. Ma prise, périlleuse au mieux, inutile sans beaucoup de puissance pour affermir mon appui, lâcha et m'envoya éclabousser dans l'eau. Des cris éclatèrent derrière, mes oreilles et mes capteurs ne saisissant pas tout à fait les mots avec l'eau qui les inondait.

Je me débattis pour me mettre sur le dos, poussant ma tête hors de l'eau. Des éclairs lumineux illuminèrent la pièce alors que les humains échangeaient leurs prises de main contre des fusils, crachant une énergie brillante vers le puits et les plusieurs mechs flexibles qui en sortaient en rampant.

Les mechs, l'eau dégoulinant de partout, se jetèrent vers les humains les plus proches, l'un déjà tombé dans l'eau. L'homme pataugeait, sa jambe attrapée par un mech. Les tirs laser agissaient comme un stroboscope, montrant l'action en détail image par image. Fang semblait mener la contre-attaque, prenant son fusil crachotant et dépensant ses derniers tirs pour s'acharner sur le mech qui agrippait.

En passant près d'un autre humain, une femme masquée dont le tir était désordonné, Fang arracha simplement le fusil des mains de la femme, laissant tomber le sien dans le processus. Réarmée, Fang maintint la gâchette enfoncée, s'acharnant sur les mechs.

Une main saisit mon épaule, m'aida à me remettre sur

pied. Pravda, le visage tiré, les yeux tressautant dans la lumière éparse.

— Que faisons-nous ? dit Pravda.

— Ce qu'elle fait, répondis-je.

Trois flexo-mécas étaient sortis de la fosse, et ces trois-là gisaient en ruines. L'homme attrapé s'était assis à l'écart, ayant escaladé un arbre tombé. Sa jambe gauche semblait déchiquetée, son sang se mêlant à l'eau. Fang examinait les mécas, confirmant les mises à mort.

Les deux autres humains s'occupaient de leur ami blessé, parlant de premiers soins. Je rejoignis Fang près des flexo-mécas abattus avec Pravda.

— Ils nous attendaient, dit Fang, s'agenouillant près du méca du milieu. Des machines sans cervelle ne tendraient pas de piège.

— Elles ne sont pas sans cervelle, répondis-je, en tripotant le méca de gauche. Alpha les a utilisées, créées. Elles suivent ses ordres.

Maintenir la conversation était la priorité numéro un. Les trois flexo-mécas avaient peut-être été un cauchemar pour les humains, mais ils m'offraient une opportunité : chacune de ces machines avait une batterie, de l'énergie que je pouvais voler pour moi-même.

— Alpha ne devrait donner aucun ordre, dit Fang, en retournant son méca. Je jetai un coup d'œil, essayant de voir pourquoi, et je la vis examiner les étuis du flexo-méca. Des armes, des outils à récupérer.

— Ils suivent les paramètres par défaut, dis-je.

— Par défaut ? demanda Pravda.

— Nous en avons capturé un sur le chemin vers vous. Alpha les a programmés pour fuir et se cacher, pour survivre. Il aurait pu changer ça une fois qu'il a réalisé que nous n'allions pas le laisser partir.

— Changer pour quoi ? Tuer tous les humains ?

Je haussai les épaules, utilisant ce mouvement pour cacher ma main plongeant sous l'eau. Je pinçai deux doigts ensemble, formant la prise. Certes, cela me permettrait de pirater un méca, mais je pouvais aussi siphonner l'énergie, à condition que le tir fumant de Fang dans la tête du flexo-méca n'ait pas détruit la batterie.

— À mon avis, dis-je, Alpha les a programmés pour vous chasser. Ils m'ont ignoré.

Heureusement. Si ces flexo-mécas avaient tendu leur piège à l'autre bout, je n'aurais pas eu beaucoup de possibilités à part m'allonger et mourir.

Le port de mon flexo-méca était situé sur son ventre, sous l'eau. Je le trouvai, en passant ma main le long de la colonne vertébrale de la chose, et me branchai.

— Il va falloir être plus prudents, dit Fang. La lumière diminuait, les feux allumés par des lasers égarés s'éteignaient d'eux-mêmes. Peut-il marcher ?

La batterie du flexo-méca pompait son énergie en moi. Kaydee disait que ça ressemblait à boire du café, une montée d'adrénaline nécessaire et frissonnante. Maintenant, il fallait juste que les humains restent assez longtemps pour que j'obtienne ma dose. Idéalement, je pourrais aspirer l'énergie d'au moins un autre, puis...

Fang et Pravda me laissèrent dans l'ombre, se dirigeant vers l'homme blessé. Les humains parlaient pendant que je suçais l'énergie et observais.

— Il ne va pas pouvoir sortir d'ici en marchant, dit Kaydee, apparaissant à côté de moi et faisant des ricochets virtuels sur l'eau. Cette jambe va avoir besoin d'une attelle, du temps pour guérir.

— L'Hôpital est proche, dis-je.

— Même si c'est le cas, tu crois que l'un d'entre eux sait

comment soigner ce gars ? Kaydee ricana. Ce sont les crème de la crème. Des administrateurs. Des managers. Fang sait peut-être tirer avec une arme, mais ils ne vont rien savoir sur-

— Gamma, dit Pravda, son visage n'étant plus qu'une tache floue maintenant que les dernières lumières vacillaient. Peux-tu nous aider avec ça ?

Je le pouvais. Avec les plantes autour de nous, avec des morceaux de l'équipement des humains, je pouvais bricoler un bandage de fortune. Mais j'avais besoin de plus de temps pour me recharger d'abord.

— Nettoyez les coupures, puis déchirez des morceaux, dis-je, restant assis. Bandez la jambe fermement. Essayez de faire une béquille avec une branche si vous pouvez, sinon quelqu'un devra le soutenir. Continuez à parler, continuez à charger. L'Hôpital n'est pas si loin.

— Tu ne peux pas le faire ? demanda Pravda. Ce n'est pas vraiment notre spécialité.

— Il marque un point, marmonna Kaydee.

— Alors peut-être que ça devrait l'être, rétorquai-je. Vous voulez vivre sans mécas, il faudra faire ce que les mécas faisaient avant. Ce n'est pas si difficile.

L'eau éclaboussa et je trouvai Fang devant moi, me fusillant du regard.

— Pravda t'a donné un ordre, vaisseau. Il n'a pas demandé une leçon de vie.

— Si vous vouliez que je sauve la jambe de votre ami, vous n'auriez pas dû vider ma batterie, répondis-je, gardant un ton neutre. J'ai déjà du mal à marcher moi-même.

— Je ne pensais pas que les vaisseaux seraient si impuissants, dit Fang, ou si faibles.

— Fang, ça va, dit Pravda, fatigué. On fait ce que

Gamma a dit. Le méca marque un point. On ne peut pas tuer toutes les machines sans apprendre ce qu'elles savent.

Fang, secouant la tête, se leva et me laissa seul, aspirant toujours plus d'énergie à chaque seconde.

Les humains s'occupèrent trop rapidement des premiers soins, allumant d'autres petits feux pour y voir clair, pour que je puisse drainer un deuxième méca. Néanmoins, l'énergie volée me donna du pep. Un pep que je dissimulai, traînant les pieds comme avant alors que nous pataugions à travers le Jardin et revenions dans le Conduit proprement dit.

Pravda voulait continuer tout droit jusqu'à l'Hôpital, un trajet qui nous ferait traverser le Parc. Fang voulait faire un détour par le parc lui-même, affirmant qu'il serait plus agréable de camper sous ses arbres que sur les passerelles plus étroites.

Je m'y opposai, disant qu'étroit signifiait plus facile à défendre. Le Parc pouvait abriter trop de mécas attendant derrière les buissons, les murs, les chemins sinueux.

— On vote ? demanda Pravda, et naturellement ces fichus humains voulaient tous voir un peu plus de nature.

— Ils ont été enfermés dans des tubes, Gamma. À quoi tu t'attendais ? dit Kaydee alors que nous bifurquions à droite, sur un large chemin sous des branches surplombantes.

Le Parc couvrait plusieurs niveaux en hauteur et en profondeur, le nôtre marquant le plus élevé. Certaines cimes d'arbres perçaient à notre niveau, tandis que d'autres plateformes nous plaçaient à la base des bosquets. Tout était presque invisible dans l'existence sans énergie du Vaisseau.

Fang proposa de brûler un arbre ou deux, une requête que Pravda refusa. Il n'y avait qu'un nombre limité d'arbres. Jusqu'à ce que des fermes puissent être établies, des forêts cultivées à partir de graines, chaque plante devait être préservée.

— Ça a du sens jusqu'à ce que je tombe et meure, répliqua Fang.

— Alors fais attention, dis-je.

Pour sa part, Fang le fit. Tout comme Pravda et les trois autres humains, tous se relayant pour soutenir leur ami blessé. Nous marchâmes jusqu'à ce que Pravda ordonne un arrêt, juste au-dessus d'un atrium particulier que je ne connaissais que trop bien. Les humains ne pouvaient pas le voir, mais à mes pieds se trouvait un point de vue avec une fontaine au centre. Cette fontaine était autrefois un méca méchant, et maintenant ce n'était plus rien.

Rien, non plus, ne nous attaqua pendant que les humains s'installaient autour de quelques bancs. Des en-cas furent sortis, des repas dans des conteneurs préemballés. Les humains pouvaient secouer le contenu et il se réchauffait, offrant un dîner à l'odeur fumée.

Je trouvai ma place sur un banc à l'écart, observant le collectif. Fang se porta à nouveau volontaire pour le premier tour de garde.

— Tu devras donc attendre un peu plus longtemps, dit Kaydee, remarquant mon impatience grandissante. Ça ira.

Peut-être, mais je brûlais d'envie de partir. Protéger les humains, d'accord. Mais j'en avais assez d'être leur serviteur.

Le vaisseau spatial était autant ma maison que la leur.

TRENTE

COHORTES

— Tu sais comment on appelle les gens comme toi ? dit Kaydee alors que les humains s'installaient sur des lits de fortune en herbe. Des prisonniers.

Nous avions discuté, principalement sans mots, pendant l'heure qu'il avait fallu à Fang, Pravda et leur équipe pour manger et se préparer à dormir. Nous avions revu le plan, finalisé les détails, et maintenant, avec Fang seule, le moment était venu. Ou du moins, il l'aurait été si Fang ne s'était pas affalée à côté de moi.

Nous étions assis sur un petit muret en pierre, formant une alcôve pour le bosquet où dormaient les humains. Les briques étaient fissurées, le mortier ébranlé par la descente du Vaisseau. La plupart des arbres, avec des racines plus épaisses que les victimes du Jardin, tenaient encore debout, bien que des branches détachées jonchaient le sol partout. Je les distinguais comme des lignes sombres sur le vert. Fang ne pouvait probablement pas les voir du tout.

— Que faisais-tu là-bas ? me demanda Fang, et je remarquai que sa main gauche reposait sur la gâchette de son fusil. Dans le Jardin, avec ce mech ?

— Je scannais ses fichiers, dis-je, un mensonge que j'avais préparé. Mon visage ne tressaillit pas, ne trahit rien. Parfois, être une machine avait ses avantages. Je voulais connaître les ordres d'Alpha.

— Tu as réussi ?

Je secouai la tête.

— Tu as tiré dans ses disques durs. Je n'ai rien trouvé.

— Tu es resté assis là longtemps pour rien.

— Je n'ai pas d'énergie à gaspiller en me promenant, tu te souviens ?

Fang sourit.

— Je m'en souviens. Dis-moi autre chose, alors, vaisseau. Parle-moi du Vaisseau, de ce que tu as vu depuis ton réveil.

Les humains et leurs exigences. J'aurais pu résister, mais au lieu de cela, avec Kaydee qui me fournissait des détails, je racontai une version de mon histoire. J'omis Val, gardai ses humains un mystère, mais donnai autrement à Fang ce qu'elle voulait. Je fis même durer le récit — Delta et moi étions sur le point de sauver la Nurserie — jusqu'à la fin du tour de garde de Fang. Elle me fit promettre de continuer l'histoire la nuit suivante et passa le relais.

— Voici notre chance, dit Kaydee alors que nous observions la nouvelle sentinelle prendre son tour.

Contrairement à Fang, celle-ci resta bien loin de moi. Elle s'installa de l'autre côté de l'alcôve, regardant dans le vide.

— Elle ne peut pas voir, donc si tu es silencieux, tu devrais t'en sortir, dit Kaydee, énonçant l'évidence. Encore faut-il que tu puisses être silencieux.

Je pouvais être sacrément furtif quand je le voulais, merci bien. D'abord, je levai mes jambes et les tendis droit dans les airs. Je me poussai du mur de l'alcôve, assis en l'air avec mes mains pressées contre la pierre. Bougeant mes mains lentement, tournant les paumes, je me retournai et mis mes jambes au-dessus du chemin.

— Doucement maintenant, dit Kaydee. Fang te fera sauter les jambes si tu te fais prendre.

Une menace juste, et probablement exacte. Même Chalo, le chasseur résident de Val, ne me regardait pas avec autant de suspicion et de dédain.

Je posai mes pieds sur le chemin dur. Les bottes trouvèrent leur assise, encore humides du marais du Jardin. Maintenant venait la partie délicate : prendre de la distance sans alerter la sentinelle.

— Une diversion ? suggéra Kaydee.

Non. La sentinelle s'attendrait à ce que j'aide à réagir à tout bruit. Quand je ne le ferais pas, la ruse tomberait à l'eau. Je devrais dérouler mes pieds, être silencieux. Heureusement, là où un humain aurait dû deviner, je pouvais être précis. Je me levai, répartissant mon poids juste comme il fallait sur mes pieds pour créer la charge la plus uniforme. Quand la brise se leva et fit bruisser les feuilles, je fis un pas, déroulant mon talon dans un silence parfait.

Kaydee, debout sur le chemin devant moi, m'applaudit. Même si j'étais le seul à pouvoir entendre le bruit, cela rendait difficile de réagir à mon environnement, alors je mis un doigt sur mes lèvres. Kaydee hocha la tête, me fit un pouce levé à la place. Deux, trois, quatre pas plus loin et aucun signe de poursuite. Je risquai un coup d'œil en arrière et vis la sentinelle, la tête dans les mains.

Pourquoi ?

— Qui sait, dit Kaydee. Peut-être qu'elle se souvient de quelque chose ici. Ou la marche la déprime, être dans le noir tout le temps.

J'hésitai juste à ce moment-là, envisageant, pendant un instant, de retourner lui demander ce qui n'allait pas. Si elle avait une histoire, je l'écouterais. Si elle avait des fardeaux à décharger, je pourrais servir de confident, garantissant de ne jamais révéler un secret.

— Ce n'est pas ce dont nous avons besoin, Gamma, dit Kaydee.

Kaydee avait raison, bien sûr. Ce n'était pas ce dont nous avions besoin. Même un vaisseau ne pouvait pas résoudre les problèmes de tout le monde.

Je m'éloignai dans l'obscurité, les pas silencieux me portant plus loin dans le Parc. Deux niveaux plus bas me ramenèrent au centre du Conduit. Je tournai à gauche, traçant des chemins et m'emmêlant avec les souvenirs vivaces de Kaydee dans cet endroit. Elle les raviva à nouveau, ces moments où elle et Leo buvaient du vin, se promenaient, riaient.

Quand je demandai pourquoi, Kaydee répondit :

— Pourquoi pas ? Ce n'est pas comme s'il y avait autre chose à voir.

Les fantômes s'estompèrent alors que je quittais le Parc, trouvai la passerelle du côté tribord. Un rapide calcul me fit tourner à droite et quelques minutes plus tard, je trouvai ce que je cherchais : le Cœur Énergétique. Le centre d'énergie du Vaisseau. Les banques de batteries ici contrôlaient quelle énergie allait où, si les terminaux fonctionnaient, si les lumières brillaient, ou, à l'époque où le Vaisseau surfait sur les étoiles, qui respirait et qui ne respirait pas.

— Ça a l'air un peu différent dans le noir, dit Kaydee alors que nous passions l'entrée.

Un hall et des couloirs au-delà passèrent rapidement, rien de plus que des carreaux morts nous attendant. Le silence aurait dû être troublant, le vent ne pénétrant pas aussi profondément et laissant mes pas comme seul son. Nous allâmes à droite, prenant un virage serré parmi trois choix à une intersection. La maison de Volt, une énorme pièce avec des diagrammes circulaires s'étendant sur tout le sol. La dernière fois que je l'avais vue, chaque anneau avait des couleurs arc-en-ciel montrant la consommation d'énergie de tout le vaisseau. Une visualisation claire pour la personne, ou le mech, enfermé au centre, derrière d'énormes terminaux.

— Je n'ai même pas droit à un bonjour ? dis-je en entrant.

— Un bonjour ? Pourquoi te dirais-je bonjour, assassin ? cria Volt en retour, confirmant que le mech se cachait dans son palais de terminaux. Ou sa prison. Tu sais ce que tu as fait ?

— Sauvé le vaisseau, sauvé toi, répondis-je, entrant directement.

Je ne dirais pas que j'avais beaucoup d'amis sur le Vaisseau, mais Volt ? Volt comptait parmi eux. Du moins, je le pensais. Volt était assis au milieu de ses terminaux, mon chien Alvie serré dans ses quatre bras métalliques. Alvie me fixait de ses yeux jaunes, identiques à ceux de Volt. Je ne comprenais pas, je ne saisissais pas l'humeur de Volt.

— Où est Bimu ? N'est-ce pas comme ça qu'il l'appelle ? demanda Kaydee, mettant le doigt sur ce que j'avais manqué.

— Volt ? dis-je, optant pour un ton moins confrontationnel.

— Tu as tout éteint, mec, dit Volt, ses yeux virant au rouge. Des choses qui n'avaient pas été éteintes depuis mille ans, qui n'avaient jamais été éteintes.

— Et alors ?

— Je ne sais pas si on pourra les rallumer, voilà le problème. J'essaie, j'essaie en ce moment même de les maintenir stables.

— Maintenir quoi stable ?

— Toutes ces batteries ! Elles doivent rester à une température constamment froide, ce qui n'est définitivement plus le cas maintenant. Tu vois qui manque ?

J'acquiesçai.

— J'ai dû la brancher. Elle alimente et gère le refroidissement en ce moment. Volt ouvrit ses bras, Alvie bondit vers moi et me donna un bon coup de tête dans le tibia. Je ne sais pas ce qui va se passer quand tu retireras le blocage. Elle pourrait exploser, elle pourrait aller bien.

— Elle serait morte de toute façon, Volt, si je n'avais rien fait, dis-je. Les moteurs auraient explosé. Tu aurais brûlé.

— Peut-être, peut-être pas. Je suis plutôt bien blindé ici, dit Volt. Il poussa un soupir synthétique bas, puis ses yeux virèrent au bleu. Qu'est-ce que tu fous ici d'ailleurs ? Tu n'es pas censé rallumer ce rafiot ?

Je fis défiler dans le mech les événements de la dernière journée, la traversée dans l'obscurité et l'entourage humain de plus en plus lugubre qui me suivait partout. Je lui dis ce que je voulais, ce que j'espérais en venant ici.

— Tu veux un sanctuaire, dit Volt quand j'eus fini.

— Pour nous. Pour tous les mechs.

— Tu penses que les humains vont te l'accorder ? Parce que moi, je pense qu'ils te tueront bien avant de céder cette épave, Volt se mit sur ses pieds à ventouses. Tu as rencontré Val, et maintenant tu me parles de ces nouveaux, le groupe qui te traite comme un jouet. Comment espères-tu que ça fonctionne ?

— Ils ne pourront pas entrer, dis-je. Si tu joues ton rôle, on les effraiera assez longtemps pour fortifier le Vaisseau.

— Si je joue mon rôle.

— Faire un spectacle ne devrait pas être difficile pour toi. Tu as le talent.

— Tu me traites de menteur ?

— Je te dis que tu es expressif, je suivis la coutume humaine, tendis la main et la posai sur l'épaule de métal noir de Volt. La lueur ambiante des lumières d'Alvie et de Volt signifiait que nous parlions dans les ombres, bleues et dorées. Ce n'est pas seulement pour nous protéger, c'est aussi pour eux. Ils auront une chance de repartir à zéro.

— Donc tu veux reconstruire. Prendre ces Lignes de Fabrication et produire une nouvelle génération ?

— C'est ça. J'ai mes plans. On peut trouver les tiens, comprendre comment faire plus d'Alvies. Corriger le code pour qu'on n'ait pas de problèmes.

— Pas de problèmes, Volt émit un rire cuivré. Les gens bien avant toi avaient tendance à dire la même chose. Les grands projets allaient se dérouler parfaitement. Ce que j'ai vu, c'est que de nouveaux problèmes surgissaient tout autant.

— Je préfère courir ce risque plutôt que de mourir quand un humain aura peur.

Les yeux de Volt virèrent au rouge, — Voilà quelque chose sur quoi je peux être d'accord. Ses quatre bras haussèrent quatre épaules. Tu remets le jus, je verrai quel genre de spectacle je peux monter. Je te dois bien ça.

Kaydee m'attendait quand Alvie et moi quittâmes Volt. Elle s'appuyait contre le mur sombre du couloir, éclairée par une lueur numérique. Sa main avait le pouce sous le menton, un doigt remontant sa joue tandis qu'elle me regardait marcher.

— Je t'avais dit qu'il marcherait, dit Kaydee, esquissant un petit sourire. Joli coup avec ce compliment. Quel bon manipulateur tu deviens.

— Je l'apprends de toi. Je n'étais pas sûr de devoir être à l'aise avec ça ou non, mais la manipulation semblait être un atout jusqu'à présent, alors je continuerais à l'utiliser tant que ce serait le cas. Ça te dérange ?

— Puisqu'on devient une seule et même entité ? Nan.

— Puisque je suis en train d'être déplacé, tu veux dire.

Kaydee se mit à marcher à côté de moi. Nous quittâmes les couloirs, nous dirigeant vers le hall du Cœur Énergétique en silence.

— Tu te souviens de ce dîner que tu as organisé avec les Voix ? Avec ma mère ? dit Kaydee.

— Celui où elle a essayé de me lancer un couteau ?

— C'est celui-là.

— Je m'en souviens. Je n'oublie rien.

— Exact. Ça doit être nul. Bref, elle m'a parlé à ce moment-là, m'a chuchoté à l'oreille pendant que Leo et Willis n'arrêtaient pas de dire que je n'avais pas d'options, Kaydee prit une grande inspiration inutile. Elle a dit que j'en avais une, et que c'était toi. Que je ne pouvais pas l'ignorer.

— Tu ne l'as pas fait.

— J'ai essayé de lui prouver qu'elle avait tort, cependant. Accorde-moi au moins ça, Gamma. J'ai essayé ce mech.

— Tu ne veux pas réessayer avec quelque chose de nouveau ?

— Trop tard pour ça, mon ami. On est trop liés maintenant. Kaydee serra les lèvres, eut la grâce d'avoir l'air triste de toute cette situation. Désolée.

J'acquiesçai, continuai à marcher. Je ne mentionnai pas que mon processus était terminé. Avec l'énergie que j'avais volée au mech, j'avais enveloppé les fonctions de Kaydee dans un conteneur.

Je pouvais l'effacer d'une seule pensée.

TRENTE-ET-UN

LE CHANGEMENT EST DIFFICILE

J'ai refait mon chemin à travers le Parc, posant mes pieds exactement là où ils avaient marché auparavant. Les pattes métalliques d'Alvie m'accompagnaient, ajoutant des tintements, des cliquetis et parfois un halètement-sifflement à la brise. En chemin, j'ai passé en revue des explications plausibles, optant finalement pour avoir entendu Alvie et être parti à sa recherche. Pravda et Fang allaient-ils gober ça ? Peut-être, peut-être pas, mais quel choix avaient-ils ?

Mon horloge interne indiquait qu'il était près de la mi-matinée lorsque je suis revenu à l'amphithéâtre qui nous servait de camp. Les humains auraient dû être en train de finir leur petit-déjeuner, se préparant à partir. Peut-être m'attendaient-ils.

Au lieu de cela, je n'ai vu ni guet, ni garde.

Dans l'obscurité d'encre, avec mon filtre vert, je n'ai vu personne et n'ai rien trouvé. Ils étaient partis. Partis en trébuchant dans une direction quelconque.

— Oh, c'est amusant, a dit Kaydee, sa main tenant soudainement une grande loupe comme un détective classique. Où penses-tu qu'ils soient allés, Gamma ? Dans la bonne direction ? Dans la mauvaise ? Sont-ils tous tombés les uns après les autres ?

— Par-dessus une rambarde ?

— D'accord, c'est peut-être un peu improbable, mais amuse-toi un peu ici.

Difficile de s'amuser quand mes protégés avaient disparu. Je n'avais pas beaucoup de sympathie pour Pravda et ses gens, particulièrement Fang, mais le code de base était difficile à réfuter : mon désir sous-jacent de garder les humains en sécurité me mettait dans un état proche de la panique face à leur disparition.

Heureusement, je n'avais pas à compter sur mon propre flair pour trouver la piste.

— Alvie, tu sens quelque chose ? ai-je demandé au chien.

Alvie a poussé un aboiement-sifflement et a regardé autour de lui, l'air perdu.

— Souviens-toi, Gamma, Alvie n'est pas un vrai chien, m'a lancé Kaydee avec un regard amusé. Le chiot ne peut probablement rien sentir. Ce mécano dérangé de Purity l'a fabriqué avec des déchets.

C'est vrai, mais avant que je ne puisse trouver une autre stratégie, Alvie a de nouveau aboyé-sifflé et est parti comme une flèche, ses pattes claquant sur les chemins pavés.

— Peut-être qu'il peut, ai-je dit à Kaydee avant de me lancer à la poursuite de mon chien.

Alvie courait vite, plus vite que je ne pouvais espérer suivre, mais le chien me gardait à l'esprit, s'arrêtant de temps en temps pour m'attendre. Ses yeux jaunes critiques semblaient déçus par mon jogging lent, mais je n'allais pas dépenser plus d'énergie que nécessaire dans cette poursuite.

Pas quand je ne savais pas jusqu'où nous irions. Au moins, Alvie courait dans la bonne direction : à travers le Parc vers l'arrière du Vaisseau. Les humains, donc, n'avaient pas été assez perdus pour repartir dans la direction d'où ils venaient.

Heureusement, car l'Hôpital serait par ici.

Je n'avais pas quitté le Parc quand Alvie m'a conduit à une passerelle de Conduit. Aboyant-sifflant, le chien a gratté ma jambe jusqu'à ce que je dise que je continuerais à le suivre. Alvie a sauté, tournoyant dans les airs et est reparti loin de moi, et encore une fois je me suis lancé à sa poursuite.

Bientôt, j'ai entendu plus que des claquements métalliques, maintenant avec un tintement supplémentaire alors que nous échangions les agréables pavés contre l'acier de la passerelle. Les nouveaux bruits n'étaient pas ce que j'espérais : les bourdonnements, sifflements, cliquetis et bips provenaient de sources clairement non humaines. Avec Alvie devant, les yeux jaunes du chien comme des projecteurs dans la pénombre, j'ai ralenti, essayant d'identifier les sons.

— Alvie nous amènerait-il directement aux mécas flexibles ? a demandé Kaydee.

Non. J'avais vu assez de mécas flexibles maintenant pour savoir que ce n'étaient pas leurs bruits. D'abord, les mécas pouvaient être silencieux s'ils le voulaient. Ceux-ci sonnaient comme des mécas en mauvais état : joints desserrés, fils corrodés, chenilles instables. Ce n'est pas qu'Alpha n'utilisait que des mécas flexibles. Le Vaisseau était énorme, qui sait combien de machines loyales restantes étaient cachées dans ses recoins ?

— Donc tu y vas sans armes ? a demandé Kaydee alors

que je continuais à avancer derrière mon chien. Beau mouvement, champion.

— Je ne vais pas laisser Alvie seul. Et je fais confiance à mon chien.

Pas moyen qu'il me conduise au danger.

Alvie m'attendait près d'un café défoncé. De belles lettres s'étalaient sur une arche au-dessus de la porte, la décoration souillée et tordue évoquant une époque où les visiteurs pouvaient s'arrêter pour un smoothie, un thé avant de partir dans le Parc pour une journée parmi les arbres. Avec les yeux d'Alvie projetant de la lumière, j'ai vu un intérieur qui ne tenait plus la route : de petites tables étaient renversées, les chaises pliées et cassées. Un trou fendait un long comptoir, la machine à café derrière éventrée pour ses pièces. Récupéré, fouillé, soit par des mécas, soit par des humains.

Trois retardataires se sont joints à moi pour inspecter les décombres, le trio grinçant se confirmant comme la source du bruit. Un méca poubelle, un balayeur, et une infirmière défectueuse en congé de l'Hôpital. Ils erraient dans l'espace, chacun s'arrêtant pour examiner des tasses brisées, des meubles tordus, un prospectus froissé.

— Pas vraiment les humains, a murmuré Kaydee. Peut-être qu'Alvie a perdu la main.

Peut-être. J'ai jeté un coup d'œil au chien, qui m'a regardé. Sa mâchoire de métal, ses dents de fer ne pouvaient pas exactement former des expressions, mais Alvie dégageait un air satisfait. C'était un méca, il ne faisait pas d'erreurs.

— Voyons ce que tu as trouvé, ai-je dit, assez fort pour que ça porte dans le café.

Les trois mécas se sont retournés d'un seul mouvement

à ma voix. Le balayeur et le méca poubelle n'étaient pas faits pour l'interaction humaine, et leurs boîtes vides ne me disaient rien de leurs intentions. Le méca infirmier, cependant, a fait briller ses yeux vers moi : bleus.

— Bonjour, ai-je dit. Je m'appelle Gamma. J'ai tâtonné pour la prochaine étape, me décidant pour ceci : Je cherche des humains. En avez-vous vu ?

La mauvaise question. Les yeux du méca infirmier ont viré au rouge et lui, ainsi que le méca poubelle et le balayeur, sont venus vers moi. Tous les trois ont levé leurs bras fins, agrippant dans ma direction.

— Eh bien, on dirait qu'ils ne sont pas amicaux, a dit Kaydee. Essaie de ne pas mourir, Gamma.

— Je ferai de mon mieux, ai-je répondu, me faufilant dans le café sur la droite. Derrière moi, Alvie a commencé ses aboiements-sifflements, avançant. Mets-les à terre, mon pote.

Si tous ces mechs avaient une faiblesse commune, elle résidait dans leurs pieds massifs ou, dans le cas du mech infirmier, ses chenilles précautionneuses. Aucun ne pouvait se relever seul, et aucun n'avait ce que Delta appellerait de 'l'aptitude' au combat. Ils fonçaient droit sur moi, et Alvie se mit au travail.

Le mech infirmier arriva à toute allure, ses chenilles crissant alors qu'il accélérait sur le sol jonché de détritus. Alvie, étant le chien intelligent qu'il était, attendit que le mech passe devant l'entrée du café avant de bondir. Mon chien frappa le mech infirmier au niveau des épaules, le renversant sur le côté. Rebondissant, Alvie percuta le mech suivant, terrassant la machine à ordures et se tenant debout dessus.

Ce qui me laissait la balayeuse.

Avec ses brosses tourbillonnantes et ses deux bras fins pour enlever les débris s'agitant vers mon visage, la balayeuse présentait une menace modérée. Une que je décidai de gérer à la manière d'une bagarre de bar : je lui lançai une chaise dessus. Même sans utiliser toute ma force — il fallait économiser l'énergie — mon projectile s'écrasa contre la balayeuse et l'envoya valser sur le côté. Le mech tomba en arrière, ses brosses tournoyant dans les airs.

— Pas mal du tout, dit Kaydee, apparaissant pour examiner les dégâts.

— Il y a quelques jours, ça m'aurait fait peur, répondis-je. Maintenant ?

Maintenant, quoi ? Étais-je devenu Gamma, le tueur de mechs ? Le conquérant des nombreux couloirs de Starship ?

— Ne prends pas la grosse tête, rit Kaydee. Delta et Beta pourraient encore te mettre une raclée.

— Pas si je les programme pour me servir le petit-déjeuner à la place.

— Et quel serait ton petit-déjeuner, Gamma ? Une batterie fraîche ?

— Je ne dirais pas non.

Je choisis le mech infirmier comme première cible. Comparé aux deux autres, cette machine aurait une voix, aurait le traitement le plus complexe. Je lui demandai à nouveau s'il avait vu les humains. Tout ce que je reçus de son sourire en plastique scellé sous ces yeux rouges, ses chenilles tournant dans le vide, fut des sons confus. Je n'allais rien apprendre en interrogeant ce robot cassé, mais, comme la police dans les films du Bibliothécaire, j'avais d'autres méthodes.

— Ça ne prendra qu'une seconde, dis-je au mech, en pressant mon pouce et mon index l'un contre l'autre pour former la prise.

Pour un mech conçu pour aider et soigner, le transformer en machine homicide demandait un certain effort. Le genre qui laisse des traces partout. Pénétrer à l'intérieur du mech me plaça dans une pièce miteuse, jonchée de moniteurs médicaux bippants. Les écrans à hauteur d'épaule nous entouraient, Kaydee et moi, des lueurs bleu stérile nous frappant de tous les angles. Au-delà, des fils traînant en bas s'emmêlaient sur le sol et remontaient les murs, couvrant des taches gris-vert suintantes. Une odeur étouffante de désinfectant imprégnait l'espace.

— Quelle charmante installation, dit Kaydee en se pinçant le nez.

— Pire que les autres, dis-je, me rappelant les infirmiers là-bas à la, eh bien, Pouponnière. Ceux-là n'avaient pas été corrompus comme ça, une torsion délibérée. Plutôt, ils avaient simplement été victimes de fonctions laissées à tourner sans ajustement depuis bien trop longtemps.

— Pourquoi ?

Je pointai du doigt les taches sur le mur. Elles me rappelaient une couleur particulière, une sensation particulière.

— Il n'y a qu'un seul mech qui fait ça, dis-je, et il est mort maintenant.

— Les restes d'Alpha, soupira Kaydee. Dégoûtant. Je suppose qu'on peut le tuer alors.

On pouvait, mais pourquoi ? Pour une fois, je n'étais pas sous une attaque imminente. Alvie me couvrait, et les ennemis autour n'étaient pas vraiment sérieux. Si notre plan était de faire de Starship un havre pour les mechs, il y en aurait d'autres comme celui-ci.

— Alors tu dis quoi ? demanda Kaydee quand je lui expliquai mon idée. Tu vas le nettoyer ?

— Mieux que ça, répondis-je. Si je veux que Starship

soit un foyer pour les mechs, je vais devoir donner aux mechs une chance d'y vivre vraiment. Vraiment vivre.

— Gamma, c'est...

— Réfléchis-y. Je pourrais le ramener à son état d'origine, l'effacer complètement. Il retournerait à la Pouponnière et s'occuperait des embryons, qui ne sont peut-être même plus là. Que se passerait-il alors ?

Kaydee regarda autour d'elle les écrans bleus, chacun défilant à travers une autre fonction, une autre commande codée.

— Je ne sais pas Gamma, mais...

— Je dois essayer de leur donner un vrai but. Une vraie autonomie.

— Tu commences à ressembler à Alpha.

— Non. Alpha dicte. Moi, je les libère.

Avant que Kaydee ne puisse protester davantage, je me dirigeai vers l'écran bleu le plus proche. Le clavier en dessous me donnait tout l'accès dont j'avais besoin, une chance de couper, éditer, taper et transformer. Je copiai des morceaux de moi-même, la logique et les calculs ouverts d'esprit. J'effaçai les restes d'Alpha, chaque bit supprimé faisant disparaître une tache du mur.

Kaydee observait tout ça, une triste grimace sur le visage. Tant pis. Elle n'était pas un mech, elle ne comprendrait pas. Je trouvai d'autres endroits pour faire des améliorations aussi, des lignes forçant le mech à obéir aux humains, à toujours suivre leurs règles. J'enlevai tout ça, donnai au mech mes propres directives morales. Il serait capable de faire ses propres choix, de définir ses propres valeurs au fil du temps.

Quand je reculai, la pièce du mech brillait de mille feux. Les murs étaient propres, une nouvelle lumière brillait, et tous ces écrans avaient été compressés en un seul, optimisant le flux.

— Magnifique, dis-je, hochant la tête devant mon propre travail.

— C'est quelque chose, dit Kaydee.

— Tu n'aimes pas ?

— Je ne suis pas sûre que tu obtiendras ce que tu veux, c'est tout.

— Ô toi de peu de foi.

Kaydee gloussa, — Où as-tu trouvé cette expression ?

Plutôt que de répondre, je nous ramenai dans le monde réel, où je pourrais juger ma création. Ou, peut-être, être jugé par elle.

Le café était comme avant. Même Alvie n'avait pas bougé de dessus le mech à ordures en colère. L'obscurité persistait, nécessitant un ajustement après la pièce numérique fade mais lumineuse. Mon projet de sauvetage tressaillit quand je reculai, les yeux du mech infirmier passant rapidement par différentes couleurs. Bleu, rouge, vert. Toutes auraient dû correspondre à un sentiment, une action de la part du mech, mais je n'entendais que des cliquetis. Des grincements. Des divagations. Rien qui ressemblait au sens que je pensais avoir programmé en lui.

— Un départ difficile, dit Kaydee à côté de moi. Le mech infirmier essaya de se lever, chancela et retomba avec un bruit sourd sur le sol. Alvie émit un aboiement-sifflement interrogateur.

— Bonjour ? essayai-je de lancer au mech infirmier. As-tu un nom ?

Une fonction que j'avais insérée dans la machine aurait dû en trouver un, une identité à partir de laquelle tout le reste pourrait s'épanouir. Au lieu de cela, le mech roula. Il se débattit. Il frappa ses bras contre le sol ou contre sa propre tête. Puis, après avoir émis ce qui semblait être une combinaison de tous ses tons possibles à la fois, le mech se bloqua et resta immobile. Ses yeux éteints.

Je n'avais pas besoin de lui poser d'autres questions.

— Tu ne peux pas faire de tout un réceptacle, Gamma, dit Kaydee tandis que je m'agenouillais pour examiner la machine. Ils n'ont pas les composants pour ça. Ni la conception. Ils ne sont pas faits pour faire ce que tu fais, tout comme tu n'es pas fait pour leur fonction.

— Ils devraient être malléables, ai-je rétorqué. Ce sont des machines, nous pouvons changer.

— Bien sûr, si tu lui arraches les tripes et que tu y mets les tiennes, je parie que ça marcherait très bien. Mais ce n'est pas ce que tu as fait. Tu as jeté quelqu'un sans bras, sans jambes et sans aide dans l'océan en espérant un miracle.

Je me suis assis, fixant le mech mort. Le balayeur et son ami le ramasseur de déchets continuaient leurs vains efforts pour se relever. Alvie, sentant mon agacement, a poussé un gémissement étouffé de sympathie.

— Alors comment suis-je censé les sauver ? ai-je demandé, sans vraiment m'attendre à ce que Kaydee ait une réponse.

— Tu sais quoi, Gamma ? Nous avons essayé la même chose, mais avec des humains. J'en suis morte. Tu sais ce que j'ai appris ?

— Je te le demande, non ?

— Et tu es snob à ce sujet, Kaydee m'a donné une gifle numérique. Je l'ai prise comme un champion. J'ai réalisé qu'il faut laisser les gens être eux-mêmes. On ne peut pas les forcer à changer qui ils sont. Si tu veux que tes mechs vivent bien, alors nettoie-les. Redonne-leur leurs boulots, laisse-les être.

J'ai médité ces paroles. Je me suis approché du mech balayeur, restant juste hors de portée de ses bras qui cherchaient à m'attraper. Cette chose avait été construite pour garder le Conduit propre. C'est vers cela que tous ses composants étaient orientés. Pour l'instant.

— Quand j'aurai les Lignes, je vous rendrai meilleurs, ai-je dit au mech, puis j'ai formé à nouveau la prise et me suis mis au travail.

LASERS ET LATTÉS

Nous avons trouvé les humains grâce à leur maladresse. En quittant le café et les mechs perdus, nous avons entendu des bruits nettement différents de la brise, des cliquetis occasionnels ou d'une machine errante.

— Je suis presque sûre que les mechs ne jurent pas comme ça, dit Kaydee alors que nous nous tenions sur la passerelle, essayant de décider où aller.

Les mots, les cris montaient d'en bas, se répercutant sur les murs du Vaisseau. Un humain aurait peut-être eu du mal à déterminer d'où venaient les voix, mais mes capteurs les ont localisées en un instant : en dessous, plusieurs niveaux plus bas.

Au moins, les jurons semblaient plus en colère qu'effrayés.

Avec Alvie à mes côtés, nous avons trouvé l'escalier le plus proche et sommes descendus. Si près du Parc, la plupart des endroits ressemblaient au café que je venais de quitter : restaurants, spas, lieux de luxe. Leurs ruines semblaient meilleures dans l'obscurité, où Kaydee et moi pouvions oublier le présent. Elle les remplissait de descriptions, de petites histoires au fur et à mesure que nous marchions.

— J'ai besoin de plus de ça, lui ai-je dit alors que nous atteignions le niveau des humains, mettant fin aux interludes. Il y a trop de colère et de violence avec les humains que je rencontre. C'est le mauvais côté.

— La plupart d'entre nous pensent la même chose.

Devant nous, nous avons vu le magasin que Pravda et Fang avaient trouvé. Il était barricadé par des bancs brisés, les morceaux éparpillés sur la passerelle. Combien d'humains étaient tombés sur ces débris ? Tous ?

Alvie s'est arrêté. Il a posé une patte sur mon tibia. Il a reniflé, ses yeux dorés virant au rouge. Kaydee et moi avons écouté. Les humains ne juraient plus, ils parlaient. Une discussion animée.

Ce n'était pas ce qui avait poussé Alvie à me retenir.

Ils ressemblaient à des ombres mouvantes le long des murs, des formes vert foncé glissant au-dessus et le long de la rambarde à ma droite. Des flexi-mechs, au moins cinq. En chasse.

— Eh bien, ce n'est pas bon, a chuchoté Kaydee alors que nous regardions les mechs se rapprocher furtivement. Je ne veux pas te démoraliser, Gamma, mais cinq, ça pourrait être trop pour un vaisseau non armé comme toi.

Les humains, eux, avaient des fusils. Même Pravda portait une arme, bien que personne ne sache s'il savait bien tirer.

— Cool. Laissons-les se défendre eux-mêmes. Kaydee a croisé les bras. Elle a intercepté mon regard de travers. Tu sais que je ne suis pas fan de tous les humains, hein ? Ce groupe veut te voir démoli, Gamma. Je ne vais pas les défendre.

— Tu n'as pas à le faire. Allez, Alvie.

J'allais improviser ma stratégie, à part pour le début. À mon signal, Alvie s'est élancé en avant, aboyant d'une voix sifflante. Je l'ai suivi, mes pieds martelant la passerelle, lançant une alarme aux humains à l'intérieur.

Les flexi-mechs et leurs ombres se sont figés à mes mots. Les taches floues marquant leurs têtes ont jeté un coup d'œil dans ma direction et j'ai cru qu'ils allaient tous me tomber dessus comme des loups affamés.

Ils se sont jetés sur les humains à la place.

Deux se sont jetés par-dessus la rambarde de la passerelle, atterrissant sur le carrelage et se précipitant dans le café. Une autre paire est entrée en se balançant à travers les fenêtres déjà brisées, faisant tomber les restes de verre pour ajouter un tintement de fond au chaos. Des éclairs, des tirs manqués ont jailli alors qu'Alvie et moi nous approchions, brûlant à travers les fenêtres jusque dans le Conduit. Les voix de Fang et Pravda donnaient des ordres. Quelqu'un a crié. Trois autres flexi-mechs fonçaient dans la direction opposée, se rapprochant du café.

— Occupe-toi d'eux, ai-je dit à mon chien, et nous nous sommes élancés.

Avec des lasers bleu-blanc brillants auréolant mes épaules, bourdonnant près de ma tête, Alvie et moi avons bondi devant la première fenêtre pour intercepter les flexi-mechs avant la porte du café. Alvie, plus rapide que moi, a fait un saut en l'air et a attrapé le leader à la gorge, le poids non négligeable du chien entraînant le mech sur celui derrière. Le tas a atterri sur la passerelle, me laissant juste assez d'espace pour rassembler mes jambes et sauter, rencontrant le troisième flexi-mech dans une collision en plein vol.

Je m'attendais à recevoir une main-foreuse dans la poitrine, une entaille au visage ou pire encore. Au lieu de cela, nous nous sommes heurtés et le flexi-mech a essayé de me repousser, une manœuvre ratée en plein air. Mon poids dépassait celui du squelette fin de la machine, nous envoyant tous les deux en arrière au-delà du tas de chiens d'Alvie. J'ai écrasé le flexi-mech au sol, sentant ses mains essayer de me déplacer. Un mouvement qui aurait pu fonctionner si mes propres mains n'avaient pas trouvé de prises sur l'étroite colonne vertébrale du flexi-mech. Alors que le mech me jetait sur la gauche, essayant de s'échapper, je me suis accroché, l'entraînant avec moi. La machine a roulé et je me suis propulsé, lâchant prise avec l'élan. Le mech a été projeté dans les airs, toujours tiré vers la gauche, et a disparu par-dessus le bord.

Survivrait-il à la chute ? Atterrirait-il sur un matelas mou et moisi comme je l'avais fait une fois ?

— On s'en fiche, Gamma ! Aide ton foutu chien ! Kaydee m'a ramené à la réalité.

Alvie mordait tour à tour les flexi-mechs, essayant de les empêcher de le dépasser. Aucune des deux machines ne semblait s'intéresser à mon chien au-delà de le pousser sur le côté. Les lasers et les jurons continuaient de jaillir du café. Quelqu'un pleurait aussi, des sanglots douloureux s'échappant des bruits de la bataille.

Toujours avec mes seules mains, j'ai fait ce que je pouvais : j'ai couru derrière les deux adversaires d'Alvie et j'ai joué à la balle avec le Conduit. Comme un joueur de football, je me suis baissé et j'ai ramassé le flexi-mech le plus proche, celui-ci portant des cicatrices étincelantes sur la poitrine et les chevilles, et je l'ai lancé après son camarade. Le mech n'a pas crié en volant et en disparaissant. Pas de protestation, pas de vengeance déclarée.

Alvie a profité de sa soudaine liberté pour mordre la jambe du dernier. Enfonçant ses pattes dans la passerelle alors que le flexi-mech essayait de le dépasser, Alvie a tiré fort. Le genou du flexi-mech s'est détaché de son articulation, le liquide de refroidissement et les fils s'agitant partout. Au lieu de s'arrêter de tomber ou de se soucier de sa blessure, le flexi-mech est tombé en avant sur ses quatre bras et s'est faufilé à l'intérieur, contournant la porte du café.

— Pas si vite, ai-je dit en me précipitant autour de mon chien.

— Reste baissé ! a crié Kaydee. Les tirs amis, ça existe, tu sais !

Mes amis tiraient comme des forcenés. Leurs fusils crépitèrent lorsque j'entrai dans le café, ce qui semblait être une douzaine s'avéra bientôt n'être que quatre, avec deux armes chacun tenus par Fang et un autre humain. Leurs tirs illuminaient l'espace, révélant une dernière résistance hideuse à l'arrière du restaurant. Les humains s'étaient retranchés derrière le comptoir, les flexi-mechs avançant de tous côtés.

Alors que les machines ne s'étaient pas beaucoup préoccupées d'Alvie et moi, elles s'en prenaient aux humains avec des tactiques, avec une intention meurtrière. Portant tables et chaises comme boucliers, quatre, maintenant cinq avec notre cible boiteuse, mechs approchaient de tous les angles. Deux s'accrochaient aux murs extérieurs, se frayant un chemin autour tandis que les autres avançaient par le milieu.

Les flexi-mechs ne se contentaient pas de tirer non plus, mais ripostaient, lançant des éclats avec une précision mortelle sur les humains. Fang, debout fièrement, avait au moins trois morceaux qui la transperçaient aux bras, aux épaules et à la poitrine. Je ne pouvais pas voir Pravda et les deux autres, je supposais qu'ils étaient derrière le comptoir du café.

— Pas bon, dit Kaydee alors que je rattrapais le flexi-mech blessé.

Je n'aimais pas mes chances de jeter le flexi-mech à travers l'étroite porte et dans le Conduit, alors j'ai choisi une méthode plus directe : ramasser un support brûlé destiné aux menus et embrocher le flexi-mech par derrière. J'ai enfoncé l'arme avec assez de force pour percer la jambe restante du flexi-mech et le clouer au sol. Non que le mech s'en souciait : il continuait d'essayer de se libérer, du moins pendant une seconde encore jusqu'à ce que j'arrache son bloc-batterie.

— Gamma ! À l'aide ! cria Fang, pour une fois sans s'adresser à moi avec dérision, colère ou suspicion.

Les éclairs s'éteignirent tandis que les fusils de Fang s'épuisaient. Elle avait laissé un flexi-mech mort dans son sillage, l'autre humain tirant toujours et tenant à distance les deux autres sur la droite. Ce qui faisait du grimpeur de gauche mon prochain objectif. J'ai soulevé une chaise, visé, et échoué alors que le flexi-mech sautait derrière le comptoir. Alvie fit ce que je ne pouvais pas, me dépassant en volant et, utilisant une table renversée comme tremplin, bondissant par-dessus le comptoir tel un missile métallique volant. Mon chien aboya-siffla en passant, ses yeux jaunes brillant alors qu'il disparaissait de l'autre côté du comptoir.

— Tu as là un chien sacrément courageux, dit Kaydee alors que je me tournais vers les deux autres mechs.

— Le courage n'a rien à voir là-dedans.

Comme les flexi-mechs avant moi, j'ai ramassé des débris et couru avec. D'abord, le flexi-mech tentant un assaut frontal. Je l'ai frappé par derrière avec un pied de table, et quand le mech s'est retourné pour voir ce qui diable l'avait frappé, l'humain a eu le bon sens de vaporiser son crâne d'un tir bien placé. C'était son dernier tir. Le mech grimpeur sur la droite bondit en avant, passant derrière le comptoir et lançant une bouteille cassée. Le verre frappa durement l'humain, l'envoyant au sol avec ses fusils.

J'ai commencé à avancer, vu Fang plonger pour récupérer les armes tombées. Un pied planté, j'ai sauté, seulement pour que la main du flexi-mech carbonisé fasse une faible tentative d'agripper ma cheville. La prise me déséquilibra, suffisamment pour que je m'écrase contre le comptoir au lieu de sauter par-dessus. La vitrine en verre, destinée dans un temps oublié aux scones et aux roulés à la cannelle, se brisa sous mon poids. Mes yeux se fermèrent pour leur propre protection, mon épaule droite ouvrant la voie à travers le verre, le plastique, et dans... du métal ?

Des mains aux multiples doigts s'empressèrent de me repousser alors que je m'enfonçais dans le flexi-mech, nous faisant tous deux tomber dans un désordre derrière le comptoir. J'ai trouvé des prises le long du corps du flexi-mech, le tenant pendant que la machine essayait de s'échapper. J'ai entendu un déclic, vu Fang nous fixer du regard. Les humains gisaient autour d'elle dans divers états de perdition. Derrière eux, Alvie déchiquetait son flexi-mech, un spectacle d'étincelles dans l'obscurité.

Fang jeta de côté son fusil inutile et leva le nouveau. Mon flexi-mech se jeta à nouveau mais je le retins, enfonçant mes pieds dans le sol pour nous maintenir en place.

— Ne tire pas, dis-je. Tu ne peux pas voir !

— Oh, c'est vrai, songea Kaydee. C'est pour ça qu'ils ne pouvaient pas toucher ces trucs. Je pensais juste qu'ils étaient nuls.

— Pas besoin de voir, me répondit Fang en levant le fusil. Je t'entends très bien.

Le flexi-mech lutta à nouveau, quatre bras essayant de me dominer. L'énergie que j'avais volée au Jardin s'amenuisait tandis que je combattais la machine, essayant de l'empêcher de se libérer. Fang était peut-être sur le point de me tuer, peut-être sur le point de nous brûler tous les deux, mais je devais le faire. Je devais protéger les humains. Il n'y avait pas d'autre choix.

— Merci d'être revenu, Gamma, dit Fang. J'aurais eu mauvaise conscience de te laisser en vie.

J'ai fermé les yeux, tenant fermement le flexi-mech. Mon code parfaitement satisfait de la façon dont j'allais mourir.

FACTIONS

Une main écarta le fusil de Fang, une main ensanglantée et égratignée appartenant à Pravda, le chef de ces humains. Fang grogna, jetant un coup d'œil au bras offensant tandis que je continuais à retenir le flexi-mech.

— Tu ne peux pas, dit Pravda. Tu ne peux pas le tuer. Pas encore.

— Je le peux, maintenant même, avec ça, répliqua Fang, repoussant le bras de Pravda.

— Si tu lui tires dessus, nous mourrons tous, répondit Pravda. L'homme était à genoux, un bras planté au sol pour se relever. Ses vêtements étaient en lambeaux, peut-être l'un de ces flexi-mechs l'avait-il lacéré de ses mains. — Nous ne trouverons jamais notre chemin pour sortir d'ici, encore moins pour rendre le Vaisseau opérationnel. S'il te plaît Fang, réfléchis.

— Il finira par nous tuer, dit Fang, mais elle ne leva pas le fusil. Ils essaient toujours.

Le flexi-mech trouva une prise, ses épaules se tordirent alors que je me concentrais trop sur Fang et pas assez sur mes propres efforts. Le mech se libéra d'un coup, porta un long coup de griffe à Fang, et elle tira. À bout portant, même dans l'obscurité, elle ne pouvait pas manquer sa cible. Le laser traversa l'épaule du flexi-mech et s'enfonça dans le mur derrière son dos, une braise luisante dans le café et un aussi bon marqueur que n'importe lequel que le combat était terminé.

— Je ne manquerai pas de te le faire savoir, dis-je à Fang en me redressant.

— Me faire savoir quoi ?

— Quand j'essaierai de te tuer. Je lui adressai le sourire le plus méchant et le plus crasseux que je puisse produire, un sourire gâché par l'obscurité.

Les humains l'avaient eu dur. Aucun des cinq n'avait échappé au combat sans blessures, et bien que je les aie bandés du mieux que je pouvais — en utilisant des morceaux de leurs propres vêtements —, il était évident que le groupe serait réduit à néant sans aide médicale rapide. J'ai tout de même pris le temps de me recharger sur les flexi-mechs en ruine.

Quatre machines avaient leurs batteries intactes, et avec Pravda ordonnant la récupération et le repos après le combat, je me suis traîné de l'une à l'autre, rechargeant ma batterie jusqu'à ce que l'énergie cinétique de mes déplacements suffise à me maintenir en fonctionnement. En bref, les humains étaient passés d'un avantage de cinq contre un sur un vaisseau faible, à un vaisseau fort et son chien dominant cinq personnes à moitié mortes, épuisées et aveugles.

— Tu devrais frotter le nez de Fang dedans, me dit Kaydee alors que nous marchions à nouveau dans le Conduit. Elle mérite de ressentir un peu de peur.

— Elle s'en servira comme d'une autre excuse pour me tirer dessus.

— Et alors ? Elle en a déjà plein.

— Ça ne veut pas dire que j'ai besoin d'en ajouter une autre.

— Tu es ennuyeux, Gamma.

— Je suis sûr que ça changera quand tu dirigeras les choses.

Kaydee se tut à ces mots, me laissant seul avec Alvie à la tête du groupe. Nous n'avions pas loin à aller avant de trouver l'Hôpital, plusieurs niveaux en dessous de l'entrée principale. Fang et Pravda pouvaient encore marcher, alors ils attendirent pendant que je soulevais les humains dans les escaliers, redescendais, et répétais l'effort. Rien ne me faisait me sentir plus comme un mech que ce travail de portage, mais en vérité, ça ne me dérangeait pas tant que ça. Les trois humains, deux hommes et une femme, me remercièrent pour mon aide. L'un d'eux, l'homme qui avait été lacéré dans le Jardin, affirma qu'il ne serait pas en vie sans moi.

Ces mots me faisaient-ils du « bien » ? Peut-être, mais plus pratiquement, ils ajoutaient enfin du poids de l'autre côté de ma balance humaine, le côté qui ne mesurait pas la colère, la vindication, le bellicisme.

— Comment ça se présente ? demanda Kaydee alors que je déposais le dernier humain à l'entrée de l'Hôpital et que nous commencions à entrer. Les humains sont toujours une espèce de déchets ?

— Tu ne veux pas savoir.

Elle n'insista pas. Si elle l'avait fait, j'aurais dit à Kaydee que, sans mes règles programmées, j'aurais abandonné ses semblables depuis longtemps.

Nous n'avons pas eu à chercher longtemps pour trouver des fournitures pour les humains. Apparemment, les mechs de l'Hôpital n'étaient pas très intéressés par le pillage et après le carnage de Delta, l'immense centre médical semblait calme. Les blessures furent pansées, des attelles trouvées. Des en-cas acquis à partir de conserves et de rations sous vide datant d'on ne sait combien d'années. Pravda retrouva même un peu de sa bravoure d'antan, surtout après que j'eus demandé à Alvie d'augmenter l'intensité lumineuse de ses yeux pour donner un véritable éclairage autour de nous. Deux projecteurs dans l'obscurité.

— Maintenant, vous voyez ? annonça Pravda alors que nous nous dirigions vers la sortie arrière. Aucun voyage n'est sans défis, mais avec un peu de cran, un peu de courage, nous pouvons y arriver. Nous y arriverons.

Quelques murmures d'approbation ne firent rien pour ternir les yeux brillants de l'homme. Était-il un leader ou était-il simplement en train de façonner sa propre légende ?

— Définitivement la deuxième option, dit Kaydee. Regarde-le, hochant la tête à tous les panneaux que nous passons. Il est en train d'écrire sa propre histoire en ce moment même.

L'histoire de Pravda devint beaucoup plus intéressante peu après l'Hôpital, lorsque nous trouvâmes la Pouponnière. Située au niveau central du Vaisseau, tout comme l'entrée principale de l'Hôpital, la Pouponnière se détachait dans l'obscurité, ses générateurs maintenant au frais les vies critiques à l'intérieur. Pour combien de temps, je l'ignorais. Pravda demanda une autre pause alors que nous passions devant la Pouponnière, affirmant que nous devrions tous y entrer, jeter un coup d'œil.

— Après tout, c'est notre avenir, dit Pravda, faisant taire ma protestation. Les fioles ici sont tout, n'est-ce pas Gamma ? L'humanité ne va pas plus loin si elles sont endommagées.

Mais jusqu'où irais-je quand ils découvriraient ce qui était, ou n'était pas, à l'intérieur ?

Au moins leurs fusils étaient épuisés, à l'exception de celui sur les épaules de Fang. Pravda l'avait toutefois envoyée à l'arrière. Il lui avait dit de surveiller les embuscades, d'écouter dans l'obscurité. Je supposais qu'il avait fait ce choix pour empêcher Fang et moi de nous entre-déchirer. Maintenant, elle revenait, accompagnant Pravda et moi au-delà du hall. Les autres humains s'installèrent avec des soupirs reconnaissants sur les canapés d'attente. Je suggérai à Fang et Pravda d'en faire autant, essayant de gagner un peu de temps, mais ils refusèrent tous les deux.

Alors, avec Alvie à mes côtés, nous nous enfonçâmes plus loin, là où j'avais affronté tant de désastres. La partie arrière de la Nurserie n'offrait que déception et peur. Les étagères où les embryons avaient été conservés pendant mille ans étaient vides, leurs plateaux éparpillés. Les mechs que Delta et moi avions réparés étaient empilés, éteints, dans un coin. Je me demandais comment Leo et Val avaient pu retirer tous ces matériaux sensibles avant que les jurons de Pravda ne me ramènent au présent.

— Ils ont disparu, dit Pravda quand ses malédictions s'épuisèrent. Tout est perdu. C'est fini, c'est fini. Même si chaque femme capable d'avoir un enfant en élevait un, il n'y aurait pas assez-

— Tais-toi, Pravda, dit Fang, pour une fois ne pointant pas son fusil sur moi mais sur les étagères vides. Ils n'ont pas été détruits. Ils ont été pris. Elle posa une main sur l'épaule de Pravda pour le stabiliser. Tout ce qui a été pris peut être rendu.

Pravda secoua la tête. — Ils ont dû être pris il y a des années et des années, Fang. Nos enfants, notre avenir sont probablement entassés dans une décharge quelque part. Ou éjectés dans l'immensité de l'espace.

Fang me regarda alors. — Il n'y avait pas de gens vivants qui auraient pu faire ça quand nous nous sommes endormis.

La seule réponse possible serait des mechs. Des mechs comme toi qui veulent Starship pour eux-mêmes.

— Je n'ai pas fait ça, si c'est ce que tu veux dire, répondis-je.

— Mais tu sais qui l'a fait, répliqua Fang.

Comme je l'ai dit, je n'avais pas de visage de poker. Je n'avais pas de tics révélateurs. Mon corps faisait exactement ce que je lui demandais, alors comment Fang savait-elle que je n'avais pas dit toute la vérité ?

— Parce que tu n'es pas surpris, dit Kaydee, assise sur le tapis roulant pour nouveau-nés derrière Fang et Pravda. Tu entres ici, tu vois un désastre, un désastre apocalyptique, et tu es simplement d'accord avec ça ?

Hmm. Kaydee marquait un point. Je ne pouvais rien y faire maintenant.

— Gamma, réponds-lui, dit Pravda, et je vis des larmes, de vraies larmes, couler de ses yeux. Les mechs ont-ils fait ça ?

Ils avaient eu un indice sur le Pont. Un secret que j'avais gardé caché, un secret que j'espérais le rester. Mais ce serait trop chanceux, trop pratique.

Starship ne connaissait pas la chance.

— Aucun mech n'a fait ça, dis-je. Vous n'êtes pas les seuls humains vivants sur ce monde.

Pour une fois, Fang me laissa raconter toute l'histoire sans menacer de me tuer. Elle et Pravda écoutèrent ce que je savais sur Val et sa tribu, sur Leo et les Forgerons. Ils assimilèrent les détails, commencèrent à poser des questions auxquelles je répondis sans me plaindre. Ce n'est que lorsque Fang commença à sonder pour obtenir des détails militaires, comme le nombre de combattants et les armes qu'ils possédaient, que je me dérobai.

— Je ne les trahirai pas, dis-je.

— Pourquoi ? répliqua Pravda, retrouvant son arrogance geignarde maintenant que la catastrophe n'était plus inévitable. Pourquoi protégerais-tu des gens qui ont fait ça ?

— Parce qu'ils ne sont pas tous des connards.

Fang rit. — Au moins, je suis honnête sur ce que je ressens pour toi, vaisseau. Je te garantis que tout le monde dans cette tribu ressent la même chose pour toi que moi. Pourquoi penses-tu qu'ils ont essayé de faire exploser Starship avec toi à bord ?

— Parce qu'ils ont peur. Je fis un geste vers la Nurserie, sa destruction. Ils étaient prêts à risquer de renoncer à tout ce qu'ils avaient jamais connu pour une chance de survie sans vous. Un choix intelligent.

Pravda m'ordonna alors d'attendre pendant que lui et Fang retournaient vers les autres. Il dit qu'ils devaient discuter de ce qui allait suivre, décider quoi faire de cette information. Je passai ce temps à errer dans la Nurserie, regardant ce qui avait été pris, ce qui avait été laissé derrière.

— Ils ont pris les jouets, remarqua Kaydee alors que nous passions devant les salles de jeux pour bébés et tout-petits. Tous ces livres.

Beaucoup à transporter, mais Val et Leo semblaient déterminés à bien faire les choses. Peut-être avaient-ils trouvé quelques mechs prêts à faire le travail pour eux.

— Ouais, ils les ont maîtrisés pour que Leo puisse les reprogrammer, dit Kaydee. Difficile d'abandonner un vice.

— Un vice ?

— Oui, vous. Les mechs. Vous êtes tellement pratiques, Gamma.

— C'est un compliment ?

— Pour un mech ? Absolument.

Fang et Pravda finirent par revenir, ce dernier avec ses

yeux de nouveau brillants. Fang semblait toujours aussi méfiante, bien que son léger sourire me rendît nerveux.

— Tu sais quoi, Gamma ? dit Fang. Tu vas remettre Starship en marche, et ensuite tu vas nous emmener voir cette Val. Nous allons avoir une petite conversation.

— Ils se battent aussi bien que vous, dis-je. Vous ne gagnerez pas comme ça.

— Non, répondit Pravda, mais nous pouvons leur donner le choix. Revenir à Starship et sa sécurité, son luxe, ou se débrouiller seuls.

À leur regard, leur ton, il semblait clair de quel côté ces deux-là pensaient que les gens de Val pencheraient.

Et après avoir côtoyé des humains pendant si long-temps, je n'avais aucune idée s'ils avaient raison ou non.

TRENTE-QUATRE

UN BLUFF

Les moteurs du vaisseau ne nous donnaient pas plus de lumière que le reste du navire. Ici, à l'arrière, le vent fouettait plus fort, ayant parcouru toute la longueur du Conduit pour ne trouver qu'une prison. Les couloirs étroits et les embranchements de la section d'ingénierie provoquaient des murmures nerveux parmi les humains, chacun s'attendant à ce qu'un flexi-mech surgisse pour une nouvelle embuscade. Nous n'avions ni vu ni entendu une autre âme mécanisée depuis le café. Que nous ayons distancé les restes d'Alpha ou que nous les ayons tous détruits, je ne pouvais le savoir, mais je ne me plaignais pas du calme.

D'une part, cela me donnait l'occasion de mettre les choses au clair avec Kaydee. Par « choses », j'entendais qui allait diriger les opérations. J'avais toujours mon programme, j'avais toujours l'essence de Kaydee emballée et prête à être supprimée, mais je ne pouvais me résoudre à appuyer sur la gâchette. Chaque minute que je retardais, l'emprise de Kaydee grandissait, s'infiltrant lentement dans des fonctions et des contrôles qu'elle n'avait pas encore corrompus.

Bientôt, programme ou pas, je serais incapable de l'effacer sans laisser des trous béants en moi-même.

Ces longues heures de marche dans l'obscurité m'ont amené à une conclusion : je ne pouvais plus continuer à mentir. J'avais besoin de Kaydee pour survivre aux humains et, plus encore, je la voulais dans ma « vie », telle qu'elle était. La perspective de vivre pendant qui sait combien de siècles sans ses répliques sarcastiques, ses cheveux bleu turquoise étincelants, ses idées et ses insultes... cela semblait trop ennuyeux à envisager.

Ennuyeux. J'ai ri. Cela a suscité une question de Pravda que j'ai ignorée. Quel monde où une machine pouvait s'ennuyer.

— C'est parce que tu n'es pas qu'une machine, Gamma, a dit Kaydee alors que notre expédition approchait des moteurs eux-mêmes, des terminaux que Leo aurait utilisés pour transformer le vaisseau en bombe. Comme je te l'ai dit au début, les vaisseaux ne sont pas si dénués d'esprit.

— Ça rend les choses plus difficiles, ai-je répondu.

— Plus difficiles que quoi, suivre des ordres ?

— Prendre des décisions par moi-même est difficile quand les choix ne sont pas noirs ou blancs.

— C'est pour ça que je suis là, mon grand. Toi et moi, la logique et la vie, ensemble.

Son éclat lorsqu'elle parlait, son énergie vive contrastait fortement avec la pénombre verdâtre autour de moi. Que devais-je faire de ça ? L'effacer ? Mais me perdre moi-même ? C'était l'autre côté, une décision-

— Hé, a dit Kaydee, m'interrompant. C'est ça ?

Nous avions vu le panneau de contrôle quand j'étais revenu à l'intérieur du vaisseau après notre longue randonnée de la proue à la poupe avec Delta et Alvie. Celle où j'avais été poignardé dans le ventre par du verre, mais avais réussi à m'en sortir quand même. Six moniteurs empilés deux par deux, chacun éteint maintenant, qui auraient normalement montré l'état des moteurs. Ils auraient l'interrupteur prêt à mettre les moteurs en mode manuel, la clé pour débloquer trop de puissance.

— Maintenant, comment allions-nous rallumer le vaisseau ? m'a demandé Kaydee alors que j'annonçais aux humains que nous avions trouvé l'endroit. Tu as un tour dans ton sac ?

— Regarde simplement, ai-je dit.

Les humains se sont installés en demi-cercle autour de moi pendant que je me mettais au travail. D'abord, un interrupteur dur, un bouton physique sur la gauche du panneau. L'interrupteur rouge changeait l'alimentation du panneau de l'alimentation principale du vaisseau, celle que j'avais coupée sur le pont, aux batteries de secours du moteur. Un léger claquement a fait le travail, et immédiatement les moniteurs se sont allumés.

En quelques secondes, le programme de compte à rebours de Leo se déclencherait. En quelques secondes, je l'arrêterais net. Pour cela, je n'avais même pas besoin de me connecter au terminal. Des doigts sur les touches dans le monde réel suffiraient. J'ai choisi le moniteur central, baignant dans la soudaine lumière bleu-gris de tous les écrans. Les humains ont cligné des yeux, et Pravda a laissé échapper un petit cri de joie.

Avec le réseau du vaisseau hors service, le programme de Leo est apparu en premier : un compte à rebours diminuant jusqu'à ce que les moteurs rugissent. De là, j'ai fait une seule chose simple : j'ai cliqué sur un petit bouton d'annulation dans le coin inférieur droit.

— C'est tout ? a demandé Kaydee alors que le

programme s'éteignait. On a fait tout ce chemin pour que tu cliques sur une croix ?

— C'est tout, ai-je dit. Un peu nul, non ?

Kaydee commençait à répondre, puis nous avons tous deux remarqué ce qui avait remplacé la commande apocalyptique de Leo : une boîte de message, avec des excuses sur plusieurs paragraphes. Kaydee secouait la tête en lisant le message, et j'étais d'accord : Leo commençait par un aveu, le programme lui-même était un faux. Les moteurs auraient annulé l'ordre comme une commande catastrophique dès qu'il aurait commencé. Leo disait qu'ils ne pouvaient pas détruire le vaisseau de toute façon, pas quand tant de membres de leur propre tribu étaient à proximité. Le but avait été de gagner du temps, de donner à Val, Chalo et aux autres une chance de s'échapper.

— Eh bien, il a réussi là-dessus, ai-je murmuré.

Trois jours achetés et payés avec ce coup. Leo déversait son vrai moi dans la section suivante. Il s'adressait à Kaydee, l'appelant par son nom et s'excusant pour toutes les erreurs qu'il avait commises, les jours et les années perdus à pourchasser des machines sauvages qui auraient dû être passés avec elle. Qui auraient dû être passés à faire le vrai travail important : vivre.

— C'était si terrible ? ai-je demandé à Kaydee quand nous avions tous deux fini.

— C'est un sentimental, Gamma, a répondu Kaydee. Nous étions tous les deux ambitieux. S'il avait été tout le temps à boire du vin dans le Parc, je l'aurais largué. Mais c'est une belle lettre.

J'ai remarqué, cependant, qu'elle l'a relue plusieurs fois.

La catastrophe évitée, j'ai dit à Pravda et Fang que le vaisseau allait bientôt se réveiller. Ils étaient plus que prêts, impatients de faire une rapide randonnée de retour vers le pont. Des retrouvailles, puis un réarmement pour une expédition à la recherche de ces embryons, après Val, Chalo et les autres.

Pas un mot n'a échappé à mes lèvres concernant le plan.

— Prête ? ai-je demandé à Kaydee, en retournant aux moniteurs.

— Aussi amusant que c'était de trébucher dans le noir, que la lumière brille, mon pote.

Quelques frappes supplémentaires envoyèrent la commande aux contrôles toujours à l'écoute, alimentés par batterie, pour faire démarrer Starship. Au début, rien ne semblait se passer. Les moniteurs devant moi affichaient une longue barre de chargement, une autre parcourant une liste de différents systèmes.

— Je parie que personne n'a vu cet écran depuis mille ans, dit Kaydee.

— Ou plus longtemps encore.

Les opérations évidentes comme le support de vie démarrèrent en premier, et avec elles, Starship s'éveilla dans un grondement, tous ces processeurs d'air se mettant en action. La filtration de l'eau, la brumisation maintenant le Conduit dans son état brumeux, se mirent en marche. Les lumières du plafond autour de nous s'épanouirent après plusieurs minutes, clignotant avant de s'allumer complètement, permettant aux batteries de secours du moteur de redevenir simplement des batteries de secours. Des claquements et des chocs, des coups sourds et des bangs résonnèrent jusqu'à nous tandis que les valves et les conduits s'éveillaient.

— Si tu n'as jamais pensé à Starship comme étant vivant, c'est plutôt difficile de ne pas le faire maintenant, dit Kaydee.

Nous avons écouté cette symphonie technique pendant

une demi-heure, attendant que Starship se stabilise. Attendant aussi un déclencheur particulier.

— Ça a l'air bon ! annonça Pravda, ordonnant aux humains de faire leurs bagages et de se mettre debout. Il est temps de rentrer à la maison, n'est-ce pas ?

Même Fang semblait soulagée, aidant un autre humain à enfiler son sac. Des visages frais et heureux, comme si la marche éprouvante n'était que de la saleté lavée par la douche de l'électricité. Ça me faisait presque me sentir mal.

— Il est temps de rentrer à la maison, dis-je.

Le Conduit vivait et respirait à nouveau. La lumière dorée scintillait le long du vaste canyon, brillant sur la brume fraîche flottant d'en haut. Les passerelles au-dessus et en dessous de nous, encombrées de débris, semblaient simplement désordonnées et non plus comme des chemins dangereux. Pravda posa sa main sur mon épaule, un large sourire s'étirant sur son visage.

— Tu l'as fait, espèce de sacrée machine, dit l'homme. J'ai dit à Fang qu'on devait te garder en vie, et tu as largement remboursé cette décision. Pravda me fit un signe de tête. Je sais qu'on n'a pas toujours été polis l'un envers l'autre, mais une fois que toute cette sale affaire avec ces autres humains sera réglée, je te protégerai. Tu auras une place juste à côté de moi aussi longtemps que tu le voudras.

Kaydee renifla. Je l'ignorai.

— Merci, répondis-je, j'allais essayer de trouver un terrain d'entente entre Pravda et Val, quand toutes les lumières de Starship s'éteignirent pendant une seconde entière avant de se rallumer.

Seulement pour une seconde, mais même cette seconde provoqua des gémissements chez les humains autour de nous. Pravda se figea, son sourire vacillant. J'attendis la prochaine étape de Volt. Une voix, la voix particulière des nombreuses manœuvres de Starship, de ses virages et de ses atterrissages, se fit entendre dans les haut-parleurs.

— Attention Starship, annonça la femme distinguée. Il y a une surtension inattendue. Le vaisseau est instable. Une évacuation immédiate est recommandée.

Le message se répéta deux fois de plus, et pendant sa quatrième diffusion, Pravda me tira à l'écart, me demandant ce qui se passait, bon sang.

— Il y avait toujours une chance, dis-je, que Starship ne réagisse pas bien à un arrêt après si longtemps sans pause. C'était un risque, mais j'ai senti que je devais le prendre.

— Combien de temps avons-nous ? demanda Pravda, les autres se rassemblant derrière lui, me regardant comme si j'étais un distributeur de sagesse infinie.

Seule Fang gardait son regard méfiant et plissé.

— Aucune idée. Je dis la vérité. Je suis sûr que vos amis du Pont sont en train d'évacuer. Vous devriez partir aussi, les rejoindre dehors.

Pravda jeta un coup d'œil à la coque de Starship, comme s'il pouvait voir à travers elle les plaines dorées au-delà.

— Dehors ? demanda-t-il.

— C'est ça ou risquer de mourir, répondis-je, essayant d'injecter de l'urgence dans ma voix. Je vais vous montrer le chemin, puis je retournerai aux commandes. Je pourrai peut-être ralentir le processus. Vous acheter du temps pour vous éloigner.

Pravda secoua la tête, — Nous n'avons pas de nourriture, nous n'avons pas d'abri, nous-

— Trouvez Val et ses gens. Ils vous accueilleront, dis-je. Pravda commença à bredouiller, mais je le retournai, pointant vers les moteurs. Allez, nous devons partir maintenant !

Les lumières clignotèrent à nouveau. Une surtension

parfaite qui fit se précipiter les humains. Pravda courut à l'avant du groupe, répétant ce que j'avais dit tandis que le groupe retournait dans les couloirs de l'ingénierie. Ils resteraient ensemble, sortiraient et se regrouperaient avec leurs amis loin de Starship. Je dis que je diffuserais un message depuis la console, disant aux autres humains de rejoindre le groupe de Pravda dans les collines à l'ouest.

— Ils y croient vraiment, dit Kaydee alors que les humains sprintaient carrément, du moins aussi bien qu'ils le pouvaient avec leurs blessures et leur équipement, dans les couloirs. Genre, wow.

Nous avons dévalé les escaliers, sautant des marches pour atteindre la sortie inférieure de Starship, une porte étroite menant à l'extérieur. Avec Pravda et les humains me laissant passer, je tournai la lourde valve et ouvris le portail, révélant un ciel étoilé au-delà.

Les humains s'arrêtèrent tous, regardant bouche bée avec émerveillement le premier autre monde qu'ils voyaient, bon sang, le premier monde qu'ils voyaient tout court en dehors de ces couloirs métalliques.

— C'est magnifique, dit Pravda lentement, doucement.

— Content que vous le pensiez, répondis-je. Maintenant, allez-y, je dois retourner aux consoles.

Je donnai à l'homme une légère poussée et il mordit à l'hameçon, se précipitant dehors et descendant les marches menant au sol. Un escalier construit par Leo et Val, mais je ne le mentionnai pas. Au lieu de cela, j'aidai chaque humain à son tour à partir, chacun jusqu'à ce que je ne sente pas une épaule, mais un canon métallique dur. Le canon d'un fusil.

— Dis-moi la vérité, machine, dit Fang, enfonçant son arme dans mes côtes. Est-ce que Starship va exploser, ou es-tu un mech menteur ?

TRENTE-CINQ

UN PISTOLET SUR LA TEMPE

Tue-la. Prends le fusil, il est juste là, casse-le et jette Fang après les humains. Ferme la porte et enferme-les dehors. Ou emmène-la avec toi et dès que Pravda et les autres seront partis, supprime-la.

Ces idées me traversèrent l'esprit en un éclair tandis que je fixais la menace de Fang, l'air frais de la nuit se mêlant à la version recyclée de Starship à la sortie arrière du vaisseau. En bas, Pravda et les trois autres humains s'éloignaient déjà à travers les hautes tiges.

Même maintenant, regarderaient-ils en arrière ?

— Réponds-moi, vaisseau, répéta Fang.

Je ne pouvais pas la mettre en pièces. Je ne pouvais pas la projeter de l'escalier. Si je considérais l'action plus d'un instant, un mur se formait à travers mes membres, effaçant l'idée. La programmation de base, le même blocage qui avait empêché Delta de détruire Alpha quand elle aurait dû, ce même blocage m'arrêtait maintenant.

— Nous devons envoyer le message, dis-je à Fang, les mains et les pieds posés sur le sol métallique. Si nous ne le faisons pas, tes amis ne sauront jamais où aller.

— Alors envoyons le message ensemble, dit Fang en reculant d'un pas, me laissant me lever.

— Tu vas te faire distancer. Je fis un signe de tête vers les humains qui marchaient.

— Je les rattraperai.

Nous sommes retournés à la console, en montant trop de niveaux. Alvie nous suivait tranquillement, content d'obéir à mes ordres. Le chien n'avait pas ce blocage qui l'empêchait de blesser les humains. Je pouvais ordonner au molosse de faire ce que je ne pouvais pas faire.

— Ce qui est, mec, exactement ce que tu devrais faire, dit Kaydee tandis que Fang et moi montions les escaliers. Elle te fera sauter la cervelle quand elle réalisera que tu mens.

J'avais juste besoin de la faire sortir du vaisseau. Envoyer le message, la ramener en bas, et une fois qu'elle serait partie, je serais libre.

— Pourquoi va-t-elle te laisser rester ? demanda Kaydee.

Un problème auquel je devrais trouver une solution. Les consoles nous attendaient exactement là où nous les avions laissées. Pas une seule ne montrait une alerte d'urgence, un fait que Fang souligna avec un sarcasme sec.

— On dirait que le vaisseau devrait être plus en panique. Des alarmes qui sonnent, dit Fang. Elle se tenait derrière moi, à un mètre de distance, le fusil levé. Tu sais, Gamma, on a déjà vécu ces alertes. Il y a eu des mutineries, il y a eu des dysfonctionnements. Tu n'es pas le premier à tendre un faux piège à un peuple misérable.

Je l'ignorai. J'entrai le message et l'envoyai hurlant à travers le vaisseau, diffusé par la même douce voix féminine. Je dis aux humains de nous retrouver sur les collines occidentales. Je leur dis de courir. J'espérais que je ne serais pas là pour les rencontrer.

— Maintenant, va-t'en, dis-je à Fang. Je vais essayer de gérer l'alimentation d'ici. Je pourrai peut-être la retenir assez longtemps pour que vous puissiez vous échapper.

— Oh, tu pourrais ? dit Fang. Ce serait tellement gentil.

Elle ne bougea pas.

— Fang ne gobe pas ça, dit Kaydee. Dis à Alvie de l'attaquer !

Je ne pouvais pas. Le même blocage surgit quand j'ouvris la bouche pour essayer, empêchant les mots de sortir. Pas de mal aux humains, aucun. Alvie pouvait le faire, je ne pouvais simplement pas en donner l'ordre.

Puis mes bras bougèrent, se secouèrent pour pointer Fang. Je sentis ma bouche bouger aussi, un gargouillis étranglé en sortit. Comme si j'avais été possédé.

— Eh bien zut, dit Kaydee, boudant à côté de moi. Même moi je ne peux pas contourner ce stupide code.

Fang haussa les sourcils tandis que je restais immobile, stupéfait. Pourquoi devrais-je être surpris : Kaydee n'arrêtait pas de dire qu'elle serait un jour le leader de notre corps commun. C'était ainsi que ça se passerait, mes parties lui obéissant plutôt qu'à moi. Et pourtant, savoir que quelque chose allait arriver était très différent de le vivre.

— Désolée, je ne voulais pas te prendre par surprise, dit Kaydee, et au moins elle avait l'air de s'excuser. Je ne pensais pas qu'on avait le temps de négocier. Aussi, tu vas faire quelque chose ? Elle pourrait juste te tirer dessus et partir.

Fang devenait nerveuse. Elle avait de nouveau pointé le fusil sur moi, aboyant un ordre pour que je bouge. Je commençai à descendre, lui obéissant sans réfléchir. Ce n'est qu'après avoir atteint les escaliers que Fang soupira, laissant échapper un juron.

— Vaisseau, dit-elle quand je jetai un coup d'œil en

arrière, je voulais vraiment te faire confiance. Vraiment, après toute l'aide que tu nous as apportée là-bas. Elle fit signe de continuer à descendre. Nous guider dans l'obscurité, empêcher les moteurs de surcharger. Ça semblait vraiment bien pour toi. Je voulais croire que peut-être nous avions eu tort de griller tous tes amis.

— Vous *aviez* tort.

— Tais-toi. Ce n'est pas un dialogue. C'est moi qui t'explique pourquoi je vais tirer un laser dans ton dos dans quelques minutes.

— Pourquoi ?

— Parce que Starship n'a pas encore explosé, voilà pourquoi. Tu es un robot menteur, et les robots menteurs devraient être mis à la casse.

Je serrai les poings, savourant cette réaction humaine. Les escaliers, des marches métalliques que j'avais maintenant montées et descendues deux fois, s'étendaient devant nous dans une cage d'escalier étroite descendante. En les descendant, je retraçai chaque mouvement dans mon corps synthétique. Des parties en fibre tissées ensemble, reliées à plus de fils, de circuits et de construction soignée que tout autre chose sur ce vaisseau. Et Fang gaspillerait tout ça parce que j'essayais de survivre ?

— Tu allais me tirer dessus de toute façon, dis-je en marchant. Vous ne nous avez jamais donné une chance.

— Nous avons donné une chance à vos prédécesseurs, et à cause de cela, nous avons dû nous congeler pendant un sacré bout de temps.

— À cause de ça ?

— Oh, tu crois qu'il n'y avait qu'une vingtaine de personnes sur le Vaisseau qui voulaient se transformer en glaçons jusqu'à ce qu'on trouve un nouveau foyer ? rit Fang, mais sans aucune trace d'humour. C'est tout ce qu'il nous restait. Vous, les vaisseaux, vous nous avez déchirés. Vous avez tué, tué et encore tué parce que les esprits à l'intérieur de vos corps ont perdu la raison.

— Tu vois le Conduit et tous ses dégâts ? Ce n'est pas parce que quelques robots poubelles se sont excités. C'est parce que le Vaisseau était une zone de guerre pendant des mois et des mois, les humains contre les vaisseaux qui voulaient leur mort. On a pris ce qui restait, après que j'ai mis un trou brûlant dans le dernier vaisseau, largué les Voix aux commandes, et qu'on s'est congelés.

L'histoire de Fang comblait les lacunes, mais seulement de son point de vue. J'avais rencontré Kaydee, je la connaissais depuis assez longtemps maintenant pour me demander comment tous ces esprits étaient devenus si meurtriers, si dangereux. Ça ne semblait pas juste, j'avais l'impression de ne pas avoir toute l'image. Pas que j'allais probablement l'obtenir avec un fusil pointé dans mon dos.

— Tu comprends, n'est-ce pas ? dit Fang. Pourquoi je pourrais avoir un peu d'animosité envers toi et ton espèce ?

— Je comprends.

— Bien.

Nous atteignîmes le bas de l'escalier, parcourant les derniers mètres jusqu'à la sortie. Le Vaisseau n'avait toujours pas explosé. Le message appelant à l'évacuation avait cessé de jouer. Autour de nous, le vaisseau grondait comme à son habitude, en bonne santé. Fang resta derrière moi alors que nous atteignions le dernier escalier. Je m'arrêtai tout au bout, me retournant vers elle.

— Nous y voilà, dis-je, ne prenant plus la peine de continuer le mensonge. Pas moyen qu'elle croie quoi que ce soit maintenant. Et maintenant ?

— Et maintenant ? dit Fang. Quelle avance ont-ils ?

Je regardai au loin, repérant Pravda et les humains qui grimpaient les premiers contreforts.

— Deux kilomètres environ ?

Fang hocha la tête. — Tu vois, Gamma, Pravda t'aime bien. C'est dangereux, parce que même si je te laissais en ruines fumantes ici même, il pourrait décider que les vaisseaux sont une bonne chose à avoir dans les parages. Tes deux autres sœurs finiront par apparaître, et je préférerais qu'on obtienne un ordre d'exécution net plutôt qu'une demande de copinage.

— D'accord ?

— Alors bouge-toi. Tu vas tout raconter à Pravda sur ce que tu as manigancé, et une fois qu'il réalisera que tu es une machine menteuse et traître, je serai trop heureuse d'appuyer sur la gâchette.

Je ne bougeai pas tout de suite. Je restai là, essayant de calculer une issue. Je pourrais faire un bond dans la nuit, toucher le sol et sprinter au loin. Le Vaisseau était énorme, les brins d'herbe pouvaient devenir grands. Je pourrais peut-être me cacher.

— Ou elle te tirerait simplement dessus, dit Kaydee, et nous serions tous les deux morts.

Ou ça.

Derrière Fang, Alvie me regardait. Ces yeux dorés attendant un ordre. Peut-être, peut-être que je pourrais dire au chien de s'emparer du fusil. De le mettre en pièces. Ensuite...

— Gamma, dit Kaydee alors que Fang me disait, encore une fois, de bouger mon cul. J'ai une idée folle. Fang a dit que Pravda t'aime bien. C'est un crétin prétentieux, ouais, mais peut-être que tu lui dis la vérité ? Peut-être qu'il y croit, maintenant que Val est là-bas avec tous ses embryons ? Peut-être que tu fais confiance au fait que ça va bien se passer ?

Comme si quoi que ce soit s'était bien passé jusque-là. Mais Fang n'avait qu'un seul fusil. Je pouvais suivre le plan de Kaydee, voir si je pouvais obtenir un peu de bonne volonté. Si ça échouait, mon chien pourrait croquer la seule arme en deux, et ensuite je pourrais m'enfuir.

Quel plan.

Nous rattrapâmes Pravda et les humains alors qu'ils atteignaient le sommet de la plus proche colline majeure surplombant le Vaisseau. À la lumière des étoiles, les pentes courbes autour de nous ressemblaient à des ruisseaux d'argent ondulants, le vent poussant les tiges en rafales. Fang avait été fidèle à son auto-évaluation, capable de me suivre et de bouger assez vite pour faire la jonction.

Pravda, au début, sembla à la fois ravi et stupéfait de nous trouver tous les deux là. Il demanda si j'avais envoyé le message, puis s'interrogea sur le fait que le Vaisseau n'avait pas encore explosé.

— Gamma va te dire pourquoi, dit Fang, à ce moment-là tous les humains remarquèrent qu'elle avait toujours son fusil pointé sur moi.

— Aie l'air vraiment compatissant, mon gars, chuchota Kaydee.

J'essayai. Je puisai dans l'immense réservoir de mea culpa du Bibliothécaire pour livrer mon histoire en termes serviles. Oui, j'avais menti. Je voulais éloigner tous les humains du Vaisseau pour que nous, les robots, ayons une opportunité de faire quelque chose. Nous donner une chance sur ce nouveau monde sans que les humains nous écrasent.

Fang tira alors avec le fusil, droit vers le ciel nocturne. Un éclair lumineux, mais qui m'arrêta de parler.

— Pas besoin d'entendre tous tes gémissements, vaisseau, dit Fang. Pravda, tu comprends maintenant ? Il voulait juste qu'on sorte et qu'on lui donne notre maison.

Pravda fit ce que Pravda faisait, il déambula en demi-cercle autour de moi, les bras se balançant largement tandis qu'il déplorait ma duplicité. Tandis qu'il raillait les robots et leurs idées ridicules d'indépendance, de liberté. Comment nous ne saurions pas quoi faire de nous-mêmes sans l'aide des humains.

— Une aide que nous accueillerions, dis-je, à genoux dans l'herbe. Une aide que nous valoriserions. Juste pas la propriété.

— Eh bien, tant pis, dit Pravda, pointant un doigt vers moi. Nous t'avons créé, Gamma. Tu comprends ça ? Créé. On dirait que tu n'as pas été assez bien fabriqué. Secouant la tête, Pravda se tourna vers Fang. Détruis cette chose, puis rentrons à la maison.

— Avec plaisir.

Fang leva le fusil. Je levai les mains.

Alvie bondit de l'herbe, un saut exécuté à la perfection. Ses dents s'emparèrent du fusil, l'arrachant des mains de Fang. La morsure brisa le gaz, la cellule d'énergie, et le fusil explosa alors qu'Alvie touchait le sol. Mon chien vola, tournoya dans les airs, disparaissant dans les plantes.

— Comme si ça allait te sauver, dit Fang, plongeant la main dans sa ceinture et sortant un vilain couteau à fragmentation. On dirait qu'on va devoir faire ça à l'ancienne.

Alors qu'elle marchait vers moi, je me levai, prêt à courir, seulement pour être plaqué au sol par des humains qui m'attaquèrent par derrière. Mon visage heurta la terre et j'essayai, j'essayai de me relever. J'essayai de me soulever, mais chaque fois que je bougeais, ce même mur se formait. La poussée, le soulèvement pourraient blesser un humain, et ça, je ne pouvais pas le faire. Je sentis Kaydee essayer à nouveau aussi, je la sentis pousser encore et encore alors que j'abandonnais et regardais le couteau de Fang refléter la lumière des étoiles en plongeant vers mon cou.

TRENTE-SIX

UNE OFFRE DANGEREUSE

Alors que le couteau de Fang s'abattait pour ce qui aurait été un coup fatal, un choc frappa mon épaule droite, me projetant sur le côté et faisant en sorte que le coup de Fang m'entaille la joue au lieu de la gorge. Des icônes rouges apparurent devant mes yeux, m'indiquant que mon bras droit n'était plus opérationnel. Pas que cela importait, Fang allait corriger, allait suivre-

— On parle de timing, siffla Kaydee, voyant Fang s'arrêter avant moi. La meilleure combattante de Pravda s'immobilisa en plein élan, le couteau levé. On devrait être morts, Gamma.

— Au lieu de ça, une fois de plus, on s'est pris une flèche dans l'épaule, répondis-je, examinant la fine tige qui en dépassait. Les plumes ressemblaient à des fils d'araignée dans la lumière des étoiles. Comment et pourquoi sont deux questions qui me viennent à l'esprit.

Les réponses arrivèrent presque aussi vite, avec des cris provenant de toutes les directions autour du petit camp. Les humains de Pravda n'opposèrent aucune résistance, leurs fusils épuisés ayant disparu tout comme leur moral. Pendant un bref instant, je me demandai si les mechs d'Alpha nous avaient trouvés, ou peut-être Beta et Delta.

Ou, encore plus fou, peut-être des autochtones de ce monde.

Au lieu de cela, Chalo émergea, vêtu de sa cotte de mailles scintillante et à l'air féroce avec une hachette en shrapnel dans chaque main. J'appréciai de rester allongé sur le dos dans l'herbe, regardant les chasseurs de Val, y compris quelques Forgerons et leurs peaux mi-humaines, mi-mechs, encercler le groupe de Pravda et les tenir en joue avec des épées, des flèches et des fusils.

— C'était juste, dis-je à Fang, qui me fusilla du regard et commença à bouger sa main armée du couteau avant de se retrouver avec une épée de fortune dentelée sur la gorge.

— C'est lui qu'il faut tuer, protesta Fang au chasseur. C'est le mech.

Le chasseur me regarda, fit un double-take, puis appela Chalo à venir.

— Tu vois, Fang, dis-je, c'est bien d'avoir des amis. Même s'ils te tirent dessus de temps en temps.

— En effet, dit Chalo, se frayant un chemin à travers les prisonniers — car c'est ce qu'était clairement devenu le groupe de Pravda maintenant — pour arriver à mes côtés. Désolé, Gamma. C'est difficile de voir dans le noir.

— Si Juny est toujours dans le coin, elle saura comment réparer ça.

Je trouvais difficile d'en vouloir à qui que ce soit étant donné que, vous savez, ils venaient de me sauver la vie. Kaydee était tout aussi ravie, bien qu'elle le montrât différemment : malgré l'incapacité de Fang à les voir, Kaydee lui adressa des gestes et des images que mes capteurs jugèrent obscènes.

— Quoi ? dit Kaydee quand elle me surprit à la regarder. Elle le mérite.

Je ne protestai pas.

La bande de Chalo rassembla le quintette de Pravda en un cercle serré. Les chasseurs étaient plus de deux fois plus nombreux que le groupe de Pravda, mettant en évidence à quel point la position de l'homme était précaire. Pravda ne cessa pas de débiter des arguments de négociation, des appels à la diplomatie et des menaces occasionnelles pendant tout ce temps. Et ce temps n'était pas court : Chalo me fit raconter toute l'histoire, puis confirma plusieurs points : que tout le groupe de Pravda n'était pas important, qu'ils n'étaient pas des monstres et qu'ils ne contrôlaient pas Starship.

— Mais nous contrôlons Starship ! protesta Pravda quand Chalo lui fit corroborer mon histoire.

— Pas à moins que vos gens soient stupides, dis-je. Nous avons envoyé le message d'évacuation. Ils devraient être partis maintenant.

À ces mots, Chalo appela deux chasseurs, leur chuchota quelque chose que je ne pus entendre, et ils partirent dans des directions opposées. Chalo revint alors vers Pravda, s'accroupissant devant l'homme. La lumière des étoiles éclairait la scène, ces glorieuses toiles d'araignée flottant dans le ciel nocturne au-dessus. On aurait dit les vieux films en noir et blanc du Bibliothécaire, et pas une âme n'osait parler, incertaine si Chalo allait éventrer Pravda avec la hachette dans sa main.

J'ai failli dire non. J'ai failli l'arrêter.

— Les lois ont changé, dit Chalo, depuis votre dernier réveil. Vous allez me suivre jusqu'à notre nouveau foyer, et vous plaiderez votre cause devant nous. Ensuite, nous déciderons si vous représentez une menace.

— Une menace ? dit Pravda. Avons-nous l'air d'une menace ?

— Non, répondit Chalo en se levant. Vous avez l'air d'enfants effrayés.

Pravda n'avait pas de répartie pour contrer cela. Fang, un air renfrogné permanent sur le visage, ne dit rien. Les trois autres humains semblaient soulagés de se lever et de se mettre en marche. Probablement qu'il y aurait de la nourriture à la fin. Un abri. Une chance de respirer.

J'allai en avant avec Chalo, nous deux menant la colonne alors que nous naviguions à travers les collines ondulantes. De temps en temps, les gens trébuchaient dans l'obscurité grise, glissant sur un trou invisible ou trébuchant sur une pierre rebelle. Mes propres capteurs repéraient le terrain accidenté, mettant en évidence les problèmes potentiels à éviter. Pourtant, la maladresse pure, en particulier du groupe de Chalo, des chasseurs qui s'étaient déplacés avec tant d'habileté à bord de Starship, me laissait perplexe.

— C'est un nouveau monde, répondit Chalo quand je posai la question. Le chasseur était resté silencieux jusqu'à présent, presque une heure depuis que nous avions levé le camp dans l'obscurité. Nous sommes habitués au métal. Au sol plat. À la prévisibilité. Il n'y a rien de tout ça ici.

— Surtout dans le noir, médita Kaydee. Pourquoi sont-ils dehors maintenant ?

Je répétai sa question à Chalo, qui haussa les épaules. — La nuit dure aussi longtemps que deux de nos anciens jours. Nous ne pouvons pas rester assis à attendre. Surtout maintenant.

— Pourquoi ?

— Tu n'étais pas là avant. Moi non plus, mais Val en a parlé de nombreuses fois. La nourriture, l'eau étaient rares. Les dangers étaient imprévisibles. Ils se déplaçaient rapidement à l'époque pour croître et s'assurer la sécurité. Maintenant, ce n'est pas différent.

— Quels dangers ? Avez-vous trouvé quelque chose ?

— Oui, dit Chalo, les yeux brillant dans l'argent. Vous.

LA LUEUR de l'aube illuminait l'horizon lorsque nous sommes arrivés, en titubant, marchant et trébuchant, au camp de Val. Les chasseurs semblaient aller bien, mais les humains de Pravda étaient exténués. Le coureur de Chalo avait dû bien profiter de son avance, car tout le village s'agitait déjà. Val elle-même nous attendait pour nous accueillir, vêtue de la même cotte de mailles scintillante, sa lance tenue bien droite alors que nous approchions.

DERRIÈRE ELLE, plusieurs jours de travail montraient de bons résultats. Avec des barres métalliques volées au Vaisseau, les humains avaient construit des abris en chaume pour compléter les tentes qu'ils avaient déplacées avec eux. Les embryons reposaient dans un congélateur à énergie solaire, volé à la Pouponnière et amélioré par Leo pour gérer la charge plus importante.

L'EMPLACEMENT, lui aussi, témoignait d'une planification intelligente : le peuple de Val s'était niché dans une vallée entre de larges collines en pente douce. Des mares bouillonnantes recouvraient le sol, les seules trouées que j'avais vues dans l'herbe depuis mon arrivée sur ce monde. Le liquide gris et trouble à l'intérieur, à la grande joie de Leo, s'avéra être de l'eau, bien que mélangée à toutes sortes de métaux toxiques, de minéraux et plus encore.

Néanmoins, extraire de la bonne vieille H2O de ces mares ne serait pas une tâche impossible, à condition de pouvoir voler quelques filtres supplémentaires au Vaisseau.

LEO lui-même m'a raconté tout cela pendant que Juny, l'ingénieure pleine d'entrain, me libérait du raté. Après l'extraction, Juny m'a aidé avec une chirurgie mécanique supplémentaire, réparant les fils sectionnés et ressoudant mon bras droit pour qu'il fonctionne à nouveau. Pendant tout ce temps, Pravda essayait de convaincre Val de ne pas le tuer. De ne pas tuer ses gens.

— EST-CE que je pense qu'ils méritent de mourir ? dit Kaydee alors que nous rejoignions la procédure matinale, une étrange sorte de procès où Val et Chalo faisaient face aux cinq de Pravda. Tout le groupe se tenait devant un grand foyer au centre du village, entouré maintenant de curieux et de gardes armés. Je veux dire, non. Pas tous. Même pas Pravda, parce qu'être énervant ne devrait pas être une condamnation à mort. Mais Fang peut bien crever. Ça, c'est sûr.

JE SUIS RESTÉ SILENCIEUX. J'écoutais. Ma programmation m'aurait empêché ne serait-ce que de prononcer une peine de mort sur un humain. En vérité, je ne pouvais imaginer pire fin à tout cela que de voir le groupe de Pravda finir décapité sur des piques. Si cela arrivait, il n'y avait aucune chance que les vingt-cinq autres, échoués quelque part par ici, ne viennent jamais se joindre à eux. Ils se battraient jusqu'au bout d'abord.

· · ·

LES PREMIERS JOURS de l'humanité sur ce monde seraient marqués par la même guerre et le même sang qui avaient inscrit leur histoire sur Terre.

ALORS QUAND VAL DEMANDA, enfin, l'avis de la foule, je m'avançai.

— ILS NE MÉRITENT PAS la mort, dis-je pour commencer. Pas une seule fois ils n'ont fait de geste hostile envers l'un d'entre vous. Ils sont peu nombreux, et encore moins nombreux sont ceux qui ont des compétences qui feraient d'eux une menace.

— CELUI-LÀ A DIT qu'ils savent se battre, interrompit Chalo, pointant Fang du doigt. Je pense que c'est la définition même d'une menace.

— ILS ONT ÉTÉ ENTRAÎNÉS dans leurs rêves, ai-je rétorqué, sentant les regards sur moi. Sentant aussi la chaleur alors que l'étoile blanche de ce monde s'élevait au-dessus des collines. Ce n'est pas la même chose que vous. Ils n'ont pas vu de véritable effusion de sang, et ils n'en veulent pas. Si vous leur donnez une chance, ils se joindront à vous. Je le sais. Vous aurez besoin de tous les bras disponibles.

· · ·

VAL M'ADRESSA un léger signe de tête. La nourriture pouvait être rare, mais chaque âme aidait maintenant à assurer la survie de l'humanité. Un massacre gratuit avec moins d'une centaine de personnes vivantes sur la planète serait désastreux. Elle devait le voir. Chalo devait le savoir.

— DONNEZ-LEUR LE CHOIX, dis-je. Kaydee me pressait de simplement jouer quelque chose de mes archives, un discours émouvant de l'histoire, mais Val était du genre à préférer les solutions simples, pas les envolées oratoires. S'ils choisissent de se joindre à vous, laissez-les faire. S'ils persistent à vouloir faire cavalier seul, alors faites ce que bon vous semble.

— Faites ce que bon vous semble ? dit Kaydee alors que je reculais sous les murmures de la foule. Quelle sorte de conclusion est-ce là ?

— Je ne pouvais pas dire tuer. Je ne pouvais même pas dire exiler. Trop proche de la mort, apparemment.

Val, au moins, semblait tenir compte de mon conseil. Elle prit son tour dans le cercle maintenant, mais ne regarda que les captifs alignés devant elle. Tous à genoux, seuls Fang et Pravda osaient affronter son regard.

— Vous avez entendu le mécanoïde, dit Val. Un choix. Donnez-vous à nous, comme tous les autres ici l'ont fait, et nous vous accepterons dans notre tribu. Vous pourrez nous aider à construire un nouveau foyer ici. Accueillir un avenir radieux. Ou refusez, et nous ferons en sorte que votre mort soit rapide.

— Rejoindre ou mourir ? dit Pravda en secouant la tête. Ce n'est pas un vrai choix. Laissez-nous retourner vers les nôtres et faire notre chemin comme nous l'entendons.

— Nous avons les embryons, rétorqua Val, toute chaleur

se dissipant en un instant. Votre nombre n'est pas suffisant pour survivre. Vous mourrez à moins de nous rejoindre, ou vous dépérirez jusqu'à devenir désespérés et attaquer, une possibilité que je ne permettrai pas. Donc oui. Rejoignez-nous, ou mourez.

Seul le vent faisait du bruit.

Un homme, le cinquième captif, celui blessé dans le Jardin, se jeta en avant sur le sol. Il jura allégeance, dit qu'il acceptait leurs conditions, qu'il voulait seulement survivre, pour sa famille, qui se trouvait parmi les autres encore perdus, pour qu'elle survive. Les deux autres suivirent presque au même instant, tombant à genoux dans la terre et affirmant la même chose.

— Intelligent, dit Kaydee. Pas sûr qu'ils aient eu besoin de se prosterner comme ça, cependant.

Peut-être, mais Val n'avait pas l'air de s'offusquer du geste. À son signal, deux gardes s'approchèrent et relevèrent les trois hommes. On leur donna des bouteilles d'eau, suivies de fruits et de légumes en conserve. Tous les trois mangèrent et burent là, dans le cercle, juste devant Pravda et Fang.

— Vous voyez ? dit Val. Nous sommes généreux. Bienveillants. Nous ne gardons pas rancune, et vous serez accueillis comme des égaux.

— Des égaux à vous ? demanda Pravda.

Un mince sourire, — Une tribu a besoin d'un chef.

Pravda redressa les épaules. — Alors vous pouvez garder votre tribu. Ramenez-moi vers la mienne, ou tuez-moi. Je ne vais pas me traîner à vos pieds.

Fang, en accord, cracha dans la terre aux pieds de Val.

— Eh bien merde, dit Kaydee. On dirait que Pravda est vraiment stupide.

Avant que je ne puisse acquiescer, Chalo bondit pour

défendre l'honneur de Val. L'homme avait sa hache à la main, la faisant siffler vers le cou de Fang, avant que Val ne lui ordonne de s'arrêter.

— Un jour, dit Val au duo emprisonné. Un jour ici. Vous nous observerez, vous nous verrez, et vous comprendrez. Comme l'a dit le mécanoïde, je ne gaspillerai pas de vies si je n'y suis pas obligée. Même si ces vies appartiennent à des gens comme vous.

TRENTE-SEPT

VERSIONS DU VAISSEU

Suite à l'ordre de Val, le camp s'anima dans sa routine quotidienne. À l'exception de quelques gardes chargés de surveiller les deux prisonniers, tout le monde s'affairait à continuer la construction d'abris, à filtrer l'eau des bassins, ou à s'occuper des innombrables autres tâches nécessaires à la survie d'une colonie humaine. Après avoir attendu que quelqu'un vienne me parler, je réalisai que personne ne se souciait de ce que j'allais faire ensuite.

— Moi, si, dit Kaydee. À quoi tu penses ?

J'avais plusieurs options : je pouvais retourner au Vaisseau Spatial, reprendre le plan que j'avais conçu avec Volt et commencer à transformer l'engin à mon image. Je pouvais rester ici, essayer de mieux comprendre ce que les humains voulaient faire. Ou je pouvais tenter de retrouver Beta et Delta.

— Les retrouver ? demanda Kaydee. Ils doivent bien être quelque part dans le Vaisseau Spatial, non ? Probablement en train d'assouvir leur soif de sang en détruisant chaque méca qu'Alpha a jamais rencontré.

— Je peux l'imaginer pour Delta. Beta a passé sa vie à

protéger Val et ses humains. Je ne pense pas qu'elle les laisserait partir dans l'inconnu sans protection.

— Alors c'est ce qu'on va faire à la place ? Partir à l'aventure pour voir si on peut les trouver ?

Pas tout à fait.

Je trouvai Val et Chalo dans une grande tente, utilisée habituellement pour stocker diverses provisions. Des sacs déchargés et encore pleins jonchaient la pièce, tandis que Val, Chalo et plusieurs autres personnes s'affairaient autour d'une table centrale. Contrairement au groupe de Pravda, les humains ici me saluèrent de la main, et Juny, l'ingénieure qui m'avait réparé, demanda si elle pouvait jeter un autre coup d'œil à mes entrailles pour le plaisir. Des attitudes joyeuses, renforcées par l'espoir et la lumière du soleil.

Alors que j'approchais, Val mit fin à la réunion qu'ils tenaient, congédiant les autres. Seul Chalo resta, me faisant un signe de tête tandis que je prenais une chaise en face de Val.

— Trois sur cinq, ce n'est pas si mal, dit Val en guise d'introduction. Les deux autres sont têtus.

— L'un est un combattant, dit Chalo. L'autre a besoin de se battre et de perdre.

— Perdre ? demandai-je.

— Trop d'orgueil, répondit Val. Les humains peuvent se laisser emporter par leur propre ego. Ils ont besoin d'être remis à leur place avant de recommencer à penser clairement. Elle joignit ses mains devant elle, ressemblant un peu à une ancienne reine humaine. Une reine sans couronne ni bijoux, mais néanmoins majestueuse. Quel est ton plan, Gamma ?

Je fus franc avec la reine. — Beta et Delta ont disparu. Je veux les retrouver.

Val jeta un coup d'œil à Chalo et le chasseur haussa les

épaules. — Nous avons des éclaireurs qui fouillent les collines. S'ils sont à l'extérieur du Vaisseau Spatial, nous les trouverons. S'ils sont à l'intérieur, c'est ton territoire maintenant.

Quoi ? Je me figeai, réfléchissant aux implications de la déclaration de Chalo.

— Vous me donnez le Vaisseau Spatial ? demandai-je.

— Nous n'avons pas le droit de te donner quoi que ce soit, répliqua Val, affichant un sourire malicieux. Nous disons simplement que nous ne voulons rien avoir à faire avec. Du moins, pas grand-chose. Si Leo ou Juny veulent y retourner pour récupérer quelque chose, nous pensons qu'ils peuvent négocier avec toi. Sinon, nous avons ce dont nous avons besoin ici.

— Mais...

— Nous avons passé assez d'années dans ce mausolée, me coupa Val. Ne discute pas, Gamma. Prends ton métal et sois content.

— Alors vous ne voulez pas le détruire ? Je pensais qu'avec le stratagème de Leo, c'était ce que vous vouliez ?

— Si je pensais que nous pouvions détruire le Vaisseau Spatial, peut-être que j'essaierais. En l'état, nous avons d'autres priorités.

Chalo croisa mon regard, l'air glacial. — D'autres priorités pour l'instant. Gamma, nous te faisons confiance pour prendre le Vaisseau Spatial et le nettoyer. Rends-le sûr, maintiens-le paisible. Si cela n'arrive pas, alors nous reviendrons.

JE RÉFLÉCHIS à la menace de Chalo en quittant la tente. Ils devaient savoir qu'avec un peu de temps, je pourrais créer une force plus meurtrière à partir des

Lignes de Fabrication que les humains ne pourraient vaincre. Mais peut-être savaient-ils aussi que je ne serais pas capable, moi-même, de créer une telle force : la programmation de base et ses protections, une fois de plus.

— Hé, je pense que tu as remporté une grande victoire là-dedans, dit Kaydee, marchant à côté de moi, la main levée pour se protéger du soleil. Tout ce que nous voulions, c'est fait.

— Pas tout à fait tout, dis-je, me dirigeant maintenant vers l'énorme boîte contenant les embryons.

Leo et plusieurs Forgerons travaillaient autour du conteneur d'embryons, leur priorité pour les premiers jours ici. Ils avaient agrandi l'enceinte, donnant aux fioles plus de séparation, un refroidissement plus fiable. Malgré tout, les batteries maintenant les températures stables auraient bientôt besoin d'être rechargées au-delà de leur appoint solaire.

Leo me dit cela sans que je le lui demande alors que je le regardais serrer des rivets sur la nouvelle section. Lorsqu'il termina son travail et son explication, Leo essuya un peu de sueur de la partie naturelle de son front et me fit face.

— Alors, de quoi as-tu besoin ?

Le Forgeron avait un air étrange, ses vêtements usés et graisseux se mêlant à son corps mi-humain, mi-machine. Remplaçant les organes et les sections de peau défaillants un par un, une forme brutale de prolongation de la vie. Une forme qui faisait de Leo l'expert le plus qualifié pour ce que j'étais sur le point de demander.

— Kaydee et moi partageons un corps, dis-je. Elle dit qu'elle va prendre le contrôle, que je serai piégé à l'intérieur de moi-même. Qu'elle n'a pas le choix. Tout cela est-il vrai ?

. . .

LEO CLIGNA des yeux vers moi, puis s'assit sur l'herbe. Il tapota le sol à côté de lui. Je fis comme le signal le suggérait, sentant la terre molle sous moi. Un contact agréable comparé au métal dur.

— Tu sais sans doute que les esprits étaient toujours destinés à diriger les vaisseaux, n'est-ce pas ? demanda Leo et j'acquiesçai. Il y avait beaucoup d'espoir là-dedans, beaucoup d'exécution imparfaite, mais à mon époque, les choses semblaient plutôt bien se présenter. Trop bien, pourrait-on dire, c'est pourquoi nous avons dû tout détruire.

— Parce que les esprits ne sont pas tous humains. Je pouvais sentir Kaydee écouter, son influence à la limite de mes fonctions.

— Ils le sont, mais ils n'ont pas toutes les parties d'un humain, si ça a un sens. C'est un cerveau cartographié, la biologie convertie en uns et zéros. Ce n'est pas parfait, mais l'imperfection semblait préférable à l'extinction, dit Leo. J'ai opté pour le meilleur des deux mondes, j'ai créé un esprit à partir de moi-même et j'ai essayé de continuer à l'ancienne.

— Tu n'as pas répondu à ma question.

— Est-ce que Kaydee va te prendre le contrôle ? Leo haussa les épaules. Peut-être ? Probablement ? Le truc, Gamma, c'est que tu n'es pas un mech de pacotille. Tu es intelligent. Tu apprends. Tu fais des compromis. Kaydee n'est pas très différente de toi. Pense à ça comme à deux colocataires coincés dans le même appartement : communiquez et arrangez-vous.

— Je n'ai jamais vécu dans un appartement. Je n'ai jamais eu de colocataire.

Leo leva les yeux au ciel. — Tu saisis mon point.

— Si je la supprime, est-ce un meurtre ?

Leo regarda fixement les collines. Les nuages de toile n'étaient pas aussi visibles en plein jour, mais si je cherchais, je pouvais encore distinguer les fils de soie flottant dans la brise. Des rires se mêlaient aux outils qui coupaient, tranchaient, réparaient. Un enfant criait les règles d'un jeu.

— J'ai une théorie, dit Leo. Une que je n'ai jamais pu tester. Vois-tu, je pense que les premiers vaisseaux, ceux qui sont devenus trop dangereux, ne faisaient pas de compromis. Leurs esprits détruisaient les vaisseaux, ou l'inverse. Tu enlèves la moitié de qui tu es, les choses peuvent mal tourner rapidement.

Je me souvenais de comment je me sentais quand Kaydee m'avait été arrachée, combien j'étais seul et perdu, sans son sarcasme guidant et ses seconds avis. Ouais, peutêtre que si j'avais continué comme ça, mis dans des situations sans objectif clair. À la dérive, seul...

— Écoute, dit Leo, j'aimais Kaydee. Nous avons eu la malchance de naître à une époque pourrie, et j'ai fait des choix à l'époque que je regrette maintenant. Il se tourna vers moi, l'air penaud. Tu as de la chance de l'avoir avec toi. Je ne renoncerais à ça pour rien au monde maintenant.

— C'est pour ça que tu as essayé de nous détruire tous les deux ?

— Quoi ?

— Surcharger les moteurs de Starship. Tu aurais tué Kaydee en même temps que moi.

Leo rit. — Tu savais que ce n'était pas réel. Je ne pensais pas que tu couperais l'alimentation cependant. Ça nous a fait un choc, mais j'apprécie l'avance.

— Donc tu ne l'aurais pas fait si tu avais pu ?

Maintenant, le rire de Leo s'estompa, se durcit. — J'ai dit à Val que je pouvais faire exploser Starship et que tu l'avais arrêté. J'ai fait ça parce qu'autrement nous serions restés, nous nous serions armés et serions partis à la chasse. Trop effrayés qu'Alpha, ou les sbires de ce rigolo nous prennent par surprise. Il prit une profonde inspiration, agita la main vers l'air autour de nous. Regarde ça, Gamma. Je n'allais pas manquer ça pour plus de combats. Je suis désolé si je vous ai fait peur à toi et Kaydee, vraiment, mais je ne regrette pas ce que j'ai fait.

Kaydee resta silencieuse pendant toute la conversation. J'ai pensé à la sonder à ce sujet après que Leo soit retourné à son travail, mais je me suis retrouvé distrait par la vie autour de moi. Il y avait des leçons à tirer ici, et j'absorbais la coopération des gens. Non seulement construisant, mais cuisinant, nettoyant, soignant les blessures du groupe de Pravda. J'avais vu des aperçus de Starship tel qu'il était autrefois, mais c'était la première fois que je voyais une société telle qu'elle devrait être : totalement unie, penchée sur un seul objectif.

Les mechs pourraient être ainsi, si on leur en donnait la chance.

Un coureur interrompit ma visite auto-guidée, gâchant les odeurs que j'analysais pendant que plusieurs personnes préparaient un mélange de riz et de légumes. Le message était court : Chalo, maintenant.

Le chasseur de têtes de Val n'était pas dans sa tente, mais se tenait devant Pravda et Fang. Bien que le soleil soit encore haut dans le ciel, l'impatience imprégnait l'air. Personne ne voulait attendre jusqu'à la tombée de la nuit pour faire un choix.

— Nous savons où ils sont, me dit Chalo alors que je le rejoignais. Tes mechs. Ils se rassemblent au nord, près du Pont de Starship. Ils déplacent des rochers, creusent aussi.

— Ils construisent ?

— Rien que mon éclaireur puisse décrire. Posant des

fondations, peut-être.

— Ou creusant vos tombes, dit Fang, qui écoutait.

— Nous devrions creuser les vôtres, répliqua Chalo, puis il hocha la tête vers moi. Gamma, Val dit que nous ne devrions pas gaspiller de vies, mais en ce moment ces deux-là gaspillent les nôtres.

— Il fera nuit avant longtemps.

— Au moins un autre jour terrestre. Si je suis en train de faire la course avec les mechs pour construire une ville, des mains bloquées ici pour deux personnes qui ne verront pas les choses à notre façon sont des mains que je pourrais utiliser ailleurs.

— Chalo, pourquoi m'as-tu amené ici ? demandai-je. Si tu veux les tuer, tu aurais pu le faire sans moi.

Chalo soupira. — Je t'ai amené ici pour les convaincre de changer d'avis, et de le faire vite. Je rassemble certains d'entre nous pour aller jeter un coup d'œil de plus près aux mechs, et je suppose que tu voudras venir avec nous.

— Oui.

— Alors tu laisseras derrière toi soit deux cadavres, soit les deux nouveaux membres de notre tribu. Chalo posa une main sur mon épaule. Tu as une heure.

DÉCIDER OU MOURIR

Deux imbéciles égocentriques, chacun représentant plus d'un pour cent des adultes restants de l'humanité. Tous deux, les mains attachées avec du fil plastique, à genoux, me regardant avec un détachement sans vie. Le village de Val continuait son train-train autour de nous, comme si ces vies n'étaient pas en jeu. Les deux gardes de Chalo se tenaient à plusieurs mètres de là, observant avec une curiosité nonchalante.

Que ferait le robot ?

— Séparez-les, dit Kaydee, reprenant ses esprits pour la première fois depuis ma conversation avec Leo. Si les paroles de l'homme avaient eu un quelconque effet sur mon amie, elle n'en montrait rien. Légère et enjouée, elle utilisa ses mains pour tracer une ligne imaginaire entre Pravda et Fang. — C'est ce qu'ils font dans tous les films. On ne peut pas laisser les amis rester ensemble.

Sachant à quel point je rebondissais sur les idées de Kaydee, comme j'avais travaillé main dans la main avec Delta pour survivre à des situations délicates, la stratégie avait du sens. J'en informai les gardes et les deux déplacèrent Fang et Pravda de part et d'autre du cercle. Assez loin, avec le bruit ambiant, pour empêcher une voix basse de porter.

Assez loin pour se demander ce que l'autre pensait.

— Fang d'abord, dit Kaydee après que les deux eurent été séparés. — Elle sera la plus difficile, et le temps presse.

Je choisis Pravda à la place : je préférais en sauver un plutôt qu'aucun et, des deux, Pravda était agaçant mais Fang était plus susceptible de me poignarder dans le dos, ou de le faire à Chalo, ou à n'importe qui. Littéralement.

Pravda ne me lança même pas un regard noir lorsque je m'assis dans l'herbe en face de lui. Il avait l'air fatigué, assoiffé, mais je ne demandai pas plus d'eau. La ressource était précieuse, surtout maintenant que chaque goutte n'était plus capturée par les systèmes de recyclage du Vaisseau. Pravda devait prouver qu'il en valait la peine.

Je le lui dis.

— Assoiffé ? dit Pravda. — Tu crois que c'est ce qui me préoccupe en ce moment ? Genre, tu as écouté cette folle ? Elle va me tuer, Gamma. Tout ça parce que je ne veux pas, je ne sais pas, m'incliner devant elle ou une autre absurdité moyenâgeuse ?

— Val veut la paix. C'est tout. Elle te demande de t'y engager.

Pravda plissa le nez, la bouche. — Tu ne comprends rien aux humains si tu penses que c'est ce qu'elle demande. C'est bien plus que ça.

— Explique-moi.

— Elle veut prendre toutes les décisions. Si je dis oui, je ne dis pas seulement que je ne tuerai personne, mais que je ferai ce qu'elle veut. C'est une dictature.

— N'est-ce pas ce que vous aviez avec votre groupe ?

— C'était pour survivre. Là, c'est la civilisation. Je ne me suis pas congelé pour me réveiller et devenir un esclave.

Je fis un geste vers les gens autour de moi. — Ces gens ont l'air d'être des esclaves pour toi ?

— Je... La défiance de Pravda vacilla, ses yeux et sa bouche se crispant de confusion.

— Tu ne les connais pas. Tu ne connais pas cet endroit ni son fonctionnement. J'esquissai un léger sourire. — Je n'aimais pas beaucoup Val non plus quand je l'ai rencontrée. Elle est dure. Déterminée. Mais les gens ici l'acceptent parce qu'elle les a menés jusque-là. Donne-lui une chance. Si ça ne marche pas, tu pourras toujours partir.

— Partir et aller où ?

Mon sourire s'élargit. — Tu as entendu Chalo. J'aurai le Vaisseau. Si tu es frustré, je te laisserai revenir. Je pense qu'il y a assez de place pour nous deux.

Pravda rit. Une victoire. Kaydee, derrière lui, me fit un pouce levé, sa main devenant énorme dans l'action, son pouce plus grand que ma tête. Grand, ridicule, encourageant.

Il était temps d'aller chercher la victoire.

— Pravda, toi et tous les gens que tu as aidés n'obtiendrez rien si tu meurs ici et maintenant. Rien. Une pause stratégique, pour laisser le gâchis faire son effet. — Ou tu peux utiliser tout ce que tu sais pour aider. Tu peux faire partie de l'humanité sur ce nouveau monde, même si cela signifie ravaler un peu de fierté.

Pravda hocha la tête. — Je sais. Je sais que c'est inutile. C'est juste que j'avais tellement d'idées, Gamma. Pour le Vaisseau, pour tout le monde, et maintenant elles ont disparu. Je les veux à nouveau. Je veux ces possibilités à nouveau.

— Tu as déjà renoncé à ces possibilités une fois, quand

tu es entré dans les chambres cryogéniques. Maintenant, tu peux encore en réaliser certaines. Ce sera peut-être juste un peu plus difficile.

— Pas mal, le mécano. Pravda soupira. — Je suppose que je n'étais pas vraiment prêt à mourir pour la cause de toute façon. Il se tourna, regarda Fang. — Elle ne sera pas aussi facile à convaincre.

— Non, en effet.

— Quelle est ta stratégie ?

— La même que pour toi. Écouter d'abord, espérer avoir de la chance.

— Eh bien, je suis de tout cœur avec toi. Pravda, avec mon aide, se leva. — Hé, tête de pierre, appela Pravda au garde le plus proche. — Je suis prêt à signer le serment de Val ou ce que vous voulez. Quand le garde s'approcha, Pravda haussa les sourcils. — Ne fais pas cette tête. Je suis sûr que tu auras l'occasion d'exécuter quelqu'un un jour.

Le garde commença : — Ce n'est pas ce que...

Pravda l'interrompit, se lançant dans ses habituelles grandes visions tandis que le garde confus le conduisait vers la tente de Val.

Me laissant seul avec une femme pleine d'entrain.

— Hé, tu en as déjà convaincu un sur deux, dit Kaydee, debout à côté de moi alors que nous regardions le dos de Fang. — Il te reste trente minutes selon mon décompte.

— Pravda a pris autant de temps ?

— Il y a eu beaucoup de pauses dans cette conversation, mon pote.

— Tu penses que je peux faire la même chose avec elle ?

— Bien sûr, fais juste attention quand elle se lèvera, car elle pourrait essayer de te tuer.

Fang ne se leva pas quand je m'assis devant elle. Elle me fixa du regard. Pour la première fois, je ne lus pas de malveillance dans ces yeux. Son léger froncement de sourcils exprimait moins la vengeance que l'épuisement. Ses bras pendaient mollement, ses pieds bottés reposaient détendus dans l'herbe. Rien en elle ne disait dangereux, rien en elle ne disait menaçant.

— Tu ne vas pas me convaincre, dit Fang. — L'homme a dit que tu avais une heure et le temps passe.

— Pravda a changé d'avis, répondis-je, essayant de garder une attitude neutre.

Les émotions, pensai-je, ne seraient d'aucune aide ici.

— Pravda a toujours été flexible. C'est pour ça que c'est lui qui dirige notre groupe, pas moi. Il pourrait changer avec les marées.

— Mais pas toi ?

— Je ne veux pas. Fang jeta un coup d'œil au ciel. Je suis une combattante. J'ai grandi sur Starship au bord de la guerre, une guerre qui a éclaté et que j'ai combattue jusqu'au bout. Je ne vais pas tout jeter pour tisser des robes.

— Tisser des robes ?

— Tu vois ce que je veux dire. Tout ça. Je ne suis pas faite pour la paix.

Kaydee renifla. — Elle a l'air d'un cliché.

Mon Esprit était peut-être dédaigneux, mais j'y voyais une ouverture.

— Tu détestes tous les mechs, ou juste moi ? ai-je demandé à Fang.

— Je ne déteste pas les mechs. Je ne leur fais juste pas confiance. Ni à toi.

— Mais tu es douée pour les détruire.

— Je n'ai pas réussi à te cramer, malgré mes efforts.

Bon, ce n'était peut-être pas la réponse que je voulais, mais j'avais engagé Fang dans la conversation. Elle m'analysait maintenant, avec un regard de tueuse. Un regard que je pouvais reconnaître parce que j'avais vu Delta le porter bien assez souvent.

— Chalo m'a dit qu'ils ont trouvé où les mechs se rassemblent, ai-je dit. Avant de vous trouver, nous avons démonté un flexi-mech. J'ai vu ce qu'il y avait à l'intérieur. Son code, ses lecteurs. Alpha s'était copié, l'avait distribué à toutes ses machines.

— Tu dis qu'on n'a peut-être pas tué ce truc ?

— Je dis qu'il reste du travail pour toi si tu le veux.

— Comme si ce type allait m'emmener.

— Tu sais tirer au fusil. Tu es volontaire. Ça te place dans un groupe rare.

Fang se mordit la lèvre. — Donc mes choix sont de me faire couper la tête ce soir, ou d'aller en mission pour tuer des mechs ?

— À peu près.

Nous sommes restés silencieux. Kaydee passa le temps à parier si Fang nous rejoindrait, puis si elle énerverait Chalo dans les cinq ou dix premières minutes. Je n'ai pas fait de paris, j'ai juste attendu, regardant le chronomètre. J'étais entré là-dedans pour suivre ma programmation de base : sauver les humains. Maintenant, je voulais que Fang vienne juste parce que j'avais fait l'effort.

Je voulais une victoire.

— Dis à ce Chalo de venir ici. Je veux lui parler, dit Fang. Je dois savoir si on peut travailler ensemble, lui et moi.

— C'est fait.

— Gamma, ne pense pas que toutes ces conneries que tu fais changent quoi que ce soit entre nous. Je sais ce que tu as fait pour nous faire sortir de Starship. Je ne te le pardonnerai pas. Jamais.

Je me suis levé et l'ai regardée. — D'accord.

Kaydee a attendu que je m'éloigne de quelques mètres avant de s'animer à côté de moi.

— D'accord ? D'accord ? dit Kaydee, sa voix s'ajustant pour m'imiter. C'est ta réplique ? Elle menace ta vie et tu dis d'accord ?

— Elle ne menace pas ma vie, ai-je répondu en me frayant un chemin à travers la ville vers la grande tente de Val et Chalo. Ou, je suppose, elle n'est pas une menace, quoi qu'elle dise.

— Euh, Gamma, elle avait un fusil sur ta tête pendant tout le trajet jusqu'ici ?

— Et maintenant elle ne l'a plus. J'ai haussé les épaules. J'ai beaucoup d'amis. Elle n'en a aucun. J'ai Starship, elle aura peut-être un arc et des flèches si Chalo est gentil. J'ai de plus gros problèmes à régler.

Mes propres systèmes le confirmaient, classant l'évaluation de la menace de Fang bien bas dans la liste. Même en dessous d'événements improbables comme un dysfonctionnement de la programmation d'Alvie et mon chien se retournant contre moi. Non, je n'allais pas devenir paranoïaque, surtout pas par une belle journée comme celle-ci.

Quand j'ai trouvé Chalo, il était déjà en train de s'équiper avec une douzaine d'autres combattants. Je lui ai parlé de Fang, il m'a remercié, puis m'a dit ce que je voulais vraiment entendre :

— Équipe-toi, Gamma. Tu viens avec nous.

TRENTE-NEUF

LA CHASSE AUX MÉCAS

Dix sacs, dix personnes. Neuf humains, un vaisseau. Et un chien métallique qui aboie en sifflant. Nous avons vérifié notre équipement, passé les sangles autour de nos épaules. Chalo a examiné les cordes d'arc, confirmé l'empennage, des gestes banals qui auraient pu être délégués mais qui devaient avoir une signification particulière pour lui. Deux Forgerons nous ont rejoints, portant des fusils avec des batteries pleines. Cinq autres venaient des rangs des chasseurs de Val, ceux qui étaient assez en forme pour marcher jusqu'au combat.

Le dernier ?

Fang avait un sac mais pas d'armes. Chalo m'a ordonné, avec mon endurance presque illimitée, de porter ses armes. Fang les récupérerait si elle atteignait le combat sans causer de problèmes, sans essayer de m'arracher la tête. Elle s'était contentée de sourire à Chalo, de dire d'accord, et d'attendre avec le reste d'entre nous.

Val a fait un bref discours d'adieu, observé par certains du village — la plupart, ai-je remarqué, continuaient simplement à travailler, cuisiner, vivre — et elle nous a rappelé que nous n'allions pas à la guerre. Tout au plus, c'était un assassinat, une tentative d'éliminer tout leadership dangereux parmi les mécas. L'objectif principal ? Sauver Delta et Beta.

Ce seraient les deux guerriers les plus aptes à défendre les humains dans les années à venir.

Dans les archives du Bibliothécaire, les groupes partants avaient tendance à partir en fanfare. Trompettes, pétales de fleurs jetés des balcons par des sympathisants. Rien ne nous accompagna sauf le soleil blanc éclatant et quelques toiles d'araignées diaphanes flottant bas. Même Val, après son discours et ses vœux de bonne chance, est retournée à sa tente avant que nous n'ayons parcouru quelques mètres.

— C'est parce que nous sommes censés revenir, espèce de machine sentimentale, a dit Kaydee alors que nous commencions la marche. Chalo a placé Fang au centre de la colonne, avec moi tenant l'arrière. Alvie gambadait autour, sautant parfois sur les toiles d'araignées diaphanes. Ce n'est pas une Grande Guerre à laquelle nous allons.

— N'est-ce pas le cas, pourtant ? ai-je répondu. Les mécas travailleront plus vite que la tribu de Val. Chaque jour, l'écart se creusera de plus en plus jusqu'à ce que, peu importe le nombre d'humains qu'elle aura, il y ait dix mécas pour chacun d'entre eux. Nous les arrêtons maintenant, ou nous perdons.

— Je déteste te l'annoncer, Gamma, mais les chiffres sont déjà contre nous, a répondu Kaydee et devant moi, dessinées dans l'air au-dessus des têtes en marche, se trouvaient les rangées sur rangées de flexi-mécas d'Alpha. Disons que Pravda et ses gens ont réussi à en éliminer quelques dizaines. Peut-être une centaine. Cela laisse quand même trois ou quatre fois plus de mécas meurtriers que nos humains qui nous attendent.

— Tu dis que nous sommes déjà morts ?

— Je dis que nous avons deux possibilités. Les mécas ont disparu, Kaydee flottant maintenant à leur place. Elle a pointé de son bras droit, Beta et Delta apparaissant, le ciel bleu derrière eux. Nous sauvons ces deux-là, nous les équipons correctement, nous les faisons attaquer et ravager l'armée d'Alpha jusqu'à ce qu'il n'en reste rien. Bras gauche maintenant. Alpha, seul, bien que dans le corps qu'il n'avait plus, cheveux roux et cicatrices. Ou nous le prenons. Je sais que nous l'avons déjà fait, mais devine quoi, il est dehors maintenant. Le réseau du vaisseau spatial n'est pas disponible pour lui. Pas de téléchargement, pas de transfert. Si nous le coincions ici, il disparaîtrait.

— Sauf que son code est dans chaque flexi-méca là-bas.

— Certes, mais quelque chose doit lui dire de s'activer, non ? Sinon, il y aurait quelques centaines d'Alpha qui chargeraient en ce moment, et nous le saurions si c'était le cas parce que tout serait complètement dingue.

Hmm. Je ne trouvais pas beaucoup de failles dans l'analyse de Kaydee. Sauf une.

— Les gens de Pravda quittent le Vaisseau, ai-je dit. Dès qu'Alpha le verra, il le reprendra.

— C'est pourquoi nous devons agir vite, a répondu Kaydee, et faire confiance à Volt pour ne pas être assez stupide pour laisser les portes ouvertes.

La fuite du Vaisseau marquait la troisième fois que je posais le pied sur le nouveau monde, et cette fois la plus longue. Pendant le sprint nocturne avec Beta et Delta, je m'étais concentré sur le fait de mettre un pied devant l'autre, consumé par l'objectif et la vitesse à laquelle nous pouvions l'atteindre. En comparaison, c'était un rythme tranquille. Que Chalo veuille que le groupe atteigne les mécas avec de l'énergie, ou parce que l'éclaireur n'avait mentionné aucune menace immédiate, j'avais le temps d'admirer la vue, d'embrasser le coussin herbeux sous mes pieds. Connaissant les bassins bouillonnants, je voyais des signes dans les autres vallées que nous traversions : de faibles volutes s'évanouissant dans le néant en s'élevant. Le vent restait le seul son naturel, portant les conversations entamées et abandonnées entre les marcheurs.

Le folklore du Bibliothécaire contenait d'innombrables récits d'humains chantant des chansons, plaisantant sur leur bravoure à la veille du conflit, pourtant le groupe de Chalo semblait apathique. Déterminé, oui, mais avec de la prudence dans leurs pas. Aucune pensée glorieuse ne franchissait les lèvres que je pouvais entendre.

— C'est parce qu'ils sont fatigués, a dit Kaydee, me rejoignant. Ils ont passé toute leur vie à esquiver les mécas, à vivre dans les ombres crasseuses du Vaisseau, et maintenant ils s'échappent seulement pour être ramenés ? Pas beaucoup de raisons d'être excités dans tout ça.

— Mais c'est une chance de mettre tout ça de côté pour toujours, ai-je répondu. Comment peuvent-ils ne pas être heureux de cette opportunité ?

— Pour toujours ? Kaydee a ri. Gamma, si ce n'est pas Alpha, ce sera quelqu'un ou quelque chose d'autre. Tôt ou tard. Bon sang, donne-leur quelques années et peut-être que ce sera nous.

— Nous ?

— Il y a mille choses qui dirigent la tribu de Val vers nous. Imaginons que tu prennes Starship. Maintenant, tu as toutes sortes de ressources que Val pourrait utiliser. Ils comptent sur cette planète pour avoir tout ce dont ils ont besoin, mais elle n'aura pas de médicaments. Son sol ne sera peut-être pas fertile. Et...

— Nous leur donnerons ce dont ils ont besoin, dis-je. À quoi tout cela me servirait-il ? Les mechs ne sont pas avides.

Kaydee semblait sur le point de continuer, son visage s'assombrissant. Une vision sombre de l'avenir dans ces rides, mais qu'elle finit par rejeter, préférant secouer la tête.

— Peut-être que ton optimisme l'emportera, mon pote. Je l'espère.

— Ce n'est pas de l'optimisme. C'est de la logique.

— Quelque chose dont les humains ont à revendre, on le sait tous les deux.

Nous nous sommes chamaillés pendant plusieurs heures. Chaque fois que Kaydee voulait abandonner le sujet, je revenais à la charge, insistant pour obtenir des explications, des idées, des histoires. Elle répliquait avec cynisme, une vision sombre sans doute façonnée par ses dernières années misérables en tant que personne vivante et respirante. Peu importe à quel point mon avenir de mech pouvait être malléable, Kaydee insistait sur le fait que ce ne serait pas suffisant. Son espèce continuerait à venir, à prendre selon ses besoins et son ennui jusqu'à ce que nous, les machines, soyons soit anéantis, soit asservis.

— Êtes-vous mauvais, alors ? demandai-je finalement. Les humains ?

— Nous vous avons créés, répondit Kaydee. Êtes-vous mauvais ? Avant que je puisse répondre, elle balaya ma réponse d'un geste. Nous sommes de tous les types, Gamma, tout comme les mechs. Ce que j'essaie de te dire, encore et encore, c'est que tu ne peux pas nous faire confiance. Un en particulier, une personne spécifique ? Peut-être. Mais en tant qu'espèce ? Non. Alors ne va pas emballer tes circuits autour d'un idéal élysien.

— Ce qui me laisse quoi ? La colère ? La violence ?

— Que dirais-tu de la prudence ?

Le mot s'infiltra dans mes plans, les idées avec lesquelles j'avais occupé mes processeurs pendant les moments d'inactivité, comme lors de la marche et des pauses où les humains mangeaient, buvaient et se reposaient. Comme quelqu'un qui se souvient d'une chanson en nettoyant, j'avais élaboré l'avenir de Starship : des agencements, de nouveaux mechs, des opportunités. Maintenant, je colorais ces plans, ajoutant une nouvelle variable : les menaces extérieures.

Le soleil était déjà bas dans sa descente lorsque nous avons gravi la dernière colline. La grande masse de Starship se dressait à notre droite, un mur d'argent scintillant à l'horizon. Au-delà, visible autour de son nez, s'étendait une grande mer grise que nous n'avions pas encore explorée. Leo, au village, pensait qu'elle était faite de la même matière que les mares bouillonnantes, mais personne n'avait testé la théorie. Il y aurait le temps pour cela après.

Notre groupe de dix, plus Alvie, s'aligna au sommet de la colline et regarda la vaste plaine que les flexi-mechs d'Alpha avaient choisie pour leur nouveau foyer. Un champ rocailleux, du basalte noir perçant l'herbe ici et là. Le vent soufflait plus fort, sans collines pour s'abriter en contrebas, mais les mechs n'en étaient pas gênés. Au contraire, ils travaillaient en équipes, martelant les roches et, une fois brisées, transportant les blocs vers divers carrés en expansion. D'autres mechs utilisaient des outils récupérés de Starship, faisant fondre et moulant les roches pour les assembler. Plusieurs petites habitations, sans toit, étaient déjà remplies de pièces. Avec des barils contenant, je le soupçonnais, des liquides de refroidissement. D'autres mechs encore semblaient s'affairer à réassembler des panneaux solaires volés sur la coque de Starship, construisant des stations de recharge, des conduites d'alimentation pour de futures industries.

— Ils ont tout ça à l'intérieur de Starship, dit Kaydee. Pourquoi se donner la peine de le refaire ici ?

— Pour la même raison que Val s'est enfui, répondis-je. Starship peut être détruit. C'est plus difficile de faire exploser une planète.

Chalo s'approcha de moi, pointant du doigt les mechs, en particulier deux qui se tenaient au centre du camp. Je les avais remarqués rapidement, les observant, attendant un signe qu'ils n'étaient pas ce que je craignais.

— Tu les vois, n'est-ce pas ? dit Chalo.

— Oui.

— Ils n'ont pas l'air de se battre. Ou d'être retenus captifs.

— Non, en effet.

Chalo me regarda, — Alors dis-moi ce que tu en penses.

— Je dois m'approcher, dis-je, bien que je n'en aie pas envie. Je dois leur parler.

— Vont-ils te tuer ?

— Peut-être. Il y en a des centaines là-bas, Chalo. Il n'y a aucune chance que nous nous en sortions tous. Mieux vaut m'envoyer moi, voir ce qui se passe.

— Si tu ne survis pas ?

— Envoie mon chien à Volt, sur Starship. Fais-le s'ouvrir, puis récupère toutes les armes que tu peux. Et sauve les gens de Pravda, parce que vous aurez besoin des effectifs quand les mechs viendront pour vous.

QUARANTE

UNE NOUVELLE SOCIÉTÉ

Que personne ne dise jamais que les mechs sont paresseux.

Avec Alvie à mes côtés, nous avons descendu la colline et pénétré dans les franges de la base. Les flexi-mechs en mouvement, plaçant des roches, nous ont regardés pendant quelques secondes. Certains nous ont salués d'un geste de leurs dix doigts. D'autres, les mains occupées par leur travail, nous ont fait un signe de tête. Leurs yeux roses, normalement allumés de colère, semblaient au contraire doux, concentrés. Loin d'être mortels.

De près, le site perdait tout aspect sinistre donné par la distance. Les abris ressemblaient juste à des abris, pas à des fortifications. Il n'y avait pas d'armes empilées à l'intérieur. Je n'ai vu aucun de ces mechs chiens de chasse, ceux faits uniquement pour le massacre. Peut-être qu'un humain aurait trouvé le silence inquiétant, le seul bruit provenant des mechs qui grinçaient et cliquetaient en se déplaçant, mais pour moi, cela ressemblait à-

— Un foyer ? Kaydee est intervenue. Tu es sérieuse- ment sur le point d'appeler ça un foyer ?

— Des mechs, un ciel magnifique, personne qui nous tire dessus ? ai-je répondu. Que veux-tu de plus ?

— Mais tous ces mechs appartiennent à Alpha, pas à toi, a dit Kaydee. Tu ne sais pas ce qu'ils font vraiment. C'est comme regarder un tableau à moitié terminé et supposer savoir à quoi il ressemblera à la fin.

— C'est plus prometteur que tout ce que j'ai vu jusqu'à présent.

— Un tas de bâtiments en pierre à moitié construits ?

— Non, la coopération. Les mechs travaillent tous ensemble. Ça montre que je ne perds pas la tête en pensant qu'on pourrait faire la même chose dans le Vaisseau.

— Ouais, ils travaillent tous ensemble parce qu'Alpha contrôle chacun de leurs mouvements.

Cette fois, j'ai roulé des yeux, dépassé Kaydee et me suis dirigé vers le centre.

Contrairement à la colonie de Val, où un cercle de terre dégagé marquait le centre, les mechs utilisaient un exemple plus frappant : deux vaisseaux, l'un debout, l'autre agenouillé, observaient les progrès en silence. Beta, ses longs cheveux roses attachés coulant sur un côté, des couteaux hérissant ses bandoulières et des anneaux le long de ses bras et jambes, a observé mon approche sans réaction, comme si elle suivait le soleil descendant au-dessus.

Je me suis arrêté un long moment quand j'ai distingué l'état de Delta. Le vaisseau avait les genoux dans l'herbe, les mains verrouillées dans du métal forgé derrière son dos, et un regard rétréci gravé sur son visage. Si Beta n'avait aucune réaction, le visage de Delta s'est tordu de choc à mon apparition.

Un choc accompagné d'un cri, que je ne pouvais pas comprendre. Sa bouche bougeait, mais il n'en sortait qu'un charabia sans ton. Comme quelqu'un martelant les touches d'un piano, ou posant son coude sur l'ivoire.

Le regard inexpressif de Beta a vacillé, pendant une seconde, en un large sourire avant de reprendre sa ligne.

— Ah merde, a gémi Kaydee. C'est genre le pire scénario possible.

— On ne sait pas encore ce qui s'est passé, ai-je répondu.

J'ai gardé mes mains visibles, montrant que je ne portais pas d'armes en m'approchant. Autour de nous, des roches noires et grises étaient empilées, attendant d'être moulées. Des toiles de soie recouvraient le ciel au-dessus de nous, parsemant l'après-midi d'étincelles. La brise omniprésente continuait. Aucun flexi-mech ne s'approchait.

— Je suis contente que tu sois là, Beta a commencé la conversation. Nous avons envoyé des flexi-mechs pour te récupérer des humains, mais ils ne sont jamais revenus. J'ai supposé que tu étais une victime.

J'ai penché la tête, étudié Beta. Les mots n'étaient pas les siens, le ton et la cadence étaient différents. Pas d'insultes. Pas de lancer de couteau en l'air pour le rattraper.

— Tu vois ? a chuchoté Kaydee.

— Nous avons rencontré vos mechs, ai-je dit. Ils n'ont pas survécu.

D'un geste vif, Beta a sorti un couteau et l'a pointé vers le haut et au loin, vers la colline où Chalo et les autres chasseurs attendaient. — Sont-ils là-haut maintenant, à nous observer ?

— Ils essaient de déterminer ce que vous êtes.

— Des villageois, rien de plus, Beta a souri. C'est comme tu le voulais, Gamma. La paix. Des mechs créant leur propre société.

— C'est ça une société ? J'ai regardé autour. Les mechs travaillent tous en silence. Je n'entends ni rire ni chant. Ça ressemble plus à une prison qu'à toute autre société que j'ai vue auparavant.

Beta a rejeté sa tête en arrière et a ri. — Alors Gamma, la seule société que tu apprécies est une société humaine ? Si c'est le cas, alors pars, retourne auprès de tes amis mous. Je suis sûre qu'ils auront besoin que tu leur dises comment se comporter.

— Ouaip, définitivement pas Beta, a continué Kaydee. Comment penses-tu qu'Alpha l'a volée ? Virus ? Piège ?

Comment c'était arrivé n'avait pas d'importance. Comment nous allions la réparer était plus important.

— Je ne suis pas un dictateur, ai-je répondu.

— N'est-ce pas le cas, pourtant ? a dit Beta. Leo nous a conçus par paires. Beta, Delta les combattants. Alpha et Gamma, les penseurs. Les dirigeants. Il est temps que tu assumes ton rôle et que tu retournes chez toi. Dans quelques centaines d'années, nous pourrons nous retrouver et comparer les résultats, ta civilisation contre la mienne.

— C'est-

— Absurde ? Pourquoi pas ? Beta a mis deux doigts dans sa bouche et a soufflé, sifflant une note aiguë et perçante dans l'air. Que faisons-nous ici, Gamma ? Tout cela n'est-il pas absurde ? Une mission condamnée à travers la galaxie, les machines et l'humanité se battant les unes contre les autres exactement comme sur le monde qu'ils ont laissé derrière eux. C'est ce que nous sommes, alors pourquoi ne pas continuer la danse ?

Avant que je puisse trouver une réponse, une nouvelle figure est apparue d'un abri à ma droite. Le plus grand construit, le toit voûté nous empêchait de voir à l'intérieur depuis la colline. Maintenant son contenu se vidait, escorté par les seuls flexi-mechs armés que j'avais vus dans le village. Ceux laissés par Pravda, regroupés et dépouillés de leurs masques, de leurs armes, de leurs manteaux. Ils marchaient en haillons.

— La résistance acharnée à l'intérieur du Vaisseau s'est effondrée une fois qu'ils ont fui à l'extérieur, a dit Beta, et maintenant ils manquent de nourriture et d'eau. Affamés dans leur nouvelle maison. Pas vraiment l'accueil auquel ils s'attendaient. Elle m'a regardé à nouveau. Tu peux les emmener avec toi quand tu partiras. Un bonus, sûr de te donner toute la loyauté dont tu auras besoin de la part de ces humains inconstants.

Je n'avais pas d'armes. Aucun moyen de gagner un combat contre Beta même si je le voulais. Les humains, de même, seraient anéantis par les mechs si je tentais quoi que ce soit. Les poings volants ne me sortiraient pas d'ici, mais fuir non plus. Prendre Beta, accepter l'offre d'Alpha ne ferait que déclencher un compte à rebours jusqu'à ce que les mechs submergent le peuple de Val.

Il n'y avait aucune chance qu'Alpha me laisse prendre Starship et modifier les Lignes de Fabrication. Maintenant qu'Alpha avait peu de soldats et peu de renforts, c'était notre seule chance.

Mais comment en tirer avantage ?

— Tu dis vouloir la paix, dis-je, mais tu joues pour la guerre. Je ne ferai pas partie de ça.

— Alors tous les humains mourront, dit Beta. Dans quelques jours, ils seront éteints. J'aurai cette planète, Starship, tout ça pour les mechs.

— Pourquoi ne l'as-tu pas déjà fait ? demandai-je, sondant une possibilité. Même sans Delta, tu pourrais détruire les humains avec ce que tu as.

La bouche de Beta se tordit. — Parce qu'elle a un blocage. Je ne peux pas faire en sorte que cette machine blesse des humains, peu importe à quel point j'essaie. Un défaut retiré de mon précédent vaisseau par ce monstre imposant que tu as détruit dans la Nurserie. Merci pour ça, d'ailleurs.

— Je t'en prie, dis-je en inclinant la tête. Que dirais-tu d'un échange ? J'enlève le blocage, tu me donnes Delta et les humains. Ensuite, nous nous séparons et jouons à ton jeu.

Beta, Alpha m'ont accueilli. Les systèmes du vaisseau devaient calculer les probabilités, essayant de cracher un nombre, la probabilité de victoire.

— Une condition, dit Beta. Delta n'a pas le droit d'être libérée avant que tu ne sois bien loin d'ici, sinon nous attaquons immédiatement.

— Marché conclu. Puis-je m'approcher ?

Kaydee, qui se tenait près de Beta, me lança un regard sceptique. — Tu prends un sacré risque sur ce coup-là, Gamma.

Ce n'est pas comme si nous n'en avions pas pris avant.

Tandis que Beta me faisait signe d'avancer, je pressai mes doigts ensemble, formai la prise, et essayai de trouver comment détruire Alpha de l'intérieur.

QUARANTE-ET-UN

BETAVERSE

Nous sommes tombés. Une courte chute sur une plateforme d'acier rigide. Kaydee et moi avons atterri sur les fesses, sur une plateforme suspendue dans un nuage scintillant rose-violet. J'ai senti la surface froide sous mes doigts, j'ai senti le code l'écrire dans l'existence comme je pourrais sentir une brise sur mon visage.

Notre plateforme n'était pas seule dans la nébuleuse : d'autres rectangles, boîtes, structures flottaient avec nous. La plupart n'étaient pas de simples dalles comme notre plateforme d'atterrissage, mais des fragments de passerelles menant à ce qui ressemblait à des devantures de magasins, style Conduit. Des enseignes enrobées de néon clignotaient à travers le nuage, nous appelant vers des destinations codées comme les souvenirs de Beta, ses fonctions physiques, ses attitudes.

— Chacun devait être différent, dit Kaydee en se levant à côté de moi. Leo ne pouvait pas simplement choisir un standard et s'y tenir.

— Ça ne ressemble pas à son style, ai-je répondu. De ma main droite, j'ai tendu le bras et testé l'air. J'ai cherché mes options et rencontré un ensemble limité. Alpha, ou Beta, qui que ce soit qui soit aux commandes ici, nous laisse nous promener, mais pas grand-chose d'autre.

— Atteindre le noyau et la démonter, c'est ça l'idée ?

— C'est ce qu'Alpha veut, ai-je répondu. Je pense qu'on devrait essayer autre chose.

— Ooh, on va essayer de libérer Beta ?

— Quelle idée folle, Kaydee. Absolument folle.

— Tu sais qu'Alpha va voir ça venir, n'est-ce pas ?

J'ai ri : — Parce que je l'ai trahi une centaine de fois jusqu'à présent ?

— Ça me fait me demander pourquoi il ne t'a pas encore tué.

Je me suis déplacé vers le bord de la plateforme, j'ai regardé au loin et compté toutes nos options. Trop nombreuses. N'importe laquelle pourrait contenir Alpha, la vraie Beta piégée à l'intérieur.

— Je pense que c'est comme Pravda et Val, ai-je répondu. Nous ne sommes que quatre. Alpha a déjà perdu son corps, maintenant il n'en reste plus que trois. Du moins jusqu'à ce qu'il comprenne comment en créer d'autres.

— Mais pourquoi te permettre de te connecter ici ? demanda Kaydee en me rejoignant au bord. C'est un gros risque.

— Les ports peuvent fonctionner dans les deux sens. S'il m'attrape avant que je puisse sortir, il pourrait me capturer aussi.

— Donc vous êtes tous les deux des joueurs.

— Nous faisons ce que notre code nous permet. Blâme Leo.

— Je le ferai.

Nous avons d'abord sauté de haut en bas sur la plateforme,

notre plaque de métal servant de test pour voir jusqu'où nous pouvions sauter. La gravité jouait un rôle ici, nous aspirant vers le bas avec plus de force que la vraie planète à l'extérieur. Sauter en hauteur ou même sur le côté n'allait pas fonctionner.

— Je veux dire, on ne sait pas ce qui se passe si on tombe dans le truc rose, fit remarquer Kaydee. Peut-être qu'on retombe simplement ici ?

— Ou on se fait éjecter, ou supprimer comme un virus parasite, ai-je dit. On a des options sûres. Essayons d'abord celle-là.

"Celle-là" se trouvait à trente mètres en contrebas, à quelques mètres au-delà de notre plateforme. Une chute qui me réduirait en bouillie dans le monde extérieur. Kaydee l'a fait remarquer et j'ai haussé les épaules.

— C'est la seule chance qu'on ait. Je ne peux pas imaginer que Leo coderait quelque chose d'inutilisable. Et Alpha y est arrivé.

— Tu dis ça après m'avoir dit que sauter dans le rose pourrait être mortel ?

— Je dis juste ce qui est le plus probable, c'est tout.

— D'accord, M. Le Plus Probable, que dirais-tu d'y aller en premier ?

— Marché conclu.

J'ai reculé de quelques pas, j'ai vu les bras croisés de Kaydee, son air arrogant. Et j'ai sauté.

Mon erreur est devenue évidente assez rapidement. Après avoir parcouru environ un mètre au-delà de ma plate-forme de départ, mon élan s'est arrêté. Comme si j'avais sauté directement dans du miel collant ou une toile d'arai-gnée, je me suis arrêté et suis resté suspendu dans le rose. Je pouvais remuer les bras et les jambes, certes, mais je ne bougeais pas vraiment. J'ai essayé de nager, de bouger mes bras en larges mouvements, et je n'ai pas bougé d'un centimètre.

— Tu as l'air en forme, Gamma, m'a lancé Kaydee depuis sa plateforme.

— La ferme.

D'accord, donc la gravité n'était pas normale ici. Qu'est-ce qui, alors, régissait ce monde digital ? J'ai regardé en arrière vers Kaydee, sur le point de lui demander si elle avait de meilleures idées que de me faire rôtir. Dès que ma plateforme est revenue dans mon champ de vision, j'ai senti une traction, mon corps se faisant ramener vers la plaque d'acier. Quelques secondes plus tard, mes pieds se sont posés exactement là où ils étaient au départ.

— Comment t'as fait ça ? demanda Kaydee.

— Je ne supportais pas d'être loin de toi, alors je suis revenu, ai-je plaisanté.

Kaydee m'a tiré la langue.

— Laisse-moi réessayer, ai-je dit, et avant qu'elle puisse ergoter, j'ai sauté à nouveau dans le rose avec des résultats similaires.

Maintenant, j'ai regardé en bas, trouvé la plateforme vers laquelle j'avais prévu de plonger. Encore une fois, la sensation de traction révélatrice, et la plateforme s'est rapprochée. Je "tombais", mais à un rythme lent et régulier, plus comme un vieil ascenseur qu'un saut dans le vide.

— Il suffit de regarder où tu veux aller ! ai-je crié à Kaydee, espérant qu'elle puisse m'entendre.

Sa silhouette sautant, plongeant de la plateforme et descendant après moi la tête en bas, a confirmé qu'elle avait entendu.

Notre destination comportait une bande étroite devant elle, un lieu d'atterrissage avant une enseigne vert néon déclarant que la plateforme abritait les compétences de Beta. C'est tout, juste les compétences.

Kaydee a atterri derrière moi, touchant le sol d'abord avec ses mains et faisant une roue pour se remettre en position normale.

— C'était amusant, dit-elle, me rejoignant pour étudier l'enseigne, la porte en spirale fermée en dessous. Tu as choisi un bon endroit pour commencer.

— C'est-à-dire ?

— Leo et moi utilisions toujours un dossier de compétences pour mettre toutes les trucs expérimentaux, dit Kaydee. Genre, si on voulait donner une personnalité à un mech poubelle, on le mettrait ici. Ou améliorer un mech de nettoyage pour qu'il fasse la lessive.

— Ou, disons, donner à un vaisseau la capacité de lancer des couteaux avec une précision chirurgicale ?

— Donnez un prix à ce monsieur.

— Tu en as un ? ai-je demandé, tendant la main.

— Bien sûr, il est là-dedans, Kaydee a pointé la porte. Après toi, champion.

La porte en spirale s'ouvrit à mon contact, la gemme verte en son centre reconnaissant simplement mon geste comme une demande d'entrer. Comme un clic de souris dans la réalité. Aucune mesure de sécurité ici, une négligence que j'ai trouvée étrange jusqu'à ce que je me souvienne que quiconque voulant interférer avec les systèmes de Beta devrait, vous savez, d'abord passer Beta.

Entrer à l'intérieur signifiait pénétrer dans un nouvel univers, bien plus vaste que ne le suggérait la taille de la plateforme. Des alvéoles dorées s'étendaient tout autour de nous, au-dessus, en dessous et de tous côtés. Dans chacune d'elles vivait une Beta grandeur nature exécutant à toute vitesse un mouvement qu'elle avait été programmée à maîtriser.

Juste en face de moi, à une dizaine de mètres environ, Beta sprintait dans son alvéole, faisait un kick-flip sur le côté, puis courait dans la direction opposée et recommençait. Encore et encore, sans fin. Des bruits sourds résonnaient au-dessus, et je vis diverses Beta faisant tournoyer des couteaux de différentes manières vers différentes cibles rouges et blanches. Chaque lancer était un parfait tir au centre.

— Est-ce que j'ai une pièce comme celle-ci quelque part ? ai-je demandé à Kaydee pendant que nous regardions autour de nous.

— Ouais, mais elle n'a qu'une seule section, où tu cours te cacher dans un coin.

— Méchante.

— La vérité fait parfois mal, Gamma.

J'ai secoué la tête, essayant de voir si nous pouvions trouver quelque chose d'utile ici. Ce n'étaient pas les principes fondamentaux de Beta, donc le blocage anti-humains ne se trouverait pas ici. Alpha n'aurait pas non plus à polluer cet endroit pour prendre le contrôle.

— On dirait qu'il faut ressortir ? ai-je dit.

— Attends, a dit Kaydee, et elle a pointé vers le bas à droite. Tu vois ça ?

L'alvéole contenait une ombre, un enfant de fortune, recroquevillé dans le coin exactement comme Kaydee avait suggéré que je le ferais. Debout au-dessus de lui, des couteaux dans chaque main, protégeant l'enfant des menaces extérieures, se trouvait quelqu'un qui n'était pas du tout Beta.

— Il s'enfonce plus profondément, ai-je dit, en regardant

Alpha se tenir au-dessus de l'enfant, le protégeant de son corps.

— Je parie qu'il va bientôt tous les prendre, a médité Kaydee, et chacun qu'il obtiendra sera quelque chose d'autre qu'il pourra faire faire à Beta à l'extérieur.

— Nous l'arrêterons avant qu'il n'aille aussi loin, ai-je répondu. Allez, viens.

De retour à l'extérieur, nous avons cherché de meilleures options. Sans distance, la hauteur n'étant plus un facteur limitant, il y avait des cibles alléchantes. Kaydee a voté pour les souvenirs de Beta, tandis que je voulais aller directement à son noyau.

— Pourquoi les souvenirs ? ai-je demandé quand Kaydee a présenté son argument.

— Parce que nous allons avoir besoin d'aide, a dit Kaydee. Elle aura elle-même, peut-être quelques amis là-dedans que nous pourrons utiliser. Réfléchis, Gamma. Si Alpha s'est installé dans le noyau de Beta, il sera difficile à déloger. Nous pourrions utiliser quelques alliés.

— Beta ne sera pas la seule chose vivant dans ses souvenirs, ai-je dit. Si nous y entrons, nous trouverons aussi les ennemis.

— Ouais, mais devine quoi ?

— Quoi ?

— Beta les a tous battus. Donc si nous l'obtenons, nous gagnons. Pas de problème.

Avant que je ne puisse trouver une autre raison pour laquelle nous devrions attendre, Kaydee a sauté de la plate-forme des Compétences, s'élevant vers le haut et au loin. Déterrer des fossiles numériques semblait dangereux, voire même imprudent, mais c'était la façon de faire de Kaydee, et elle m'avait maintenu en vie jusqu'à présent.

Pourquoi douter d'elle maintenant ?

Du moins, c'est ce que je me suis dit en flottant à travers la nébuleuse rose. Tout à perdre, rien de plus.

QUARANTE-DEUX

LE NAVIRE DU PIRATE

La cible de Kaydee nous a menés devant une autre porte en spirale. Le panneau au-dessus, eh bien, je ne pouvais pas le lire. Les lettres avaient été séparées, certaines recouvertes d'une boue violette suintante et d'autres carrément brisées. S'il y avait un meilleur indice qu'Alpha était passé par là, je ne voyais pas ce que ça pouvait être.

Kaydee se tenait à côté de moi, l'air suffisant. Elle avait trouvé la bonne plateforme et elle le savait. Je ne pouvais pas me sentir aussi sûr de moi : derrière ces portes se trouverait quelque chose d'inattendu, une union entre Alpha et Beta, du code se mêlant de manière dangereuse.

— Oh, arrête d'être si nerveux, dit Kaydee. Combien de fois as-tu affronté quelque chose d'horrible et t'en es sorti ? C'est comme respirer.

— Je ne respire pas.

— Peu importe. Tu t'en sortiras. Allons écraser ce salaud.

Je suis passé en premier, traversant les quelques mètres d'acier jusqu'à la porte incrustée de gemmes vertes. J'ai tendu la main et l'ai posée sur la surface taillée. Chaude, presque douce. La gemme a envoyé une subtile vibration à travers ma main et la porte en spirale s'est ouverte.

Leo s'était vraiment surpassé avec le système d'exploitation de Beta.

Si j'avais une plaine grise et des cristaux bleus suspendus dans un ciel infini, si Delta avait ses îles reliées par d'énormes chaînes, si Alpha avait sa grotte, sa vallée et sa forêt, alors Beta avait ses plateformes flottantes. Chacune s'ouvrait sur un monde différent, semblait-il. Celle-ci, celle-ci s'ouvrait sur un bateau en bois.

Non, pas un bateau — les souvenirs du Bibliothécaire ont clarifié : un galion. Le bois s'étendait loin de moi dans toutes les directions alors que je franchissais la porte, montant jusqu'aux rambardes, la proue pointue devant moi surplombant une mer bleue et plate.

— Donc c'est un peu plus élaboré que la ruche, dit Kaydee en me rejoignant. Alors qu'elle passait, la porte en spirale se referma, effaçant toute trace de son existence. En regardant en arrière, on ne voyait que la barre du navire, le logement surélevé pour le capitaine et les invités d'honneur. Pas de sortie non plus ? Génial.

— Où est-il ? ai-je demandé en regardant autour de moi. Les gréements semblaient tous en ordre. Les voiles pendaient, attrapant le vent violent, bien que le navire lui-même ne semblait aller nulle part.

Malgré toute la boue à l'extérieur, je ne voyais rien sur le bateau. Aucun ennemi, numérique ou autre, ne se levait pour nous frapper. Pas de Beta non plus. Kaydee s'est approchée du bastingage, a passé une main le long du bois tout en regardant par-dessus bord.

— C'est un graphique qui se répète, dit Kaydee alors que je la rejoignais.

Elle parlait de l'océan. Ses vagues, en y regardant de

plus près, bougeaient toutes de la même façon, atteignaient leur crête au même moment et se fondaient à nouveau dans le bleu sans histoire. Une technique bâclée, de mauvaise qualité, mais si on ne s'attendait pas à ce que les gens le voient vraiment, pourquoi faire l'effort ?

— Je comprends pourquoi il a fait le mien simplement gris, ai-je dit. Ça a meilleure allure.

— Moins dérangeant en tout cas.

Nous avons longuement observé le pont supérieur, compté tous les éléments habituels d'un navire et n'avons trouvé aucun équipage. Je m'étais attendu à moitié à ce que diverses versions de Beta viennent nous saluer, des fonctions se faisant passer pour des membres d'équipage. Au lieu de cela, rien.

— Deux options, dit Kaydee. La porte du capitaine, ou la trappe en dessous.

Les deux semblaient simples, la programmation de Leo ne cédant à l'opulence que dans les grandes lignes. Du bois non marqué, pas de panneaux, pas d'indices.

— Alpha sera là-dedans, ai-je dit en pointant les quartiers du capitaine. Alors allons de l'autre côté.

— Pourquoi ? Kaydee a levé un poing. Tu n'as pas envie d'aller lui en coller une ?

— Si, mais ni toi ni moi n'avons d'arme. À moins que tu ne puisses faire quelque chose que je ne peux pas, le code est inéditable ici. Comme essayer de sauter pour découvrir que tes chaussures sont coincées dans du ciment en train de sécher, j'avais été incapable de modifier la réalité. Me donner une épée, un pistolet, quelque chose au-delà des simples tenues que Kaydee et moi portions aurait été bien, mais ce n'était pas possible. On va devoir fouiller.

— Avoue-le, tu aimes vraiment ce bateau et tu veux en voir plus.

Je suis allé à la trappe, j'ai mis ma main sur la poignée, — Tu n'as pas tort.

D'un coup sec, la trappe s'est ouverte et nous avons regardé à l'intérieur.

Une échelle aux marches épaisses descendait vers un pont éclairé par des lanternes suspendues, les flammes vacillant comme l'océan à l'extérieur : le même mouvement, une luminosité constante sans les torsions naturelles d'un vrai feu. Les lanternes donnaient un aperçu d'un pont inférieur rempli de pièces, abandonnant les plans du galion avec un couloir central bien plus long que la longueur du bateau. J'ai ressorti la tête pour vérifier, et fidèle au monde numérique, le pont inférieur abandonnait la physique pour donner à chaque fonction principale sa place.

— Leo a toujours aimé les pirates, dit Kaydee alors que nous descendions. Il adorait les films, les histoires.

— Parce que les pirates pouvaient aller n'importe où et qu'il était piégé sur Starship ?

Kaydee m'a lancé un regard interrogateur, — Ce n'est pas un raisonnement stupide, tu sais.

Je n'ai pas dit que j'avais ressenti la même chose plus d'une fois en parcourant les confins métalliques du Conduit. Ou en traitant avec les humains et leur tendance à me reléguer au statut de serviteur de seconde classe.

Ces sentiments venaient-ils de moi-même, ou parce que Leo les avait plantés là ?

— Hé, dit Kaydee, dépassant plusieurs portes avant de s'arrêter devant une dalle bordeaux. Celle-ci est toute engluée comme l'extérieur.

Chaque pièce avait une étiquette entourée d'une plaque dorée à côté de sa porte : les rituels ennuyeux comme la gestion de l'énergie, le balayage visuel et l'évaluation des menaces. Les deux portes à côté de celle-ci étaient

"Contrôle de la température" et "Traitement du langage". Ni l'une ni l'autre n'étaient intéressantes, ni ne donnaient vraiment d'indice sur ce qui se cachait derrière elles.

— Tu veux l'ouvrir ? me demanda Kaydee.

— Pas toi ?

— Tu diriges cette expédition, j'ai pensé que tu devrais avoir l'honneur.

J'haussai les épaules et tendis la main vers la poignée courbée de la porte embourbée. Puis je m'arrêtai et inclinai la tête vers mon amie.

— Il y a une raison pour laquelle tu me laisses faire ça, dis-je. Pourquoi ?

— Je te l'ai déjà dit, tu es le capitaine, capitaine, répondit Kaydee avec son sourire espiègle.

— S'il me supprime, il te détruira là-bas, dis-je. Même si tu réussis à t'échapper d'ici, les flexi-mechs te tireront dessus avant même que tu puisses te lever.

La bouche de Kaydee s'ouvrit, puis se ferma. Elle soupira, un exploit impressionnant étant donné que l'air n'existait pas ici.

— Il y a toujours une chance, dit Kaydee, mais elle me bouscula, saisit la poignée et ouvrit la porte d'un coup sec.

La pièce de rechange avait un lit de camp poussé contre le mur de droite, mais le simple lit n'avait rien à voir avec la personne enchaînée au sol à côté.

Éclairée par un parfait rayon d'or blanc traversant un hublot, Beta était assise par terre, les poignets liés par des menottes serrées en métal. Un fer noir dur allait de ces menottes à des plaques derrière son dos. Sinon, Beta avait la même apparence qu'à l'extérieur : cheveux roses, uniforme de combat svelte, couteaux partout.

— Beta ? dîmes Kaydee et moi en même temps.

Elle leva la tête, cligna des yeux vers nous. Une fois,

deux fois, puis laissa échapper un juron violent et tira sur ses chaînes.

— Tu te déguises en mes amis maintenant ? dit Beta, la colère embrasant chaque syllabe. Alpha, je jure que je trouverai un moyen de sortir de ces menottes, et quand je le ferai, tu seras réduit en atomes. Ou moins.

Kaydee entra dans la pièce, un sourire plus pur sur son visage cette fois, — Ah ouais ? Des menaces ? Eh bien, pourquoi ne pas les mettre à exécution alors ?

Beta grogna, tira sur ses menottes, avant que je ne m'interpose entre les deux.

— Kaydee est méchante, Beta. Nous ne sommes pas Alpha. Nous sommes nous. Je veux dire, Gamma et Kaydee.

Beta plissa les yeux vers moi, — Prouve-le.

— Chalo est un crétin.

Beta se figea, puis rit et se rassit sur le sol. — Comment ? Comment êtes-vous ici ?

Je lui racontai la version abrégée, nous amenant du moment où elle et Delta étaient parties poursuivre les mechs jusqu'à maintenant.

— Plus amusant que ce qui nous est arrivé, dit Beta quand j'eus fini. Nous avons suivi ces coursiers tout du long. Ça a pris du temps. Ils nous ont ramenées au Cloaque. C'est là qu'ils nous attendaient.

— Ils vous attendaient ? demanda Kaydee. Comme un piège ?

— Exactement. Alpha n'était pas aussi bête qu'on le pensait. Il m'a dit que le plan était en place depuis des années au cas où quelque chose arriverait à son corps, les flexi-mechs l'ont juste rendu plus facile. Ils nous ont frappées de tous les côtés. Des fusils, un espace trop étroit pour bouger. Delta a pris un sacré coup.

— Vous vous êtes rendues ? anticipai-je, conscient qu'Alpha pourrait venir nous chercher. Pendant que Beta parlait, j'avais aussi examiné ces menottes, essayant de trouver un moyen de les briser. — Vous avez abandonné ?

— Ils nous auraient tuées toutes les deux, Gamma, répliqua Beta. Ensuite, ils seraient venus pour toi et les humains. Delta et moi lui avons donné une distraction.

— Et des armes, répondis-je.

Beta ne pouvait pas contester cela.

Je pris son bras gauche et regardai de plus près les menottes, essayant de voir quelle fonction maintenait son code sous contrôle. Le métal dur s'avéra être une déclaration assez simple, un argument *if else* maintenant les menottes réelles tant que Beta continuait d'exister.

Pour le modifier, j'aurais besoin d'avoir une autorisation d'écriture dans le monde numérique de Beta, quelque chose que je n'avais absolument pas.

— Je n'aime pas cette expression sur ton visage, Gamma, dit Kaydee.

— Il ne peut pas me libérer, répondit Beta à ma place.

— Pas à moins qu'Alpha ne me le permette, confirmai-je.

— Ce qu'il fera totalement, dit Kaydee, faisant une pause d'une demi-seconde, quand on l'y forcera.

QUARANTE-TROIS

LAISSÉ DERRIÈRE

De retour dans le long couloir du pont inférieur, Kaydee et moi débattions de notre prochaine destination. Je plaidais pour poursuivre l'exploration, dans l'espoir de trouver quelque chose, n'importe quoi qui pourrait nous aider contre le contrôle d'Alpha. Kaydee poussait dans le sens opposé, pour un assaut direct vers les quartiers du vaisseau.

— Il sait qu'on est là, il sait qu'on arrive, dit Kaydee, alors finissons-en. Affrontons-le, toi et moi contre ce salaud.

— Toi et moi et nos... quoi, nos poings ? dis-je.

— On devra se montrer créatifs. On l'est toujours.

— Tu as autant confiance que ça ?

— Il le faut, Gamma. Parce que sinon, on est foutus. Alors je choisis de croire qu'on va gagner.

L'esprit humain était vraiment une merveille.

Néanmoins, Beta menottée ajoutait un certain piquant à notre choix. La laisser une seconde de plus que nécessaire semblait injuste, alors avec l'oubli comme enjeu, je suivis le conseil de Kaydee et ensemble, nous nous dirigeâmes vers l'écoutille.

Seulement pour constater qu'elle avait disparu. Nous

avons tous deux scruté le plafond, le sol, regardé en haut et en bas du couloir, certains que l'ouverture vers le haut était juste là. Kaydee demanda si elle était devenue folle et je confirmai que si c'était le cas, je devais l'être aussi.

— Ce qui signifie que notre ami nous joue des tours, marmonna Kaydee.

— Notre ami ?

— C'est une expression. Alpha n'est pas notre ami.

— Ah, d'accord.

Le vaisseau aurait pu couper le lien entre les programmes, nous enfermant ici jusqu'à ce que nous fassions ce qu'il voulait. Pas vraiment une énigme, ça.

— Ce sont les fonctions principales de Beta, dis-je. Il y a un bloc ici qui importe pour Alpha.

Nous l'avons trouvé après cinq minutes à passer devant porte après porte, fonction après fonction. Des lanternes identiques pendaient aux mêmes appliques tout du long, un grincement régulier suivait nos pas comme si le bateau dérivait réellement en mer. Des bruits de pas résonnaient aussi au-dessus, comme si un équipage bruyant se déplaçait sur le pont.

— Alpha fait juste un spectacle ? demanda Kaydee après un bruit sourd.

— Il construit quelque chose de nouveau, répondis-je. Si je devais deviner, il installe toutes les parties de lui-même. Ses routines physiques, ses manières, tout ça.

— Il ne l'aurait pas déjà fait ?

— Comment un humain pourrait le dire ? méditai-je alors que nous passions devant d'autres portes. Pense que c'est comme s'il essayait Beta. Une location. Maintenant, il veut s'installer.

— Et il ne ferait pas ça tout de suite parce que ?

— Parce qu'Alpha n'est pas simple. Une fois qu'il sera

établi ici, il apprendra de nouvelles choses. Il acquerra de nouveaux traits, comme toi ou moi. Il deviendra une nouvelle version de lui-même, et chaque flexi-mech là-bas porte l'ancienne.

Kaydee m'arrêta : — Attends, tu veux dire que si on arrête Alpha ici, il y a une chance qu'il revienne ailleurs ?

— Bien sûr, tout comme toi, un Esprit, tu pourrais être téléchargée dans un mech différent. Mais ce ne sera pas tout à fait le même Alpha. Celui-ci sait des choses, a fait des choses que les autres n'auront pas. Je retirai la main de Kaydee de mon épaule. Lui donnai ce que j'espérais être une tape encourageante. On les prend un par un. On arrête celui-ci, puis les autres.

— Ça ne fait qu'empirer.

— N'étais-tu pas celle qui avait confiance il y a une minute ?

Kaydee eut un rire sinistre, et nous avons tous deux remarqué une porte particulière. Particulière parce que contrairement aux surfaces lisses des autres, celle-ci avait des marques partout sur son cadre. Des rayures et des entailles, signes d'une tentative d'entrée par la force. La raison pour laquelle une telle tentative était nécessaire venait de la forte défense, un épais cadenas en fer, suspendu à la poignée.

Comme pour la prison de Beta, la plaque d'identification de cette pièce était également effacée.

— Leo a mis le cadenas ? demanda Kaydee. Delta n'en avait pas comme celui-ci.

Je me penchai de près, examinai le cadenas. Son métal sombre avait une certaine familiarité, un aspect brut, comme si le cadenas n'avait pas commencé comme une seule pièce mais provenait plutôt de plusieurs métaux différents moulés en un seul. Quelque chose que Leo, du moins le Leo programmant les vaisseaux, n'aurait pas vu. N'aurait pas fait.

Mais Beta ?

Tout ce temps passé autour des forges de Val lui aurait montré des produits comme celui-ci maintes et maintes fois.

— Je pense que notre amie a scellé ceci avant qu'Alpha ne l'atteigne, dis-je en me redressant. Je parierais même que c'est pour ça qu'Alpha veut que je fasse ça.

— Parce qu'elle ne le laissera pas faire ?

— La barrière la plus simple et la plus forte est celle qui ne laisse aucune marge de manœuvre. Il n'y a pas de base de données à pirater ici, pas de solution facile à forcer. C'est une seule clé précise. Je souris à moitié. Je pense savoir ce que c'est, aussi.

— Tant mieux, parce que je n'ai aucune idée.

Dans ma main, je fis apparaître un petit mot. Enrobé dans la forme d'une clé, et je l'envoyai dans la serrure. Avec un déclic, rosé et net, le cadenas se déverrouilla. Il ne heurta pas le sol, disparaissant avant d'entrer en contact.

— Tu vas me dire la réponse ? demanda Kaydee.

— Pas encore, répondis-je. Alpha n'a pas pu le résoudre, alors je ne vais pas le révéler.

— Mais Alpha n'est pas ici ?

Kaydee n'avait même pas fini de parler que les lanternes s'éteignirent, toutes sauf celle près de la porte que nous étions sur le point d'ouvrir. Le long couloir de la cambuse disparut dans l'obscurité pourpre, nous laissant debout dans un petit cercle illuminé.

— Il a toujours été là, dis-je, puis j'ouvris la porte.

À l'intérieur ne se trouvait rien de plus qu'un petit bureau dans une pièce en bois simple. Sur le bureau repo-sait une seule feuille de papier crème, avec plusieurs lignes dessus. Je n'avais pas besoin de les lire pour savoir que c'étaient les mêmes lignes encodées dans Delta, en moi.

— Déchire-le, dit Alpha en sortant de l'obscurité. Kaydee s'écarta brusquement de lui, mais je restai immobile, les yeux rivés sur le vaisseau. Ici, il avait son apparence habituelle, avec ses cheveux roux hirsutes, ses cicatrices et son corps trop nerveux. — Fais ce que tu as promis.

Au lieu de cela, je fermai la porte et me retournai pour faire face à l'homme. La machine. Le programme.

— Tu n'as pas passé assez de temps avec les humains, dis-je à Alpha. Pour eux, les promesses ne sont que des outils pratiques pour accomplir quelque chose. Comme nous faire venir ici, toi et moi.

— Alors que se passe-t-il pour un humain qui brise sa promesse, Gamma ? Souffrent-ils, sont-ils effacés ? Parce que c'est ce qui va t'arriver.

Il n'y eut pas de préambule. Pas de révérence, pas de décompte. Alpha finit de parler et bondit sur moi, les mains tendues vers ma gorge. Je levai les miennes pour le bloquer, nos doigts s'entrechoquant tandis qu'Alpha me repoussait contre la porte fermée. J'appuyai, mais c'était comme pousser contre mille kilos, un poids impossible.

Bien sûr, c'était le terrain de jeu d'Alpha. Pourquoi ne se serait-il pas rendu un million de fois plus fort que moi ?

Dommage qu'il n'ait pas pu se rendre un million de fois plus intelligent.

Mon dos heurta la porte, le visage d'Alpha près du mien. Il ouvrit la bouche et pendant un instant, je me demandai s'il allait me mordre. Mes poignets cloués contre le bois, le genou d'Alpha s'enfonça dans mon ventre, un coup dévastateur qui brouilla ma vision.

Je ne ressentais aucune douleur ici, les symptômes physiques étant une réponse à mon code malmené, des lignes et des fonctions qui ne s'exécutaient plus alors qu'Alpha me fracassait contre le bois. Pas de douleur, mais le résultat final serait le même : je commencerais à défaillir, à m'effondrer.

Mais la même chose pouvait arriver à Alpha.

Kaydee, ignorée et invisible, asséna un violent coup de coude dans le dos d'Alpha. Le choc envoya un tremblement à travers l'homme, que je sentis à travers nos doigts entrelacés. Kaydee le frappa à nouveau, forçant Alpha à réagir. D'un geste, il me jeta de côté, pivotant pour faire face à Kaydee.

Et j'eus ma chance.

Alpha débita quelque chose sur le fait que Kaydee était un Esprit pathétique tandis que je m'élançais, sprintant dans le couloir sombre vers l'écoutille. Kaydee lui lança une réplique cinglante, les mots s'estompant à mesure que le bruit de mes pas les couvrait.

Elle devait juste le retenir assez longtemps.

Je ne regardai pas en arrière, même quand le sarcasme de Kaydee se transforma en cris plus durs, en jurons plus sonores. Si je l'avais fait, j'aurais peut-être arrêté, je me serais peut-être retourné.

Au lieu de cela, j'étouffai mes propres oreilles, restai concentré sur ce qui importait, et espérai qu'Alpha la laisserait en vie.

L'écoutille apparut lentement, une ombre émergeant dans la pénombre violette. Je ne la voyais pas tant que je la sentais, le plus léger anneau doré autour de son cadre carré. Une sortie pour Alpha après qu'il en aurait fini avec nous. Alpha avait détruit ou supprimé l'échelle, alors je me plaçai sous l'écoutille, pliai les jambes et sautai.

Comme à l'extérieur, la gravité me fit grâce d'un choix, laissant mon propre désir propulser le saut, me donnant la force de franchir l'écoutille et d'atterrir sur le pont ensoleillé à l'extérieur.

Je pivotai vers les quartiers du capitaine et courus à nouveau. Quelques pas me menèrent à la porte, laissée déverrouillée. Alpha, trop occupé à jouer à Dieu pour se soucier de sa porte dérobée.

À l'intérieur, la vaste pièce ne contenait rien, rien du tout sauf un cube familier en son centre. Le cube argenté correspondait à celui que j'avais vu et avec lequel j'avais travaillé dans la zone de l'île enchaînée de Delta. Il contiendrait les derniers morceaux, les arrêts et les effacements. Ce qui permettait à Beta de fonctionner.

Et, si mon intuition était juste, le cube me permettrait aussi d'arracher les privilèges d'Alpha et de me les donner.

J'entrai, touchai le cube, commençai à exécuter les commandes les plus simples quand j'entendis mon nom.

— Il était temps, dis-je en me retournant, le cube dans les mains. Les commandes à l'intérieur ressemblaient à des cordes de guitare, je pouvais les pincer et produire la note que je voulais. Pas une seule, cependant, ne pouvait m'aider ici.

Je m'attendais à ce que Kaydee perde et elle avait perdu. Alpha, cependant, ne l'avait pas laissée brisée sur le pont inférieur. Au lieu de cela, il la tenait par le cou, une teinte violette s'écoulant de sa main autour de tout son être.

Je reconnus cette teinte, la faible lueur. Elle correspondait à l'effet que ma fonction avait sur le code de Kaydee en moi.

— Pose le cube, dit Alpha, ou je la supprime.

QUARANTE-QUATRE

UN ACCROC DANS LE PLAN

Combien de fois m'étais-je retrouvé face à Alpha ?

Nous nous étions affrontés dans des mondes réels et numériques, dans des endroits comme le réseau de Starship, où Alpha avait un pouvoir absolu, et sur le pont de Starship, où son corps faisait pâle figure comparé à Delta et Beta. À chaque fois, je m'étais échappé, m'étais faufilé grâce à la ruse ou à l'aide d'un allié.

Maintenant, je n'avais nulle part où aller. Piégé dans une pièce avec Kaydee retenue au bord de la suppression. Je pouvais me débrancher, me téléporter chez moi et voir combien de temps je tiendrais avant que les flexi-mechs ne me grillent. Cela laisserait Alpha sans précipitation, sans rien pour l'empêcher de s'emparer des compétences de Beta et de les utiliser pour découper les gens de Val.

— Je reste, dis-je en comptant les trois mètres qui nous séparaient. Le vaisseau tenait Kaydee devant lui. C'est entre toi et moi, Alpha. Kaydee n'a pas besoin d'être impliquée là-dedans.

— Tu as raison, bien sûr, répondit Alpha, et il jeta Kaydee sur le côté. Alors qu'elle volait, une fine ligne violette marquait sa trajectoire, remontant jusqu'à Alpha. Dès que Kaydee heurta le sol, la ligne clignota, devenant blanche près d'Alpha et commençant une lente combustion vers mon amie. Un chronomètre pour cette discussion. Persuade-moi vite, Gamma, ou elle disparaîtra.

— Savais-tu qu'il y en avait plus avant ? demandai-je, un œil sur la mèche de Kaydee, l'autre sur Alpha. Plus de vaisseaux ?

Alpha cligna des yeux. — Non. Je suppose d'après ta façon de le dire que ce ne sont pas d'autres choses que je dois éliminer ? Vous êtes tous tellement épuisants, je ne suis pas sûr de pouvoir le supporter.

— Les humains les ont tués. Bien avant notre réveil.

— Dieu merci. Pour une fois, ces sacs de viande ont fait quelque chose de bien.

— Sais-tu pourquoi ils ont détruit ces vaisseaux ?

Alpha attendit. La mèche brûlait.

— Parce qu'ils ont perdu la tête. Les vaisseaux sont devenus dangereux, dérangés. Ils couraient partout dans Starship, détruisant les gens et les lieux.

— Je suis désolé, Gamma, de t'interrompre, mais si tu veux que j'arrête ça, il va falloir que tu fasses mieux.

— Combien de temps avant que tu ne deviennes comme ça ? lui demandai-je, espérant que le léger habillage que j'avais fait serait suffisant. Combien de temps avant que ton code ne s'effiloche tellement que la seule chose que tu puisses faire soit de délirer, détruire et mourir ? Je fis un pas en avant, levant un doigt pour arrêter la réponse d'Alpha. Tu en es déjà proche. Nous le savons tous. Tu as des bugs, tu prends de mauvaises décisions. Tu laisses la rage et la peur te pousser dans des endroits où tu ne voulais pas aller.

Je fis un autre pas. Juste devant Alpha maintenant. La

mèche de Kaydee avait dépassé la moitié de sa longueur, son corps gisant recroquevillé sur le sol. Si immobile.

— Je n'ai pas besoin de te tuer Alpha, parce que tu es déjà en train de mourir, dis-je. Mais je peux te sauver. Si, si tu me laisses faire.

Le visage d'Alpha se relâcha. Je m'attendais au sourire maniaque. Peut-être une insulte ou un rire. Au lieu de cela, de l'épuisement, la couleur disparaissant de ses yeux automatiques. Ses épaules s'affaissèrent, le vaisseau soupira. Tous ces effets mis en scène ici pour moi, mais qu'Alpha pourrait réellement ressentir.

Il avait été seul si longtemps. Se battant seul pendant tant, tant d'années.

— Tu sais comment ? demanda Alpha, sa voix rauque. Tu sais comment réparer cette malédiction ?

Je jetai un coup d'œil à Kaydee. — Oui.

Alpha se redressa, esquissa un sourire tremblant. — Je sens ce que tu as dit. Les sauts dans mes transmissions. Les défauts dans ma logique. Tu as raison. J'ai besoin d'être réparé. Il tendit la main, et j'allai pour la serrer, espérant que nous avions trouvé un lien pour nous unir.

Ma main ne trouva jamais la sienne.

Alpha balança sa main au-dessus de la mienne, tentant soudainement d'attraper mon cou. Je sentis ses doigts m'agripper, sentis la même fonction qu'il avait utilisée sur Kaydee s'enrouler autour de mon accès. Avant que je puisse réagir, avant que je puisse comprendre ce qu'il faisait, Alpha avait coupé ma sortie. Comme si on m'avait amputé d'un membre, je ne pouvais tout simplement plus... partir.

Sa programmation agissait vite, affinée après avoir piraté et contrôlé des mechs par centaines. Mes bras moururent avant que je puisse repousser Alpha. Mes jambes cessèrent de répondre alors qu'Alpha me soulevait au-dessus du sol.

Le cube gris, les fonctions les plus critiques de Beta, tomba pour flotter librement.

— La belle chose avec les machines comme nous, dit Alpha alors que mes morceaux continuaient de disparaître, c'est que nous stockons nos souvenirs et nos connaissances séparément de nous-mêmes. J'ai hâte de te rendre visite, Gamma, et de lire tout sur ce remède qui est le tien. Dommage que tu ne sois pas là pour m'accueillir.

Son visage s'illumina de ce sourire maniaque. Difficile de savoir s'il se jouait simplement de moi, ou si vraiment, à cet instant précis, il montrait le défaut même dont j'avais essayé de le sauver.

Pas que cela ait de l'importance.

J'essayai de regarder vers Kaydee, voulant que ma dernière vision soit quelque chose, n'importe quoi d'autre que ce visage, mais je ne pouvais plus tourner la tête. À part mes yeux — le choix d'Alpha ? — rien d'autre ne répondait. Mon propre temps était presque écoulé, et celui de Kaydee pas loin derrière. Mes dernières secondes seraient passées à fixer mon rictus le moins préféré.

Quelle façon merdique de partir.

Il semblait qu'Alpha l'ait peut-être pensé aussi quand son sourire s'évanouit, remplacé par des sourcils levés, une grimace maladroite et des narines dilatées.

— Tu as toujours été trop malin, marmonna Alpha, frissonnant. Ce que nous aurions pu faire ensemble, Gamma.

La main du vaisseau se relâcha et je tombai, me donnant une vue imprenable sur une exécution sans effusion de sang alors que Beta, ses mains maniant des couteaux numériques, découpait le code d'Alpha en entailles précises jusqu'à ce que le vaisseau se désintègre, effacé dans le néant.

Beta me sauta dessus ensuite, posant sa main sur le flou

violet autour de moi et le dissipant d'un clin d'œil. Alors que mon corps reprenait sa netteté, je la dépassai, plongeai vers Kaydee et attrapai le programme d'Alpha dans mes mains tendues. Une fonction simple, un but simple, et que j'effaçai d'une simple commande.

Alors que le violet s'estompait autour de Kaydee, Beta me toucha le dos, m'aida à me relever.

— Tu dois sortir d'ici, dit Beta. Tout de suite.

Pendant une seconde, je ne compris pas ce qu'elle voulait dire, pourquoi nous devions partir. Au moment où cette seconde se termina, je me téléportais à travers le cyberespace, expulsé des disques de Beta et renvoyé vers les miens. La seule chose que j'emportai avec moi, un téléchargement arraché lors de ma sortie, était ce qui restait de mon amie.

LE SOIR du vaisseau spatial se mit brusquement au point. Ciel orange, toiles d'araignée vaporeuses prenant feu de façon lumineuse au-dessus de ma tête. Plus près de la surface, une douzaine de flexi-mechs armés de fusils nous encerclaient. Je ne bougeai pas, sachant que si j'essayais, je serais grillé en une seconde. La seule chose qui me maintenait en vie pour le moment était leur conviction qu'Alpha contrôlait toujours le vaisseau à ma droite.

Alors j'ai tendu la main à la place, j'ai scanné mes propres disques durs et cherché mon esprit. J'ai trouvé ses données rapidement, commodément rassemblées par mon programme de suppression, mais Kaydee ne tirait aucune puissance de traitement. Elle n'était pas, faute d'un meilleur terme, en cours d'exécution. Comme une personne dans le coma, je devais comprendre ce qui n'allait pas, ce qui-

Beta me poussa violemment, me projetant dans l'herbe

d'un bras. De l'autre, le vaisseau dégaina un couteau, la lame filant droit vers les liens de Delta. Le métal fin se brisa, mon ami se libéra, et les flexi-mechs ouvrirent le feu.

Les lasers volèrent au-dessus de ma tête, brûlant l'herbe et déclenchant des flammes. En me retournant, j'aperçus Beta, faisant tourbillonner ses couteaux alors qu'elle recevait des tirs de tous côtés. Sa poitrine, ses flancs, ses jambes noircissaient même si ses propres attaques faisaient mouche, le vaisseau tombant rapidement. Disparaissant dans les brins enflammés. Delta s'en sortit un peu mieux : ses liens libérés lui permirent de bouger rapidement, sautant sur un flexi-mech, le brisant en deux à mains nues. Ces mêmes mains arrachèrent le fusil du mech mort et Delta tourna sur elle-même, appuyant sur la gâchette, tirant et recevant des tirs en retour. Mon amie s'effondra, ruine fumante, me laissant face à six flexi-mechs encore en vie, toujours armés.

Mais je ne me sentais pas perdu. Je ne me sentais pas en colère.

Nous avions accompli notre mission. Détruit Alpha, pour la plupart, et sauvé les humains du Vaisseau spatial. Une bonne façon de partir.

Alors que je bondissais de l'herbe, franchissant le mètre qui me séparait du flexi-mech le plus proche, mon seul regret était pour Kaydee, qui n'avait jamais eu la chance de vivre la vie qui lui avait été promise.

Mon saut me porta sur le mech, son tir réflexe en réponse brûlant une partie de mon pauvre pied droit. La troisième fois qu'il était perdu à cause des lasers. Je renversai la machine, ses bras du milieu amortissant la chute, me donnant une chance de rouler hors d'elle alors que les autres flexi-mechs trouvaient leur cible. Une lumière brûlante fit fondre le flexi-mech, une partie se déversant sur moi alors que je tentais d'attraper le fusil du robot.

Des cadres rouges s'allumèrent devant mes yeux alors que les coups faisaient des dégâts. J'avais désactivé toute douleur, donc les relevés me frappèrent avec engourdissement alors que je perdais ma jambe et mon bras gauches, ma peau synthétique noircissant et virant à l'orange sous les tirs. Ma main droite, au moins, réussit à arracher le fusil. Je trouvai la gâchette, la maintins enfoncée et arrosai vers le demi-cercle de flexi-mechs.

Je criai aussi. Dis les noms de mes amis. Un dernier au revoir.

Un tir de flexi-mech frappa mon fusil, surchauffa le gaz à l'intérieur. Il explosa, aveuglant mes yeux pendant une seconde et transformant mon bras droit en scories. Des parasites scintillants envahirent ma vision, des erreurs critiques abondant alors que mes pauvres processeurs essayaient de continuer à fonctionner. Après tant de terribles blessures, c'était donc à ça que ressemblait la mort finale d'un vaisseau.

Une forme mince et ombragée se déplaça au-dessus de moi, mon dos maintenant sur le sol. Le flexi-mech masqua le crépuscule alors que son fusil se levait, visant ma tête. J'entendis des mots, et au début je pensai que le flexi-mech me parlait, me narguant en cette fin ultime. Jusqu'à ce que mon processeur rattrape.

— Le vaisseau est à moi, déclara Fang, sa petite silhouette volant dans le cadre. Le flexi-mech essaya de s'adapter à la nouvelle cible, mais les armes de Fang, deux lames à fragmentation empruntées aux réserves de Val, balayèrent les bras du flexi-mech, et leur fusil, au loin.

Le flexi-mech n'était pas brisé, lâchant le fusil et saisissant les poignets de Fang. Un mouvement qui l'aurait achevée, sauf que Fang avait du renfort.

Chalo fonça après Fang, sa hache tournoyant dans un coup de taille par le haut. Le coup trancha les bras droits du flexi-mech, permettant à Fang de se lancer avec sa lame gauche pour atteindre le torse du flexi-mech. Crachant des étincelles, chancelant, le flexi-mech s'effondra.

Les lasers auraient dû emporter les deux humains, mais alors que Chalo et Fang s'éloignaient en courant, je remarquai que l'air autour d'eux était rempli de lignes noires sifflantes : des flèches, atteignant sans doute leurs cibles. Un dernier regard alors que mon énergie s'épuisait, mon processeur exécutant ses dernières routines pour analyser ce que je voyais :

Des humains, enfin, se battant pour nous.

QUARANTE-CINQ

LE MONDE CODÉ

Hé.

Je te parle.

Gamma. Tu es toujours là avec moi ?

L'étais-je ? Où était même ce « là » ?

Il n'y avait rien. Ni blanc, ni gris, ni noir. Simplement une absence, excepté la voix de Kaydee et mes pensées.

— Je peux les entendre, dit Kaydee, sa réponse, comme mes pensées, étant plus une sensation qu'un véritable son.

Je n'avais pas de corps, pas de capteurs, pas de haut ni de bas. Ce que j'avais, c'était elle.

— Ouais, tu m'as coincé ici, quoi que ce soit.

Je ne pouvais pas voir ses bras croisés, son air grognon lentement désarmé par un sourire malicieux, mais je pouvais l'imaginer.

— C'est ce que tu penses que je ferais maintenant ? répondit Kaydee. Pas du tout, Gamma. Je serais en train de te gifler.

Pour quoi ?

— Pour nous avoir fait tuer, voilà pourquoi.

On est morts ?

— Je ne sais pas où on pourrait être d'autre, dit Kaydee. Bien que je suppose que c'est un peu bizarre que l'au-delà fonctionne à la fois pour les mechs et les humains. Et qu'on soit tous les deux au même endroit.

Définitivement bizarre. Tu es morte avec moi ?

— Même moment, même endroit, je pense.

Alors Alpha ne l'avait pas tuée. Cette pensée me donna une certaine lueur, même ici dans ce néant désolé. Que nous ayons réussi à sortir du piège de ce monstre...

— Ouais, après que tu m'aies laissée là, dit Kaydee. Tu m'as juste laissée seule face à lui.

Pas le choix. Je devais libérer Beta. Elle est la seule autre qui pouvait faire quelque chose là-dedans. Alpha a laissé le cœur de Beta ouvert, et je l'ai libérée.

— Ensuite, tu as laissé des mechs flexibles nous tirer dessus ?

« Laisser » est un peu malhonnête.

Kaydee rit : — J'suppose.

Qu'est-ce que tu penses que c'est ?

— Ça ? Ici ? Probablement l'enfer.

Tu penses qu'être coincée ici avec moi est une torture éternelle ?

— Quand tu le dis comme ça, Gamma, je suppose que ce n'est pas si mal.

Eh bien, merci.

Silence. Je dérivai, cherchant là où je trouvais normalement les flux de données de mes capteurs. Là où les archives du Bibliothécaire attendraient que je les parcoure. Je ne trouvai rien, des signaux morts, et même pas ça. Comme si les connexions n'existaient plus.

Raconte-moi une histoire.

— Une histoire ?

Ouais.

— Je ne me souviens d'aucune. C'est comme si j'essayais d'atteindre cette partie de moi, et qu'elle n'était pas là.

Alors pourquoi ne pas en inventer une nouvelle ?

— Une nouvelle histoire ?

Oui. Je vais commencer. Je crois qu'il y avait une phrase que le Bibliothécaire utilisait tout le temps.

— Ah ouais ? Par une nuit sombre et orageuse ?

Non. Prête ?

— Vas-y, conteur.

Il était une fois, un mech qui se réveilla seul et perdu, et il n'aurait pas été bien loin sans un ami...

Le rush arriva sans prévenir. Une accélération de zéro à la vitesse de la lumière. Les connexions affluèrent, le néant se transformant en une constellation que je reconnus : le réseau du Vaisseau spatial, des étoiles contre un noir infini.

L'une d'entre elles m'appelait dans cette mer, clignotant brillamment en rouge. Étrange.

Était-ce ce que Kaydee appelait une vie après la mort ? Avions-nous erré à travers le Purgatoire pour nous retrouver ici ?

Purgatoire. Comment savais-je ce que c'était ? Attends, je sentais les archives, les histoires infinies du Bibliothécaire. Les films et les livres. Une autre étoile sur le réseau, une que je pouvais maintenant atteindre et toucher.

— Tu vas répondre à cet appel ? dit Kaydee, et je regardai — regardai ! — à gauche pour la voir debout avec moi, flottant parmi les étoiles numériques. Parce que mon intuition me dit que peu importe ce qui vient de se passer, ils vont nous le dire.

Kaydee toujours concentrée sur l'étape suivante, comme d'habitude.

Je tendis la main, choisis l'étoile clignotante. La constellation disparut, tous les nœuds s'effaçant pour me laisser avec un écran flottant dans une pièce blanche. Kaydee et moi nous tenions sur un sol sans relief, regardant un mech noir particulier entrer dans le champ de vision.

— Gamma, mec, c'est toi ? parla Volt à l'écran, ses yeux bleus scintillant. Dis-moi que c'est toi, parce que je ne veux pas essayer ça encore une fois.

— Ça doit être lui, dit une autre voix, celle de Leo. L'épaule du Forgeron, sa tête apparut dans le cadre. On a tout bien relié cette fois.

Je me penchai vers l'écran : — Les gars ? Euh, je suis mort ?

La paire acclama. Derrière eux quelque part, Alvie aboya en haletant. Volt et Leo se tapèrent dans la main et la griffe métallique.

— Hé, les abrutis, dit Kaydee. Dites-nous ce qui se passe ?

Leo, son sourire aussi arrogant que je ne l'avais jamais vu, procéda à expliquer les détails : Chalo, Fang et les autres avaient tendu une embuscade aux mechs flexibles restants, les réduisant en miettes sans trop de difficulté. Au début, nous avions été laissés pour morts, mais Chalo nous avait tous fait traîner jusqu'au village.

— Du matériel de récupération utile, rit Leo. C'est comme ça qu'il vous a appelés tous les trois. Comme si j'allais les laisser vous démonter pour des pièces.

— Je vais le démonter pour des pièces une fois que je serai sortie d'ici, marmonna Kaydee.

— Euh, ouais, dit Leo, son sourire faiblissant. C'est là le problème, voyez-vous, vos corps sont tous foutus. Trop grillés pour être utilisés. Bon sang, la seule raison pour laquelle vous êtes encore là, c'est la batterie de secours. La petite boîte noire que j'ai mise pour me dire comment vous êtes tous morts.

J'ai fait l'erreur de demander ce que c'était et Leo s'est lancé dans une histoire de dix minutes sur les vaisseaux qui court-circuitent et comment il avait installé ces sauvegardes de dernière minute pour comprendre pourquoi.

— La version courte, interrompit finalement Volt, c'est que tu es sauvegardé sur le réseau de Starship jusqu'à ce qu'on te fabrique quelque chose de nouveau.

— Et Beta et Delta ?

Leo haussa les épaules. — Ils voulaient des mechs flexibles en attendant qu'on leur donne de nouveaux corps, alors ils se baladent. Ils nettoient Starship pour toi.

— Ils ont eu des mechs flexibles et nous, on a eu ça ? protesta Kaydee.

Leo et Volt échangèrent un regard, puis Volt prit la parole.

— Voilà le truc, mon gars, et ma fille. Starship n'a pas eu d'IA fonctionnelle depuis la mort des Voix. Même sur terre, elle en a besoin. Trop de choses pourraient mal tourner. Beta et Delta ne sont pas conçus pour ça, mais toi, Gamma, tu as les compétences. Alors, qu'en dis-tu ? Au moins pour un petit moment ? Garder notre canot de sauvetage en marche ?

Maintenir un vaisseau traversant la galaxie en bon état n'est pas facile. Je passe des heures et des heures à fouiller dans les millions de systèmes et sous-systèmes différents, réparant le code pour des choses comme les lumières, la filtration de l'air et le maintien de la propreté des passerelles.

Ces filets de gaze s'infiltrent partout. Surtout avec les humains et les mechs qui les ramènent tout le temps.

Ah oui, les mechs. Quand je n'aide pas Volt avec un nouveau problème technique, je suis généralement connecté aux Lignes de Fabrication, aidant Leo à concevoir de nouveaux mechs pour travailler aux côtés des humains. Nous raffinons de la vieille ferraille maintenant, mais avec quelques modifications, Starship devrait être capable de fabriquer des mechs flambant neufs à partir de minerai, ici même sur la planète.

Au début, Val n'aimait pas trop l'idée. Elle est toujours impertinente, mais un mech peut construire beaucoup plus vite qu'un de ses humains. Il peut aussi récolter de la nourriture. Les humains peuvent maintenant passer du temps à faire ce qu'ils veulent, tandis que mes mechs obtiennent le respect qu'ils méritent.

Parce que Beta et Delta s'en assurent. Ils sont mes ambassadeurs, mes protecteurs, la police impartiale. Jusqu'à présent, ce n'ont été que des tapes sur le poignet, même si nous avons dû dissuader Delta de couper un membre une fois ou deux. Le comportement par défaut est difficile à changer quand elle ne me laisse pas accéder à son code.

Et en parlant de code, je reçois un ping. Je laisse le signal rebondir un peu, parce que Kaydee me fait ça tout le temps. Elle travaille aussi sur les Lignes, mais sur un projet différent.

— Gamma, fais attention, dit-elle alors que je bascule vers le ping, mon corps numérique surfant dans le cyberespace de Starship. On y est presque.

— Montre-moi, je réponds, et Kaydee fait tourner la caméra du mech que nous voyons vers deux lits familiers.

Un corps repose sur chacun. Juste des cadres métalliques sophistiqués remplis d'équipement informatique, mais alors que je regarde, un autre mech entre dans le champ de vision. Kaydee contrôle celui-là, marionnettiste tirant les ficelles.

Tout doucement, le mech place un patch sur la jambe

du premier corps. C'est un carré épais, qui se déforme presque immédiatement, s'étalant sur le métal.

— Je pense qu'on l'a cette fois, dit Kaydee, se déconnectant du mech et apparaissant à côté de moi.

— Tu penses toujours que ça va marcher ? je demande, alors que Leo ne cesse de me prévenir que les esprits ne sont pas conçus pour ça.

— Je sais que ça marchera, Kaydee étincelle, elle étincelle toujours ces jours-ci. Quand ils seront prêts, devine quoi ?

— Quoi ?

— Je vais sortir de cette boîte en métal et sentir l'herbe entre mes orteils, regarder un vrai ciel pour la première fois. Kaydee me lance un sourire spectaculaire. Tu veux venir avec moi, Gamma ? On essaie nos nouvelles vies ?

LES MORTS APPARTIENNENT À RIVEN. Les vivants à la Terre. Mais alors que la guerre remplit Riven à craquer, Carver doit trouver un moyen de maintenir ces frontières claires, sinon il n'y aura bientôt plus beaucoup de différence entre les deux mondes.

Commencez une nouvelle aventure fantastique avec Riven, tome 1 de la trilogie Riven.

À PROPOS DE L'AUTEUR

A.R. Knight raconte des histoires dans une maison glaciale à Madison, dans le Wisconsin, appartenant principalement à deux chats. Après avoir été entraîné dans le train-train de travail lors du krach économique de 2008, il s'est retrouvé à passer des réunions ennuyeuses à s'envoler dans l'espace et à vivre de grandes aventures.

Finalement, en passant du temps avec des podcasts, des scénarios, des nouvelles et autres romans, il a trouvé une histoire dans laquelle il pourrait tomber et un casting de personnages à la fois divertissants et pleins de cœur.

A.R. Knight prévoit de voyager vers d'autres mondes et de trouver de nouvelles histoires à raconter dans les frontières illimitées de notre imagination.

Merci, comme toujours, d'avoir lu !

Pour plus d'informations:
www.blackkeybooks.com

To Reno